AGUARDO
SUA
RESPOSTA

DAN CHAON

AGUARDO SUA RESPOSTA

Tradução
Roberto Muggiati

BERTRAND BRASIL

Rio de Janeiro | 2014

Copyright © 2009 by Dan Chaon
Tradução publicada mediante contrato com a Ballantine Books,
selo da The Random House Publishing Group, divisão da Random House Inc.

Título original: *Await Your Reply*

Capa: Rodrigo Rodrigues

Imagem de capa: da-kuk/Getty Images

Editoração: FA Studio

Texto revisado segundo o novo
Acordo Ortográfico da Língua Portuguesa

2014
Impresso no Brasil
Printed in Brazil

Cip-Brasil. Catalogação na publicação
Sindicato Nacional dos Editores de Livros. RJ

C42a	Chaon, Dan, 1964-
	Aguardo sua resposta / Dan Chaon; tradução Roberto Muggiati. – 1. ed. – Rio de Janeiro: Bertrand Brasil, 2014.
	378 p.; 23 cm.
	Tradução de: Await your reply
	ISBN 978-85-286-1900-3
	1. Ficção americana. I. Muggiati, Roberto. II. Título.
	CDD: 813
13-06294	CDU: 821.111(73)-3

Todos os direitos reservados pela:
EDITORA BERTRAND BRASIL LTDA.
Rua Argentina, 171 — 2º andar — São Cristóvão
20921-380 — Rio de Janeiro — RJ
Tel.: (0xx21) 2585-2070 — Fax: (0xx21) 2585-2087

Não é permitida a reprodução total ou parcial desta obra, por
quaisquer meios, sem a prévia autorização por escrito da Editora.

Atendimento e venda direta ao leitor:
mdireto@record.com.br ou (0xx21) 2585-2002

Para Sheila

PARTE UM

Eu mesma, desde o começo de tudo,
Parecia a mim mesma como o sonho ou o delírio de outrem
Ou um reflexo no espelho de uma outra pessoa,
Sem carne, sem sentido, sem um nome.
Eu já conhecia a lista de crimes
Que estava destinada a cometer.

— ANNA AKHMATOVA
"Elegias do Norte"

1

Estamos a caminho do hospital, diz o pai de Ryan.
Ouça, filho:
Você não vai sangrar até morrer.

Ryan ainda consegue ouvir as palavras de seu pai, que penetram pelas beiradas, como a luz do sol atravessando uma persiana. Seus olhos estão bem fechados, seu corpo treme e ele tenta segurar seu braço esquerdo, de modo a mantê-lo soerguido. *Estamos a caminho do hospital*, diz seu pai enquanto os dentes de Ryan rangem, ele os aperta e os afrouxa, e uma série de luzes coloridas oscilantes — verdes, índigo — passeia pela superfície de suas pálpebras cerradas.

No assento ao seu lado, entre ele e o pai, a mão decepada de Ryan repousa num leito de gelo dentro de uma caixa de isopor com capacidade para sete litros e meio.

A mão pesa menos de meio quilo. As unhas estão bem-cortadas e há calos nas pontas dos dedos, causados por ele tocar violão. A pele assumiu uma cor azulada.

Isso acontece por volta das três da manhã de uma quinta-feira de maio na parte rural de Michigan. Ryan não tem a menor ideia de quão longe possa estar o hospital, mas repete com seu pai *estamos a caminho do hospital estamos a caminho do hospital* e deseja com todas as suas forças acreditar que isso é verdade, e não só mais uma daquelas coisas que dizemos para acalmar as pessoas. Mas ele não tem certeza. Olhando fixamente para o lado de fora, tudo o que consegue enxergar são as árvores da noite inclinando-se sobre a estrada, o carro perseguindo a luz dos próprios faróis, e a escuridão — nenhuma cidade, nenhum prédio à frente; escuridão, estrada, lua.

2

Poucos dias depois de se formar no ensino médio, Lucy deixou a cidade na calada da noite com George Orson. Eles não eram fugitivos — não exatamente —, mas a verdade é que ninguém sabia que estavam partindo, assim como também era verdade que ninguém saberia para onde estavam indo.

Haviam concordado que certo grau de discrição, certo grau de sigilo eram necessários. Só até que colocassem tudo em ordem. George Orson não era apenas seu namorado, mas também seu ex-professor de história no colégio, o que complicara as coisas em Pompey, Ohio.

Não era assim tão errado como pode parecer. Lucy tinha 18 anos, quase 19 — legalmente, uma adulta —, seus pais haviam falecido e ela não tinha nenhum amigo de verdade com quem conversar. Vivia na casa dos pais com sua irmã mais velha, Patricia, mas as duas nunca foram próximas. Tinha também vários tios tias e primos, com os quais dificilmente falava. E George Orson, pelo que ela sabia, não tinha ligação com qualquer pessoa.

E então: por que não? Seria uma ruptura total. Uma nova vida. Ainda assim, talvez ela tivesse preferido que fugissem juntos para outro lugar.

Os dois chegaram a Nebraska depois de alguns dias viajando de carro. Ela estava dormindo, então não percebeu quando saíram da interestadual. Ao abrir os olhos, viu que atravessavam um trecho vazio de estrada e que a mão de George Orson repousava acanhadamente em sua coxa: um doce costume que ele tinha, descansar a palma da mão sobre sua perna. Podia ver a si própria no retrovisor, seus cabelos ondulando e seus óculos escuros refletindo os campos imóveis de capim verde-líquen da pradaria. Ela se ergueu em sua poltrona.

— Onde estamos? — perguntou, e George Orson olhou para ela. Seu olhar era distante e melancólico. Aquilo fez com que Lucy se lembrasse de como era ser criança: uma criança naquele carro velho de cidade pequena; as mãos grossas e calejadas de seu pai, como as de um encanador, segurando o volante; e sua mãe no banco do passageiro com um cigarro, ainda que fosse enfermeira; uma pequena parte da janela aberta para que a fumaça saísse; sua irmã adormecida no banco traseiro, atrás do pai, respirando pela boca; e Lucy também no banco de trás, abrindo os olhos só um pouquinho, as sombras das árvores passando por seu rosto, enquanto pensava: *Onde estamos?*

Ajeitou-se ainda mais no banco, sacudindo para longe aquela lembrança.

— Estamos quase lá — murmurou George Orson, como se recordasse algo triste.

. . .

Quando ela abriu os olhos novamente, ali estava a pousada. Tinham estacionado bem em frente: a silhueta de uma torre se erguendo sobre eles.

Demorou um instante até que Lucy percebesse que o lugar deveria ser um farol. Ou melhor — a frente do local, a fachada, tinha a forma de um farol. Tratava-se de uma grande estrutura tubular formada por blocos de cimento, talvez com uns dezoito metros, larga na base, mas que se estreitava à medida que subia, pintada em listras brancas e vermelhas.

A POUSADA DO FAROL, dizia uma grande placa de néon apagada — em caracteres náuticos extravagantes, como se feitos de cordas enlaçadas —, e Lucy continuava sentada no carro, o Maserati de George Orson, boquiaberta.

À direita dessa estrutura similar a um farol se encontrava um pátio em formato de "L", com talvez quinze quartos para hóspedes; e à esquerda, bem no topo da colina, estava a velha casa na qual os pais de George Orson tinham vivido. Não se tratava exatamente de uma mansão, mas ainda assim era formidável em meio àqueles campos abertos; uma grande morada vitoriana, antiga, de dois andares e com todas as características de uma casa mal-assombrada: uma pequena torre e uma varanda circundante, sótãos e chaminés ornadas, telhado em empenas e telhas recurvadas. Não havia qualquer outra casa à vista, nem sequer outro sinal de civilização, praticamente nada além do enorme céu de Nebraska se curvando sobre eles.

Por um instante, Lucy pensou se tratar de uma piada, uma atração cafona de beira de estrada ou de parque de diversões. Haviam parado o carro no momento do pôr do sol e ali estavam o farol abandonado da pousada e, atrás dele, a silhueta da velha casa, ridiculamente arrepiante. Lucy imaginou que poderiam também fazer parte do cenário a lua cheia e uma coruja a piar numa árvore desfolhada. George Orson soltou um suspiro.

— Então aqui estamos — disse George Orson. Deveria imaginar como aquilo pareceria a ela.

— É isto? — perguntou Lucy, sem conseguir evitar o ar de incredulidade em sua voz. — Espere um instante, George. É aqui que vamos morar?

— Por enquanto — respondeu George Orson. Ele olhou para ela de modo lamentoso, como se ela o tivesse decepcionado. — Apenas por enquanto, querida — disse. Ela notou as plantas secas presas nas cercas numa das laterais do pátio da pousada. Plantas secas, daquelas que rolam ao vento pelo deserto! Nunca tinha visto nada parecido, a não ser em filmes sobre cidades-fantasma do Velho Oeste, e era difícil não entrar em desespero.

— Há quanto tempo este local está fechado? — perguntou. — Espero que não esteja cheio de ratos ou...

— Não, não — disse George Orson. — Tem uma faxineira que vem aqui com bastante frequência, então tenho certeza de que não está tão ruim. Não está abandonado nem nada desse tipo.

Ela sentiu que os olhos dele a seguiam no momento em que saiu e caminhou para a frente do carro, até a porta vermelha do Farol. Sobre a porta estava escrito: ESCRITÓRIO. Havia ainda outro tubo de néon apagado, que dizia:

NÃO HÁ VAGAS.

Tinha sido, certa época, uma hospedaria de razoável popularidade. Foi o que George Orson lhe contara enquanto atravessavam

Indiana ou Iowa ou um daqueles estados. Não era exatamente um resort, dissera, mas um local de requinte, "nos tempos em que havia um lago", comentara ele, e ela não tinha entendido bem o que ele quisera dizer.

Ela respondera:

— Parece romântico.

Isso foi antes de ver o lugar. Ela imaginara um daqueles balneários litorâneos sobre os quais lemos em romances, aonde alguns britânicos tímidos costumavam ir e lá se apaixonavam e tinham epifanias.

— Não, não — disse George Orson. — Não exatamente. Ele estava tentando alertá-la: — Não o chamaria de romântico. Não atualmente — falou. Explicou que o lago, que na verdade era um reservatório, começou a esvaziar por causa da seca. E aqueles fazendeiros gananciosos, disse, continuavam a regar e regar suas plantações subsidiadas pelo governo e, antes que qualquer um percebesse, o nível do lago tinha descido a um décimo do que fora. — E então todas as atividades turísticas passaram a diminuir também, naturalmente — disse George Orson. — É complicado pescar, esquiar ou nadar no leito de um lago seco.

Ele explicara tudo bem o suficiente, mas só quando olhou para baixo, do topo da colina, foi que ela entendeu.

Ele falava a verdade. O lago não existia mais. Não havia nada além de uma depressão esvaziada — uma cratera outrora cheia de água. Uma vereda levava à "praia" e havia um estaleiro de madeira que se estendia até uma faixa de areia coberta por capim amarelo alto, inúmeras plantas raquíticas que, segundo sua imaginação, acabariam rolando pelo deserto. Os restos de uma velha boia salva-vidas repousavam apoiados no barro carregado pelo vento. Conseguiu avistar o que uma vez fora o outro lado do lago, a margem oposta que se erguia a uns oito quilômetros daquela bacia seca.

Lucy virou-se e viu George Orson abrir o porta-malas do carro, retirando a maior de suas bagagens.

— Lucy? — disse ele, tentando imprimir à sua voz um ar alegre e solícito. — Vamos lá?

Ela apenas observou, enquanto ele passou pela torre do escritório do Farol e subiu as escadas de cimento que levavam à velha casa.

3

No momento em que o ímpeto inicial de imprudência começou a esmaecer, Miles já se aproximava do círculo ártico. Àquela altura, vinha atravessando o Canadá havia dias, tirando sonecas no carro e acordando pouco tempo depois para seguir em frente, tomando a direção norte em qualquer estrada que encontrasse, tendo no banco do passageiro a seu lado uma série de mapas dobrados como origamis. Os nomes dos locais por onde passava ficavam cada vez mais excêntricos — Baía da Destruição, o Grande Lago do Escravo, Ddhaw Ghro, Montanha da Lápide — e, quando finalmente chegou a Tsiigehtchic, ficou ali, dentro do carro, parado em frente à placa de boas-vindas da cidade, olhando fixamente para as letras embaralhadas, como se sua visão tivesse algum problema, alguma forma de dislexia causada pela privação do sono. Mas não. Segundo um dos mapas que comprara, "Tsiigehtchic" era uma palavra dos nativos Gwich'in que significava "desembocadura do rio do ferro".

De acordo com o livro, ele tinha alcançado então a confluência dos rios Mackenzie e Vermelho do Ártico.

BEM-VINDO A TSIIGEHTCHIC!

Situada no local de uma tradicional reserva de pesca Gwich'in. Em 1868, os Padres Oblatas instituíram aqui uma missão. Em 1902, já existia aqui um posto de comércio. Edgar "Spike" Millen, oficial da Real Polícia Montada do Canadá, alocado em Tsiigehtchic, foi morto pelo caçador louco Albert Johnson durante o tiroteio de 30 de janeiro de 1932, na área de Rat River.

Os Gwich'in mantêm laços fortes com a terra ainda hoje. Você poderá observar a pesca com rede durante todo o ano, além do método tradicional de desidratar peixe e carne. No inverno, os caçadores trabalham nos arbustos à procura de animais cujas peles são valiosas.

APROVEITE SUA VISITA À NOSSA COMUNIDADE!

Soletrou cada letra e seus lábios rachados aderiam um ao outro. — T-s-i-i-g-e-h-t-c-h-i-c — disse em voz baixa, e só então um pensamento gélido começou a se desdobrar em sua mente.

O que estou fazendo?, pensou. *Por que estou fazendo isto?*

A viagem começara a parecer cada vez mais uma alucinação àquela altura. Em algum ponto do percurso, o sol deixara de nascer e de se pôr; a impressão era de que se movia de um lado para o outro pelo céu, mas ele não tinha certeza. Nessa parte da Rodovia Dempster, um pó branco-prateado se espalhava sobre a estrada de terra. Cálcio? O pó parecia brilhar — mas também, sob aquela estranha luz do sol, tudo parecia fazê-lo: a grama, o céu e até mesmo a terra tinham uma aparência fosforescente, como se iluminados a partir do seu interior.

Estava ali, à beira da estrada, sentado com seu livro aberto apoiado no volante, uma pilha de roupas no banco de trás e as caixas de papéis, cadernos, diários e cartas que havia acumulado ao longo dos anos. Usava óculos escuros e tremia um pouco. Sua barba falhada tinha uma desgastada coloração castanho-amarelada, como uma mancha de café. O aparelho de CD do carro estava quebrado, e o rádio tocava apenas uma mistura lúgubre de estática com vozes distantes e ininteligíveis. Não havia sinal de telefone celular, obviamente. Um aromatizador em formato de árvore de Natal pendia do retrovisor, girando ao sopro do desembaçador.

Mais à frente, agora não muito longe dali, ficavam a cidade de Inuvik e o enorme delta que levava ao oceano Ártico e também — assim esperava ele — a seu irmão gêmeo, Hayden.

4

O homem disse:

— Acima do pulso? Ou abaixo do pulso?

O homem tinha uma voz sonolenta, quase insensível, do tipo que poderia ser escutada numa ligação para uma central de suporte técnico para computadores. Olhou com tranquilidade para o pai de Ryan.

— Agora, Ryan, quero que peça a seu pai que seja sensato — disse o homem, mas Ryan nada conseguiu dizer, porque chorava em silêncio. Ele e seu pai estavam amarrados a cadeiras diante da mesa da cozinha. O pai de Ryan tremia, e seus longos cabelos escuros caíam sobre o rosto. Mas, ao olhar para cima, pode-se perceber um olhar inquietantemente obstinado em seu rosto.

O homem suspirou. Com cuidado, levantou a manga da camisa de Ryan acima do cotovelo e colocou o dedo no pequeno osso arredondado de seu pulso. Chamava-se "processo estiloide da ulna", lembrou Ryan. Alguma aula de biologia à qual assistira. Não sabia por que aquele termo lhe viera tão facilmente.

Acima do pulso... disse o homem ao pai de Ryan... *ou abaixo do pulso?* Ryan estava tentando se desconectar de tudo — um estado Zen, pensou —, embora a verdade fosse que, quanto mais tentava separar a mente do corpo, mais tomava consciência de sua materialidade. Sentia que estava tremendo. Sentia a água salgada gotejando de seus olhos e do nariz, secando sobre o rosto. Sentia a fita adesiva que o imobilizava na cadeira, as faixas enroladas na pele dos antebraços, do peito, das panturrilhas e dos tornozelos.

Fechou os olhos e tentou imaginar seu espírito levitando na direção do teto. Flutuaria pela cozinha, onde ele e seu pai estavam presos às cadeiras duras, passando pelo caos formado por pratos sujos empilhados na pia, a torradeira ainda com um bagel dentro; voaria através da arcada rumo à sala de estar, onde uma dupla de capangas vestindo camisetas pretas carregava partes de computadores retirados dos quartos, arrastando emaranhados de fios elétricos e cabos atrás de si. Seu espírito então os seguiria porta afora, passando pelo furgão branco no qual estavam arremessando as coisas e descendo a estradinha de seu pai e viajando pela rodovia rural de Michigan com a luz da lua bruxuleando através dos galhos das árvores à medida que seu espírito ganhava velocidade, enquanto placas sinalizadoras luminosas emergiam da escuridão, e ele decolava como um avião, vendo as luzes que vinham das casas, as estradas e os riachos que salpicavam e cruzavam a terra, cada vez menores. Uooooooooooooooooou — como um balão cujo ar escapava, uma sirene, um vento que uiva. Como uma pessoa gritando.

• • •

Apertou bem os olhos, rangendo os dentes enquanto sua mão esquerda foi levantada e inclinada. Tentava pensar em algo diferente.

Música? Uma paisagem, o pôr do sol? O rosto de uma garota bonita?

— Pai — ouviu sua própria voz escapando por entre os dentes. — Pai, seja sensato, por favor, por favor seja...

Não queria pensar no aparelho cortante que o homem lhes mostrara anteriormente. Era apenas um pedaço de arame, como uma lâmina bem fina, com um cabo de borracha de cada lado.

Não queria pensar no modo como seu pai evitava encará-lo.

Não queria pensar em sua mão, no arame enlaçado ao redor do pulso, sua mão garroteada, o arame afiado apertando. Atravessando com facilidade pele e músculo. Teria um pouco de dificuldade quando chegasse ao osso, mas o cortaria.

5

Lucy acordou e tudo tinha sido um pesadelo.

Sonhava que ainda estava presa à sua antiga vida, ainda numa sala de aula na escola secundária, e não conseguia abrir os olhos, mesmo sabendo que um garoto idiota na carteira de trás estava jogando coisas em seus cabelos — meleca ou talvez bolinhas minúsculas de chiclete —, mas não conseguia acordar apesar de ter alguém batendo na porta, uma secretária estava diante da porta com um bilhete que dizia: *Lucy Lattimore, favor se dirigir à sala do diretor. Seus pais sofreram um terrível acidente...*

Mas não. Abriu os olhos e era apenas o começo de uma noite de junho, com o sol ainda a brilhar lá fora, enquanto ela adormecia na alcova da casa dos pais de George Orson, em frente à televisão, na qual passava um velho filme em preto e branco, uma fita que encontrara numa pilha próximo ao móvel antigo da TV.

— Por que não fica aqui por um tempo e descansa, e ouve o barulho do mar? — perguntou a mulher no filme.

Lucy podia ouvir George Orson picando algo sobre a tábua na cozinha — um ruído decidido e constante que se entrelaçou ao seu sonho.

— É tão relaxante — disse a mulher no filme. — Ouça. Ouça o mar...

Levou certo tempo até que Lucy percebesse que o barulho vindo da cozinha havia cessado. Ao erguer a cabeça, viu George Orson parado diante da porta em seu avental vermelho, segurando a faca prateada de legumes ao lado do corpo.

— Lucy? — disse ele.

Ela se sentou, tentando recompor-se, enquanto George Orson inclinava a cabeça.

Ele era bonito, pensou ela. Bonito no seu jeito de intelectual que veste uma camisa de gola sob o suéter, daqueles que raramente se viam em Pompey, Ohio, com seus cabelos castanhos bem curtos, a barba impecavelmente aparada e uma expressão facial que podia ser tanto complacente quanto intensa. Os dentes eram perfeitos, o corpo saudável e até mesmo veladamente atlético, embora na verdade tivesse, como dissera, "um pouco mais de trinta".

Seus olhos eram de um verde estonteante, cor de mar, uma coloração tão incomum que ela de início pensou ser artificial, pensou que ele usava lentes de contato.

George Orson piscou como se pudesse sentir que ela estava pensando em seus olhos.

— Lucy? Você está bem? — perguntou.

Na verdade, não. Mas ela se ajeitou novamente, endireitou as costas e sorriu.

— Você parece ter sido hipnotizada — disse ele.

— Estou bem — respondeu ela, colocando os cabelos entre as palmas das mãos, alisando-os.

E então parou; George Orson a fitou fixamente, com aquele olhar de quem lê mentes que ele tinha.

— Estou *bem* — disse ela.

Ela e George Orson morariam na velha casa atrás da pousada apenas por um curto período, só até conseguirem resolver o que fariam. Só até que a poeira baixasse um pouco, disse ele. Ela não conseguia saber o quanto daquilo era uma piada. Muitas vezes ele era irônico. Era capaz de fazer imitações, reproduzir sotaques e citar filmes e livros.

Podemos fingir que somos "fugitivos", disse ele, ironicamente. Os dois estavam sentados num salão ou numa sala de estar, com lâmpadas extravagantes e poltronas cobertas por lençóis. Ele colocou a mão na coxa de Lucy, acariciando-a de maneira suave e reconfortante. Ela colocou sua Coca Zero sobre o descanso de renda na velha mesa de centro e uma gota escorreu pela lata.

Lucy não conseguia entender por que os dois não poderiam ser fugitivos em Mônaco, nas Bahamas ou mesmo na área da Riviera Maia, no México.

Mas...

— Tenha paciência — disse George Orson, dirigindo-lhe um de seus olhares, algo entre provocação e ternura, abaixando a cabeça para olhar nos seus olhos enquanto ela tentava desviar. — Tenha fé em mim — disse, com sua voz confiante.

Então, tudo bem, ela precisava admitir que as coisas poderiam ser piores. Ainda poderia estar em Pompey, Ohio.

· · ·

Ela acreditara — ou lhe fizeram acreditar — que os dois seriam ricos. Sim, claro, aquilo era um das coisas que desejava.

— Um monte de dinheiro — dissera-lhe George Orson, abaixando a voz e olhando de lado de modo tímido e conspiratório. — Digamos que fiz alguns... *investimentos* — disse ele, como se a palavra representasse um código que ambos conheciam.

Aquele foi o dia em que partiram. Viajavam pela Interestadual 80 até a propriedade que George Orson herdara de sua mãe.

— O Farol — disse ele. — A Pousada do Farol.

Estavam na estrada havia uma hora ou algo assim, e George Orson estava de bom humor. Aprendera a dizer olá em uma centena de línguas e agora estava tentando lembrar de todas.

— *Zdravstvuite* — disse George Orson. — *Ni hao.*

— *Bonjour* — disse Lucy, que odiara os dois anos obrigatórios de francês que enfrentou na escola e sua professora, a levemente implacável Madame Fournier, repetindo sem parar aquelas vogais impronunciáveis.

— *Päivää* — disse George Orson. — *Konichiwa. Kehro haal aahei.*

— *Hola* — disse Lucy, com a voz sem expressão que George Orson achava tão engraçada.

— Você sabe, Lucy — disse ele alegremente. — Se vamos ser viajantes globais, é melhor aprendermos novas línguas. Você não vai querer ser uma daquelas turistas americanas que imaginam que todos falam inglês.

— Não vou?

— A não ser que queira que todos a odeiem.

E ele abriu seu sorriso triste e torto. Repousou a mão suavemente sobre o joelho de Lucy. — Você vai ser tão *cosmopolita* — disse, ternamente.

Aquilo sempre foi uma das coisas de que ela gostava nele. George Orson possuía um amplo vocabulário e desde o início sempre a tratou como se ela soubesse do que ele estava falando. Como se tivessem um segredo, só os dois.

— Você é uma pessoa excepcional, Lucy — foi uma das primeiras coisas que lhe falou.

Encontraram-se na sala de aula após a lição. Ela o procurara para falar sobre o teste da semana seguinte, mas aquela desculpa logo caiu por terra. — Sinceramente, não acho que deva se preocupar — disse, e então ele esperou. Aquele sorriso, aqueles olhos verdes.

— Você é diferente das outras pessoas por aqui — disse ele.

O que, pensou ela, era verdade. Mas como *ele* sabia? Ninguém mais na escola a via dessa forma. Embora seu desempenho fosse melhor que o de qualquer outro aluno, ainda que tivesse tirado nota máxima em quase todas as matérias, ninguém — nem os professores nem tampouco os alunos — agia como se ela fosse "excepcional". A maioria dos professores se ressentia dela. Não gostavam de alunos ambiciosos, pensava ela, alunos que queriam deixar Pompey para trás; seus colegas, por sua vez, a consideravam uma aberração — talvez fosse louca. Lucy não tinha percebido seu hábito de murmurar observações sarcásticas até descobrir que uma série de alunos na escola pensava que fosse portadora da Síndrome de Tourette. Não tinha a menor ideia de como tal boato surgira, mas suspeitava que sua origem fosse a sra. Lovejoy, sua professora de inglês, cujas interpretações literárias eram tão insípidas que Lucy mal conseguia conter — ou aparentemente falhara em tal tentativa — seu desdém.

Já George Orson, por outro lado, realmente gostava de ouvir o que ela tinha a dizer. Encorajara sua visão irônica em relação às grandes figuras da história americana, chegando a rir por entre os dentes de alguns de seus comentários enquanto os outros alunos a encaravam com expressão de tédio.

— Está claro que você possui uma mente brilhante — escreveu ele numa de suas provas.

Quando ela foi vê-lo para conversar sobre o exame que se aproximava, ele disse que sabia como era ser diferente. Incompreendido...

— Você sabe do que estou falando, Lucy — disse. — Sei que pode sentir.

Talvez ela pudesse. Ficou sentada ali, permitindo que ele voltasse seus intensos olhos verdes na sua direção. Um olhar íntimo, estranhamente examinador, ao mesmo tempo irônico e sentido, e deixou então escapar um pequeno suspiro. Sabia perfeitamente que não era considerada uma garota bonita — ao menos não no mundo convencional da Escola Secundária de Pompey. Seus cabelos eram grossos e ondulados, e ela não tinha dinheiro para cortá-los de modo que ficassem mais tratáveis, e sua boca era pequena demais, e seu rosto demasiadamente comprido. Talvez, num contexto diferente, em outra época, imaginava esperançosa que pudesse ter sido bonita. Uma garota numa pintura de Modigliani.

Ainda assim, não estava acostumada que a fitassem nos olhos. Ficou a manusear o lenço de seda que lhe envolvia o pescoço, uma peça que encontrara num brechó e considerava possuir certa qualidade digna de Modigliani. George Orson a fitava com atenção.

— Já ouviu falar no termo *sui generis*? — perguntou.

Seus lábios se entreabriram — como se aquilo fosse um teste, uma avaliação de vocabulário, um concurso de soletração. Na parede estavam pendurados vários pôsteres motivacionais sobre estudos sociais. ELEANOR ROOSEVELT, 1884-1962: "NINGUÉM PODE FAZER VOCÊ SE SENTIR INFERIOR SEM O SEU CONSENTIMENTO." Lucy balançou a cabeça, levemente incomodada.

— Não sei — respondeu. — Na verdade, não.

— Pois é bem o que você é, acho — disse George Orson. — Sui generis. Significa "única do gênero". Mas não no aspecto cafona, bobo alegre, de autoajuda, todos os indivíduos são únicos e blá blá blá, que serve apenas para melhorar a autoestima dos medíocres.

— Não, não — disse ele. — Quer dizer que inventamos a nós mesmos. Quer dizer que você está além de categorias, além de avaliações padronizadas, além da sociologia rasteira que leva em conta o lugar de onde você vem, o que seu pai faz e a faculdade que frequenta. Você não se encaixa nisso. Foi o que reconheci logo que a vi. Você inventa a si própria — disse. — Entende o que estou falando?

Os dois se olharam por um longo período. Eleanor Roosevelt acenou para eles, sorrindo, e uma sensação de esperança apertou dentro dela, como um punho quente e suave.

— Sim — respondeu.

Sim. Ela gostava da ideia: *você inventa a si própria*.

Estavam deixando tudo para trás. Uma nova vida. Não era aquilo que sempre quisera? Talvez pudessem até mesmo mudar de nome, dissera George Orson.

— Às vezes me canso de ser George Orson — disse. Estavam atravessando Illinois em seu Maserati com a capota abaixada e os cabelos intratáveis de Lucy ondulavam atrás dela, que usava óculos escuros. Encarava a si própria de maneira crítica diante do retrovisor. — E você? — perguntou George Orson.

— O que tem eu? — disse Lucy, levantando a cabeça.

— O que seria se não fosse Lucy? — questionou George Orson.

. . .

Era uma boa pergunta.

Ela não respondeu, embora se visse pensando no assunto, imaginando, por exemplo, que gostaria de ser aquele tipo de garota com o nome de uma cidade famosa. *Viena*, pensou, seria algo belo. Ou *Londres*, o que seria irônico e vagamente misterioso, num jeito de menina moleque. *Alexandria*: soberba e suntuosa.

Já "Lucy" era o nome de uma menina tímida. Algo cômico. As pessoas se lembravam da atriz de televisão, com sua inépcia de comédia-pastelão, ou então da garota mandona nas tiras de Charlie Brown. Pensaram na terrível e velha canção country que seu pai costumava cantar:

— Escolheu uma boa hora para me deixar, Lucille.

Ficaria contente de se livrar do seu nome, se ao menos conseguisse pensar num bom substituto.

Anastásia, ponderou. *Eleanor?*

Mas nada disse, já que parte dela achava que tais nomes pudessem soar um tanto vulgares e colegiais. Nomes que uma garota de classe baixa de Pompey pensaria serem elegantes.

Uma das coisas boas em George Orson é que ele sabia pouco sobre seu passado.

Não conversavam, por exemplo, sobre o pai e a mãe de Lucy, o acidente de carro no verão anterior a seu último ano na escola, o idoso que avançou o sinal enquanto os dois iam à loja Home Depot comprar mudas de tomate que estavam em promoção. Mortos, os dois, embora sua mãe tivesse sobrevivido em coma por um dia.

O fato de que seus colegas de escola sabiam daquilo sempre lhe pareceu uma invasão de privacidade. Uma secretária oferecera as condolências a Lucy, que lhe acenou de volta com a cabeça, de maneira graciosa, pensou, embora achasse um tanto repulsivo que aquela estranha pudesse saber de sua vida. *Como ousa*, pensou mais tarde Lucy.

Mas George Orson nunca lhe dissera uma só palavra de condolência, ainda que, imaginava ela, também soubesse. Ouvira o básico, pelo menos.

Sabia, por exemplo, que ela morava com sua irmã, Patricia, embora Lucy estivesse aliviada pelo fato de que ele nunca chegara a conhecê-la. Patricia, de 22 anos, não era lá muito brilhante. Patricia, que trabalhava na loja de conveniências Circle K quase todas as noites e com quem Lucy passara a ter cada vez menos contato depois do enterro.

Patricia era o tipo de garota de quem as outras pessoas zombavam na maior parte dos anos, com seu jeito de falar arrastado, como se cada palavra viesse acompanhada de saliva, tão caricatural e facilmente imitado, uma incapacidade de discurso. Não era exatamente gorda, mas sim farta nos locais errados, com a aparência de alguém de meia-idade quando ainda estava no ensino médio, tinha uma silhueta larga e galinácea.

Certa vez, quando iam juntas para a escola, alguns garotos as perseguiram, arremessando pedrinhas contra elas.

Patricia, Patricião
Tem o maior bundão!

cantavam os meninos.

E aquela foi a última vez que Lucy acompanhou Patricia. Depois daquele episódio, começaram a tomar caminhos diferentes quando saíam da escola. Patricia nunca disse uma palavra; apenas aceitou o fato de que nem mesmo sua irmã queria andar a seu lado.

Depois que seus pais morreram, Patricia tornou-se guardiã de Lucy — oficialmente, talvez ainda fosse. No entanto, Lucy agora já tinha quase 19 anos. Não que aquilo importasse, já que Patricia não tinha a menor ideia de onde ela estava.

Sentiu certa angústia por causa disso.

Lembrou de Patricia com seus ratos de estimação — aquelas gaiolas empilhadas e sua irmã chegando tarde do trabalho no Circle K, ajoelhando, vestida em seu uniforme azul e vermelho e com seu crachá que dizia PATARCIA, e conversando com os ratinhos com aquela voz lamentosa, e aquele rato em especial, o sr. Niffler, arrastando um enorme tumor que brotara de seu estômago. Sua irmã havia pagado ao veterinário para que o removesse, mas o tumor voltou. Ainda assim Patricia persistiu. Cobriu a criatura moribunda com brinquedinhos, falava como se para um bebê, marcou outra consulta com o veterinário.

Lucy estava feliz por nunca ter contado a George Orson sobre o sr. Niffler, assim como estava feliz por ele nunca ter visto a casa onde crescera e onde ela e Patricia continuaram a morar. Seu pai chamava o lugar carinhosamente de "choupana".

— Vejo vocês aqui na choupana — dizia ao sair para o trabalho pela manhã.

Apenas mais tarde foi que ela se deu conta de que a casa *era* de fato uma choupana. Decrépita, caindo aos pedaços, a cozinha e a sala de jantar invadindo uma à outra, o banheiro tão apertado que suas pernas tocavam a banheira ao se sentar no vaso. Uma garagem abarrotada de peças de carros, sacolas cheias de latas de cerveja que seu pai nunca levara para o centro de reciclagem, o buraco na parede de gesso acartonado da sala de estar através do qual era possível ver os pilares de sustentação nus, o tapete que mais parecia o pelo gasto de um animal empalhado. As escadas levavam até o sótão, onde ficava a cama das garotas, Lucy e Patricia. O teto do quarto era o telhado, que se inclinava fortemente sobre as duas enquanto dormiam. Se George Orson tivesse visto aquele lugar, imaginava Lucy, teria ficado constrangido por sua namorada; ela teria se sentido suja.

• • •

Ainda assim, ela também não poderia dizer que estava especialmente feliz em estar ali.

No meio da noite, se viu bem acordada. Estavam na velha cama king-size dos pais de George Orson, e ela sabia da existência dos outros cômodos da casa: os outros quartos vazios no segundo andar, a goteira vinda de um cano no banheiro, as estantes de livros na "biblioteca", o alvoroço dos pássaros nas árvores mortas do quintal de cercas altas. Um "jardim japonês", como chamou George Orson. Ela podia imaginar a pequena ponte de madeira e o leito de brotos atrofiados de íris coberto de ervas. Uma cerejeira em miniatura, que mal estava viva. Uma estátua em granito de uma lanterna Kotoji. A mãe de George Orson tinha certa "inclinação artística", disse ele a Lucy.

Com aquilo, Lucy presumiu que ele quis dizer que sua mãe era meio louca. Ou assim lhe parecia. O lugar — a pousada e a casa — parecia ter sido planejado por uma pessoa com personalidade múltipla. Um farol. Um jardim japonês. A sala de estar com sua velha mobília de mau gosto coberta por lençóis e a outra sala com a televisão e a enorme janela que dava para o quintal. A cozinha e suas cores dos anos 1970, o forno e o refrigerador verde-abacate, o piso de ladrilho mostarda, as gavetas e os armários cheios de pratos e utensílios, uma velha mesa de madeira para cortar carnes e uma ampla coleção quase obscena de facas — aparentemente, a mãe de George Orson tinha uma obsessão por elas, já que podiam ser encontradas de todas as formas e tamanhos imagináveis, desde minúsculas facas para filetar até imensos cutelos. Bastante perturbador, pensou Lucy. Numa despensa, encontrou três caixas de pratos de porcelana e estranhos frascos de conserva, ainda cheios de algum material escuro.

No segundo andar ficavam o banheiro e três quartos, incluindo aquele no qual ela se encontrava então, o mesmo quarto e a mesma cama onde os pais dele dormiam, onde sua mãe, já em idade avançada, continuara a dormir, pensou Lucy, depois da morte do marido. Mesmo hoje, tantos anos depois, ainda havia ali uma vaga fragrância de talco usado por mulheres idosas. Alguns cabides ainda estavam no armário, e a penteadeira vazia se apoiava sombriamente na parede. Depois vinham as escadas que levavam ao terceiro andar — à torre, uma pequena sala octogonal com uma única janela, cuja vista se afastava do lago e dava para o cone do falso farol e para o pátio onde estavam os quartos da pousada. E para a estrada. E para os campos de alfafa. E para o horizonte distante.

E então — ela não podia evitar, não conseguia dormir e ficou ali deitada olhando fixamente para a escuridão que seu cérebro não era capaz de processar. A porta estava fechada, a persiana também, não havia nem mesmo o luar ou as estrelas.

Sugestões de formas flutuavam pela superfície do escuro como protozoários vistos através de um microscópio, mas não havia material suficiente para que os mecanismos ópticos conseguissem trabalhar.

Deslizou as mãos para debaixo da coberta até atingir as margens do corpo de George Orson. Seu ombro, seu peito, as costelas subindo e descendo sob sua pele, sua barriga quente, contra a qual pressionou seu próprio corpo, até que ele se virou e colocou o braço ao seu redor. Ela então o tateou, descendo até encontrar seu pulso, sua mão, seu dedo mindinho, o segurando.

Tudo bem.

Tudo vai ficar bem, ela pensou.

Pelo menos não estava mais em Pompey.

6

Hayden, irmão gêmeo de Miles, desaparecera havia mais de dez anos, embora "desaparecer" talvez não fosse o termo correto.

"Fugira"? Seria aquela uma expressão melhor?

Quando chegou a última carta de Hayden, Miles já se convencera de que era melhor desistir. Tinha 31 anos — ambos tinham 31 anos — e já era hora, pensou Miles, de desistir daquilo. Era hora de seguir em frente. Tanta energia e esforço, pensou, tinham sido desperdiçados, inúteis. Por um tempo, Miles se determinou a fazer outra coisa: viveria sua própria vida.

Estava de volta a Cleveland, onde ele e Hayden cresceram. Tinha um apartamento no Euclid Heights Bulevar, não muito distante de sua antiga casa, e trabalhava como gerente numa antiga loja de rua chamada Matalov Novelties, que despachava produtos pelo correio, localizada na avenida Prospect, e que vendia basicamente produtos para mágicos — algodão-pólvora e pó de fumaça, lenços e cordas, cartas, moedas, cartolas e assim por diante, embora também tivessem, em seu acervo, produtos para truques cômicos, bugigangas inúteis, brinquedos sensuais e algum material erótico. O catálogo não era muito focado, mas ele gostava daquilo mesmo assim. Seria capaz de organizá-lo, pensava.

Era aquilo o que planejara para sua vida? Não daquela maneira, provavelmente, mas tinha uma cabeça boa para encomendas e recibos, e sentia algum afeto pelo estoque nas prateleiras, aquela aura circense de desprezíveis truques de plástico colorido. Às vezes, sentado diante do computador na escura sala sem janelas nos fundos, chegava a pensar que aquela, afinal, não seria uma má escolha de carreira. Passara a nutrir uma afeição pela velha proprietária do negócio, a sra. Matalov, que fora ajudante de mágico nos anos 1930 e que agora, mesmo aos 93 anos, possuía a dignidade estoica de uma bela mulher prestes a ser cortada ao meio. Tinha uma boa relação com a neta da sra. Matalov, Aviva, uma jovem sarcástica com cabelos tingidos de negro e unhas pintadas na mesma cor, além de um rosto acanhado e infeliz, a quem Miles começara a pensar em convidar para sair.

Vinha pensando em voltar à universidade, talvez se formar em negócios. E também, possivelmente, em se submeter a uma terapia cognitiva de curto prazo.

Assim, quando a carta de Hayden chegou, Miles se surpreendeu em ver quão rápido voltara a seus hábitos antigos. Não deveria nem mesmo ter aberto a carta, pensou depois. Na verdade, quando retornou à casa naquele dia de junho, abriu a caixa de correspondências e a encontrou ali, entre contas e panfletos — de fato pensou em deixá-la fechada. *Deixe-a de lado*, pensou. *Deixe-a repousar por um tempo antes de abri-la.*

Mas não, não. No curto tempo em que subiu três lances de escada até seu apartamento já tinha rasgado o envelope e desdobrado a carta.

Meu caro Miles, dizia.

Miles! Meu irmão, meu querido, meu único amigo de verdade, me perdoe por ter ficado tanto tempo sem dar notícias. Espero que não me odeie. Espero apenas que possa compreender a grave situação em que me vi depois da última vez que nos falamos. Tive de me esconder muito, muito bem, mas todos os dias me recordava de quanto sinto sua falta. Foi apenas o temor por sua própria segurança que me impediu de entrar em contato. Tenho absoluta certeza de que suas linhas de telefone e seu endereço de e-mail foram contaminados e, na verdade, mesmo esta carta representa um grande risco. Você precisa saber que pode haver alguém o vigiando e, odeio dizer isto, mas acho que você pode estar em grande perigo. Oh, Miles, gostaria de deixá-lo sozinho. Sei que está cansado de tudo isso e deseja viver sua vida. Você merece. Perdão. Gostaria que pudesse ficar livre de mim, mas infelizmente eles sabem que estamos ligados. Por favor seja cauteloso, Miles. Tenha cuidado com a polícia ou qualquer agente federal, FBI, CIA, até mesmo o governo local. Não mantenha qualquer tipo de contato com a H&R Block ou qualquer um que represente J.P. Morgan, Morgan Stanley, Goldman Sachs, Lehman Brothers, Merrill Lynch, Chase ou Citigroup. Evite qualquer pessoa associada à Universidade de Yale. Além disso, fiquei sabendo de seu contato com a família Matalov em Cleveland e tudo que posso dizer é NÃO CONFIE NELES! Não conte a ninguém sobre esta carta! Odeio colocá-lo nessa situação, mas insisto que deixe Cleveland o mais rápido possível, da maneira mais sorrateira possível. Miles, lamento envolvê-lo nisso tudo, de verdade. Gostaria de voltar no tempo e fazer as coisas de modo diferente, de ter sido um irmão melhor para você. Mas sei que perdi essa oportunidade e acho que não continuarei neste mundo por muito tempo. Lembra-se da Grande Torre de Kallupilluk? Talvez aquele seja o local de meu descanso final, Miles. Talvez nunca volte a ouvir qualquer palavra minha.

    Sou, como sempre, seu único e verdadeiro irmão,
    Te amo muito.

    Hayden

Então.
    O que uma pessoa pode fazer com uma carta como essa? Miles sentou-se por alguns instantes à mesa da cozinha, com a carta aberta diante de si, e colocou adoçante numa xícara de chá. *O que uma pessoa normal faria?*, questionou. Imaginou a pessoa normal lendo a carta e balançando a cabeça tristemente. *O que poderia ser feito?* Perguntaria a pessoa normal a si própria.
    Conferiu o carimbo no envelope: Inuvik, NT, CANADÁ, XOE OTO.

— Infelizmente terei que tirar um tempo para mim — disse Miles a sra. Matalov na manhã seguinte, sentado com o telefone grudado ao ouvido, escutando o silêncio que vinha da outra parte.
    — Tempo para você? — perguntou ela, com seu sotaque antiquado de vampiro. — Não entendo. O que quer dizer com tempo para você?
    — Não sei — respondeu. — Duas semanas?
    Olhou para o itinerário que planejara no computador, o mapa do Canadá onde uma linha verde marcava uma trajetória sinuosa através do país. Seis mil e quinhentos quilômetros, o que, segundo seus cálculos, levaria aproximadamente quarenta e oito horas. Se dirigisse por quinze ou dezesseis horas por dia, talvez chegasse

a Inuvik no fim de semana. Talvez fosse difícil, mas os caminhoneiros não faziam aquilo o tempo todo? Não viviam fazendo jornadas maratônicas como aquela?

— Bem — disse —, talvez três semanas.

— Três semanas! — disse a sra. Matalov.

— Lamento muito por isso — disse Miles. — É que surgiu algo bastante urgente. — Limpou a garganta. — Um assunto particular — disse. *Não confie na família Matalov*, avisara Hayden, o que era ridículo, mas ainda assim Miles se viu hesitar. — É complicado — disse.

E era. Ainda que fosse totalmente honesto, o que poderia dizer? Como poderia explicar a facilidade com que esses antigos desejos se apoderaram dele, o fardo duradouro do amor e do dever? Para um terapeuta, talvez fosse apenas compulsão — depois de todo esse tempo, de todos os anos que desperdiçara —, mas dessa vez sentia a mesma urgência que teve quando Hayden fugira de casa pela primeira vez, muitos anos atrás. A mesma certeza de que poderia encontrá-lo, capturá-lo, ajudá-lo ou pelo menos aprisioná-lo em algum lugar seguro. Como poderia explicar o quanto desejava aquilo? Quem poderia compreender que sentira a partida de Hayden como se uma parte de si próprio tivesse desaparecido durante a noite? Sua mão direita, seus olhos, seu coração — como o homem-biscoito do conto de fadas, correndo estrada abaixo: *Volte aqui! Volte aqui!* Se dissesse isso a qualquer pessoa, pareceria tão louco quanto o próprio Hayden.

Pensava ter superado aqueles sentimentos, mas não era bem assim. Lá estava ele de novo. Arrumando a mala. Tirando o leite da geladeira e o despejando na pia. Vasculhando suas anotações, imprimindo antigos e-mails enviados pelo irmão — as inúmeras pistas e deixas do seu paradeiro misturadas a descrições fantasiosas e panoramas inventados, os discursos raivosos sobre a superpopulação e a conspiração internacional dos grandes bancos, os arrependimentos suicidas da madrugada. E então Miles se sentou à sua mesa e começou a examinar com uma lupa o envelope da carta que Hayden acabara de lhe enviar, aquele carimbo postal, aquele carimbo. Reavaliou as direções. Sabia para onde Hayden estava indo.

E agora estava quase lá.

Miles estava sentado em seu carro, no acostamento, lendo casualmente um dos diários de Hayden enquanto aguardava a balsa que o transportaria para o outro lado do rio Mackenzie. Algumas grades partiam do lamaçal cinzento e adentravam o verde enrugado da tundra; mas, fora aquilo, não havia muito sinal de povoamento. Um banheiro. Uma placa rodoviária em forma de diamante. O rio era como uma tranquila superfície refletora, tingido de prata e azul-safira. Uma vez do outro lado, faltariam apenas cento e trinta quilômetros para chegar a Inuvik.

Inuvik era um dos lugares pelos quais Hayden se tornara obcecado. "Cidades espirituais", como as chamava. Tinha escrito sobre Inuvik, entre outros locais, nos diários e cadernos de anotações que agora se encontravam em poder de Miles. Por anos, Hayden foi fascinado pela ideia de Inuvik ser o local de grandes ruínas arqueológicas e de que em seus confins se encontravam os resquícios da Grande Torre de Kallupilluk, um pináculo de gelo e rocha do tamanho de aproximadamente quarenta andares, construído por volta de 290 a.C. sob ordens do poderoso imperador inuíte, Kallupilluk, um personagem com o qual Hayden acreditava ter entrado em contato numa vida passada.

Nada disso era verdade, obviamente. Pouco do que se tornava uma obsessão para Hayden tinha base na realidade e, nos últimos anos, ele adentrara ainda mais num mundo basicamente imaginário. O fato é que nunca houvera uma torre ou um grande imperador inuíte chamado Kallupilluk. Na vida real, Inuvik era uma cidadezinha nos territórios do Noroeste do Canadá com uma população de cerca de três mil e quinhentas pessoas. Ficava localizada no delta do Mackenzie — "aninhada", segundo a página da cidade na Internet, "entre a tundra e a floresta boreal do norte" e existia havia menos de um século. Fora construída prédio a prédio pelo governo canadense como um centro administrativo no Ártico Ocidental e finalmente incorporada como vilarejo em 1967. Não ficava nem mesmo, como Hayden acreditava, à beira do oceano Ártico.

Ainda assim, Miles não conseguia deixar de pensar nos desenhos que Hayden fizera daquela enorme torre, o simples, porém vívido rascunho a lápis que seu irmão rabiscara, lembrando a Torre de Porcelana de Nanquim, e sentiu então um leve arrepio de expectativa enquanto a balsa se aproximava no horizonte do rio Mackenzie. Miles passara uma boa parte de sua vida examinando os diversos diários e cadernos de Hayden e ainda mais tempo convivendo com as ilusões do irmão. Apesar de tudo, restava ainda um minúsculo fiapo de credulidade que brilhou um pouco mais forte ao se aproximar da cidade que incitara as fantasias de Hayden. Podia quase visualizar o lugar na fronteira da cidade onde certa vez, em meio à tundra, foi erguida a Grande Torre, rígida diante do céu amplo e infinito.

Este sempre foi um dos problemas: talvez essa fosse apenas uma das maneiras de explicar isso. Por anos e anos, Miles foi um participante voluntário nas fantasias de seu irmão gêmeo. *Folie à deux*, não era assim que chamavam?

Desde a infância, Hayden sempre acreditara nos mistérios do desconhecido — fenômenos psíquicos, vidas passadas, OVNIS, linhas de Ley e caminhos espíritas, astrologia e numerologia etc. Miles era seu maior admirador e seguidor. Seu ouvinte. Pessoalmente, nunca chegara a acreditar em nada daquilo — não da maneira que Hayden parecia acreditar —, mas houve um tempo em que ficava feliz em tomar parte naquilo, e talvez, por um período, esse mundo alternativo tivesse sido uma parte compartilhada entre seus cérebros. Um sonho que tiveram juntos.

Anos mais tarde, quando se apossou dos documentos e diários de Hayden, Miles sabia que provavelmente era a única pessoa no mundo capaz de traduzir e compreender o que Hayden escrevera. Era o único que conseguia encontrar um sentido naquela pilha de cadernos preenchida por minúsculas letras de forma; os textos e cálculos que iam de uma margem à outra, de cima a baixo, em cada página; os envelopes cheios de desenhos e fotos adulteradas; os mapas que Hayden arrancara de enciclopédias e cobrira com suas projeções geodésicas; as linhas que cortavam a América do Norte e convergiam em lugares como Winnemucca, Nevada ou Kulm, Dakota do Norte ou Inuvik, nos territórios do Noroeste; as teorias, cada vez mais sinuosas e involuídas, uma miscelânea de criptoarqueologia e numerologia, holomorfia e cosmologia de branas, regressão a outras vidas e paranoia acerca de teorias conspiratórias.

Minha obra, como Hayden passou a chamá-la em certo ponto.

Miles tentou muitas vezes lembrar quando Hayden começou a usar aquele termo: "Minha obra." De início, fora apenas um jogo entre os dois, e Miles se lembrava até mesmo do dia em que começaram. Foi no verão em que completaram 12 anos e os dois não largavam os livros de Tolkien e Lovecraft. Miles tinha uma predileção especial pelos mapas dos romances da série O *senhor dos anéis*, enquanto Hayden se inclinava para o lado das mitologias e lugares misteriosos de Lovecraft — a cidade alienígena sob as Montanhas Antárticas, as cidades pré-históricas dos ciclopes e os povoados amaldiçoados da Nova Inglaterra.

Na prateleira da sala, encontraram ao lado da enciclopédia um daqueles atlas enormes, com páginas douradas e capa dura, e adoraram a sensação de segurá-lo nas mãos. Todo aquele peso fazia com que parecesse um antigo tomo. Foi Miles quem teve a ideia de pegar alguns dos mapas da América do Norte e transformá-los em mundos de fantasia. Cidades de gnomos nas montanhas. Nas planícies, ruínas chamuscadas onde viviam duendes maléficos. Podiam também inventar marcos, acontecimentos históricos e batalhas, e fingir que nos dias de outrora, antes dos índios, a América tivesse sido uma região de grandes cidades e antigos povos mágicos. Miles achou que seria divertido criarem seu próprio jogo de *Dungeons & Dragons* com lugares reais e imaginários interligados; tinha ideias bem específicas de como desenvolveria aquilo; mas, quando viu, Hayden já estava debruçado sobre o mapa com uma caneta-tinteiro.

— Aqui teremos algumas pirâmides — disse Hayden, apontando para a Dakota do Norte, e Miles o observou desenhar três triângulos, bem ali nas páginas do atlas. Com nanquim!

— Hayden! — disse Miles. — Não dá para apagar isso. Vamos nos meter em encrenca.

— Não, não — respondeu Hayden calmamente. — Deixa de ser bicha. Basta escondê-lo.

E este foi um dos primeiros segredos que tiveram: o velho atlas escondido atrás de uma pilha de jogos de tabuleiro numa prateleira em seu quarto.

• • •

Miles ainda tinha o velho atlas e, enquanto esperava pela balsa à beira do rio, pegou-o e examinou-o outra vez. Ali, na costa setentrional do Canadá, ficava a torre que Hayden desenhara e a tentativa desajeitada do próprio Miles em criar uma legenda: A TORRE IMPETRÁVEL DO REI NEGRO!

Que ridículo, pensou. Que deprimente — seguir a trilha que ele próprio criara aos 12 anos — um homem adulto! Durante os anos em que procurou por Hayden, muitas vezes tentou explicar sua situação. Às autoridades, por exemplo, ou aos psiquiatras. Aos amigos que fizera, às garotas de quem gostava. Mas sempre se viu hesitando no último instante. Os detalhes pareciam tão bobos, tão irreais e artificiais. Como alguém poderia acreditar naquilo?

— Meu irmão é muito problemático — era tudo que conseguia dizer às pessoas. — Ele é bastante... doente. Da cabeça. — Não sabia o que mais poderia ser dito.

Quando Hayden começou a demonstrar sinais de esquizofrenia, ainda na escola primária, Miles não conseguiu acreditar. Era uma brincadeira, pensou. Um trote. Como na vez em que um orientador charlatão decidiu que Hayden era "um gênio". Hayden achou aquilo hilário.

— Gêêêênio — disse ele, pronunciando a palavra de modo jocoso. Foi no início da sétima série. Era tarde da noite e eles estavam no beliche quando a voz de Hayden flutuou da cama de cima pela escuridão.

— Ei, Miles — disse, naquela sua voz nasalada, divertida. — Miles, como posso ser um gênio e você não?

— Não sei — respondeu ele. Estava confuso, talvez um pouco magoado com aquilo tudo, mas apenas afundou o rosto no travesseiro. — Não é tão importante para mim — disse.

— Mas somos idênticos — disse Hayden. — Temos *exatamente* o mesmo DNA. Como pode ser possível?

— Imagino que não seja genético — disse Miles, carrancudo, e Hayden riu.

—Talvez eu seja melhor que você em enganar as pessoas — disse. — A própria noção de QI é uma piada. Já parou para pensar nisso?

Quando sua mãe começou a recorrer a psiquiatras, Miles se lembrou daquela conversa. É uma *brincadeira*, pensou. Conhecendo Hayden, Miles não conseguia deixar de pensar que o terapeuta consultado por sua mãe parecia inacreditavelmente ingênuo. Não podia deixar de pensar que os chamados sintomas de Hayden soavam melodramáticos e exibicionistas, além de, imaginava Miles, fáceis de serem simulados. Àquela altura, sua mãe já havia casado outra vez, e Hayden detestava o padrasto e sua nova e reformulada família. Miles não conseguia deixar de pensar que Hayden era capaz de criar uma trama elaborada — chegando ao ponto de simular uma doença séria — apenas para criar confusão, apenas para magoar sua mãe, apenas para se divertir.

Será que ele estava fingindo? Miles nunca teve certeza, mesmo quando o comportamento de Hayden passou a ser mais errático, incomum e dissimulado. Houve ocasiões, e não foram poucas, em que sua "doença" mais parecia uma performance, uma versão ampliada dos jogos que vinham elaborando fazia tanto tempo. Os "sintomas" que Hayden supostamente estaria exibindo, segundo o médico — "invenção de mundos fantasiosos", "obsessões febris", "pensamentos desordenados" e "mudanças perceptuais alucinatórias"— não difeririam muito do modo como Hayden se comportava quando ia a fundo num de seus projetos com o irmão. Talvez estivesse um pouco mais exagerado e teatral que de costume, pensou Miles, um pouco mais *extremo* do que Miles achava confortável; mas, novamente, havia motivos. A morte do pai, por exemplo. O novo casamento da mãe. O padrasto odiado, sr. Spady.

Quando Hayden foi internado pela primeira vez, ainda vinha trabalhando com Miles em seu atlas regularmente. Tratavam de uma seção especialmente complicada — as grandes pirâmides da Dakota do Norte e a destruição da civilização Yanktonai —, e Hayden não conseguia parar de falar sobre aquilo. Miles lembrou-se de estar sentado à mesa de jantar certa noite; sua mãe e o sr. Spady assistiam perplexos enquanto Hayden empurrava a comida como se estivesse organizando exércitos num modelo de campo de batalha.

— Alfred Sully — dizia, em voz baixa e rapidamente, como se recitasse informações decoradas antes de um exame. — General Alfred Sully, do Exército dos Estados Unidos, Primeira Infantaria de Minnesota, 1863. Whitestone Hills, Tah-kah-ha-kuty, e ali estão as montanhas. A neve cai sobre as pirâmides e ele junta suas tropas no sopé da colina. 1863 — disse, apontando com o garfo para o peito de frango sem ossos em seu prato. — Khufu — disse —, a segunda pirâmide. Foi ali que atacou primeiro. Alfred Spady, 1863...

— Hayden — disse sua mãe, veemente. — Agora basta. — Ela se ajeitou em sua cadeira e levantou a mão como se considerasse dar-lhe um tapa, do modo como se faz com uma pessoa histérica que esteja delirando. — Hayden, pare! O que diz não faz sentido.

Não era exatamente verdade. Fazia *algum* sentido — pelo menos para Miles. Hayden estava falando sobre a Batalha de Whitestone Hill, na Dakota do Norte, onde o Coronel Alfred Sully destruiu um acampamento de índios Yanktonai em 1863. Não havia pirâmides, obviamente, mas ainda assim o que Hayden descrevera estava bastante claro e soava bastante interessante para Miles.

Mas sua mãe estava irritada. O que o terapeuta descrevera a tinha chateado e, mais tarde, quando Hayden já tinha voltado a seu quarto, e ela e Miles lavavam a louça, disse em voz baixa:

— Miles, preciso lhe pedir um favor.

Tocou-o de leve, transferindo um pouco de espuma para seu antebraço. As bolhas se desintegraram lentamente.

— Você tem de parar de lhe dar trela, Miles — disse ela. — Não acredito que ele ficaria tão agitado se você não o encorajasse...

— Mas não o encorajo! — respondeu Miles, esquivando-se do olhar repressor de sua mãe. Passou os dedos sobre o braço, na região molhada que ela tocara. Será que Hayden estava doente?, pensou. Estaria fingindo? Miles lembrou com desconforto de algumas coisas que Hayden vinha dizendo ultimamente.

— Acho que eventualmente terei de matá-los — disse, a voz percorrendo a escuridão do quarto tarde da noite. — Talvez eu apenas arruíne suas vidas, mas é possível que no final tenham de morrer.

— Do que está falando? — perguntou Miles, embora obviamente soubesse a quem o irmão estava se referindo e se sentiu um pouco assustado; podia sentir a palpitação de uma veia em seu pulso e ouvir o leve ruído que fazia. — Cara — disse —, por que tem de dizer esse tipo de merda? Está fazendo com que pensem que é maluco. Está *exagerando*!

— Hummm — respondeu Hayden. Sua voz soava de lado pela escuridão. Flutuando. Meditando. — Quer saber, Miles? — disse finalmente. — Sei de muita coisa que você não sabe. Tenho poderes. Está ciente disso, não está?

— Cala essa boca — disse Miles. Hayden sorriu baixo, aquela gargalhada contundente e provocadora que Miles achava ao mesmo tempo reconfortante e irritante.

— Sabe, Miles — disse —, sou mesmo um gênio. Não queria magoá-lo antes, mas vamos encarar os fatos: Sou muito mais esperto que você, então preciso que me escute, tudo bem?

Tudo bem, pensou Miles. Acreditava e não acreditava, os dois ao mesmo tempo. Aquele era o estado de sua vida. Hayden era esquizofrênico e estava fingindo. Era um gênio e tinha ilusões de grandeza. Era paranoico e tinha gente a lhe perseguir. Todas aquelas coisas eram pelo menos parcialmente verdadeiras ao mesmo tempo.

Nos anos após o sumiço de Hayden — fugindo do hospital psiquiátrico onde fora confinado —, este foi se tornando cada vez mais ardiloso, mais difícil de ser reconhecido como o irmão que Miles tanto amara. Eventualmente, talvez, aquele Hayden viesse a desaparecer completamente.

Se de fato sofria de esquizofrenia, era um paciente estranhamente prático. Sabia acobertar bem seus passos, movendo sorrateiramente de um lugar para outro, mudando de nome e de identidade, conseguindo arranjar uma série de trabalhos pelo caminho e parecer convincentemente normal para as pessoas com quem cruzava. Até mesmo apresentável, podia-se dizer.

Miles, por outro lado, foi quem viveu uma vida quase errante. Era ele quem parecia "febril", "desarranjado" e "obsessivo" ao perseguir as inúmeras identidades de Hayden. Chegou tarde demais a Los Angeles, onde o irmão vinha trabalhando como "consultor de fluxo de renda residual" sob o nome de Hayden Nash; tarde demais em Houston, Texas, onde o irmão foi contratado como técnico de informática na JPMorgan Chase & Co., com o nome de Mike Hayden. Tarde demais também ao chegar em Rolla, Missouri, onde Hayden se disfarçara como um estudante de matemática chamado, cruelmente, Miles Spady.

Chegou tarde demais também em Kulm, Dakota do Norte, não muito longe do local histórico onde se desenrolara a Batalha de Whitestone Hill e tampouco distante do lugar onde Hayden certa vez imaginara *as grandes pirâmides de Dakota... Giza, Khufu e Khafre...* Era fevereiro e grandes flocos de neve caíam sobre o para-brisa, enquanto os limpadores se agitavam como grandes asas, e Miles imaginava o contorno das pirâmides emergindo do grande borrão cinzento provocado pela nevasca. Não estavam ali de fato, é claro, nem tampouco Hayden, mas na pousada Broken Bell Inn, em Napoleon, onde a recepcionista — uma jovem grávida e carrancuda — franziu as sobrancelhas diante de uma foto ampliada de Hayden.

— Hummm — disse ela.

Pela foto, era difícil saber que eram gêmeos. O retrato foi tirado anos antes, quando fizeram 18 anos, e Miles engordara um bocado desde então. Sabe-se lá, talvez Hayden tivesse ganhado alguns quilinhos também. Entretanto, nem mesmo durante a infância chegaram a ser de fato indistinguíveis. Havia algo no rosto de Hayden — mais resplandecente, ávido, simpático —, alguma coisa a que as pessoas correspondiam, enquanto faltavam aspectos no rosto de Miles que provocassem efeito semelhante. Podia sentir aquilo na expressão da atendente da pousada.

— Acho que o estou reconhecendo — disse a garota. Seus olhos saltaram da fotografia para Miles e depois retornaram. — É difícil dizer.

— Dê mais uma olhada — disse Miles. — Não é uma fotografia muito boa. É um pouco antiga e pode ser que ele tenha mudado com o passar dos anos. O retrato faz com que se lembre de alguém?

Olhou para a foto junto à jovem, tentando enxergá-la do mesmo ponto de vista. Era um retrato de Natal. Foi naquelas terríveis férias de inverno, no último ano da escola, que terminou com Hayden sendo internado mais uma vez, mas na fotografia ele parecia completamente são — um adolescente sorridente, de olhos dóceis, em frente a uma árvore prateada, com os cabelos um pouco desgrenhados, mas sem jamais deixar transparecer em seu rosto os problemas que vinha causando — e que continuaria a causar. A boca da moça se moveu levemente enquanto olhava para a foto, e Miles imaginou que Hayden pudesse tê-la beijado.

— Não tenha pressa — disse Miles, com firmeza, relembrando os episódios sobre procedimentos policiais aos quais assistira na televisão.

— Você é policial? — questionou a garota. — Não estou certa se devemos fornecer esse tipo de informação.

— Sou um parente — disse Miles, reconfortando-a. — Este é meu irmão, que está desaparecido. Estou apenas tentando localizá-lo.

Examinou a foto por mais um tempo e finalmente chegou a uma conclusão.

— Seu nome é Miles — disse ela, dirigindo-lhe um olhar breve, mas encoberto, o que o fez pensar se ela não estaria simplesmente sendo teimosa, preferindo não revelar alguma parcela importante da informação que optara por omitir apenas porque não gostava tanto dele quanto gostava de Hayden. — O sobrenome era Cheshire, acho. Miles Cheshire. Parecia uma boa pessoa.

Lembrou-se de como seu coração apertou quando ela disse aquilo, depois de repetir seu próprio nome para ele. Era só uma *brincadeira*, pensou então — uma travessura complicada e vil, elaborada por Hayden. *O que estou fazendo?* pensou. *Por que estou fazendo isso?*

Aquilo acontecera fazia quase dois anos, aquela viagem à Dakota do Norte. Arrumara suas malas e voltara para casa, ciente de que aquela aventura em Kulm nada fora além de uma elaborada provocação. Hayden se encontrava num estado de espírito alegre e cruel e, quando Miles chegou a seu apartamento, encontrou um livro a sua espera: *Nada de lágrimas para o General: A vida de Alfred Sully* e um envelope contendo um artigo recortado das páginas do *Diário Profissional da Esquizofrenia Americana*, no qual uma passagem estava marcada em amarelo: "Se um gêmeo tem esquizofrenia, seu irmão tem 48% de chances de também desenvolvê-la, e isso frequentemente ocorre dentro de um ano após a manifestação no primeiro gêmeo." Encontrou também um e-mail endereçado a ele vindo de generalasully@hotmail.com, apenas outra provocação.

— Oh, Miles — dizia. — Já se perguntou alguma vez o que as pessoas acham de você, carregando seus pôsteres e fotografias antigas e sujas, contando uma estória triste sobre seu gêmeo louco e perverso? Já pensou que as pessoas irão olhar sua figura maltrapilha e não lhe dirão coisa alguma? Pensarão: *Na verdade, é Miles quem está louco.* Pensarão: *Talvez nem tenha um irmão gêmeo. Talvez esteja apenas fora de si!*

Bastava, pensou Miles, lendo o e-mail e enrubescendo de humilhação. Estava tão furioso que arremessou pela janela do apartamento o livro sobre Alfred Sully, que fez um voo agitado, mas insatisfatoriamente curto e aterrissou no estacionamento. Era o fim!, prometeu a si próprio. Estava tudo acabado entre eles. Nem mais um minuto do meu tempo. Nem mais um pouco do meu amor!

Esqueceria Hayden. Seguiria em frente com sua vida.

Recordou-se daquela decisão. Viera-lhe tão vividamente, mesmo que estivesse ali, sentado naquele carro, com a barba por fazer, estudando os panfletos que imprimira em cartões simples e duráveis. VOCÊ ME VIU POR AÍ? estava escrito no topo. Em seguida, a fotografia de Hayden. Depois: RECOMPENSA! Embora aquilo significasse flexibilizar um pouco a verdade.

Ajeitou o retrovisor e examinou a si próprio de modo crítico. Seus olhos. Sua expressão. Será que parecia um louco? Será que *era* louco?

Era 11 de junho. 68° 18' N, 133° 29' O. O sol não voltaria a se pôr pelas próximas cinco semanas.

7

Na sala de espera da locadora de automóveis Enterprise, Ryan verificou novamente seus documentos. Cartão da previdência social. Carteira de habilitação. Cartões de crédito.

Toda a papelada que comprova que você é oficialmente uma pessoa.

Nesse caso em particular, Ryan era oficialmente Matthew P. Blurton, de 24 anos, originário de Bethesda, Maryland. Não julgava aparentar aquela idade, mas nunca o haviam questionado, então presumiu que não parecia uma pessoa suspeita.

Sentou e esperou educadamente, lembrando de uma canção que vinha aprendendo a tocar no violão. Podia ver a tablatura em sua mente e movia os dedos discretamente ao pensar nas posições sobre os trastes, com o dorso da mão sobre a coxa, a palma para cima e os dedos posicionados em diferentes combinações, como na linguagem de sinais.

Sabia que deveria estar mais atento; iria arruinar tudo se não fosse cuidadoso. Era isso o que Jay — seu pai — provavelmente lhe diria.

E então levantou a cabeça para ver o que estava acontecendo.

Diante do balcão estava uma mulher afro-americana de meia-idade, com casaco azul-marinho e um pequeno chapéu roxo. Ryan a observava sorrateiramente e viu quando tirou a carteira de sua bolsa.

— Minha mãe está com 98 anos! — dizia a mulher. Olhou para a carteira como se estivesse jogando cartas, franzindo a testa, e então sacou um cartão de crédito torto e aparentemente velho. — Noventa e oito anos!

— Uhum — disse o jovem atrás do balcão, também afro-americano. Seus olhos estavam voltados para a tela do computador e seus dedos metralhavam freneticamente o teclado.

— Noventa e oito anos — disse. — É bastante tempo para se viver!

— Com certeza, é — disse a mulher, e Ryan logo viu que os dois estavam a ponto de iniciar uma conversa agradável. Olhou para o relógio.

— Eu me pergunto quanto minha vida vai durar — divagou o jovem ao computador, e Ryan assistiu à mulher acenar com a cabeça.

— Só Deus sabe — disse.

Ela então colocou o cartão de crédito e a carteira de habilitação sobre o balcão.

— Sabe — continuou —, não é fácil chegar a essa idade. Ela quase não fala mais, embora cante bastante. E reza. Ela reza, sabe?

— Uhum — respondeu o jovem, voltando a digitar. — Ela tem amnésia?

— Não, não — disse a mulher. — Ela se lembra bem de tudo. Pelo menos consegue reconhecer quem ela quer.

Os dois gargalharam e Ryan se viu sorrindo também. E então — em parte porque estava rindo do que ouvira numa conversa alheia — ele se sentiu só.

Em Iowa, onde cresceu, praticamente não havia negros, por assim dizer, e Ryan percebeu, desde que se mudara para o leste, que estes sempre eram cordiais uns com os outros, que havia um espírito de camaradagem. Talvez fosse um estereótipo, mas ainda assim sentiu uma ponta de inveja enquanto os dois sorriam. Ele tinha noções sobre conforto, cordialidade e aquele sentimento particular de identidade. Será que era assim que essas sensações se manifestavam na prática?, perguntou a si próprio.

Nos últimos tempos, vinha pensando em entrar em contato com seus pais. Tinha em mente uma carta. Começava com "Queridos pai e mãe", obviamente.

"Queridos pai e mãe, lamento não ter escrito por tanto tempo, mas gostaria que soubessem que estou bem. Estou no Michigan..."

E então, claro, iriam perguntar ou presumir: "Estou no Michigan com o tio Jay. Sei que ele é meu pai biológico, então acho que deveríamos deixar de fingir que..."

E aquilo já começava a soar hostil. "Estou no Michigan com o tio Jay. Vou ficar aqui por um tempo até descobrir algumas coisas. Venho escrevendo canções, ganhando algum dinheiro. Tio Jay tem um negócio e o estou ajudando..."

Má ideia fazer qualquer menção a "negócio". Soava imediatamente suspeito. Jay?, pensariam eles. Qual seria a natureza de tal "negócio"? Logo pensariam em drogas ou algo ilícito, e ele tinha prometido a Jay que não contaria nada a quem quer que fosse.

— Jure por Deus, Ryan — disse Jay quando os dois estavam sentados no sofá da cabana no Michigan, jogando video game. — Estou falando sério. Você tem de jurar que não vai deixar escapulir uma só palavra em relação a isso.

— Pode confiar em mim — disse Ryan. — Para quem eu contaria?

— Qualquer pessoa — respondeu Jay. — Porque se trata de algo muito sério, extremamente sério. Pessoas importantes podem acabar se envolvendo, entende o que quero dizer?

— Jay — disse Ryan —, eu entendo. De verdade.

— Espero que sim, amigão — respondeu Jay, e Ryan assentiu com a cabeça, embora na verdade não tivesse compreendido bem do que se tratava o projeto em que estavam envolvidos.

Sabia que era algo ilegal, obviamente, uma espécie de trapaça, mas o objetivo real não lhe era claro. Ele seria Matthew P. Blurton e alugaria um carro em Cleveland, viajaria até Milwaukee e o devolveria no aeroporto. Depois, embarcaria num avião em Milwaukee usando a carteira de identidade de Kasimir Czernewski, 22 anos, e voaria até Detroit. Posteriormente, pela Internet, transferiria a importância de quatrocentos dólares da conta bancária de Czernewski em Milwaukee para a conta de Frederick Murrah, 50 anos, de West Deer Township, na Pensilvânia. Seria apenas um jogo complexo de troca de identidades, em que uma pessoa assumiria a vida de outra e assim por diante? Presumiu que de alguma forma houvesse um ganho financeiro envolvido, mas ainda não tinha visto qualquer evidência daquilo. Ele e Jay moravam no que era basicamente uma cabana na floresta, um pequeno alojamento de caça, cercados por equipamentos tecnológicos de última geração; mas, até onde podia ver, sem nada mais de grande valor.

No entanto, Jay parecia sério e sisudo. Tinha cabelos lisos na altura do ombro — como um surfista, pensava Ryan — negros, com algumas poucas mechas acinzentadas, e as roupas tristes de exército que um adolescente fugindo de casa usaria. Era difícil imaginá-lo se comportando de maneira que não fosse amigável, mas subitamente se mostrara bastante nervoso.

— Jure por Deus, Ryan — disse Jay. — Estou falando sério. — E Ryan assentiu.

— Jay, confie em mim — disse Ryan. — Você confia em mim, certo?

E Jay respondeu:

— Claro que sim. Você é meu filho, não é? — E então deu a Ryan um sorriso que, apesar de tudo, ele ainda achava encantador, capaz até de tirar o fôlego, quase como se estivesse se apaixonando ou algo assim. *Você é meu filho*, e aquele contato visual deliberado, tanto inquietante quanto lisonjeiro, levando Ryan, todo agitado, a dizer:

— Sim, acho que sim. Eu sou seu filho.

Isso era uma das coisas que ainda estavam tentando resolver — como conversar sobre esse assunto —, e tudo era um tanto desconfortável. Começavam a falar sobre aquilo e então, em certo ponto, nenhum dos dois sabia o que dizer. Era preciso uma linguagem específica, talvez analítica demais ou então muito sentimental e embaraçosa.

O básico era o seguinte: Jay Kozelek era o pai biológico de Ryan, que só descobrira aquilo recentemente. Até alguns meses antes, Ryan pensava que Jay fosse seu tio. O irmão mais novo de sua mãe, separados por muito tempo.

A existência de Ryan fora resultado de um acidente típico da adolescência; aquela era a versão resumida da história. Um casal, ambos com 16 anos, que se deixou empolgar no banco de trás de um carro após uma sessão de cinema. Aquilo foi em Iowa, e a família da garota, a família da mãe — da mãe de Ryan — era muito rígida e religiosa, não aceitava o aborto. Além disso, a irmã mais velha de Jay, Stacey, desejava um filho, mas tinha problemas no ovário.

Jay sempre teve a sensação de que era melhor agir com honestidade, mas Stacey não achava uma boa ideia. Era dez anos mais velha que o irmão e, de qualquer jeito, não o tinha em grande estima, principalmente no que dizia respeito a sua moral, suas concepções sobre a vida, as drogas etc.

Há um lugar e uma hora para tudo, dissera a Jay, quando Ryan ainda era um bebê.

Depois, continuou: *O que isso muda para você, Jay? Por que tudo tem que girar ao seu redor? Não consegue pensar em ninguém além de si próprio?*

Ele está feliz, disse Stacey. *Sou sua mãe, Owen é o pai e ele está feliz assim.*

Não muito tempo depois, pararam de se falar. Jay teve alguns problemas com a Justiça, os dois se desentenderam e foi isso. Jay mal era mencionado enquanto Ryan crescia — quando o faziam, era como um mau exemplo. *Seu tio Jay, o presidiário. O vagabundo. Nunca teve nada na vida. Envolveu-se com drogas durante a adolescência e arruinou sua vida. Que sirva de aviso. Ninguém mais sabe seu paradeiro.*

Assim, Ryan não conheceu a verdade: Stacey era na verdade sua tia biológica, seu tio Jay, quase nunca visto, era seu "pai verdadeiro", sua mãe biológica cometera suicídio no segundo ano de faculdade, muito tempo atrás, quando Ryan ainda era um garotinho de 3 anos morando em Council Bluffs, Iowa, com seus supostos pais, Stacey e Owen Schuyler, enquanto Jay viajava a esmo pela América do Sul...

Ryan não soube disso até ele próprio entrar na universidade. Certa noite, Jay o chamou e contou toda a história.

• • •

Ele estava no segundo ano da faculdade, assim como sua mãe quando morreu, e talvez aquilo o tivesse feito acusar o golpe de tal maneira. *Minha vida inteira é uma mentira*, pensou, mesmo sabendo o quanto estava sendo melodramático e pueril, mas acordou na manhã seguinte à conversa com Jay e se viu em seu quarto na residência estudantil, em um cômodo de quina no quarto andar do Willard Hall. Seu companheiro, Walcott, dormia sob as cobertas e uma luz acinzentada invadira o ambiente.

Deve ter sido por volta das seis e meia, sete da manhã. O sol ainda não tinha nascido, e Ryan se virou de modo a encarar a parede de gesso, velha, com inúmeras rachaduras finas na superfície pintada de bege. Fechou os olhos.

Não conseguira dormir por muito tempo depois da conversa com o tio Jay. *Seu pai.*

De início era como se fosse uma piada, mas depois pensou, *Por que está fazendo isso, me contando todas essas coisas?* Mas tudo que conseguiu dizer foi:

— Oh. Ãhã. Uau. — Foi monossilábico e sua voz soava ridiculamente polida e evasiva. — Oh, é mesmo? — disse.

— Apenas acho que é algo que deveria saber — disse Jay. — Quer dizer, provavelmente é melhor que não conte nada a seus pais, mas você pode tomar sua própria decisão em relação a isso. Só pensei... isso tudo parecia errado para mim. Você é um homem, um adulto, acho que tem o direito de saber.

— Agradeço — disse Ryan.

Entretanto, depois de passar algumas horas tentando dormir, depois de relembrar todos os fatos algumas centenas de vezes, não sabia ao certo o que fazer com aquela informação. Sentou-se na cama e passou os dedos pela borda dos lençóis. Imaginou seus pais — seus "pais" —, Stacey e Owen Schuyler, dormindo na casa da família em Council Bluffs, e podia visualizar seu quarto, no lado oposto do corredor, com os livros ainda nas estantes, as roupas de verão ainda no armário e sua tartaruga, Veronica, descansando sobre a pedra, debaixo de uma lâmpada — tudo como se estivesse visitando um museu de sua infância. Talvez seus pais nem se considerassem impostores, era possível que na maior parte do tempo não lembrassem que o mundo que criaram era falso até a raiz.

Quanto mais pensava, mais a coisa toda lhe parecia uma enganação. Não apenas a falsidade de sua família, mas da própria "estrutura familiar" em geral. Tratava-se do próprio tecido social, mais parecido com uma peça de teatro onde todos estavam envolvidos. Sim, agora compreendia o que seu professor de história queria dizer quando falava sobre "construções", "trama de sinais", "lacunas". Sentado ali em sua cama, tinha ciência dos outros quartos, enfileirados e empilhados, onde todos os estudantes esperavam para ser moldados, rotulados em seus ofícios e enviados nos mais diferentes caminhos. Estava ciente dos outros adolescentes que tinham dormido naquele mesmo quarto, ao longo das décadas, como se o alojamento fosse um depósito, sendo abastecido e reabastecido, ano após ano, e por um breve momento saiu de seu corpo, desconectou-se do tempo, e assistiu ao fluxo genérico de alunos entrando, saindo e sendo substituídos.

Levantou-se, tirou a toalha da cabeceira da cama e decidiu percorrer o corredor até o banheiro coletivo. Sabia que tinha de se recompor e estudar para a prova de química, estava merecendo uma nota medíocre. *Oh, meu Deus*, pensou...

E talvez tenha sido naquele exato momento que se libertou de vez de sua vida. Sua "vida": de repente, aquilo parecia tão abstrato e superficial.

Em princípio, tinha saído apenas para tomar café. Eram por volta das sete e meia da manhã, mas o campus ainda parecia sonolento. Da calçada, ouvia os alunos de música em seus recantos, as escalas e exercícios de aquecimento se misturando de maneira dissonante, clarineta, violoncelo, trompete, fagote, um atropelando o outro, compondo uma trilha sonora adequada para o momento, como a música tocada num filme quando o personagem está prestes a ter um colapso nervoso e coloca as mãos na cabeça, angustiado.

Não colocou as mãos na cabeça, mas pensou, outra vez: *Minha vida inteira é uma mentira!*

Havia muito com que se chatear naquela situação, muito com que ficar nervoso e se sentir enganado, mas o que mais o abalou, por algum motivo, foi a morte de sua mãe biológica. *Meu Deus!*, pensou. *Suicídio. Ela se matou.* Sentiu a tragédia tomar conta de seu corpo, embora aquilo estivesse no passado. Ainda assim, ficou indignado pelo fato de Stacey e Owen não terem se importado quanto a ele saber do ocorrido ou não. Pelo fato de o casal ter recebido a notícia e dado de ombros, enquanto ele provavelmente se encontrava na sala de estar, diante da televisão, aos 3 anos de idade, assistindo a algum programa educativo banal, e eles possivelmente balançaram a cabeça e pensaram no favor que lhe tinham feito, criando-o como se fosse seu próprio filho, e gastando todo aquela fortuna e energia para transformá-lo no tipo de criança que poderia conseguir uma bolsa de estudos na Universidade Northwestern, no tipo de pessoa que poderia conquistar seu lugar no topo da sociedade. Como trabalharam duro para moldá-lo. Mas não havia qualquer indício de que algum dia tenham chegado a *cogitar* a possibilidade de contar a Ryan a verdade sobre seus pais, nenhum sinal de que tenham se dado conta do quanto aquilo era *importante*, nenhuma indicação de que algum dia tiveram ideia do quanto haviam errado com ele.

Talvez estivesse sendo melodramático, mas sentiu aquilo tudo chegar ao estômago, uma sensação de adrenalina sendo liberada. Em parte, uma das causas era a prova de química, na qual provavelmente iria fracassar, e outro motivo era por ser uma manhã muito fria de outubro, com bastante vento, e uma nuvem de folhas correu como um rato pela rua Clark, sendo atropelada por um carro em alta velocidade. Aquilo o fez pensar numa expressão que lera na aula de psicologia. "Fuga dissociativa." Talvez fosse a combinação dos arpejos dissonantes vindos do conservatório com as folhas na calçada. "Fuga." Um estado psicológico dissociativo marcado pela partida repentina e inesperada de casa ou do local habitual de trabalho, somado à incapacidade de recordar o passado, desnorteamento sobre a identidade pessoal ou criação de uma nova identidade, com angústia e fragilização significativas.

O que até soava interessante, bastante atraente de certa maneira, embora tenha suposto que, se alguém *decide* cometer uma fuga dissociativa, então não é algo real.

Também estava levando bomba em psicologia.

Havia ainda algumas questões relacionadas a pequenas apropriações indébitas de recursos, seu empréstimo escolar, e uma carta do escrivão que lhe chegara às mãos: PRAZO EXPIRADO. PAGAMENTO EXIGIDO. Seria bastante difícil explicar a seus pais o que ele fizera com aquele dinheiro, como conseguira se esquecer de pagar as mensalidades e, em vez disso, tinha gastado tudo em coisas como roupas, CDs e jantares no restaurante mexicano da avenida Foster. Como aquilo aconteceu? Nem ele sabia.

E então ali estava ele, em seu Chevy Aveo alugado, dirigindo pelo corredor escuro que era a Interestadual 80 no fim de janeiro e pensando em compor uma canção sobre dirigir sozinho pela estrada, ninguém sabe meu nome e estou tão longe de você ou algo assim. Mas não tão piegas.

Queridos pai e mãe, sei que as escolhas que fiz recentemente não lhes foram exatamente agradáveis e sinto pela dor que causei. Sei que deveria ter entrado em contato antes. Sei que a essa altura a polícia está envolvida e que provavelmente estou na lista de "pessoas desaparecidas". Quero que saibam que não era minha intenção provocar qualquer tipo de dor ou problema na vida de vocês. Mas foi o que fiz.

Nesse exato momento, estou no saguão de uma pousada em _____, e na parede do cubículo do gerente está pendurada uma fotocópia de um cartaz, como aqueles conselhos sábios que as pessoas vivem fixando na parede, sobre seus computadores, por algum motivo.

Diz:

As circunstâncias da vida
Os acontecimentos da vida
As pessoas ao meu redor na vida
Não me **fazem** ser como sou
Mas **revelam** como sou

E aqui me vejo pensando no quanto você, mãe, adoraria essa frase, como poderia ser exatamente o que me diria se pudesse ouvir minhas desculpas. Imagino que isso tudo tenha **revelado** muito subitamente a vocês quem eu sou e acabou sendo uma surpresa desagradável. Não sou o filho que queriam quando me pegaram, ainda bebê, e me criaram como se fosse seu, tentando fazer de mim uma pessoa boa. Mas acho que sou um pouco diferente. Ainda não sei em que sentido, mas...

Mas ali estava, se hospedando na pousada, pois deveria constar uma despesa com acomodação no MasterCard de Matthew P. Blurton e encontrara um Holiday Inn com acesso grátis à Internet sem fio. Tinha de checar a caixa de entrada de Matthew P. Blurton e entrar no Messenger para ver se Jay estava tentando entrar em contato.

Tinha também um telefone celular no nome de Matthew P. Blurton, mas Jay era cauteloso em relação a esse tipo de aparelho, então nunca deveria ligar para ele ou para casa.

Continuava preocupado com a possibilidade de que sua mãe o localizasse. Sustentou por anos que nem ao menos sabia do paradeiro de Jay, mas se seu filho tivesse desaparecido, realmente desaparecido, não tentaria enfim localizá-lo? Não acharia que Jay, seu pai biológico, tinha o direito de saber? Tinha passado a maior parte daqueles meses na cabana na floresta, no Michigan, com Jay, dormindo no sofá e saindo em "expedições", como Jay chamava o que quer que estivessem fazendo com os cartões de crédito, números da previdência social e inúmeras listas da Internet. Parecia a coisa certa a ser feita, embora às vezes pensasse em Stacey e Owen em Council Bluffs.

Sentados à mesa da cozinha, espetando seus garfos nos cozidos de Stacey, comendo. Sempre foram aquele tipo de família silenciosa à mesa de jantar, embora Stacey tenha insistido durante toda a escola média que *todos* tinham de comer juntos; como se aquilo os aproximasse, sentar lado a lado empurrando comida para dentro de suas bocas até que Ryan finalmente pudesse, diante de seu prato limpo, escapar dali, dizendo:

— Pai, me dá licença?

Será que ela estaria triste?, perguntou-se Ryan. Estaria preocupada, com medo ou chorosa? Ou estaria enfurecida?

Houve aquela vez no colégio em que ele havia aprontado confusão, envolvendo-se com o que Stacey considerava ser uma namorada "inadequada", cabulando aulas, contando mentiras e escapulindo. Sua mãe reagiu de maneira fria e rápida, enviando-o para um programa para jovens rebeldes, fazendo sua mala — apenas uma mochila — no meio da noite. Os homens, os "conselheiros", aguardavam na porta da frente para conduzi-lo até o furgão e o levarem para uma sessão disciplinar de lavagem cerebral, ou autoajuda, com duração de duas semanas.

Pensou naquilo também. Podia imaginar a obstinação de sua mãe, sua raiva, enviando seus capangas para capturá-lo e levá-lo de volta à vida da qual fugira.

Ryan sentou-se à mesa de seu quarto no Holiday Inn e abriu seu computador. Talvez fosse melhor não se prolongar naquele assunto, mas mesmo assim se viu digitando seu próprio nome na página de buscas e revendo alguns dos velhos artigos. Por exemplo:

> **Nenhum avanço no caso do universitário desaparecido**
> CHICAGO — A polícia de Chicago não fez progressos no caso do aluno da Universidade Northwestern que desapareceu sem deixar vestígios no amanhecer do dia 20 de outubro. Seguindo uma informação anônima, mergulhadores fizeram buscas no Lago Michigan, nas proximidades do campus, mas nada encontraram. Segundo o sargento Rizzo, não há novos fatos na investigação.

Isso o fazia se sentir culpado, mas ao mesmo tempo era decepcionante. Os policias claramente não eram muito bons naquilo que faziam. "Sem deixar vestígios!" Cristo! Não é que tenha saído por aí usando disfarce. Nem tampouco lhe colocaram um saco sobre a cabeça e o empurraram para dentro de um furgão ou algo assim.

Apenas saiu da universidade e pegou o metrô até a rodoviária. Ali, certamente haveria bastante gente que o tivesse visto naquele dia. Será que as pessoas eram tão desatentas? Será que ele era tão comum assim?

A especulação de suicídio também o incomodara. Era impressionante como não perdiam tempo em enviar mergulhadores ao lago! Aquilo era coisa de sua mãe, pensou. Ela sabia que sua mãe biológica era suicida e aquela foi a primeira ideia que lhe veio à mente.

Segundo ele, aquilo já vinha rondando a cabeça de sua mãe por um tempo. Toda vez que falavam ao telefone, ela sempre perguntava como ele se sentia, por que estava tão quieto, se havia algo errado, e agora ela podia compreender as associações que Stacey vinha fazendo por todo aquele tempo.

Um assobio indicou a entrada de alguém no Messenger. Ryan olhou para baixo, já estava na hora de Jay contatá-lo — sempre conversavam rapidamente por MSN quando ele viajava, apenas por formalidade, mas ao abrir a janela do MSN, viu algo de incompreensível.

Ou melhor, alguém estava teclando no que ele julgava ser cirílico. Russo?

490490: Раскрытие способностей к телекинезу с помощью гипноза... данном разделе Вашему вниманию предлагается фрагменты видеозаписей демонстраций парапсихологических явлений.

Olhou para aquela série de caracteres. Será que o computador de Jay estava com algum problema? Ou seria uma brincadeira estranha? E então digitou:

BLURTON: Que tal escrever em inglês, cara?

O cursor piscou. Respirou. E então:

490490: Господин Ж? J???

Que bizarro, pensou.

BLURTON: Jay??

Nenhuma resposta. 490490 ficou em silêncio, embora a sensação fosse de que ainda estava ali a observar. Nada se ouvia no quarto da pousada. As cortinas estavam cerradas, e a tela da TV encarava friamente a cama. Ouvia-se o ruído distante dos caminhões cruzando estrada afora. Por fim, achou melhor fechar a janela do Messenger.

Mas então 490490 começou a escrever novamente.

490490: Senhor J. Que bom encontrar o senhor J. Vejo onde vc tah.

8

Lucy acordou e estava sozinha na cama. A seu lado, o vão amassado onde George Orson dormira, o travesseiro amarrotado e o lençol puxado. Sentou-se, vendo o quarto inclinar-se sobre ela. A luz do sol orlava a beirada das cortinas, e Lucy viu a porta do armário atenta, o vulto rígido e sombrio da penteadeira, os reflexos à meia-luz no espelho oval e alguns movimentos, que percebeu serem dela mesma, sozinha na cama.

— George?

Quase uma semana se passara, e os dois ainda estavam na velha casa em Nebraska. Lucy começou a sentir-se um pouco ansiosa, embora George tivesse tentado reconfortá-la:

— Não há motivo para se preocupar — disse. — Só falta ajeitar umas coisas...

Mas nada explicou além daquilo. Desde que tinham chegado, ele ficara menos disponível. Passava horas e horas no cômodo que chamava de "sala de estudos". Lucy chegou a se ajoelhar diante da porta trancada e colocar o olho na fechadura abaixo da maçaneta de vidro, enxergando George sentado diante da grande mesa de lenho, curvado sobre seu computador, com o rosto coberto pela tela.

Naturalmente, chegou à conclusão de que algo no plano dos dois saíra errado.

Qualquer que fosse o "plano".

Do qual, Lucy percebeu, ela ainda não sabia claramente nada.

Abriu as cortinas, deixando a luz entrar. Daquele jeito ficava um pouco melhor. Ao acordar, sentiu um cheiro seco, de terra e porão, um gosto subterrâneo na boca, gosto de tecido apodrecido, e não conseguiu abrir as janelas por causa da tinta seca e envelhecida. Estava claro que a casa fora tomada por poeira havia muito tempo.

— Chamei um dedetizador, não se preocupe — dissera George Orson —, e uma faxineira vem de tempos em tempos. A casa nunca foi *abandonada* — disse, um pouco na defensiva, mas tudo o que Lucy queria saber era quando fora a última vez que alguém viveu ali, quanto tempo desde que sua mãe falecera.

Relutante, George fez uma estimativa.

— Não sei — respondeu. — Provavelmente há uns... oito anos? Ela não sabia por que ele se comportava como se uma simples pergunta fosse como uma invasão de sua privacidade.

Mas, ultimamente, boa parte do diálogo entre os dois tinha sido daquela forma. Lucy ficou diante da janela, vestindo uma camiseta larga e calcinha, olhando para a estrada de cascalho que partia da garagem, passava pela casa, pela torre do farol, pelo pátio onde ficavam os quartos da pousada e chegava às duas faixas de asfalto que serpenteavam até finalmente alcançar a interestadual.

— George — disse, mais alto.

Caminhou na ponta dos pés pelo corredor e, quando chegou à cozinha, também não o encontrou ali, embora tenha notado que sua tigela de cereais e a colher tinham sido lavados e colocados organizadamente no escorredor de pratos.

Assim, saiu da cozinha, atravessou a sala de jantar e se dirigiu à "sala de estudos"...

"Sala de estudos." Para Lucy, soava britânico ou algo do gênero, tão pretensioso quanto um antigo mistério de assassinato.

A sala de estudos. A sala de bilhar. O jardim de inverno. O salão.

Mas também não estava lá.

A porta estava aberta. Havia cortinas e tapetes na sala, além de um candelabro de bronze enfeitado por cristais.

— Era isso que minha mãe chamaria de elegância — dissera George Orson na primeira vez que lhe mostrou a sala. Lucy cruzou os braços sobre o peito, absorvendo aquilo. O que a mãe dele "chamaria de" elegância, presumiu, não era *de fato* elegante; embora na verdade tivesse impressionado Lucy. Belos tapetes orientais, papel de parede dourado, móveis pesados de lenho, estantes cheias de livros; não edições baratas, mas livros de capa dura e páginas grossas, com uma fragrância densa e amadeirada.

Será que havia alguma diferença, pensou consigo própria, alguma fina distinção de bom gosto ou berço que aprovasse que um cômodo fosse chamado de "sala de estudos" mas que não permitisse a posse de um lustre que se chamasse de "candelabro"?

Lucy tinha muito a aprender sobre classe, disse George Orson, que desenvolvera certa sensibilidade para tais assuntos em seus dias de universitário em Yale.

O que queria dizer, então, aquela sua falta de experiência no tocante a candelabros, salas de estudo e coisas do gênero? Ela vinha de uma longa linhagem de operários — camponeses irlandeses, poloneses e italianos —, joões-ninguém, geração atrás de geração.

Era possível desenhar sua família em duas dimensões, como numa tira em quadrinhos. Ali estava seu pai, um bombeiro hidráulico, um homenzinho bondoso, confuso, com sua barriga de chope, suas mãos peludas e sua cabeça careca. Sua mãe: desgrenhada e rígida, bebendo café na mesa da cozinha antes de sair para o trabalho no hospital, uma enfermeira, não uma licenciada, mas apenas com curso profissionalizante. Sua irmã, simples e rotunda como o pai, obedientemente lavando a louça ou dobrando um cesto de roupas sem reclamar, enquanto Lucy relaxava preguiçosamente no sofá, lendo os mais recentes romances de jovens autoras e tentando emanar um ar de irritação sofisticada...

Olhando para a sala de estudos vazia, não conseguia parar de pensar em sua triste e caricatural família. Sua vida antiga e fracassada, que tinha trocado por esta nova vida.

Na sala de estudos ficavam uma velha mesa de carvalho, com seis gavetas de cada lado, todas trancadas, e um gabinete, também trancado. E o laptop de George Orson, protegido por uma senha. E um cofre na parede, escondido atrás de um quadro emoldurado dos avós de George Orson.

— Vovô e vovó Orson — disse ele, referindo-se ao casal carrancudo, com seus rostos pálidos e roupas escuras. A mulher tinha um olho de cor clara e o outro escuro: — Chamam de heterocromia — disse George Orson. — É muito raro. Um olho azul, o outro, castanho. Provavelmente é hereditário, embora minha avó sempre tenha contado que a causa foi um soco que levou do irmão quando criança.

— Hummm — disse Lucy. Agora, sozinha na sala, olhou novamente para o retrato, percebendo o jeito como a mulher fixava seu olhar heterocromático no fotógrafo. Um olhar francamente infeliz e quase suplicante.

Lucy destravou o trinco como lhe havia ensinado George Orson e o velho retrato balançou para a frente, abrindo-se como a porta de um armário e revelando o pequeno buraco na parede onde estava o cofre.

— Então — disse ela na primeira vez que viu aquilo. O cofre aparentava ser bastante antigo, pensou, com um segredo em forma de disco que parecia o botão de um velho rádio. — Não vai abri-lo? — perguntou. George Orson sorriu por entre os dentes, meio indeciso.

— Na verdade, não posso — respondeu.

Lucy olhou em seus olhos e não conseguiu decifrar sua expressão.

— Ainda não descobri a combinação — disse. Depois, deu de ombros. — De qualquer jeito, tenho certeza de que está vazio.

— Você tem certeza de que está vazio — disse ela, olhando-o fixamente. Era um daqueles momentos em que os olhos de George Orson diziam *Não confia em mim?* e os olhos de Lucy respondiam *Estou pensando*.

— Bem — disse ele —, duvido seriamente de que esteja cheio de dobrões de ouro e joias.

Abriu então aquele seu meio-sorriso, com as covinhas.

— Estou certo de que encontrarei a combinação em algum lugar nos arquivos — disse ele, tocando a perna dela com a ponta do dedo indicador, como se para dar boa sorte. — Em algum lugar — continuou ele —, se conseguirmos encontrar a chave do gabinete.

Agora, porém, ali na sala de estudos, não conseguia deixar de pensar em dar uma nova olhada no cofre. Não conseguiu evitar esticar o braço e testar a maçaneta de bronze e marfim, apenas para se certificar que, sim, estava trancado, selado e impenetrável.

Não que fosse roubar de George Orson. Não que fosse obcecada por dinheiro...

Mas tinha de admitir que era uma preocupação. Tinha de admitir que vinha contando as horas para deixar Pompey, Ohio, e se tornar rica ao lado de George Orson. Provavelmente seria correto dizer que aquilo era parte da atração de toda aquela aventura.

No último ano do ensino médio, em setembro, dois meses antes da morte de seus pais, Lucy era apenas uma estudante deprimida na aula de história americana avançada cujo professor era George Orson.

Era um novo docente, uma pessoa desconhecida que chegara à cidade e, desde o primeiro dia de aula, ficou claro que ele tinha certa *presença*, com suas roupas pretas e um jeito impressionante de estabelecer contato visual com as pessoas. Aqueles olhos verdes, a maneira de sorrir que fazia parecer que todos eles estavam fazendo algo ilícito juntos.

— A história americana, aquela que vocês aprenderam até agora, está cheia de *mentiras* — disse George Orson a seus alunos, fazendo uma pausa após a palavra "mentiras", como se para saboreá-la. Deve ser de Nova York ou Chicago e não vai ficar aqui por muito tempo, pensou Lucy, mas, na verdade, acabou prestando mais atenção do que esperava.

Depois, na sala de estudos do colégio, ouviu alguns garotos conversando sobre o carro de George Orson. Tratava-se de um Maserati Spyder, ela mesma tinha visto, um conversível prateado minúsculo com espaço apenas para duas pessoas, quase como um brinquedo.

— Você chegou a vê-lo? — escutou perguntar um dos meninos, Todd Zilka, a quem Lucy detestava. Era jogador de futebol americano, um tipo atlético e grande, filho de um advogado, que vinha se saindo tão bem na escola que o convidaram para a National Honor Society, o que fez com que Lucy parasse de frequentar os encontros. Se fosse mais corajosa, teria renunciado a seu lugar na sociedade. No final da escola primária, foi Todd Zilka quem começara a lhe chamar de "Piolhucy", o que não a teria incomodado tanto se ela e a irmã não tivessem *realmente* contraído pediculose, passando o vexame de serem afastadas da escola até que a infestação de piolhos fosse controlada. Mesmo anos mais tarde, as pessoas ainda a chamavam de Piolhucy, talvez fosse a única coisa que lembrassem a seu respeito no aniversário de vinte anos de formatura.

"Toddzilla" era o nome que Lucy criara como repreenda para Todd Zilka, embora ela não tivesse o poder para fazer com que o apelido pegasse.

O fato de que uma criatura como Toddzilla pudesse se destacar e se tornar popular era um bom motivo para deixar Pompey, Ohio, para sempre.

Mesmo assim, continuou a ouvir sorrateiramente enquanto Todd vomitava suas opiniões ridículas para seus amigos ridículos na sala de estudos.

— Quer dizer — perguntava ele —, só gostaria de saber de onde um professorzinho do ensino médio tira dinheiro para comprar um carro daqueles. É, tipo, importado da Itália, sabe qual é? Deve custar uns setenta mil paus!

Involuntariamente, aquilo a fez pensar. Setenta mil dólares era uma quantia impressionante de dinheiro. Pensou novamente em George Orson na frente da sala de aula, com sua camisa preta apertada, dizendo que Woodrow Wilson era um suprematista branco e citando Anaïs Nin:

"Não vemos as coisas como elas são, mas sim como nós somos. Pois é o 'eu' por trás dos 'olhos' que comanda a visão."

Então, numa tarde, não muito tempo depois, Toddzilla levantou o braço, e George Orson fez um gesto em sua direção, esperançoso. Como se estivessem prestes a debater sobre a constituição.

— Sim? Ãh... Todd? — disse George Orson. Toddzilla sorriu, exibindo seus grandes dentes.

— Então, sr. O — disse ele. Era o tipo de adolescente que achava descolado tratar os professores e outros adultos por apelidos banais.
— Então, sr. O — continuou Toddzilla —, onde conseguiu aquele carro? É uma senhora máquina.

— Ah — disse George Orson —, obrigado.

— Que marca é? Maserati?

— Sim.

George Orson fitou o resto da turma, e Lucy pensou que, por uma fração de segundos, o professor e ela tivessem se olhado nos olhos, como se houvessem entrado em sintonia, concordando veladamente que Toddzilla era um homem de Neanderthal. E então George Orson voltou a atenção para sua mesa, onde estava o programa da aula ou algo do gênero.

— Por que trabalha como professor do ensino médio se pode comprar um carro daqueles? — questionou Toddzilla.

— Imagino que seja por achar o ofício bastante gratificante — respondeu George Orson. Sério. Olhou novamente para Lucy e os cantos de sua boca levantaram o suficiente para que sua covinha saltasse. Havia uma perspicácia, um toque de comicidade que talvez só ela pudesse perceber. Lucy sorriu. Ele era um cara engraçado, pensou. *Interessante*.

Mas Todd não gostou. Posteriormente, na cantina, Lucy o ouviu repetir a pergunta, de modo crítico.

— Como pode um professor do ensino médio comprar um carro daqueles? — queria saber Toddzilla. — Gratificante é o meu caralho. Deve ser algum rico pervertido ou algo assim. Um cara que gosta de estar cercado por adolescentes.

E aquela foi a primeira vez que Lucy pensou: *Hummm*. Ela mesma estava intrigada pela ideia de George Orson, com suas mãos macias, porém masculinas, e com as veias saltando, possuir uma fortuna.

Deixaram Pompey no Maserati, e talvez aquele fosse o motivo pelo qual Lucy estava tão confiante. Ela ficava bem naquele carro, pensou, as pessoas olhariam para os dois enquanto cruzavam pela interestadual. Um rapaz num utilitário esportivo os viu passar e deu uma piscadela na direção de Lucy, como um ator de cinema mudo ou um mímico. Ela fez seu próprio show ao ignorá-lo, embora na verdade tivesse chegado a comprar um batom vermelho brilhante, como uma espécie de piada, mas ao se olhar no espelho retrovisor do lado do passageiro, ficou bastante satisfeita com o que viu.

Quem você seria se não fosse Lucy?

Aquela era uma pergunta sobre a qual conversavam bastante, quando George Orson não estava isolado em sua "sala de estudos".

Quem você seria?

Certo dia, George Orson encontrou um velho conjunto de arco e flecha na garagem, e os dois foram à praia testá-lo. Como não conseguiu encontrar um alvo de verdade, passou um bom tempo ajeitando objetos contra os quais Lucy pudesse atirar. Uma pirâmide de latas de refrigerante, por exemplo. Uma velha bola de praia, meio murcha. Uma grande caixa de papelão, na qual desenhou círculos com uma caneta de ponta grossa.

Enquanto Lucy ajeitava a flecha e puxava a corda, tentando mirar, George Orson lhe fazia perguntas.

— Você preferiria ser um ditador impopular ou um presidente popular?

— Essa é fácil — respondeu Lucy.

— Preferiria ser pobre e morar num lugar bonito ou ser rica e viver num lugar feio?

— Não acredito que pessoas pobres vivam em lugares bonitos — disse.

— O que escolheria: morrer afogada, de frio ou num incêndio?

— George — disse —, por que tem de ser sempre assim tão mórbido?

E ele sorriu por entre os dentes.

— Gostaria de cursar uma faculdade mesmo se tivesse dinheiro suficiente para nunca ter de trabalhar?

— Que é o mesmo que perguntar — continuou George Orson —: você quer estudar para se tornar uma pessoa instruída ou simplesmente para seguir alguma carreira?

— Hummm — disse Lucy, tentando desenhar uma cabeça na bola inflável, que balançava desengonçadamente diante do vento. — Acho que só quero mesmo ser uma pessoa instruída. Embora, se tivesse dinheiro o bastante para nunca ter de trabalhar, provavelmente teria escolhido um curso diferente. Algo pouco prático.

— Entendo — disse George Orson. Estava atrás de Lucy; ela podia sentir o peito dele pressionando suas costas, enquanto tentava ajudá-la a mirar. — Por exemplo? — perguntou ele.

— Algo como história — respondeu Lucy, sorrindo de lado enquanto soltava a flecha, que traçou um arco oscilante e incerto antes de aterrissar na areia, a algumas dezenas de centímetros da bola.

— Está chegando perto! — sussurrou George Orson, ainda apertando seu corpo contra o de Lucy, com a mão em sua cintura e a boca em seu ouvido. Ela sentiu o movimento dos lábios dele. — Bem perto — disse.

Lucy voltou a pensar nisso ao sair vestindo sua camiseta de dormir, com os cabelos achatados do lado do rosto e absolutamente nada que a tornasse atraente.

— George — chamou outra vez.

E colocou os pés descalços na estrada de cascalho em direção à garagem. Tratava-se de uma estrutura de madeira, igual a um estábulo, com ervas daninhas crescendo nas laterais. Ao se aproximar, um grupo de gafanhotos se dispersou, surpreendido por sua chegada. As asas secas produziram um som semelhante a maracas, como cascavéis. Prendeu os cabelos num rabo de cavalo, segurando-o com a mão.

Não haviam usado o Maserati desde que chegaram.

— É muito chamativa — disse George Orson. — Não há por que atrairmos tanta atenção para nós — continuou. No dia seguinte, ela acordou e ele já havia se levantado. Não estava dentro da casa, e Lucy finalmente o encontrou na garagem.

Havia dois carros ali. O Maserati estava à esquerda, coberto por uma lona verde-oliva. À direita, uma velha picape Ford Bronco vermelha e branca, possivelmente dos anos 1970 ou 1980. O capô estava aberto, e George Orson se reclinava sobre ele.

Vestia um macacão velho de mecânico, e Lucy quase caiu na gargalhada. Não conseguia imaginar onde ele encontrara tal roupa.

— George — disse —, procurei você em todos os cantos. O que está fazendo?

— Consertando uma caminhonete — respondeu.

— Ah — disse ela.

E embora estivesse praticamente com sua aparência habitual, parecia — o quê? — fantasiado com aquele macacão sujo, os cabelos despenteados e para cima, os dedos cheios de graxa. Lucy sentiu um calafrio.

— Não imaginava que você soubesse consertar carros — disse ela, e George Orson lançou um olhar demorado em sua direção. Um olhar triste, pensou ela, como se lembrasse de um erro que cometera em um passado distante.

— Provavelmente há um monte de coisas que você não imagina sobre mim — disse ele.

Aquilo a fez pensar naquele momento, quando vacilou diante da entrada da garagem. A caminhonete não estava mais lá, e uma pontada de inquietação a atingiu enquanto olhava fixamente para o chão de cimento, com uma mancha de óleo sobre a poeira onde o velho Bronco ficava.

Ele partira... a deixara sozinha... a deixara...

O Maserati ainda estava ali, coberto com sua lona. Lucy não fora completamente abandonada.

Embora soubesse que não tinha a chave do carro.

E, mesmo que *tivesse*, não sabia dirigir carros com câmbio manual.

Ponderou sobre a situação, depois olhou para as prateleiras: latas de óleo, garrafas de líquido para a manutenção dos limpadores de para-brisas e jarras cheias de porcas, parafusos, pregos e arruelas.

Nebraska era ainda pior do que Ohio, se isso era possível. Havia uma sensação de silêncio profundo naquele lugar, pensou, embora às vezes o vento fizesse o vidro das janelas sacudir. O vento que exalava numa longa corrente pelas ervas, pela poeira e pelo leito vazio do lago. Outras vezes, inesperadamente, ouvia-se uma explosão sônica sobre a casa quando uma aeronave militar quebrava a barreira do som. Havia também os barulhos dos gafanhotos saltando de uma folha para outra...

Na maior parte do tempo, entretanto, reinava o silêncio. Era uma espécie de quietude apocalíptica e era possível sentir o céu encobrindo tudo como faz o vidro num globo de neve.

Lucy ainda estava na garagem quando George Orson voltou.

Ela havia tirado a capa do Maserati e estava sentada no banco do motorista, desejando saber como dar a partida num carro por meio de ligação direta. Como seria ótimo, pensou, se George Orson voltasse para casa e não encontrasse seu adorado Maserati. Era o que ele merecia. Lucy gostou de imaginar o olhar no rosto de George Orson quando retornasse depois do escurecer...

Ainda sonhava com aquilo tudo quando George Orson estacionou o velho Bronco no espaço vazio ao lado dela. Parecia intrigado ao abrir a porta — por que a lona não estava sobre o Maserati? — mas, ao ver Lucy ali sentada, sua expressão se transformou num gratificante olhar de alarme.

— Lucy? — disse. Vestia jeans e uma camiseta preta, muito discreto, sua própria versão dos trajes nativos, e ela teve de admitir que ele não parecia um homem abastado. Nem mesmo parecia ser professor, com a barba por fazer, os cabelos compridos e a mandíbula projetada de desconfiança. Era possível até mesmo dizer que parecia um homem ameaçador de meia-idade. Logo lhe veio a lembrança do pai de sua amiga, Kayleigh, que era divorciado e morava em Youngstown, além de beber bastante e tê-las levado ao parque de diversões Cedar Point quando tinham 12 anos. Imaginou o pai de Kayleigh no estacionamento do parque de diversões, inclinando-se sobre o capô e fumando um cigarro atrás do outro. Lembrou-se de como seus braços eram musculosos e de como seus olhos estavam vidrados nela, *Ele está olhando para os meus peitos?*

— Lucy, o que está fazendo? — perguntou George Orson, e ela estudou seu rosto.

É claro que o verdadeiro George Orson ainda estaria ali, bastava que se limpasse.

— Estava me preparando para roubar seu carro e dirigir até o México — respondeu Lucy.

O rosto de George Orson voltou ao que era antes, o George Orson que ela conhecia e que amava o lado sarcástico dela.

— Querida — disse ele —, dei uma passada rápida na cidade, só isso. Tinha de fazer compras e queria preparar um bom jantar para você.

— Não gosto de ser deixada para trás — disse Lucy, séria.

— Você estava dormindo — disse George Orson. — Não quis acordá-la.

Ele passou a mão pelos cabelos — sim, sabia que tudo estava ficando desgrenhado — e estendeu a mão, abrindo a porta do Maserati e sentando no banco do passageiro.

— Deixei um bilhete — disse. — Na mesa da cozinha. Imagino que não o tenha visto.

— Não — respondeu ela. Ficaram em silêncio. Lucy sentiu uma lenta sensação de vazio abrindo-se em seu peito, uma solidão apocalíptica, e colocou as mãos no volante como se fosse dirigir para algum lugar.

— Não gosto que me deixe aqui sozinha — disse ela.

Olharam um para o outro.

— Desculpe — disse George Orson.

Ele pegou a mão de Lucy na sua. Ela sentiu a pressão sutil da palma de George Orson no dorso de sua mão. Ele era, afinal, possivelmente a única pessoa no mundo que realmente a amava.

9

Voltando ao tempo em que Hayden ainda não acreditava que seu telefone fora grampeado, quando ele e Miles ainda tinham vinte e poucos anos, suas ligações para o irmão eram, segundo ele, bastante frequentes. Uma vez ao mês, ou até mais.

O telefone tocava no meio da noite. Duas, três da manhã.

— Sou eu — dizia Hayden. Quem mais poderia ser àquela hora? — Graças a Deus você atendeu ao telefone — diria então. — Miles, tem de me ajudar. Não consigo dormir.

Às vezes ficava agitado por causa de algum artigo que lera sobre fenômenos psíquicos ou reencarnação, vidas passadas, espiritualismo. O de sempre.

Às vezes começava a discursar sobre a infância dos dois, narrando acontecimentos dos quais Miles não possuía qualquer tipo de lembrança, episódios que, tinha quase certeza, Hayden inventara.

Mas de nada adiantava argumentar com ele. Se Miles expressasse qualquer reserva ou dúvida, Hayden logo se tornava defensivo e beligerante, e então quem sabia o que poderia acontecer? Na única vez em que tiveram uma discussão acalorada sobre suas "lembranças", Hayden bateu o telefone e não voltou a ligar por dois meses. Miles ficou perplexo. Naquela época, ainda acreditava que era apenas uma questão de tempo até que conseguisse descobrir o paradeiro de Hayden, até que ele fosse capturado ou então convencido a voltar para casa. Fazia uma imagem do irmão, calmo, talvez medicado, os dois dividindo um apartamento, jogando video game depois que Miles voltasse do trabalho. Talvez pudessem abrir um negócio. Mas sabia que aquilo era ridículo.

Ainda assim, quando Hayden finalmente reapareceu, Miles manteve o espírito conciliatório. Estava tão aliviado que prometeu a si mesmo nunca mais discutir com Hayden, não importa o que dissesse.

Eram quatro da manhã, e Miles estava sentado na cama, segurando o telefone firmemente, com o coração acelerado.

— Apenas me diga onde está, Hayden — disse. — Não vá a lugar algum.

— Miles, Miles — respondeu Hayden. — Adoro saber que se preocupa!

Disse estar morando em Los Angeles; tinha um bangalô, afirmou, bem na saída do Sunset Bulevar, em Silver Lake.

— Não irá me encontrar se vier atrás de mim — falou —, mas, se isso o faz sentir melhor, é aqui que estou.

— Fico aliviado — disse Miles, arrancando uma folha de post-it que mantinha em sua mesa de cabeceira e escrevendo: "Sunset Blvd." e "Silver Lake".

— Eu também — respondeu Hayden. — Você é a única pessoa com quem posso conversar. Sabe disso, não sabe?

Miles ouviu o barulho que Hayden fez ao aspirar algo demoradamente, o que imaginou ser um cigarro de maconha.

—Você é a única pessoa no mundo que ainda me ama.

Hayden vinha pensando bastante na infância dos dois — melhor dizendo, na *sua* infância, uma vez que o irmão não se lembrava de nenhum dos episódios que lhe contava. Mas Miles mantinha suas objeções para si próprio. Aquela era a primeira vez que Hayden telefonava desde que discutiram. Em silêncio, Miles olhou para baixo, na direção de sua notinha, enquanto Hayden se prolongava.

— Tenho lembrado bastante do sr. Brisa — contava Hayden. — Você se lembra dele?

— Bem... — titubeou Miles. Hayden fez um ruído impaciente.

— Era aquele hipnotizador, não se recorda? — perguntou Hayden. — Era bastante amigo de nossos pais, estava sempre nas festas. Acho que chegou a sair com a tia Helen por um tempo.

— Ã-hã — disse Miles, evasivo. — E o nome dele era sr. Brisa?

— Era provavelmente seu nome artístico — respondeu Hayden, com a voz rígida. — Meu Deus, Miles, você não se lembra de nada. Acho que nunca prestou bem atenção, sabe?

— Acho que não — disse Miles.

Segundo Hayden, esse incidente com o sr. Brisa supostamente aconteceu numa das festas que seus pais promoviam. Já era tarde da noite, adentrava a madrugada, quando Hayden, de pijama, desceu à cozinha. Não conseguia dormir, suava devido ao calor na cama de cima do beliche e ao vento que soprava junto ao teto diretamente em sua direção. De qualquer jeito, estava acordado também pelo barulho da música, das risadas e das conversas dos adultos, que atravessavam as paredes e invadiam seus sonhos. Já Miles dormia tranquilamente na cama de baixo. *Insensato*, como sempre.

Todos os dois estavam com 8 anos, mas eram pequenos para aquela idade, e a figura de Hayden surgia graciosa e solene enquanto bebia seu copo de água na cozinha. O sr. Brisa o levantou e o sentou num banco junto ao balcão.

— Diga-me, garotinho — perguntou o sr. Brisa, com sua voz profunda —, sabe o que quer dizer criptomnésia?

O sr. Brisa olhou nos olhos de Hayden como se admirasse seu próprio reflexo numa piscina e começou a girar seu dedo indicador bem no centro da testa do menino, sem tocá-la.

— Você consegue se lembrar de coisas que nunca aconteceram de verdade? — perguntou o sr. Brisa.

— Não — respondeu Hayden. Sem sorrir, encarou o homem da maneira que sempre olhava nos olhos de um adulto: impertinente. Sua tia Helen entrou na cozinha e ficou ali, observando-os.

— Portis — disse ela —, não provoque a criança.

— Não estou provocando — disse o sr. Brisa. Vestia uma calça jeans preta e uma camisa de caubói florida. Tinha rugas próximas à boca que faziam parecer que alguém havia tentado passá-las com um ferro. Olhou ternamente para o rosto de Hayden.

— Você não está com medo, está, jovenzinho? — perguntou o sr. Brisa. Na sala ao lado, era possível ouvir o barulho da festa, uma canção rock, meio blues, e as pessoas dançando; no quintal, uma senhora bêbada chorava copiosamente enquanto um amigo tentava consolá-la.

— Vamos apenas dar uma olhadinha em suas vidas passadas — disse o sr. Brisa à tia Helen, sorrindo então para o menino. — O que acha disso, Hayden? Todas as pessoas que você já foi, muito tempo atrás! — E o homem deu um suspiro leve, quase inaudível, diante da expectativa.

— Raramente tenho a oportunidade de trabalhar com uma criança — disse.

Este sr. Brisa só poderia estar bêbado, pensou Miles. Assim como a tia Helen, provavelmente. E todos os adultos na casa.

Mas, mesmo bêbado, o sr. Brisa conseguiu capturar Hayden apenas com suas pupilas.

— Você quer ser hipnotizado, não quer, Hayden?

— Sim — o menino ouviu sua própria voz dizer.

O olhar fixo do homem travou em Hayden como uma peça de quebra-cabeça encaixa na outra.

— Quero que me conte o que viu quando você morreu — disse o sr. Brisa. — Naquele momento — continuou. — Conte-me sobre aquele momento.

Ele pegara Hayden de jeito e o abrira como um pescador teria aberto a barriga de uma truta. Aquilo foi o que Hayden contou a Miles.

— Não meu corpo material — explicou. — Era meu espírito. Ou como preferir chamar. Minha alma. Você sabe. Meu eu interior.

— O que quer dizer com "abrir"? — perguntou Miles, inquieto. — Não entendi.

— Não tem nenhuma conotação sexual — afirmou Hayden. — Você sempre acha que é algo sexual, seu pervertido.

Miles trocou de lado o telefone, que causava desconforto junto a sua orelha. Eram quase cinco da manhã.

— E então...? — perguntou Miles.

— Então foi assim que começou — respondeu Hayden. — O sr. Brisa disse que eu tinha mais vidas passadas que qualquer outra pessoa que conhecera...

— Uma *safra* — disse o sr. Brisa a Hayden. — Você produz uma safra assustadoramente grande — afirmou. As vidas estavam agrupadas dentro de Hayden como ovas...

— Ovos de peixe — disse Hayden. — É o que significa a palavra "ovas".

— Sim, eu *sei* — retrucou Miles, e Hayden suspirou.

— O negócio, Miles — disse Hayden —, é que ninguém se dá conta de que, uma vez que se abre algo, não podemos mais fechar. É isso que estou tentando explicar para você. Se as pessoas tivessem de viver com as lembranças com as quais tive de viver, muitas teriam se matado.

— Está falando dos seus pesadelos? — perguntou Miles.

— Sim — respondeu. — Era assim que os chamávamos. Mas agora sei do que se tratam.

— Como aquele negócio dos piratas — continuou Miles.

— *Negócio dos piratas* — disse Hayden, logo ficando em silêncio. — Você faz parecer como se fosse um passeiozinho pela Terra do Nunca.

O chamado "negócio dos piratas" dizia respeito a um dos pesadelos recorrentes na infância de Hayden, mas não tinham conversado sobre aquele assunto por anos. Era verdade que ele costumava acordar aos berros. Gritos terríveis, horrendos. Miles ainda conseguia ouvi-los nitidamente.

No sonho que Hayden costumava relatar, ele era um menino num navio pirata. Um marujo, supunha Miles. Hayden se lembrava de um emaranhado de cordas pesadas onde se aninhava para dormir. Deitado, tentando repousar, ouvia as velas tremularem intensamente e os mastros rangerem. Sentia o cheiro de madeira molhada e cracas. Ao abrir uma pequena fresta em seus olhos, podia ver os pés sujos e descalços dos piratas, sempre cheios de feridas infectas. Permanecia imóvel, tentando não ser notado, já que às vezes os piratas lhe desferiam chutes. Às vezes o erguiam pela camisa ou pelos cabelos e o colocavam de pé.

— Sempre querem que os beije — dizia Hayden a Miles. Aquilo foi quando tinha 8, 10 anos, e acordava gritando. — Sempre querem que beije seus lábios. — Fez uma careta: aquele hálito, os dentes podres, a sujeira em suas barbas.

— Que nojento — exclamou Miles. E recordou que mesmo naquela época já achava que os sonhos de Hayden possuíam algo de atípico. Os piratas beijavam Hayden e às vezes cortavam uma madeixa de seus cabelos — "uma lembrança dos seus beijos, meu rapaz" — e um deles chegou a cortar um pedaço de sua orelha.

Tal pirata em particular era Bill McGregor, o mais temido por Hayden. Bill McGregor era o pior deles. À noite, quando todos dormiam, Bill McGregor saía à procura de Hayden. Seus passos eram lentos e ecoavam sobre as tábuas do convés, sua voz era um sussurro profundo.

— Garoto — murmurava. — Onde está você, garoto?

Depois de cortar um pedaço da orelha de Hayden, Bill McGregor decidiu que queria mais. Toda vez que capturava Hayden, cortava um pedacinho dele. A pele de um cotovelo, a ponta de um dedo, um naco do lábio. Segurava bem o menino, que se contorcia, e lhe cortava uma parte. Em seguida, Bill McGregor comia o pedaço de carne.

— E, quando tiver acabado de brincar com você — sussurrou Bill McGregor —, vou lhe pegar por trás e...

E foi exatamente aquilo que fez, segundo Hayden. Era uma noite de primavera, e Bill McGregor saiu de trás dele, apertou os olhos do menino com força, cortou sua garganta e o jogou para fora do navio. Hayden se debatia no oceano, com as mãos sobre o pescoço como se tentasse estrangular a si próprio. O sangue lhe escapava por entre os dedos. Podia ver uma trilha de gotas de sangue caindo para cima, enquanto mergulhava de cabeça para baixo mar adentro. Via a lua e o céu estrelado desaparecerem sob seus pés, o barulho que fez ao atingir a água, os peixes se afastando à medida que afundava, folhas de algas, redemoinhos de sangue da jugular, sua boca abrindo e fechando, os membros adormecendo.

O momento exato de sua morte.

Sim, é claro que Miles sabia daquilo. Hayden tinha aquele sonho regularmente quando eram crianças, até uma ou duas vezes por semana. Pulava então para a cama de baixo e se enfiava debaixo das cobertas com Miles. Caso o irmão ainda não tivesse acordado, o sacudia até que abrisse os olhos.

— Miles! — dizia. — Miles! Pesadelos! Oh, meu Deus! Pesadelos! — E então se agarrava ao irmão como se ainda estivessem na barriga da mãe.

Miles sempre se orgulhara de ser um bom irmão. Nunca se irritava, por mais que já tivesse ouvido a história de Bill McGregor muitas vezes.

Mas sempre que mencionava algo naquele sentido, Hayden deixava de falar com ele por um longo tempo.

— Oh, *é verdade* — disse Hayden. — Você sempre foi um bom irmão para mim.

Continuaram ali sentados, um ouvindo a respiração do outro. Do lado de Hayden era possível ouvi-lo sugando alguma droga por uma garrafa. Nenhuma surpresa.

Sim, Miles entendia a situação. Hayden achava que ele tinha de estar a seu lado, não importasse o problema. Achava que Miles deveria ter arruinado a relação que tinha com sua mãe e com o restante da família para apoiá-lo, não importava quão exagerados fossem seus discursos, suas estórias e acusações.

Miles não gostava de tocar naquele assunto, mas com Hayden era difícil evitar. Cedo ou tarde, qualquer conversa terminava voltando às obsessões do irmão, seus pesadelos, suas lembranças, as mágoas com a família...

— Mentiras patológicas — era como sua mãe as chamava. — Trata-se de uma pessoa muito, muito perturbada, Miles — disse ela inúmeras vezes. Costumava alertá-lo por ser enganado facilmente, por seguir tudo o que Hayden falava. — Seu pequeno faz-tudo — disse ela em voz ácida.

Aquilo foi no período em que tentava internar Hayden. Ela disse:

— Aguarde só, Miles querido, e verá que um dia ele o irá trair, como fez com todo mundo. É apenas uma questão de tempo.

Assim, quando Hayden telefonou e disse que precisava da ajuda do irmão — "Apenas para conversar, não estou conseguindo dormir, por favor fale comigo." —, Miles não conseguiu fugir à lembrança do aviso da mãe.

Era especialmente difícil quando Hayden insistia de forma tão veementemente em sua própria versão da vida dos dois, a sua versão dos acontecimentos que, Miles tinha certeza, nunca haviam ocorrido.

—Tem uma coisa me deixando confuso... — disse Miles a Hayden. Fazia horas que vinham falando sobre vidas passadas e piratas, e, embora Miles estivesse exausto, continuava tentando ser paciente e moderado. — Estou um pouco intrigado — disse Miles — sobre esse sujeito, o sr. Brisa. Não recordo que o tenha mencionado antes, e esse é o tipo de coisa que faria.

— Eu já falei sobre ele — disse Hayden —, definitivamente.

Isso foi algumas semanas depois de ficar obcecado com toda aquela história do "hipnotizador na cozinha". Miles estava numa área de descanso da interestadual, com a janela abaixada, falando num telefone público ao lado do carro. Um mapa dos Estados Unidos estava espalhado sobre o volante.

Hayden dizia:

— ... Talvez o problema seja que você *tenha reprimido* tanto de nossa infância. Já pensou nisso?

— Bem... — disse Miles. Tomou um gole de sua garrafa de água.

— Não que isso não tenha sido uma provação constante em minha vida — disse Hayden. — Lembra de Bobby Berman? E de Amos Murley?

— Sim — respondeu Miles. E era verdade, aqueles nomes lhe foram familiares na infância, eram pessoas familiares saídas dos pesadelos de Hayden. Bobby Berman era o garoto que gostava de brincar com fósforos e morrera queimado num barracão atrás de sua casa; Amos Murley era o adolescente que fora recrutado pelo Exército da União durante a Guerra Civil, morto enquanto se arrastava por um campo de batalha depois de perder parte de suas pernas devido a uma explosão. A mãe dos gêmeos costumava chamá-los de "personagens imaginários" de Hayden.

— Oh, Hayden — dizia ela, exasperada. — Por que não inventa histórias com pessoas *felizes*? Por que tudo tem de ser tão mórbido?

Então Hayden ficava vermelho, dando de ombros, ressentido. Não falava nada. Só muito mais tarde começou a afirmar que aqueles sonhos tratavam de suas vidas passadas. Que aqueles "personagens" eram na verdade pessoas que ele fora anteriormente. Que a vida terrível junto a sua família era apenas uma dentro de uma série de outras vidas terríveis que já tivera.

Entretanto, foi apenas quando seu pai morreu que Hayden começou a compreender a verdadeira natureza de seu sofrimento.

Pelo menos aquela era a versão que sustentava naquele momento. Foi apenas depois que seu pai faleceu e que sua mãe casou-se novamente com o detestável Marc Spady, que passou a morar com a família. Só então começou a compreender a dimensão do que o sr. Brisa tinha "aberto" dentro dele.

— Aquilo era algo para o qual não estava preparado, entende? — disse Hayden. — Passei a perceber que não era apenas eu, *era todo mundo*.

Aos poucos começou a entender, disse Hayden. Descobriu que não era a única pessoa que tivera aquelas vidas passadas. *Era óbvio que não!* Pouco a pouco, em meio à multidão, em restaurantes, nos rostos que via de relance na televisão, em pequenos gestos de seus colegas e familiares; pouco a pouco começou a sentir brilhos vagos de reconhecimento. Um olho se movendo de um lado para outro. Os dedos de um caixa, esfregando a palma da mão. O dente da frente descolorido de seu professor de geometria. A voz de seu padrasto, Marc Spady, que era, segundo Hayden, exatamente a mesma voz grave do pirata Bill McGregor.

Quando seu pai morreu, Hayden começou a identificar conexões em cada rosto que via. Onde esbarrara com aquela pessoa anteriormente? Em que vida? Não havia dúvida de que praticamente todas as almas já tinham se encontrado numa permutação ou outra, e todas elas se interconectavam, se emaranhavam, e seus caminhos se entrecruzavam retroativamente até a pré-história, o espaço sideral e o infinito, como se numa terrível fórmula matemática.

Claramente tinha a ver com a morte do seu pai, pensava Miles. Até então, Hayden fora apenas um garoto bastante criativo que tinha pesadelos, e o sr. Brisa, caso existisse, era somente um dos estranhos conhecidos de seus pais, bêbado durante uma festa.

— Ah, me poupe — disse Hayden quando Miles tentou sugerir aquela interpretação. — Que simplista! — continuou. — Foi isso o que *mamãe* lhe disse? Que me tornei esquizofrênico porque não consegui lidar com a morte de nosso pai? Sei que não gosta quando levanto dúvidas sobre sua inteligência, mas está falando *sério*? Isso é tão simplório.

— Bem... — disse Miles. Não queria começar uma discussão sobre o assunto, mas estava claro que Hayden passara por algumas transformações pessoais nos meses seguintes à morte do pai. Tinham 13 anos. Havia um ano que trabalhavam no atlas, e Hayden estava cada vez mais carrancudo, mais irritado, mais recluso. Para Miles, parecia que Hayden se tornara mais suscetível a certos tipos de memórias e lembranças dos mortos: todos aqueles objetos insignificantes por toda a casa, que começaram a brilhar com o falecimento do pai e que Hayden passou a colecionar. Eis aqui um papel de bala que seu pai distraidamente dobrara para formar o origami de um pássaro e deixara em sua gaveta com alguns trocados. Eis aqui um lápis com a marca de seus dentes, duas meias de cores diferentes, um cartão de visita do dentista.

Sua voz na secretária eletrônica, que esqueceram de mudar até que um dia Hayden ligou para casa e a ouviu após o telefone tocar muitas vezes:

— Olá. Você ligou para a casa dos Cheshire...

Tratava-se claramente de uma gravação, era preciso apenas um segundo para entender.

Mas aquele segundo! Durante aquele segundo, o coração de uma pessoa poderia vir à boca, era possível imaginar que tudo fora um pesadelo, que algum milagre tinha acontecido.

— Pai? — disse Hayden, recuperando o fôlego.

Ele e o irmão estavam no rinque de patinação no centro recreativo. Ligara para casa para pedir à mãe que os fosse buscar. Miles estava do seu lado enquanto falava no telefone público.

— Pai? — Miles podia ver um brilho tênue de esperança sobrenatural que bruxuleava no rosto de Hayden, um brilho de alegre surpresa que se apagou quase imediatamente quando se deu conta de que havia sido enganado. Seu pai ainda estava morto, mais morto ainda do que antes.

Miles podia sentir tudo, sua mente absorvera tudo como que por telepatia, compartilhava os sentimentos de Hayden do mesmo modo que costumava acontecer quando eram menores, quando Miles chorava de dor ao prender o dedo na porta, quando Miles ria de uma piada antes mesmo que Hayden a contasse, quando podia ver a expressão no rosto de Hayden mesmo quando não estavam no mesmo ambiente.

Mas as coisas haviam mudado.

A expressão de Hayden enrijecera — agora olhava para Miles de maneira abrupta, como se a empatia de seu irmão representasse um toque invasivo e repugnante. Como se, tendo testemunhado a demonstração de ansiedade explícita de Hayden, Miles agora tivesse de ser castigado.

— Cale a boca, seu babaca — disse Hayden, mesmo que Miles não tivesse dito nada. Hayden então lhe deu as costas, sem nem mesmo querer olhar nos olhos do irmão.

Estava decidido: nunca voltaria a ser feliz.

Seria ingênuo pensar que antes da morte do pai todos eles tinham sido felizes? Miles vinha pensando naquilo enquanto dirigia pela interestadual, atravessando Illinois, Iowa, Nebraska... Los Angeles ainda estava a milhares de quilômetros de distância.

As coisas tinham sido boas, pensou. *Não é verdade?*

Ao menos para Miles, Cleveland fora um lugar bastante idílico durante sua infância. Fora ali que seus pais começaram a vida após se casarem, ao leste da cidade, numa casa confortável de três andares numa rua cheia de bordos prateados. Ficava numa vizinhança agradavelmente decrépita de classe média, um pouco ao norte das mansões do Fairmount Bulevar, um pouco ao sul dos bairros pobres do outro lado da rodovia Mayfield, e Miles lembrou que aquela não era uma posição ruim. Enquanto cresciam, ele e Hayden tiveram amigos que eram tanto mais pobres quanto mais ricos, e seu pai lhes disse que deviam prestar atenção às casas e às famílias de seus colegas.

— Aprendam como são outras vidas — disse. — Pensem bastante nisso, rapazes. As pessoas *escolhem* suas vidas; é isso que quero que tenham em mente. Que vida escolherão para si próprios?

Estava claro que seu pai havia pensado bastante naquela questão. Tornara-se proprietário do que chamava de uma "agência de talentos", embora na verdade fosse o único funcionário. Às vezes trabalhava em festas de crianças e inaugurações de shopping centers como o Palhaço Violeta, fazendo balões em forma de animais, números de malabarismo, pintando o rosto dos meninos e das meninas, cantando e assim por diante. Outras vezes, era o Fantástico Cheshire, o mágico ("Surpreenda seus clientes e convidados com mágicas divertidas! Eventos corporativos! Ocasiões especiais!"). Também havia oportunidades em que se transformava no dr. Larry Cheshire, hipnotizador licenciado, especialista em fazer as pessoas pararem de fumar e palestrante motivacional; ou ainda Lawrence Cheshire, Ph. D., hipnoterapeuta.

Em suas vidas, Miles e Hayden nunca o viram atuar como um desses personagens, embora muitas vezes tivessem deparado com fotos espalhadas pela casa onde era possível vê-lo encarnando essas diferentes personalidades ou mesmo matérias promocionais nas quais vinha trabalhando: "O Palhaço Violeta e suas marionetes o convidam para uma hora mágica de grandes histórias..." ou "A palestra de hipnotização do dr. Cheshire o ajudará a descobrir os poderes de sua mente..."

Ocasionalmente, ouviam o pai falar ao telefone, sentado à mesa da cozinha com seu grande livro preto de anotações, parando de vez em quando para morder seu lápis, pensativo. Achavam muito engraçado quando o viam mudar de voz dependendo de quem estava do outro lado da linha. Uma letargia sincera e jovial quando era o Palhaço Violeta; uma elegante suavidade administrativa quando encarnava o dr. Cheshire; um barítono apetitoso ao falar em nome do Fantástico Cheshire; e um tom regular e tranquilo quando era Lawrence Cheshire, Ph. D.

Os irmãos ouviam tudo, mas não relacionavam àquilo ao homem que conheciam, tão diferente das várias pessoas maquiadas, com perucas ou chapéus que cobriam a careca que eles conheciam bem em casa. Miles não recordava tê-lo visto fazer qualquer coisa que pudesse ser classificada como "teatral" e, na verdade, talvez estivesse deprimido e insatisfeito com sua rotina. Miles supôs que, ao chegar em casa, seu pai estava cansado de se apresentar para outras pessoas.

Ainda assim, era um bom pai. Atencioso, em seu próprio modo contido.

Miles, Hayden e seu pai jogavam cartas, jogos de tabuleiro e video games. Algumas vezes, acampavam ou faziam caminhadas em meio à natureza. Quando eram pequenos, os irmãos tinham interesse especial pelo mundo dos insetos, e seu pai os ajudava a encontrá-los, revirando enormes pedras e troncos, e identificando as criaturas com seu guia de bolso Peterson.

Gostava de ler em voz alta. *Boa-noite, lua* era o primeiro livro do qual se lembrava Miles. *O retorno do rei* era o último, terminado apenas uma semana antes da morte do pai.

Embora já tivessem quase 13 anos, gostavam de dormir ao seu lado quando tirava suas sonecas vespertinas. Todos os três, Miles, Hayden e seu pai, se alinhavam na cama de casal, um irmão para cada lado e a cadela aninhada a seus pés, com o focinho repousando sobre o rabo. Sua mãe fizera fotografias dos três dormindo daquele jeito. Às vezes ela apenas os contemplava da porta. Adorava o modo como pareciam relaxados, dizia ela. Seus garotos. Ela poderia ter sido uma boa mãe, pensou Miles, caso seu pai estivesse vivo.

Seu pai tinha 53 anos quando morreu. Foi algo completamente inesperado, claro, mas depois descobriram que sua pressão sanguínea era assustadoramente alta e que ele não vinha cuidando bem de seu corpo. Fumava com regularidade às escondidas e estava acima do peso, não se importando com o que comia.

— Colesterol nas alturas — murmurava a mãe dos meninos durante o funeral. Miles sentia que ela tentava encontrar um caminho em meio a labirintos, selvas de arrependimentos, possíveis medidas preventivas que poderiam ter sido tomadas e futuros alternativos, agora infrutíferos, mas que ainda ocupavam sua mente. — Disse a ele que estava preocupada — explicava às pessoas, ansiosa, com certa urgência, como se esperasse que quisessem culpá-la. — Conversei com ele — dizia.

Nas semanas seguintes, Miles passou boa parte do tempo pensando naquilo. Em sua morte. Teriam fracassado com seu pai, teriam sido desatenciosos, poderiam ter agido de alguma outra forma que talvez tivesse alterado os acontecimentos? Fechava os olhos e tentava imaginar como seria sofrer um "ataque cardíaco fulminante". Será que a pessoa perdia os sentidos, que a mente se esvaziava, como água transbordando de um copo?

Tentava imaginar como tinha acontecido, vendo seu pai diante do público quando sentiu as primeiras pontadas. Uma dor no braço esquerdo, talvez. Um aperto no peito. *Azia*, deve ter pensado. *Exaustão*. Miles o visualizou colocando as mãos sobre a peruca, ajeitando-a sobre a cabeça com as duas mãos.

Miles acreditava saber os fatos básicos acerca do acontecimento. Lembrava-se de ter conversado com Hayden sobre o assunto na noite em que seu pai morreu.

Seu pai tinha viajado a Indianapolis no fim de semana e fazia um de seus shows de hipnotismo quando morreu.

Aquela seria uma notícia curiosa, pensou Hayden. Um daqueles artigos jocosos e bastante irônicos que podiam ser encontrados no *Notícias Bizarras*.

Fazia sua interpretação numa sala de conferências num complexo de escritórios nos subúrbios da cidade; tratava-se de um exercício de "trabalho em equipe" para os funcionários, provavelmente alguma ideia brilhante vinda de alguém dos recursos humanos. *Que beleza!*, pensaram. O pai dos meninos provavelmente convencera os funcionários sobre como era possível "ajudar as pessoas a descobrir o poder da mente" e convidou alguns voluntários em meio ao grupo, pessoas corajosamente dispostas a serem hipnotizadas, e então os chamou à frente da sala e fez com que se sentassem diante dos colegas que os observavam. Todos aguardaram com expectativa enquanto seu pai colocava cada um dos voluntários em seus transes individuais.

Todos ficaram maravilhados. Como era divertido! Os funcionários que formavam a plateia estavam ansiosos para ver seus colegas hipnotizados, altamente relaxados e completamente vulneráveis, bem ali naquelas cadeiras em frente a todos.

Seu pai transpirava um pouco enquanto falava. Pressionou a palma da mão contra a testa e depois contra a nuca.

— Senhoras e senhores — disse ele, engolindo em seco.

— Senhoras e

— Senhoras e se   nhores.

E todos ficaram curiosos quando ele levantou um dedo — *um momento, por favor*, indicava o gesto — e se sentou numa cadeira ao lado dos voluntários hipnotizados. O público riu. O último sujeito na fila era um nerd abobalhado de cabelos encaracolados, de queixo caído, com cara de retardado, num transe especialmente profundo que divertia a todos.

Esperaram para ver o que aconteceria a seguir. O pai dos meninos colocou a mão no queixo e pareceu estar pensando. Fechou bem os olhos, assumindo uma postura de contemplação solene.

Mais risos.

Provavelmente morreu naquele instante.

Sentado numa cadeira dobrável — seu corpo equilibrado, imóvel, e a plateia ainda a esperar.

Mais alguns risos, mas o ar fora tomado por uma expectativa silenciosa. Prendiam a respiração.

O corpo de seu pai inclinou-se um pouco. Depois, balançou. E então, finalmente, desabou. A cadeira de metal dobrou-se, fazendo um barulho metálico que ecoou ao atingir o chão.

Uma senhora gritou, surpresa, mas o público permaneceu sentado, sem saber o que acontecia. Será que aquilo fazia parte do espetáculo? Seria parte do trabalho em equipe?

Enquanto isso, as pessoas que tinham sido hipnotizadas agora estavam novamente conscientes. Afinal, não era possível ficar preso a um estado de transe. Aquilo era um mito.

Os voluntários hipnotizados começaram a se mover, a abrir os olhos e espiar ao redor.

Acordem! Acordem!, costumava gritar o pai de Miles e Hayden de manhã quando eram mais novos. *Acordem, meus pequenos dorminhocos*, sussurrava, tocando suas orelhas de leve com a ponta dos dedos.

Na verdade, o evento não fora presenciado por nenhum dos três — Miles, Hayden ou sua mãe —, mas, na mente de Miles, o que havia imaginado correspondeu de fato ao que ocorrera. Como se tivesse sido registrado num daqueles velhos filmes educacionais aos quais os professores recorriam nos dias de chuva na Escola Média Roxboro. *Martin Luther King. O sistema reprodutor. As múmias do Egito.*

Algum tempo depois, Miles mencionou a sua mãe esta cena, na qual via a morte de seu pai, e ela estudou seu rosto.

— Miles, sobre o que está falando? — perguntou. Estava sentada à mesa da cozinha, imóvel, embora o cigarro tremesse entre seus dedos. — Foi isso que Hayden lhe contou? — Olhava assustada em sua direção. Seus sentimentos em relação a Hayden começavam a se solidificar.

— Seu pai morreu num quarto de hotel, querido — disse ela. — A camareira o encontrou. Estava hospedado no Holiday Inn. E foi em Minneapolis, não em Indianapolis, se interessa saber. Ele participava de uma convenção da Associação Nacional dos Hipnotizadores. Não estava se apresentando.

Ela bebeu um gole de café e então levantou a cabeça subitamente enquanto Hayden entrava na cozinha, vestido em sua cueca samba-canção e camiseta. Tinha acabado de acordar, embora fossem duas da tarde.

— Ora, ora — disse ela. — É só falar no diabo que ele aparece.

Àquela altura, Miles começara a perceber que muitas de suas "lembranças" eram simplesmente histórias que Hayden lhe contara — sugestões que foram plantadas, sementes a partir das quais seu cérebro começara a construir "cenário", "detalhe" e "ação". Até mesmo anos mais tarde, Miles lembrava dos últimos momentos de seu pai de maneira mais vívida na versão que Hayden descrevera.

Recordando o passado, era como se Miles tivesse levado duas vidas — uma narrada por Hayden e a outra que vivia separadamente, a vida de um adolescente mais ou menos normal. Enquanto Hayden se aprofundava no mundo das vidas passadas que o sr. Brisa tinha aberto, enquanto Hayden se isolava cada vez mais, Miles se dedicava ao seu anuário escolar e a jogar lacrosse no time da Escola Hawken, onde Marc Spady trabalhava como diretor de admissões. Enquanto Hayden frequentava sessões de terapia e ficava acordado até tarde da noite, Miles continuava tranquilamente a tirar notas medianas e boas, e a treinar para seu exame de direção com Marc Spady, desviando de cones laranjas num estacionamento enquanto seu instrutor gritava a alguns metros do carro:

— Cuidado, Miles! Cuidado!

Enquanto isso, a vida de Hayden se movia numa direção diferente. Seus pesadelos se tornavam cada vez mais intensos — piratas, batalhas sangrentas da Guerra Civil e o casarão em chamas onde Bobby Berman brincara com fósforos, onde o fogo aspirou o oxigênio de seus pulmões — e isso significava que Hayden raramente dormia. Sua mãe fizera um novo quarto no sótão para ele, com uma cama especial dotada de amarras para os pulsos e tornozelos de modo a evitar suas crises de sonambulismo ou que se machucasse durante o sono. Houve uma noite em que arrebentara as janelas da cozinha com as palmas das mãos e o sangue jorrara para todos os lados. Em outra ocasião, sua mãe e Marc Spady acordaram e o viram diante da cama deles com um martelo nas mãos, hesitante, resmungando algo incompreensível.

E então, para sua própria segurança e de todos os demais, colocaram amarras em sua cama. Não era um castigo, mas Miles ficou surpreso ao ver quão facilmente Hayden aceitara aquilo.

— Não se preocupe comigo, Miles — disse Hayden, embora o irmão não estivesse certo sobre o que deveria se preocupar. Em seu novo quarto, Hayden tinha video games e TV a cabo. Na verdade, Miles sentiu um pouco de inveja daquilo. Lembrava das noitadas que compartilharam no quarto de Hayden, no sótão, deitados na cama e jogando Super Mario no velho Nintendo, lado a lado, com os controles nas mãos e os olhos vidrados na pequena tela de TV sobre a cômoda de Hayden. — Não se preocupe, Miles — disse Hayden. — Tenho tudo sob controle.

— Que bom — respondeu Miles.

Hayden já passara por uma "bateria" de psicólogos e terapeutas, como definiu sua mãe. Receitas diversas. Olanzapina, haloperidol. Mas aquilo não importava, dizia Hayden.

— Não é que eu possa contar a verdade a todo mundo — disse Hayden, enquanto a música do Super Mario tocava ao fundo. — Você é o único com quem posso conversar, Miles.

— Ã-hã — respondeu Miles, concentrado no trajeto de seu Mario pela tela. Estavam sentados juntos sobre as cobertas. Hayden colocou seu pé gelado sobre a perna de Miles. As mãos e os pés de Hayden estavam sempre frios e pálidos, má circulação do sangue, e sempre os colocava sob as roupas de Miles.

— Corta essa! — disse Miles, e um monstro-cogumelo o matou no jogo. — Olha só, cara! Veja o que me fez fazer!

Mas Hayden apenas olhou para ele.

— Preste atenção, Miles — disse ele, e o irmão viu a mensagem de GAME OVER subir pela tela.

— O quê? — disse Miles, e seus olhos se encontraram. Aquele olhar expressivo, como se, supunha Miles, devesse *compreender*.

— Contei a eles sobre Marc Spady — disse Hayden, deixando escapar um suspiro. — Contei a eles quem *era* Marc Spady e o que fizera conosco.

— Do que está falando? — perguntou Miles, e então Hayden olhou em sua direção abruptamente. Sua mãe estava diante da porta. Era hora de dormir e ela viera para amarrar Hayden.

Miles finalmente chegara à Califórnia. Era a primeira vez em bastante tempo que conhecia a localização de Hayden. Mais de quatro anos tinham se passado. Miles nem mesmo sabia qual seria a aparência de Hayden, embora, uma vez que eram irmãos gêmeos, supôs que ainda se parecessem bastante, obviamente.

Aquilo foi no fim de junho, logo depois que completaram 22 anos. Sua mãe e Marc Spady tinham morrido, e Miles vinha pulando de um trabalho para outro desde que deixara a faculdade. Chegou ao fim da rodovia I-70 no meio de Utah e então seguiu pela I-15 na direção sul, rumo a Las Vegas.

Já havia amanhecido quando finalmente chegou à fronteira de Los Angeles.

Havia uma pousada da rede Super 8 próximo a Chinatown e passou o dia dormindo no colchão fino de seu quarto, com as cortinas cerradas para evitar a entrada do sol da Califórnia, enquanto ouvia o zumbido do frigobar. Já estava escuro quando acordou. Tateou a mesa de cabeceira, onde encontrou as chaves do carro, o despertador e, enfim, o telefone.

— Alô? — disse Hayden. Era difícil acreditar que estava a apenas alguns quilômetros de distância. Miles havia traçado o percurso que faria para chegar ao bairro onde morava o irmão. Passaria pelo Parque Elysian na direção do reservatório de Silver Lake.

— Alô? — disse Hayden. — Miles? — E Miles ponderou.

— Sim — disse. — Sou eu.

10

Um invasor chega ao seu computador e começa a agrupar as pequenas diatomáceas de sua identidade.

Nome, endereço e assim por diante; as inúmeras páginas que visita enquanto navega pela Internet, seus nomes de usuário e senhas, sua data de aniversário, o nome de solteira de sua mãe, sua cor preferida, os blogs e sites de notícia que lê, os produtos que compra, os números do cartão de crédito digitados nos bancos de dados...

Não se trata necessariamente de *você*, obviamente. Você ainda é um ser humano único, com uma alma e uma história, amigos, parentes e colegas que gostam e confiam em você: eles são capazes de reconhecer seu rosto, sua voz e sua personalidade, e você tem consciência de que sua vida segue de maneira linear, uma história que se desenrola de maneira regular e que você conta a si próprio; você acorda e se sente feliz — *feliz* daquele jeito monótono e diário que nem mesmo é reconhecido como felicidade, avançando pelas horas vazias que provavelmente não representarão mais do que uma série de ações rotineiras: tomar banho, preparar uma xícara de café, se vestir, girar a chave na ignição e dirigir por ruas que lhe são tão familiares que você nem se dá conta de fazer certas curvas e paradas — ainda que, sim, você esteja ali, *presente*, sua mente deve ter executado conscientemente a ação de frear próximo à esquina e girar o volante sob suas mãos, fazendo uma curva à esquerda, embora não tenha registrado esse momento. Talvez, sob o efeito de hipnose, esses instantes mundanos pudessem ser recuperados, achando-se escritos em alguma lista e arquivados, inutilizados e inúteis em alguma sala de um escriturário neurológico. Mas será que isso tem importância? No final, você ainda é você, depois de todas as horas e dias; ainda está inteiro...

Mas tente se imaginar em pedaços.

Visualize todas as pessoas que encontrou, seja por um ano, um mês ou mesmo uma única vez, imagine todas essas pessoas reunidas numa sala tentando fazer um retrato seu, do mesmo modo que um arqueólogo junta os fragmentos de uma fachada em ruínas ou os ossos de um homem das cavernas. Lembra-se da fábula dos sete sábios cegos e do elefante?*

Não é tão fácil, afinal, saber do que você é feito.

Imagine todas as suas partes separadas; imagine, por exemplo, que nada mais lhe tenha sobrado além de sua mão mutilada num

---

* Fábula hindu que traz como lição de moral a seguinte mensagem: "É assim que os homens se comportam diante da verdade: pegam apenas uma parte, pensam que é o todo e continuam tolos." (N.T.)

isopor cheio de gelo. Talvez alguém entre seus entes queridos seja capaz de reconhecer até mesmo esse pedacinho. Aqui estão: as linhas da palma de sua mão. A textura dos nós dos dedos e a pele enrugada sobre as junções. Calos, cicatrizes. O formato de suas unhas.

Enquanto isso, os invasores estão ocupados, carregando pequenos pedaços do seu ser, migalhas de informação às quais você não dá muita importância, não mais do que pensa nos flocos de pele que se desprendem constantemente do seu corpo, não mais do que pensa nos milhões de ácaros demodex microscópicos que rastejam sobre você e se alimentam de seus óleos e de suas células epiteliais.

Você não se sente particularmente vulnerável, com seu firewall e constantes atualizações do antivírus. Além disso, a maioria dos predadores é risivelmente tosca. No trabalho, você recebe um e-mail tão ridículo que o encaminha a alguns amigos. *Senhorita Emmanuela Kunta, Aguardo sua resposta*, diz a linha de assunto, e há algo quase adorável em sua inadequação. "Querido", diz a srta. Emmanuela Kunta,

> Querido,
>
> Sei que esse e-mail lhe provocará surpresa, uma vez que não nos conhecemos muito bem, mas acredito que seja a vontade de Deus que nos encontremos hoje, e agradeço a Ele por tornar possível que eu o informe sobre meu enorme desejo de estabelecer uma relação de transação financeira a longo prazo para nosso benefício mútuo.
>
> Emmanuela Kunta é meu nome, habitante de Abidjã, 19 anos, a única filha dos falecidos sr. e sra. Godwin Kunta, ao lado de meu irmão mais novo, Emmanuel Kunta, que também tem 19 anos porque somos gêmeos.
>
> Meu pai trabalhava com os Corretores de Ouro em Abidjã (Costa do Marfim). Antes de sua morte súbita no dia 20 de fevereiro num hospital particular, aqui em Abidjã, ele me chamou em seu leito e me falou sobre

a quantia de (US$ 20.000.000,00) vinte milhões de dólares americanos, que depositou numa companhia de investimentos aqui em Abidjã (Costa do Marfim) para aplicar em negócios e tinha usado meu nome, sua fihla querida e filho único, como parentes mais próximos, porque nossa mãe morreu treze anos atrás num acidente de carro fatal. E que devíamos procurar um parceiro em qualquer país que quiséssemos para transferir esse dinheiro com o propósito de fazer investimentos para nossa vida futura.

Humildemente peço sua assistência no sentido de nos ajudar a transferir e proteger esse dinheiro em seu país a fim de investir e de atuar como guardião desse fundo, já que somos estudantes, a fim de tomar as medidas necessárias para que a gente possa se mudar para o seu país e aprofundar os estudos. Obrigada por decidir ajudar órfãos como nós. Estou oferecendo 20% da soma total por sua modesta assistência e 5% serão dedicados a restituir as despesas possíveis durante a transação.

Por favor, insisto para que faça dessa transação um segredo em seu coração por motivos de segurança. e, por favor, responda através de meu e-mail pessoal.

Sinceramente,
Srta. Emmanuela Kunta

Era engraçado. A srta. Emmanuela Kunta provavelmente era um branquelo gordo de 30 anos, sentado no porão da casa de sua mãe, cercado por computadores encardidos, à procura de um otário. "Quem cai numa história dessas?" você pergunta, e todos seus colegas contam causos sobre os cambalachos dos quais ouviram falar, a conversa se prolonga e já são quase cinco horas...

Mas, por algum motivo, ao voltar para casa, você se vê pensando na srta. Emmanuela Kunta, de Abidjã, Costa do Marfim, filha órfã de um milionário corretor de ouro, caminhando em meio ao mercado de rua, a multidão e as belas caixas de frutas, uma grande tigela azul cheia de mamões e um homem numa camisa rosa a chama — ela se vira e seus olhos castanhos transmitem uma profunda tristeza. Aguardo sua resposta.

Aqui em Nova York começa a nevar. Você deixa a interestadual e entra num posto de gasolina. Diante da bomba, insere o cartão de crédito e há uma breve pausa (Um momento, por favor) enquanto a compra é autorizada e então você pode abastecer o carro. Ao inserir a mangueira no tanque, os pesados flocos de neve que caem passam à sua frente. É agradável pensar nas luzes brilhantes dos hotéis e nos carros que percorrem a estrada junto à beira da Lagoa Ébrié, circundada por Abidjã, e as palmeiras alinhadas tendo como pano de fundo o céu índigo etc. *Aguardo sua resposta.*

Enquanto isso, num outro estado, talvez uma nova versão sua tenha começado a ser reunida, alguém está usando seu nome e seus números, um pedaço disperso de si, se dispersando...

Você limpa a neve sobre os cabelos, entra no carro e parte em direção a um acúmulo de coisas rotineiras: o jantar que deve ser preparado, a roupa a ser lavada, ajudar as crianças com a lição, assistir à televisão no sofá com o cachorro repousando o focinho em seu colo, fazer aquela ligação para sua irmã em Wisconsin e se preparar para dormir, escovar os dentes, passar o fio dental, tomar alguns comprimidos que ajudam a regular sua pressão sanguínea e a tireoide, passar o creme facial e todos aqueles rituais que são — e cada vez você se dá mais conta disto — unidades de medida com as quais divide sua vida.

PARTE DOIS

Qualquer que fosse seu segredo, eu também aprendi um: que a alma
nada mais é que um jeito de ser — não um estado constante —,
que qualquer alma pode ser sua, se você descobrir e seguir
suas ondulações. A consequência pode ser a habilidade
integral de habitar conscientemente em qualquer alma,
em qualquer número de almas, todas elas ignorantes
de seu fardo intercambiável.

— VLADIMIR NABOKOV
A verdadeira vida de Sebastian Knight

11

Ryan acabara de voltar de sua viagem a Milwaukee quando recebeu a notícia de que estava morto.

Afogado, era o que diziam.

Amigos dizem que Schuyler, um estudante bolsista, andava deprimido por causa de suas notas baixas e a polícia agora especula que...

Jay sentou-se no sofá, picando um ramo de maconha e separando as sementes, enquanto Ryan lia o obituário.

— Até que é interessante, sabe? — disse Jay. Já estava chapado, viajando, quando se agachou ao lado da mesa de centro. Tinha um antigo tabuleiro Ouija que usava como superfície para preparar seus cigarros. Ryan olhou para a tábua (o alfabeto disposto no centro, o sol e a lua nos cantos) como se esperasse uma mensagem.

— É como uma daquelas coisas sobre a qual praticamente todos criam fantasias, não é? E se você *acordasse numa certa manhã e as pessoas pensassem que estivesse morto?* Uma trama clássica, não? O que faria se pudesse deixar sua antiga identidade para trás? Esse é um dos grandes mistérios da vida adulta. Para a maioria das pessoas.

— Humm — disse Ryan, olhando a cópia impressa que Jay lhe tinha dado. O obituário. Dobrou-a ao meio e, sem saber bem o que fazer com ela, colocou-a no bolso.

— Não é algo fácil de se fazer, sabe? — dizia Jay. — Na verdade, é bem difícil que o declarem oficialmente morto.

— Ã-hã — disse Ryan, e Jay lançou um olhar de soslaio em sua direção.

— Acredite, filho — disse Jay. — Já me informei sobre isso e não é simples. Ainda mais hoje em dia, com os testes de DNA, registros dentários e todas essas coisas. É um truque bem difícil de ser executado, verdade seja dita. E veja o que aconteceu, você tirou a sorte grande. Sem sequer fazer esforço.

— Hã — disse Ryan, sem saber o que falar. Jay continuava ali sentado, inclinado, com sua calça de moletom e seus sapatos de lã, encarando-o com certa expectativa.

Era coisa demais para absorver.

Ele não conseguia entender como podiam fazer uma declaração igual àquela sem nem mesmo apresentar um corpo, mas, aparentemente, segundo o relato de um jornal, surgira uma testemunha que afirmava tê-lo visto nas rochas à beira do lago, próximo ao centro estudantil. A testemunha sustentava que o tinham visto atirar-se no lago — um homem jovem cuja descrição se encaixava à sua aparência, próximo às bordas grafitadas, que se lançara abruptamente...

Aquilo, pensou Ryan, parecia bastante improvável e poderia facilmente ser contradito. Mas, aparentemente, a polícia decidira que foi o que aconteceu, aparentemente estavam ansiosos para fechar o caso e dar prosseguimento a coisas mais importantes.

Agora, imaginava ele, seus pais deveriam estar a caminho de Evanston para uma "missa em sua homenagem" e talvez um ou dois de seus amigos de escola aparecessem. Provavelmente viriam algumas pessoas do seu dormitório — Walcott, obviamente, e algumas das outras pessoas do mesmo andar com quem tinha se enturmado, possivelmente alguns conhecidos dos tempos de calouro que não via há algum tempo. Alguns funcionários da faculdade, o reitor, seu assistente ou algo do gênero, empregados cujo trabalho era comparecer e fingir pesar.

O próprio Jay — o "tio Jay" — não estaria presente, nem é preciso dizer.

— Para ser sincero, fico contente que sua mãe não saiba como me achar — disse Jay. — Provavelmente se sentiria obrigada a me telefonar a essa altura. Depois de todos esses anos, finalmente iria querer fazer as pazes. Provavelmente até me convidaria para o funeral. Jesus! Já pensou? Não a vejo desde que você nasceu, cara. Não consigo nem imaginar sua expressão se eu aparecesse depois de todos esses anos. Ela decididamente não precisa disso agora, com tudo que está encarando.

— Certo — disse Ryan.

Ele mesmo tentava não imaginar a expressão no rosto de sua mãe.

Tentava não imaginar os olhares de seus pais ao chegarem finalmente a Chicago, entrarem no quarto do hotel e vestirem suas roupas escuras para a missa. Reprimiu aquela imagem e a empurrou para o fundo da mente.

— Cara — disse Jay —, por que não se senta, maluco? Você está me deixando preocupado.

Estavam na varanda da cabana e o fogão a lenha de ferro soltava uma fumaça sonolenta. Sentado no velho sofá, Jay espiou o que se passava lá dentro e tirou a franja da frente dos olhos. Depois, lançou um olhar afetuoso e complacente na direção de Ryan — o mesmo olhar que se dá a uma pessoa que recebe uma notícia difícil ou trágica —, mas aquilo não era o que Ryan queria ver.

— Está chateado — disse Jay. — Finge que não está, mas posso sentir.

— Hum — respondeu Ryan. Refletiu. *Chateado?* — Não exatamente — disse. — É só que... é muita coisa para se pensar.

— Sem dúvida — respondeu Jay. Quando Ryan finalmente se sentou a seu lado, colocou o braço nos ombros do filho, agarrando-o de forma surpreendentemente forte, com um abraço que mais parecia o de alguém que pratica luta greco-romana, imobilizando seus braços. De início era desconfortável, mas havia ao mesmo tempo uma sensação de bem-estar que vinha do peso e da força daquele braço. Ele teria sido um bom pai durante a infância, pensou Ryan, e experimentou repousar a cabeça sobre o ombro de Jay. Só por um segundo. Ele tremia um pouco e Jay o apertou ainda mais forte.

— Sem dúvida vai levar um tempo para a poeira assentar — disse Jay, afetuosamente. — É uma coisa e tanto, não acha?

— Acredito que sim — respondeu Ryan.

— Quer dizer — continuou Jay —, veja só. Você tem de entender que, do ponto de vista psicológico, se trata de uma perda. Uma morte. Talvez você não pense assim, mas provavelmente deveria lidar com isso como se fosse uma morte real. Como aqueles cinco estágios do luto de Kübler-Ross. Negação, cólera, negociação, depressão... Você tem de lidar com um monte de sentimentos.

— Sim — disse Ryan. Não tinha certeza do que estava sentindo naquele momento. De qual era o estágio. Viu Jay pescar uma cerveja da caixa de isopor a seus pés e segurou a lata que ele lhe passou. Abriu-a, e Jay o encarou enquanto derramava o líquido garganta adentro.

— Mas você não está fora de si ou algo do gênero — disse Jay, depois de um longo tempo em que permaneceram ali sentados. — Você está bem, não está?

— Sim — respondeu.

Ryan continuou sentado, olhando para o velho tabuleiro Ouija sobre a mesa de centro. As letras do alfabeto se espalhavam como num teclado antiquado. Um sol sorridente no canto esquerdo. Uma lua carrancuda no direito. Embaixo havia nuvens e, embora não tivesse percebido antes, dentro delas era possível ver rostos. Sem expressão, indistintos, mas, acreditava ele, emergindo lentamente do lugar onde estariam. Aguardando, de lado, até que alguém as chamasse adiante.

— Sabe que estou do seu lado — disse Jay. — Afinal de contas, sou seu pai. Se quiser conversar...

— Eu sei — respondeu Ryan.

Beberam mais algumas cervejas e compartilharam um pouco de maconha. Depois de um tempo, Ryan começou a sentir que o acontecimento pouco a pouco se tornava mais claro. Ele estava morto. Tinha deixado sua velha identidade para trás. Colocou a boca próxima ao cilindro enquanto Jay acendia o reservatório. Aquela percepção lhe vinha muito devagar, como um daqueles filmes sobre natureza com efeito de câmara lenta em que uma semente rompe a terra e germina, crescendo e criando folhas, balançando ao vento enquanto o sol cruza o céu.

Enquanto isso, Jay continuava falando numa voz plácida, calma e amigável. Era um homem cheio de histórias, e Ryan estava ali a ouvi-las.

Aparentemente, Jay tentara forjar sua própria morte uma vez.

Foi na época em que ainda crescia em Iowa, antes de encontrar a garota que viria a engravidar e dar à luz Ryan.

Foi no verão após a nona série, e ele passara bastante tempo planejando. Encontrariam suas roupas e sapatos no parque, ao lado da margem do rio, e ele se certificaria de que alguém o escutaria gritar por ajuda. Ficaria escondido até que escurecesse e depois caminharia escondido rumo ao sul, até que saísse da cidade, quando então passaria a pedir caronas em paradas de caminhões até chegar à Flórida. De lá, entraria clandestinamente num navio rumo à América do Sul, para alguma cidade litorânea próximo à floresta tropical ou aos Andes, onde se ocuparia de aplicar golpes nos turistas.

— Quando penso nisso hoje em dia, até que soa bem estúpido — disse Jay —, mas na época parecia um bom plano.

E sorriu. Seus braços ainda pesavam sobre os ombros de Ryan. Jay inclinou o rosto de maneira afetuosa e o filho sentiu o odor quente, escuro e herbáceo do bafo dele em seu pescoço.

— Sei lá — continuou. — Acho que estava meio desesperado naquela época, tinha algumas dificuldades na escola. Não era um bom aluno. Não como Stacey. Na maior parte do tempo ficava entediado e sentia que estava decepcionando a todos. Eu odiava tanto a minha vida...

"Meus pais sempre colocaram Stacey num pedestal. Como se fosse um exemplo a ser seguido, sabe? Não estou tentando desmerecer o que ela conseguiu atingir, mas aquilo era difícil de aceitar. Meu pai e minha mãe a viam como uma deusa. Stacey Kozelek! Stacey Kozelek só tirava notas máximas! Era tão aplicada! Tinha um *projeto* para sua vida! Era como se eu praticamente fosse obrigado a idolatrá-la. Ela era impressionante."

Ele deu de ombros, relutante.

— Não estou falando mal de sua mãe. Não era culpa dela, sabe? Stacey era esforçada. Bom para ela, certo? Mas, no que dizia respeito a mim, não era aquilo que eu queria. Nunca desejei chegar num ponto da minha vida em que eu soubesse o que viria a seguir. Sempre senti que a maioria das pessoas não via a hora de ajeitar suas vidas e cair numa rotina na qual não precisassem pensar no dia, no ano ou na década seguinte, pois tudo já estaria planejado.

"Não entendo como as pessoas podem aceitar terem apenas uma vida. Eu me lembro de uma aula de inglês na qual o professor falava sobre aquele poema, daquele cara... David Frost. 'Duas estradas divergem num bosque amarelado'... Você conhece esse poema, não? 'Duas estradas divergem num bosque amarelado,/ lamentando não poder seguir por ambas,/ sendo um único viajante, por muito tempo permaneci parado/ me concentrei em um só lado,/ até poder ver onde fazia a curva lá adiante...'

"Eu amava aquele poema, mas lembro de pensar comigo mesmo: Por quê? Por que não era possível viajar pelas duas estradas? Aquilo me parecia injusto."

Fez uma pausa e deu um trago no cigarro. Ryan, que escutava meio inebriado, esperou. Nevava do lado de fora, e ele podia sentir seu coração bater de modo abafado.

— Não cheguei muito longe, no entanto — disse Jay. — Os policiais me encontraram pouco depois da meia-noite, descendo a estrada após o toque de recolher. Meus pais estavam me esperando quando voltei para casa. Irritadíssimos.

"Mas ninguém pensou que eu estivesse morto. Nem mesmo encontraram as roupas que deixei à margem do rio. Voltei ao local no dia seguinte e lá estavam: meus sapatos, a calça e a camisa, largados."

• • •

Enquanto ouvia Jay, Ryan se inclinou no velho sofá e fechou os olhos.

Era um alívio. Estar morto era realmente um alívio, muito melhor do que cometer suicídio, algo em que vinha pensando naqueles meses de outono antes que Jay lhe telefonasse. Soubera, por todo o semestre, que seria reprovado e expulso da universidade. Uma suspensão acadêmica, diriam, e provavelmente seus pais descobririam, então, que tinha gastado todo o dinheiro em vez de pagar as mensalidades. Naquele outono, sentira que as inevitáveis revelações se aproximavam, estavam a apenas algumas semanas ou meses de acontecerem, as diversas humilhações e reuniões nos escritórios dos diretores, e finalmente a surpresa e a decepção de seus pais quando descobrissem que havia fodido com tudo.

Certa vez, tarde da noite em seu dormitório, digitou as palavras "suicídio indolor" numa página de buscas na Internet, e descobriu uma sociedade que cuidava de suicídios assistidos e recomendava a morte por asfixia através da inalação de gás hélio em um saco plástico.

Vinha pensando particularmente em como seria difícil encarar sua mãe. Ela estava tão feliz por ele frequentar uma boa universidade. Lembrou-se de como ficara obcecada com seu processo de entrada na faculdade. A partir do primeiro ano do ensino médio, passou a fazer uma tabela com suas notas e suas médias, pensando em como poderia melhorá-las. Que atividades o tornariam um concorrente melhor? Como seus exames poderiam ser comparados? Haveria alguma melhora se fizesse aulas complementares sobre "como superar exames"? Será que os professores — pessoas que possivelmente poderiam fazer recomendações — gostavam dele? Como poderia fazer para que gostassem mais? O que escreveria em sua tese? Como seria uma tese estudantil bem-elaborada?

Passou um longo período imaginando a decepção em seu rosto quando finalmente descobrisse que tinha feito cagada outra vez — seu silêncio severo enquanto colocava seus pertences de volta em seu velho quarto e conversavam sobre a opção de estudar numa faculdade menos prestigiosa ou então trabalhar por um ano ou algo assim.

De certa forma, para sua mãe seria mais fácil lidar com seu funeral.

Seria mais fácil para muitas pessoas. Encontrou seu obituário na Internet e, ao fazer uma busca com seu nome, viu que uma série de amigos escrevera homenagens em seus blogs. Havia também inúmeras mensagens de adeus escritas em sua página no Facebook. "Descanse em paz", diziam. "Nunca o esquecerei", afirmavam. "Lamento que algo tão terrível tenha acontecido a um cara legal como você."

Ele tinha de admitir que aquilo provavelmente era melhor do que a dissipação humilhante e desagradável que aconteceria caso fosse mandado de volta a Council Bluffs, os e-mails e mensagens diminuindo aos poucos na medida em que ele e seus amigos teriam cada vez menos em comum, sabendo que alguns estariam fofocando sobre ele ou o ridicularizando — aquele cara que tinha sido *expulso* — ou, possivelmente, após um tempo, o esqueceriam completamente, suas vidas prosseguiriam de tal modo que teriam dificuldade em recordar seu nome.

Aquele tipo de desfecho era melhor para todos.

O melhor, pensou ele, seria recomeçar tudo do início.

• • •

Vinha trabalhando em algumas novas identidades. Matthew Burton era uma delas. Kasimir Czernewski era outra.

"Clones", era como Jay os chamava. Ou, às vezes, "avatares". Era como se estivessem jogando video game, disse Jay, que passava grande parte de seu tempo explorando as plataformas virtuais praticamente infinitas de World of Warcraft, Call of Duty ou Oblivion.

— É basicamente isso — afirmou, com os olhos vidrados na grande tela da televisão, onde avançava sobre um inimigo com sua espada em punho. — O conceito é basicamente o mesmo — continuou. — Você inventa um personagem e o controla mundo afora, presta atenção, faz bem seu trabalho e é recompensado. — E então seus dedos começaram a apertar freneticamente os botões do controle ao começar um confronto virtual.

Aquilo fazia sentido, pensou Ryan, embora não fosse tão fã de video games quanto Jay.

Para Ryan, os nomes eram como conchas — era assim que os visualizava —, peles vazias nas quais se adentrava e que começavam a se solidificar com o tempo. De início, a identidade era fina como uma teia de aranha: um nome, um número da previdência social, um endereço falso. Mas logo surgia uma carta de identidade com foto, uma carteira de habilitação, um histórico de trabalho, um histórico financeiro, cartões de crédito, aquisições e assim por diante. Começavam a criar vida própria, ganhavam substância. Uma *presença* no mundo — que, na verdade, provavelmente já era mais *significativa* do que os pequenos marcos que havia atingido em seus 20 anos como Ryan Schuyler.

De certa forma, Ryan já havia desenvolvido consideravelmente a personalidade de Kasimir Czernewski, nascido na Ucrânia, com os cabelos partidos ao meio e seus óculos escuros na foto para a carteira de motorista. Jay lhe mostrou como era fácil adquirir outros elementos: um endereço falso — um apartamento em Wauwatosa, próximo a Milwaukee; e um emprego, trabalhando em casa como "detetive privado" com especialidade em fraudes de identidade; um documento que comprovava o pagamento de impostos; e uma página de araque na Internet para cobrir seus negócios falsos; às vezes, até recebia e-mails no site de Kasimir.

> Caro sr. Czernewski,
> Encontrei sua página e estou à procura de ajuda num caso de identidade roubada. Acredito que uma ou mais pessoas estejam usando meu nome com o propósito de cometer fraudes. Recebi faturas de compras que nunca fiz e o dinheiro de minhas muitas contas bancárias desapareceu. Saques que nunca realizei...

Já Jay possuía centenas de "avatares" que tinha criado — praticamente um povoado de pessoas inventadas, conduzindo discretamente diversos tipos de negócios a partir de endereços falsos em Fresno e Omaha; Lubbock, Texas; e Cape May, Nova Jersey. Praticamente espalhadas por toda a nação, dispostas de tal maneira, explicou Jay, interligadas, de modo que, mesmo que descobrissem sua inveracidade, aquilo apenas levaria a outro impostor, outro clone, uma série de labirintos que terminavam sempre em becos sem saída.

Quem poderia imaginar que aquelas dezenas de vias emanavam de uma cabana na floresta ao norte de Saginaw, Michigan?

Agora nevava mais forte, e Ryan teve a sorte de chegar à cabana antes que a tempestade caísse. O lugar era bastante isolado, longe da rodovia principal, passando por pequenas vias estaduais e chegando a uma estreita estrada de asfalto, com nada mais que um emaranhado de árvores e sombras até que enfim emergisse a cabana, com a velha van Econoline de Jay na garagem.

A cabana era inclassificável. Tratava-se de uma casa de um andar, um quarto, feita de madeira, com uma varanda na frente onde havia um sofá e uma estufa a lenha; parecia um daqueles lugares frequentados por pescadores nos anos 1970, e cheirava a umidade e a lençóis mofados, os quais Ryan associava a alojamentos de escoteiros quase esquecidos.

Diante da varanda, havia um clarão na floresta, e os flocos de neve se acumulavam impiedosa e curiosamente em pequenas trilhas que enfim formavam montes. Não nevava em Milwaukee quando partira, mas agora poderia nevar. Poderia estar nevando também em Chicago, em Evanston, onde seus pais logo estariam para seu memorial, uma camada branca apática se espalhando pela pista macadamizada do aeroporto O'Hare enquanto o avião sobrevoava em círculos.

Jay apagara na varanda ao calor da estufa, com um cigarro ainda entre os dedos. Ryan o removeu com cuidado, mas um cilindro de cinza congelada se quebrou e desabou no chão.

— Humm — disse Jay, pressionando a bochecha contra o próprio ombro como se fosse um travesseiro no qual se aconchegava.

Ryan levantou-se e entrou na sala de estar, onde uma camada de fumaça ainda pairava sobre as mesas agrupadas — dezenas de computadores, scanners, máquinas de fax e outros equipamentos. Pegou um cobertor de pelo de cabra angorá em cima do sofá e voltou à varanda para cobrir Jay.

Ryan estava levemente bêbado, levemente chapado, e pegou outra cerveja da caixa de isopor. Tentava não ficar muito ansioso, mas cada vez mais tomava consciência de que o ocorrido era irreversível.

Sentou-se diante de um dos computadores com sua lata de cerveja ao lado do teclado, conectou-se à Internet e digitou seu nome para ver se alguém mais tinha escrito sobre sua morte em algum blog ou o que quer que fosse.

Nada de novo.

Logo seu nome teria menos e menos resultados, pensou ele. Em alguns dias as homenagens desapareceriam e não demoraria muito para que qualquer menção de seu nome fosse arquivada e empurrada para o fundo de camadas sedimentárias de informação, de fofocas e de entradas em diários virtuais, até que viesse a desaparecer completamente.

Pensava em seu pai.

Seu pai — seu pai adotivo, Owen — vinha tendo mudanças súbitas de humor durante o último ano de Ryan na escola, algum tipo de crise dos homens na casa dos 45 anos e, enquanto sua mãe se mostrava obcecada com universidades, Owen nada dizia. Ele desenvolvera o hábito de suspirar, e Ryan lhe perguntava:

— O que foi?

E ele respondia:

— Ah... nada — e suspirava.

Certa noite, quando se encontravam diante da pia da cozinha, lavando a louça, e sua mãe assistia à TV na sala, Owen deixou escapar outro de seus melancólicos suspiros.

Ryan, que secava os pratos e os colocava no armário, perguntou:

— O quê?

Owen balançou a cabeça.

— Ah, nada não — respondeu, parando para contemplar a panela que estava esfregando. Deu de ombros.

— É algo estúpido — continuou. — Estava só pensando: quantas vezes na minha vida ainda vamos lavar os pratos juntos?

— Hum — disse Ryan, já que lavar a louça não era algo que lhe faria falta, embora soubesse que Owen estava fazendo algum cálculo mórbido.

Owen tentou despistar. Reclamou de um pedaço de macarrão grudado que não conseguia limpar.

— Acho... — continuou — acho que não nos veremos muito depois que você for para a universidade. Só isso.

"Estou vendo como está ansioso, amigão. Não há nada de errado com isso, não estou dizendo que haja algo de errado — explicou Owen. — Queria ter sido ansioso assim na sua idade. Do jeito que estou, não sei nem mesmo se verei o mar antes de morrer. Mas aposto que você verá todos os oceanos. Os sete mares e todos os continentes. Só quero que você saiba que eu acho que isso é ótimo.

— Talvez — disse Ryan na ocasião e se viu enrijecendo numa formalidade desagradável, envergonhado pela autodepreciação de Owen e sua autopiedade sentimentaloide de meia-idade. — Não sei — continuou Ryan —, tenho certeza que ainda teremos mais louça para lavar juntos — disse.

Relembrando, não pôde deixar de refletir sobre aqueles momentos — a cozinha na casa de Council Bluffs, os pratos na pia, peças específicas de prataria que costumava secar e das quais se recordava agora com um carinho inexplicável, certos pratos...

Tudo aquilo que havia deixado para trás. O violão Takamine semielétrico preto que Owen e sua mãe compraram para seu aniversário; o caderno cheio de cifras e letras para canções que tentava escrever; até mesmo CDs que havia gravado, com seleções incríveis que seriam impossíveis de recriar. Era uma tolice — tratava-se de uma nostalgia infantil e mórbida — pensar que tal sofrimento poderia ter sido provocado pela simples lembrança daquele violão; ou quando pensou em sua tartaruga, Veronica, que nem mesmo era um verdadeiro bicho de estimação. Que importância dava ela para ele, do que se lembraria?

Todos esses objetos, eles próprios avatares — contendo sua velha identidade, sua antiga vida, dentro deles.

Tudo bem, pensou. Sentou-se diante da tela do computador, olhando para a fotografia e o obituário no jornal local de Council Bluffs. Tudo bem.

A vida que levara até aquele momento havia acabado.

Nunca mais seria visto ou teriam notícias dele. Não de Ryan, pelo menos.

12

Lucy e George Orson caminhavam pela estrada de terra que levava à bacia onde o lago costumava ficar. Nebraska ainda sofria com a seca. Não chovia sabe-se lá há quanto tempo, e as solas de seus pés levantavam nuvens de poeira.

Outra semana havia se passado sem nenhum sinal de que partiriam em breve, apesar das garantias de George Orson. Algo saíra errado, presumiu Lucy. Algum problema com dinheiro, embora ele não admitisse.

— Não se preocupe — continuava a dizer. — Está tudo na mais perfeita ordem, só está demorando um pouco mais do que eu pensava, está um pouco mais... recalcitrante. — Mas então deixou escapar uma de suas risadas sombrias, o que não a ajudou a confiar nele. Parecia outra pessoa.

Durante a semana que se passara, George Orson não tinha sido ele próprio. Ele mesmo admitia:

— Desculpe — dizia quando se distanciava, quando entrava num outro mundo, num transe de planos privados.

— George — perguntava ela —, no que está pensando? No que está pensando nesse momento?

E seus olhos recuperavam o foco.

— Nada — dizia. — Nada de importante. Só estou me sentindo um pouco estranho. Não tenho sido eu mesmo ultimamente, imagino...

Aquilo era só um modo de falar, ela sabia, mas ainda assim ficou em sua mente. *Não era ele mesmo*, pensou, e de fato certo descuido era perceptível... como um ator que começava a perder a caracterização de seu personagem, imaginava ela. Até seu sotaque estava diferente. As vogais estavam mais soltas — ou ela estaria imaginando aquilo? — e sua enunciação não era mais tão vívida e elegante.

Era natural que sua voz se tornasse mais relaxada, uma vez que não trabalhava mais como professor, não se apresentava mais diante de uma turma de alunos. E é natural que uma pessoa se mostre um pouco diferente quando você a conhece um pouco melhor. Ninguém é exatamente como se imagina.

No entanto, ainda assim, Lucy começara a prestar atenção nesses detalhes. Talvez, pensava ela, seria sua própria culpa não saber o que estava acontecendo. Estava numa terra de fantasias há alguns dias, quase duas semanas, vendo filmes, lendo, sonhando com viagens. Estava tão focada nos lugares que visitariam no futuro que não vinha prestando atenção no que acontecia no presente.

Por exemplo: entrara no banheiro naquela manhã, e George Orson estava inclinado sobre a pia. Quando olhou para cima, ela pôde perceber que ele havia tirado a barba. Na verdade, por um breve instante, nem mesmo o reconheceu, era como se um estranho estivesse ali. Chegou a dar um passo atrás.

Então, ao ver seus olhos verdes, o rosto fora novamente reconstituído: George Orson.

— Oh meu Deus, George! — disse ela, colocando a mão no peito. — Você me assustou! Mal o reconheci.

— Humm — disse George Orson, sério. Não sorriu, nem mesmo suavizou sua expressão. Apenas olhou fixamente para a pia, onde seus pelos formavam um bolo.

— Desculpe — disse, distraidamente, passando a palma da mão lentamente sobre as bochechas nuas. — Desculpe se a assustei.

Lucy olhou para ele — para esse novo rosto — desconfiada. Estaria ele... teria ele chorado?

— George — disse —, qual é o problema?

— Não é nada — disse ele, eu só decidi que é hora de mudar. Só isso.

— Você parece... perturbado ou alguma coisa assim...

— Nada, nada — respondeu. — É só uma fase. Vou superar.

Continuou a encarar a si mesmo no espelho enquanto ela ainda hesitava diante da porta do banheiro, pensativa, observando-o levantar a tesoura e cortar um tufo de cabelos próximo à orelha.

— Sabe — disse ela —, não é uma boa ideia cortar seus próprios cabelos. Sei por experiência.

— Humm — respondeu. — É o que eu sempre disse a você. Não acredito em arrependimentos. — Ele levantou o queixo, examinando seu perfil como uma mulher examina sua maquiagem. Fez uma careta para si mesmo. Depois, abriu um sorriso. E então tentou parecer surpreso.

— "Arrependimentos são uma perda de tempo" — disse, finalmente. — "E, ainda assim, a História é um longo arrependimento Tudo poderia ter sido diferente."

Olhou para seu reflexo e lhe deu um sorriso de canto de boca.

— É uma boa citação, não acha? — perguntou ele. — Charles Dudley Warner, um velhaco cheio de frases de efeito. Amigo de Mark Twain. Completamente esquecido nos dias de hoje.

Cortou outro pedaço de cabelos, dessa vez na lateral, trabalhando com a tesoura de modo lento, ruminante.

— George — disse ela —, venha aqui e se sente. Deixe-me fazer isso.

Ele deu de ombros. Qualquer que fosse seu humor até então agora parecia ter se dissipado. A citação deve tê-lo alegrado, pensou ela. Poder lembrar o nome de uma pessoa famosa e fornecer um pedacinho de informação. Aquilo o deixava contente.

— Tudo bem — disse ele, finalmente. — Dê só uma aparadinha. Tire um pouquinho dos lados.

Então, algumas horas depois, ali estavam a caminhar em silêncio. George Orson segurou a mão dela enquanto passavam pelas marcas de pneu que ainda estavam na estrada, apesar de estar claro que nenhum carro passara por ali havia bastante tempo.

— Ouça — disse ele, finalmente, depois de um longo período em que nada disseram —, gostaria de agradecer por ter sido paciente comigo. Sei que está frustrada, mas há coisas que não posso dizer, mesmo que eu quisesse. Há alguns elementos que eu mesmo ainda não consegui absorver completamente.

Ela esperou que ele prosseguisse, o que não aconteceu. Ele apenas continuou caminhando e passando os dedos pelas palmas da mão.

— Elementos? — perguntou. Tinha esquecido os óculos de sol, ao passo que George Orson não esquecera os dele, e teve de se esforçar para tentar enxergar seus olhos através dos círculos escuros das lentes. — Eu continuo sem entender do que você está falando.

— Sim, eu sei — disse ele, balançando a cabeça pesarosamente. — Eu sei, parece besteira e de fato lamento. Sei que está nervosa e não a culpo se estiver pensando em... arrumar a mala e ir embora. Fico feliz que ainda não tenha feito isso. E é por esse motivo que gostaria de dizer o quanto aprecio sua confiança em mim.

— Humm — disse Lucy. E não respondeu mais nada. Nunca fora do tipo que aceitava garantias vagas. Se, por exemplo, sua mãe lhe tivesse feito aquele discurso, naquele tom de voz calmo e esperançoso, Lucy teria se enfurecido. Ela tinha muito com o que se preocupar, obviamente! Era ridículo que estivessem naquele lugar havia duas semanas e ele ainda não explicara seus planos. Ela tinha o direito de saber! De onde vinha o dinheiro? Por que estava sendo "recalcitrante"? O que ele tentava absorver exatamente? Caso sua mãe a tivesse arrastado para o fim do mundo sem lhe dar o mínimo de explicações, as duas estariam brigando feito cão e gato.

Mas Lucy nada disse.

George Orson não era sua mãe, e ela não queria que fosse. Não queria que ele a visse da maneira como sua mãe a via. Pirracenta. Exigente. Boca suja. Sabichona. Imatura. Impaciente. Aquelas eram algumas das qualidades atribuídas a ela por sua mãe ao longo dos anos.

E seriam as palavras de sua mãe que ela recordaria quando ele finalmente emergisse de sua sala de estudos no fim da tarde. Passava os dias assistindo a filmes antigos e enfadonhos, lendo livros, jogando paciência e andando de um lado para o outro pela casa, mas, quando ele enfim apareceu, Lucy fez de tudo para não parecer irritada.

—Vou preparar um jantar maravilhoso para você — disse George Orson. — *Ceviche de pescado*. Vai adorar.

E Lucy desviou o olhar do filme *Minha querida dama*, a que assistia pela segunda vez, como se estivesse completamente absorta. Como se não tivesse passado a maior parte do dia em estado de pânico. Permitiu que ele se abaixasse e beijasse sua testa.

— Você é meu único amor, Lucy — sussurrou.

Ela gostaria de acreditar.

Mesmo então, por mais insegura que estivesse, sentia os dedos de George Orson na palma da sua mão, um encontro ocasional entre seus ombros e a solidez de seu corpo. Sua presença notável. Um conforto simplista, talvez, mas sem dúvida o bastante para tranquilizá-la.

Ainda havia a possibilidade de que ele cuidasse dela. *Talvez não tenha sido um erro vir para cá.* Uma ideia que provocava faíscas num céu cinzento e infinito. *Talvez ainda fossem ser ricos juntos.*

Olhou para as marcas duplas de pneu no chão e protegeu os olhos do vento e da poeira com as mãos.

— Aqui — disse George Orson, entregando-lhe os óculos escuros. Ela aceitou.

As garotas que pensam que são tão espertas, dissera sua mãe certa vez. No final, *são sempre as maiores bobas.*

Aquele era um dos motivos pelos quais não havia partido até então. O efeito daquelas palavras ainda a atordoavam: *garotas que pensam que são tão espertas*. A ideia de voltar a Ohio, de dividir a choupana com Patricia. Nada de universidade, nada de nada. As pessoas ririam de sua egolatria. De sua presunção.

Não é como se estivesse presa ali contra sua vontade. George Orson não lhe dissera que poderia partir quando quisesse?

— Ouça, Lucy — falou, em meio a um de seus muitos discursos evasivos quando conversavam sobre a situação dos dois. — Ouça — disse ele. — Entendo que esteja nervosa, só quero que saiba que, se alguma vez sentir que não confia mais em mim, ou mesmo se decidir que as coisas não estão funcionando entre nós, pode arrumar suas coisas e voltar para casa quando quiser. Quando quiser. Lamentarei, mas respeitosamente comprarei sua passagem para Ohio. Ou para qualquer outro lugar que queira ir.

Então.

Havia alternativas e, nas últimas semanas, ela as vinha estudando.

Quase podia se imaginar embarcando num avião; podia ver a si mesma caminhando pelo corredor e enfim se abaixando para sentar numa poltrona estreita próxima a uma janela suja. Mas para onde estava indo? Retornando a Pompey? Alguma outra cidade? Chicago ou Nova York ou...

Para alguma outra cidade do mundo onde...

Um vazio.

Ela costumava ter muitas ideias sobre como seria seu futuro. Era uma pessoa prática, que planejava à frente. "Ambiciosa", dissera sua mãe, e isso não um elogio.

Recordava-se de uma noite, pouco antes de seus pais morrerem, quando seu pai provocava Patricia por causa de seus ratos de estimação, dizendo que os bichos a impediam de arrumar um namorado; e sua mãe, que lavava a louça atentamente na cozinha, interveio abruptamente.

— Larry — disse a mãe de Lucy, severamente —, é melhor você tratar bem a Patricia — E então se virou, balançando uma espátula ensaboada enfaticamente. — Porque vou lhe dizer o seguinte: é ela quem vai cuidar de você quando estiver velho. Se continuar fumando como agora, terá de carregar um tanque de oxigênio aos 55 anos, e não será Lucy quem o levará ao médico e fará compras para você, posso garantir. Assim que Lucy terminar o colégio, vai partir para nunca mais voltar, e você vai se arrepender de ter provocado tanto Patricia.

— Por Deus — disse ele. Lucy, que estava estudando na mesa da cozinha, levantou a cabeça.

— O que isso tem a ver comigo? — perguntou, embora sua mãe basicamente estivesse certa. De maneira alguma ela continuaria a perambular por Pompey e cuidaria de uma pessoa velha. Preferia pagar um asilo, pensou. Mas, ainda assim... era estranho que sua mãe a tivesse comparado a Patricia daquela maneira, então Lucy lançou a ela um olhar ofendido. — Não sei o que há de errado em querer frequentar uma universidade e talvez fazer algo diferente.

Na época, pensava em estudar direito. Direito corporativo é o que dá grana, ouviu dizer. Ou a área financeira, cuidando de investimentos e aplicações: Merryll Lynch, Goldman Sachs, Lehman Brothers, um lugar desse tipo. Podia imaginar os escritórios brilhantes, todos de vidro e madeira reluzente, a luz azul, as janelas do chão ao teto de onde se avistavam os prédios de Manhattan. Já havia até baixado informações dos sites daquelas empresas sobre como concorrer a uma vaga de estágio e coisas do gênero, embora, pensando naquilo hoje em dia, estava claro que eles não contratavam estudantes secundaristas de Ohio.

Sua mãe se mostrara surpreendentemente hostil diante da ideia.

— Não sei se suportaria ter uma advogada na família — disse ela, espirituosamente. — Quanto mais uma banqueira.

— Não seja ridícula — disse Lucy.

E sua mãe suspirou, fazendo graça.

— Oh, Lucy — disse, abotoando o uniforme rosa do hospital, enquanto se preparava para sair para seu turno. Nem mesmo era uma enfermeira registrada; não tinha frequentado uma universidade de verdade por quatro anos. — Nesses lugares só se fala em "o que eu ganho com isso?". Tudo é dinheiro, dinheiro, dinheiro. Isso não é vida.

Lucy ficou em silêncio por alguns instantes. Depois, disse calmamente:

— Mãe, você não sabe do que está falando.

Agora, quando ela e George Orson se aproximavam de uma velha doca, pensava novamente em partir, pensava novamente no avião levantando voo rumo ao vazio, como uma aeronave de histórias em quadrinhos que saía da página em direção ao nada.

Ou então poderia ficar.

Tinha de pensar em suas escolhas cuidadosamente. Sabia que George Orson estava envolvido em atividades ilegais; sabia que ele não lhe contara tudo. Tinha inúmeros segredos. Mas e daí? Fora aquele mistério que a atraíra no início, por que negar? Contanto que o dinheiro fosse de verdade, contanto que aquela parte pudesse ser resolvida...

Chegaram a um prédio no final da estrada. Uma loja com uma só vitrine, sobre a qual uma placa dizia "MERCEARIA & GÁS" em fontes antigas, abaixo das quais vinha uma lista dos produtos à venda: ISCAS... GELO... SANDUÍCHES... BEBIDAS GELADAS...

Parecia estar fechada desde o tempo do correio puxado a cavalo. Era o tipo de lugar onde uma diligência pararia num filme de velho oeste.

Mas ela percebera que ali as coisas eram daquele jeito. O vento seco, o clima severo, a poeira. Tudo se transformava numa peça de antiquário.

George Orson observava, com a cabeça levantada, enquanto ouvia o ruído débil de uma velha placa que fazia propaganda de cigarros. Seu rosto não transmitia qualquer emoção, assim como a vitrine da loja. O vidro estava quebrado e remendado com pedaços de cartolina. Havia lixo, papéis de bala, um copo de isopor, folhas e coisas assim, bailando em círculo sobre o asfalto manchado de óleo. As bombas de combustível estavam ali, largadas.

— Olá? Tem alguém em casa? — gritou George Orson.

Aguardou, ansioso, como se alguém fosse mesmo responder, talvez alguma voz do além.

— *Zdravstvuite?* — disse ele. Sua velha piada. — *Konichiwa?*

Ergueu a mangueira de uma das bombas de gasolina e tentou ver se ainda funcionava. Apertou o gatilho que liberava o combustível, mas, obviamente, nada aconteceu.

— Assim será o fim da civilização — disse George Orson. — Não acha?

Quando ainda era criança, o lago — o reservatório — era o maior corpo de água da região. Trinta e dois quilômetros de comprimento, seis e meio de largura e quarenta e três metros de profundidade na represa.

— Você tem de entender — disse George Orson —, as pessoas vinham de todas as partes: Omaha, Denver, dirigiam por quilômetros até chegarem aqui. Na minha infância, era algo impressionante. É difícil imaginar isso agora, mas o lugar era cheio de vida. Lembro que era possível chegar ao topo da represa e não dava para ver onde terminava. Era algo imenso, especialmente para um garoto pobre de Nebraska que nunca vira o oceano. Agora se parece com as fotografias que vemos do Iraque. Um amigo geólogo me falava sobre a seca do rio Eufrates e me mostrou as fotografias, era exatamente assim.

— Humm — disse ela.

Aquele era o tipo de assunto sobre o qual ele gostava de conversar. Um *amigo geólogo*... Sem dúvida alguém que frequentara Yale com ele, muito tempo atrás. Conhecia todos os tipos de pessoa, estórias e trivialidades, os quais citava ocasionalmente para impressioná-la, o que, era verdade, de fato conseguia. Ela mesma adoraria ter conhecido pessoas que se tornaram geólogos, escritores famosos ou políticos, assim como os amigos de George Orson.

Lucy tentara entrar em três universidades: Harvard, Princeton e Yale.

Aqueles eram os únicos lugares que a interessavam, *os mais conhecidos*, pensou, *os mais importantes*...

Podia se ver nos campi: descansando ao lado da estátua de John Harvard do lado de fora do prédio da universidade, correndo pelo jardim McCosh em Princeton com seus livros debaixo do braço, ou caminhando pela avenida Hillhouse em New Haven, "a rua mais bonita da América", segundo as brochuras, a caminho de uma recepção na residência do presidente...

Continuaria tímida como quando chegara e, embora não tivesse roupas caras, aquilo não importaria. Vestiria roupas simples, peças escuras e modestas, que poderiam até ser consideradas misteriosas. De qualquer jeito, não demoraria até que começassem a perceber sua presença, assim como fizera George Orson, devido a sua rapidez de raciocínio, seu senso apurado do absurdo, seus comentários incisivos em classe. Sua colega de quarto, imaginava, seria algum tipo de herdeira e, quando Lucy finalmente revelasse, de maneira acanhada, que era órfã, talvez viesse a ser convidada para passar férias nos Hamptons, em Cape Cod ou em algum daqueles lugares...

Não podia contar aqueles sonhos a George Orson. Ele era bastante crítico em relação a seus anos na Ivy League, embora os mencionasse frequentemente. Não tinha muita consideração pelas pessoas que encontrara ali.

— Aquela exibição grotesca de privilégios — disse —, todos aqueles príncipes e princesas se embonecando enquanto aguardavam seus lugares de direito na frente da fila. Deus, como os odiava!

Ele lhe contava essas histórias depois que se envolveram, durante o semestre de primavera do último ano de Lucy, e ela costumava se deitar na cama dele com o rosto para baixo, tentando pensar em como poderia dar a notícia quando fosse para Massachusetts, Connecticut ou Nova Jersey. Teria de lhe dizer a verdade quando as cartas de aprovação chegassem. Seria doloroso, mas também o melhor a ser feito.

Poucos dias depois, a primeira carta de rejeição chegou. Encontrou-a ao chegar da escola — Patricia estava no trabalho. Sentou-se à mesa da cozinha e podia sentir as estatuetas de sua mãe a observar. Criancinhas de porcelana com a cabeça arredondada, olhos grandes e praticamente sem nariz ou boca: liam juntas um livro, sentadas numa xícara gigante ou segurando um filhote nos braços. Todas dispostas numa prateleira de plástico que sua mãe comprara na farmácia. Alisou a carta à sua frente: gostariam de escrever outra resposta, diziam. Gostariam que fosse possível admiti-la. Esperavam que aceitasse seus votos de sucesso.

Olhando em retrospecto, não sabia dizer por que havia sido tão confiante. Sim, tinha tirado nota máxima em quase todas as matérias — seu histórico só tinha sido manchado por alguns noves na aula de francês, culpa da madame Fournier, gentil, porém impiedosa, que nunca aprovara sua pronúncia ou embocadura. Havia devidamente se unido a associações de todos os tipos — Sociedade de Honra Nacional, Masque e Gavel, Futuros Líderes de Negócios da América, Modelo de Organizações Internacionais e assim por diante. Atingira noventa e quatro por cento na média final.

O que, agora percebera, não era bom o bastante. George Orson estava certo: era preciso pensar de modo calculado desde cedo, a partir da escola primária, ou antes dela; ou então, o que era mais provável, deveria ser treinado desde o berço. Ao chegar à idade de Lucy...

As outras duas cartas de rejeição chegaram na semana posterior. Sabia do que tratavam antes mesmo de abri-las. Ouvia lá fora o latido monótono e desgostoso do cachorro do vizinho, até que, enfim, abriu uma das cartas. Conseguiu identificar o que veria a seguir ao ler a primeira palavra.

— Depois...

Colocou a mão sobre a carta e fechou os olhos.

Vinha se saindo tão bem. Apesar da morte dos pais, da situação terrível em sua vida dentro de casa, a geladeira vazia, as contas que ela e Patricia mal conseguiam pagar, o mísero salário que a irmã recebia na Circle K e o restante do seguro de seus pais, os jantares constituídos por comida congelada, sopas enlatadas e cachorros-quentes e nachos horríveis que Patricia trazia do trabalho. Apesar de não ter um telefone celular, um iPod ou mesmo um computador, como a maioria dos adolescentes de sua idade...

Apesar de tudo, ela vinha progredindo, poderia até se dizer que ela se comportara com certo grau de dignidade e honra; poderia até se dizer que fora heroica, indo à escola todos os dias e fazendo a lição de casa à noite, escrevendo suas redações e levantando a mão durante a aula. *Nunca tinha chorado ou reclamado do que lhe acontecera. Aquilo não contava nada?*

Aparentemente, não. A palma de sua mão ainda repousava sobre as palavras na carta. Olhou para a mão como se fosse uma luva perdida num monte de neve.

Tinha se enganado. Começava a entender sua situação. A vida que planejara — com a qual sonhara —, os planos e expectativas que havia poucas semanas eram tão sólidos —, essa vida se apagara, e a sensação de estar entorpecida subiu da mão ao braço, e então ao ombro, enquanto o som dos latidos parecia se solidificar no ar.

Seu futuro era como uma cidade que nunca visitara. Uma cidade do outro lado do país, e ela viajava pela estrada com todos os seus pertences empacotados no banco de trás do carro. O percurso estava marcado claramente no mapa, mas então ela parou num posto de gasolina e viu que o lugar para o qual se dirigia não existia mais. A cidade à qual se destinava desaparecera — talvez nunca houvesse existido — e, caso parasse para perguntar a direção, o funcionário do posto olharia para ela com cara de tacho. Nem mesmo saberia do que ela estava falando.

— Desculpe, senhorita — diria, gentilmente —, acho que deve estar enganada. Nunca ouvi falar desse lugar.

Uma sensação de ruptura.

Numa vida, havia uma cidade para a qual viajava. Em outra, se tratava apenas de um lugar que havia inventado.

Aquele não era um período de sua vida de que gostava de se recordar, mas ainda assim se via pensando nele frequentemente. Aquilo era uma das coisas que George Orson não entenderia, uma das coisas sobre si mesma que não poderia lhe contar. Não conseguia se imaginar descrevendo a conversa que teve com um "conselheiro" no escritório de admissões em Harvard. Começaria a chorar...

— Você não entende — disse ela, e não era como se tivesse deixado escapar um suspiro ou um soluço, mas sim como se todo seu corpo se esvaziasse e se tornasse oco. Sentia como se levasse agulhadas na cabeça e no rosto, veio-lhe um aperto no coração e nos pulmões. — Não tenho nada nesta vida, sou órfã — continuou, e a sensação deixou seus lábios. Por algum motivo, achou que poderia ficar cega. Seus dedos tremiam. — Meu pai e minha mãe morreram — disse e parecia que lhe haviam talhado um buraco na garganta.

Assim era a verdadeira tristeza. Nunca a sentira antes. Todas as vezes que ficara chateada, todas as vezes que chorara em sua vida, toda decepção e melancolia eram apenas passageiras, meros caprichos. A tristeza era algo completamente diferente.

Soltou lentamente o telefone e levou a mão à boca. Deu um suspiro doído e silencioso.

Algumas semanas depois, quando George Orson sugeriu que deixasse a cidade com ele, a proposta lhe pareceu ser a única solução.

Chegaram à rampa de cimento que levava à bacia do antigo lago e um cartaz desgastado dizia:

PROIBIDO NADAR OU ULTRAPASSAR
APÓS SEIS METROS DAS RAMPAS OU DOCAS

— Há algum tempo queria lhe mostrar isso — disse George Orson, gesticulando na direção de algum ponto em meio à vasta planície arenosa e às ervas rasteiras, antes cobertas por água.

— Não vejo coisa alguma — disse Lucy.

Estava absorta em seus pensamentos e cada vez mais desolada ao descer a rampa, mas George Orson, obviamente, não podia ler seus pensamentos. Não sabia que ela recordava a maior humilhação de sua vida; não sabia que pensava em ir embora; não a ouvia se perguntar se havia algum dinheiro escondido na casa.

Embora, naturalmente, pudesse perceber seu estado de espírito; Lucy via como ele tentava animá-la. Agora era a vez de *ele* alegrá-la.

— Espere só um pouco. Você vai adorar — disse, segurando-a pela mão. Sua voz ficava cada vez mais clara à medida que caminhavam.

Tinha seu próprio professor particular de história.

— Aqui ficava a cidade — disse, gesticulando como um palestrante. — Lemoyne, assim era chamada. Era um povoadozinho. Quando decidiram construir o reservatório nos anos 1930, o Estado comprou todos os terrenos e casas, e reassentou as pessoas, inundando o local. Não se trata de um acontecimento único, na verdade. Isso aconteceu centenas de vezes, acredito, por toda a América. "Cidades inundadas", acho que é esse o termo. À medida que a tecnologia para criar esses reservatórios avançou, as pessoas tiveram de se mudar...

Fez uma pausa para verificar se ainda tinha a atenção de Lucy.

— Assim é o progresso — disse ele.

Então ela via. A cidade. Ou melhor, o que sobrara dela, ou seja, não muito. O vento soprava forte a poeira, e as estruturas à sua frente estavam turvas, como num nevoeiro.

— Uau — disse ela. — Que estranho.

— Nossa própria Atlantis em Nebraska — disse George Orson, virando-se para ver a reação de Lucy. Ela percebeu que ele planejava o que diria a seguir, mas depois reconsiderou.

— Há uma energia incrível aqui — disse George Orson, abrindo um de seus sorrisos intensos e misteriosos. Ele a provocava, mas ao mesmo tempo falava sério, de um modo que ela não entendia bem.

— Energia — disse ela.

O sorriso dele se abriu ainda mais, como se ela soubesse exatamente do que ele estava falando.

— Energia do tipo sobrenatural. É o que dizem. Está tudo listado naqueles livros fantasiosos: *Os lugares mais assombrados e misteriosos das grandes planícies da América*, sabe do que estou falando. Não que eu os desacredite completamente. Mas acho que, se houver alguma energia, provavelmente será negativa. Não muito longe daqui fica o local onde ocorreu a Batalha de Ash Hollow. Isso foi em 1855, quando o general William Harney conduziu seiscentos soldados a um acampamento Sioux e massacrou oitenta e seis pessoas, muitas delas crianças e mulheres. Fazia parte do plano do Presidente Pierce, a expansão rumo ao Oeste, a Rota de Oregon, o crescimento do Exército americano...

Lucy franziu as sobrancelhas. Esperava ouvir algo sobre a situação atual dos dois, mas aquela parecia outra de suas distrações. Mais banalidades sobre coisas que o fascinavam: filosofia New Age cafona misturada a análises históricas conspiratórias e antigovernamentais; ainda que às vezes gostasse de ouvir aquela ladainha, nem que fosse para fazer o papel de cética.

— Certo — dizia ela agora, evocando o tom de gracejo que usavam para conversar, o professor sério e a aluna irônica e desafiadora.

— Imagino que possamos encontrar também alguma pista de pouso para OVNIs por aqui — disse Lucy.

— Ha, ha — respondeu George.

Ele então apontou e ela sentiu sua nuca arrepiar.

Lá adiante havia talvez uma dúzia de edifícios que se erguiam em meio à lama, poeira, enormes moitas secas e grama amarronzada. "Edifícios" não era a palavra certa, no entanto.

Ruínas, pensou ela. Pedaços de estrutura em estágios diversos de desgaste: alicerces e lajes de concreto espalhadas, um grande bloco hexagonal, uma coluna retangular, uma peça de canto triangular, tudo coberto de areia. Havia apenas uma parede rochosa com o formato do retângulo de uma porta. Os detritos de um antigo barracão ou cabana se desprenderam e agora repousavam sobre uma pilha de tábuas podres, cobertos por lodo e algas. Num outro lado, era possível ver uma placa de trânsito torta e enferrujada ainda de pé. No fim do que, imaginava ela, tinha sido uma rua, havia uma estrutura quadrilátera mais ampla, com alguns degraus que levavam à fachada de blocos de pedra.

— Puta merda, George — disse.

Aquela sempre fora outra parte da relação dos dois. Lucy fazia o papel de cínica e George Orson, o de crente, mas ela podia ser persuadida. Era possível surpreendê-la, contanto que ele fosse convincente o bastante para tal.

Dessa vez, não fracassou.

— Aquela era a igreja — disse George Orson. Ficaram ali juntos, lado a lado, e ela acreditou que ele estava certo sobre a parte da "energia negativa".

— Este não lhe parece um bom lugar para um ritual? — perguntou George Orson.

Lucy novamente teve aquela sensação, aquela quietude como se o mundo houvesse acabado. Pensou no que George Orson lhe dissera quando passaram por Indiana ou Iowa e ela falava vagamente sobre ir à universidade. Tentaria novamente em um ano ou dois, disse.

— Eu não me preocuparia em fazer isso, se fosse você — disse George Orson, olhando para ela e abrindo um sorriso de canto de boca. — Quando tiver 40 anos, não fará diferença se você se formou ou não. Duvido até mesmo que Yale ainda exista.

Lucy lhe deu um olhar severo.

— Ah, sim — disse —, e os primatas dominarão o planeta.

— É sério — afirmou George Orson. — Não sei nem se os Estados Unidos existirão. Pelo menos não como o conhecemos.

— George — disse ela —, não sei do que está falando.

Mas naquele momento, ali na bacia seca do lago, nos degraus da velha igreja onde o corpo de uma carpa se mumificara junto ao musgo; naquele momento, sim, ela podia facilmente imaginar que os Estados Unidos houvessem desaparecido; que as cidades tivessem sido queimadas e estradas estivessem amontoadas de carcaças enferrujadas de carros que nunca conseguiram escapar.

— É engraçado — dizia George Orson. — Minha mãe costumava dizer que era possível ver o campanário quando a água estava clara, o que, naturalmente, era um mito; embora eu e meu irmão mergulhássemos para procurá-lo. Provavelmente estamos... o que você acha? No meio do lago? Lembre-se de que naquela época era bastante profundo. Doze ou treze braças?

George Orson estava em seu próprio transe, e Lucy o viu apontar o dedo para cima.

— Tente imaginar! — disse ele. — Vinte ou vinte e cinco metros acima de nós, o barco estaria e você poderia nos ver mergulhar. Você poderia ser um tubarão, vendo daqui de baixo as pernas se movendo e a superfície da água lá em cima...

Sim. Ela podia imaginar. Conseguia se imaginar no fundo do lago, com a membrana da água pairando sobre eles como a superfície de um céu, a sombra difusa do bote e os vultos dos meninos em meio a luz azul-esverdeada, suas silhuetas como pássaros cruzando pelo ar.

Lucy deu de ombros, e aquela fantasia aquática e a nostalgia da infância secaram subitamente.

A poeira pálida soprava em correntes verticais próximas ao solo, serpenteando e ondulando sobre os caminhos, fazendo com que as plantas mortas formassem tômbolos. Toda cor ao seu redor se desgastara com a poeira e a luz, como numa fotografia com brilho e contraste elevados.

Nada havia na infância de Lucy como aquilo, nada de férias idílicas na praia, nada de botes ou cidades subaquáticas misteriosas. Lembrou-se dos verões que passara na piscina pública de Pompey ou correndo com a mangueira atrás de Patricia, que era então uma gorduchinha que usava maiô e abria a boca para beber o jato de água.

Pobre Patricia, pensou.

Pobre Patricia, lavando todos os pratos e roupas e olhando magoada para Lucy, que assistia à TV no sofá. Como se fosse boa demais para cuidar dos afazeres domésticos. Talvez, pensou Lucy, fosse melhor para as duas que tivesse partido. Talvez Patricia estivesse mais feliz.

— Diga — perguntou Lucy. — Onde está seu irmão hoje em dia? Você telefona para ele ou tem algum contato?

George Orson piscou. Estava perdido em seus próprios pensamentos — imaginou ela ao vê-lo surpreso. Como se a pergunta o intrigasse. Depois, voltou ao normal.

— Ele... não está mais entre nós — disse finalmente George Orson. Franziu a testa. — Ele se afogou. Em algum lugar... acho que a oito quilômetros ao norte daqui. Tinha 18 anos. Acabara de se formar na escola, e eu estava na universidade, em New Haven, e aparentemente... — Ali fez uma pausa, como se ajeitasse um quadro num quarto em sua mente. — Aparentemente, ele saiu para nadar à noite e... foi assim. O que aconteceu é impossível saber, pois estava sozinho, mas nunca descobriram o *porquê*. Era um excelente nadador.

— Você não está brincando — disse ela.

— Claro que não — disse, lançando gentilmente um olhar de reprovação —, por que brincaria com algo assim?

— Sei lá, George. — E ambos se calaram, olhando para as nuvens cor de ardósia que cruzavam o céu. A antiga superfície de água, doze braças acima deles.

Lucy não sabia o que pensar. Há quanto tempo estavam juntos? Quase cinco meses? Passaram horas e horas conversando sobre história, filmes, seus anos em Yale, seu amigo geólogo, seu amigo ilusionista, os caras que trabalhavam com computadores em Atlanta, tantas informações e, ainda assim, ela não conhecia fatos básicos de sua vida.

— George — perguntou ela —, não acha estranho nunca ter me contado sobre seu irmão que morreu?

Lucy tentava manter o tom jocoso, mas sua voz subira um tom e tinha a terrível sensação de que sofreria um ataque de choro como no dia em que telefonou para o escritório de admissões. Fez uma pausa; fechou bem a boca.

— Eu contei tudo sobre *meus* pais — disse ela.

— Sim, é verdade — respondeu ele. — Achei que não precisasse ouvir outra história trágica. Com todo aquele peso que ainda sentia por sua própria perda? Era preciso que esquecesse aquilo, Lucy. Você me contou sobre seus pais, é verdade. Mas não queria de fato falar sobre aquele assunto.

— Humm — disse ela. Talvez ele estivesse certo. Talvez a entendesse. Seria possível que estivesse tão perdida quanto aparentava?

— Além disso — acrescentou ele —, meu irmão morreu há muito tempo. Na maior parte do tempo, não penso nele. Só quando estou aqui.

— Entendo — disse ela, e ambos se sentaram nas ruínas dos degraus da igreja. — Entendo — disse ela novamente, agora com aquele outro tom de voz, aquele tremor. Lembrou-se daquela vez em que seu pai a levou com Patricia para pescar no lago Erie de barco, com o sistema de sonar que os ajudaria a achar o peixe grande. Podia ver George Orson vasculhando suas memórias, buscando a sombra do irmão a deslizar em meio à água escura.

— Mas... não sente falta dele?

— Não sei — disse George Orson, finalmente. — Claro que sinto falta dele, de certa forma. Fiquei muito desconcertado quando ele morreu, naturalmente; foi uma tragédia terrível. Mas...

— Mas o quê? — perguntou Lucy.

— Mas catorze anos é muito tempo — disse ele. — Estou com 32 anos, Lucy. Você talvez ainda não tenha percebido, mas passamos por uma série de fases diferentes em todo esse tempo. Já fui um monte de pessoas diferentes desde então.

— Um monte de pessoas diferentes — disse ela.

— Dezenas.

— Ah, é? — perguntou. Sentiu novamente aquela sombra de hesitação atrás de si, pensou em todas as pessoas que gostaria de ter sido, em toda a tristeza e a ansiedade que evitara evocar e agora se erguiam sobre ela como um iceberg. Estavam apenas batendo papo furado outra vez? Ou estariam em meio a uma conversa séria?

— Então — disse ela —, quem é você agora?

— Não sei ao certo — respondeu George Orson, olhando para ela por um tempo. Aqueles olhos verdes que se moviam como dardos, mirando seu rosto. — Mas acho que não tem problema.

Lucy deixou que segurasse sua mão. Ele acariciava seus dedos, suas unhas, sua palma. Tocou sua perna, do mesmo modo que fazia quando estava concentrado nela.

Ele a amava, pensou Lucy. Por algum motivo, parecia que era o único que realmente a conhecia. Conhecia seu verdadeiro eu.

— Escute — disse George Orson —, e se eu dissesse a você que é possível deixar sua antiga identidade para trás? Nesse exato momento. E se eu dissesse a você que podemos enterrar George Orson e Lucy Lattimore bem aqui. Bem no meio dessa cidade fantasma.

Ele não representava perigo, pensou Lucy. Não a machucaria. Mas, ainda assim, seus olhos transmitiam uma intensidade estranha e inquietante. Não ficaria surpresa se lhe dissesse que fizera algo terrível. Como assassinar alguém, por exemplo.

Será que ainda assim o amaria, ainda assim ficaria a seu lado, caso tivesse cometido um crime horrendo?

— George — disse ela, ouvindo o som de sua própria voz, rouca e insegura, naquele vale —, está tentando me assustar?

— Nem um pouco — respondeu, segurando sua mão firmemente e aproximando seu rosto do dela, de modo que pudesse ver quão vívidos e claros eram seus olhos. — Não, querida, juro por Deus, nunca tentaria assustá-la. Jamais.

E então sorriu para ela, esperançoso.

— É só que... oh, querida, acho que não posso mais ser George Orson por muito tempo. E, se continuarmos juntos, você também não pode ser Lucy Lattimore.

As nuvens se empilhavam sobre o leito do lago, brancas e encardidas, desaparecendo sob outras de um tom cinza escuro. A fumaça se espalhava por todo o vale onde, uma vez, houvera braças e braças de água.

13

Miles estava sentado num bar em Inuvik quando seu telefone tocou.

Bebia sua quarta cerveja e, de início, não sabia ao certo de onde vinha aquele som — apenas alguns pios computadorizados que pareciam emanar de algum ponto inidentificável no ar a seu redor. Olhou para o barman, depois por cima dos ombros e então para o chão, até finalmente se dar conta de que os gorjeios na verdade eram os toques do telefone no bolso de seu casaco.

Aquele era o celular que comprara na loja local — Ice Wireless, era o nome — depois que percebeu que seu telefone estava sem sinal. Uma das muitas coisas que não tinha levado em conta ao partir de Cleveland. Outra das muitas despesas que adicionara a seu cartão de crédito ao longo dos anos em sua busca por Hayden.

• • •

Desta vez, valera a pena. O telefone estava tocando.

— Alô? — disse. Silêncio do outro lado. — Alô? Alô? — repetiu. Ainda não estava acostumado ao telefone e não sabia se o manuseava corretamente.

Depois, uma voz de mulher.

— Estou ligando sobre o cartaz — disse ela. Miles ficou tão desorientado ao ouvir a voz do outro lado da linha que as sinapses em seu cérebro tropeçaram uma na outra.

— O cartaz...? — perguntou.

— Sim — respondeu a mulher. — Vi o cartaz de uma pessoa desaparecida, e era este o número para contato. Acho que possuo informações sobre a pessoa no cartaz.

Tinha sotaque americano, o primeiro que ouvia depois de muito tempo, e Miles se ajeitou, apalpando os bolsos em busca de uma caneta.

— Acho que conheço a pessoa que está procurando — disse ela.

Ele era um detetive terrível.

Era uma das coisas em que vinha pensando a caminho de Inuvik. Passara toda a década de seus 20 anos procurando por Hayden — perambulando por vários empregos ocasionais e tentativas de avançar com os estudos —, pensando, por todo aquele tempo, que sua verdadeira "vocação" era outra. Sua verdadeira vocação era ser "detetive", era procurar por Hayden, pensou. Todas suas tentativas de normalidade eram pontuadas, ou melhor, destruídas, por períodos de intensa obsessão por Hayden: coletando e examinando minuciosamente informações, gastando dinheiro e usando seus cartões de crédito de modo a embarcar nessas jornadas longas e infrutíferas.

No entanto, a verdade era que, em todos esses anos, pouco fizera além de acumular cadernos infindáveis cheios de perguntas sem respostas.

Hayden é mesmo esquizofrênico? Tem alguma doença mental ou é tudo fingimento?
Não se sabe.

Será que Hayden de fato acredita em suas "vidas passadas"? Caso acredite, como isso estaria relacionado a seus estudos sobre "linhas de ley", "geodésia" e "cidades espirituais"? Ou seria outro embuste?
Não se sabe.

Teria Hayden sido responsável pelo incêndio que matou nossa mãe e o sr. Spady?
Não se sabe.

Por que Hayden esteve em Los Angeles e qual a natureza de seu negócio como "consultor de fluxo de renda residual"?
Não se sabe.

Qual a natureza de sua graduação em Matemática na Universidade do Missouri, Rolla? Como foi aceito se nem mesmo tinha terminado o colégio?
Não se sabe.

O que aconteceu à menina com quem estava saindo em Missouri?
Não se sabe.

Qual é — se é que existe alguma — a relação de Hayden com H&R Block, Morgan Stanley, Lehman Brothers, Merrill Lynch, Citigroup etc.?
Não se sabe.

Por que Hayden fez um alerta sobre a sra. Matalov e a Matalov Novelties?
Não se sabe.

Por que Hayden está em Inuvik? Ele está mesmo em Inuvik?
Não se sabe.

Continuou ali sentado no bar, com seu caderno de repórter em espiral, no qual escrevera essas e outras perguntas em letras maiúsculas, com sua caligrafia que, desde a infância, nada mais fora que uma pálida imitação dos traços mais elegantes de Hayden.

Segurou o telefone junto ao ouvido.

— Sim — disse ele. — Você tem informações sobre... a pessoa... o cartaz? — Sabia que estava soando um tanto incrédulo, hesitante. A mulher nada disse.

— Estamos dispostos, como diz o cartaz, a, hmm... oferecer uma recompensa — disse Miles.

Recompensa. Esperava conseguir fazer outro saque com seu cartão de crédito.

Ainda estava exausto. Oitenta e quatro horas, com algumas sessões de descanso no acostamento — aninhado no banco de trás, pressionando os nós dos dedos contra a boca, coberto até o pescoço por um lençol leve. Certa vez, ao acordar, teve a sensação de que estava vendo a aurora boreal no céu, uma luz verde-fosforescente que subia como fumaça, embora achasse que aquela também seria a cor que emanaria de um OVNI a sobrevoar sobre alguém.

Quando chegou finalmente em Inuvik, se achava num estado extracorpóreo. Hospedou-se em uma pousada no centro da cidade — o Eskimo Inn — achando que apagaria no momento em que se deitasse.

Era tarde, mas o sol ainda brilhava. O sol da meia-noite, pensou — uma luz tênue, fosca, amarelada, como se o mundo fosse um porão iluminado por uma lâmpada nua de quarenta watts. Fechou a persiana e sentou-se na cama.

Seus ouvidos zuniam e era como se sua pele reluzisse levemente. O ruído das rodas do carro sobre o asfalto tinha entrado em seu corpo, indo para a frente, indo para a frente, indo para a frente. Desejou que tivesse tido a presença de espírito de comprar cerveja antes de se registrar no hotel...

Em vez de sentar ali, piscando estupidamente com o velho atlas no colo. Um detetive terrível, pensou. *Domínio do Canadá*, dizia o atlas, com seus blocos de construção representando Alberta, Saskatchewan e Manitoba, nas cores lilás, tangerina e rosa-chiclete, com os "Territórios do Noroeste" surgindo logo acima em verde-menta. Nesse mapa, Nunavut não existia ainda. Nesse mapa, o adolescente Hayden imprimiu uma série de runas que corriam da península de Tuktoyaktuk e marchavam através do mar de Beaufort até Sachs Harbour.

Miles tinha em mente a imagem de Hayden enrolado num casaco esquimó com capuz de pelo, viajando em meio ao mar congelado num trenó. Atrás dele, a camada de gelo se quebrava em forma de peças de quebra-cabeça. No céu, pálidas aves marinhas voavam em círculos, guinchando: *Tekeli-li! Tekeli-li!*

. . .

Já lhe havia ocorrido que aquele era outro beco sem saída...

Outro Kulm, outra Dakota do Norte...

Outra Rolla, Missouri...

Outra humilhação como aquela na JPMorgan Chase Tower, em Houston... O segurança escoltando Miles para fora do Sky Lobby e o deixando na praça. *Senhor, nós o avisamos antes*, disse o guarda...

Todas aquelas vezes em que se convencera de que finalmente estava prestes a encontrar Hayden.

Tomara pílulas de cafeína na parte final de sua jornada, na via expressa Dempster, e agora seu coração não queria desacelerar. Sentia a pulsação nas membranas de seus globos oculares, nas solas dos pés, nas raízes dos cabelos. E, embora estivesse bastante cansado — inacreditavelmente cansado — e se estirasse no colchão fino do quarto da pousada pressionando a cabeça sobre o travesseiro, não sabia se conseguiria dormir.

Tentou meditar. Imaginou que estava de volta a seu apartamento em Cleveland. As cortinas brancas se moviam com a brisa matinal e seu rosto estava pressionado sobre o aconchegante travesseiro extra-pesado que comprara numa loja especializada chamada Bed Bath and Beyond. Acordaria e iria para o trabalho na Matalov Novelties, tendo desistido para sempre de atuar como detetive.

Estava com 29 anos quando voltou para Cleveland — após sua última expedição, uma viagem à Dakota do Norte — e decidira que retornar à casa e à cidade onde passara a infância lhe daria uma sensação de estabilidade e equilíbrio. Passaram-se meses sem que tivesse notícias de Hayden, e sentia que sua mente estava clareando. Ia entrar numa nova fase em sua vida.

Cleveland não se encontrava em grande forma. À primeira vista, parecia estar agonizando: sua infraestrutura em colapso, lojas fechadas e tapadas com tábuas, a avenida Euclid, grande via central, desmantelada, com o asfalto quebrado e acumulado nas calçadas, e a faixa da esquerda transformada numa vala lamacenta e demarcada por cercas de construção laranja, os belos prédios antigos — May Company, Higbee's — esvaziados, cinturões de lotes desertos e armazéns que pareciam assombrados.

Aquilo vinha acontecendo há tanto tempo que nem lembrava quando se iniciara. Por anos e anos a cidade vinha se transformando em ruínas e cenários desoladores. As pessoas se lembravam com nostalgia de seu passado de glórias, mas Miles nunca levara aquele tipo de papo a sério.

Mas naquele momento era como se o lugar tivesse sido bombardeado e abandonado. Dirigindo rumo ao centro pela primeira vez, teve uma sensação apocalíptica, como se fosse o último homem na face da terra, embora pudesse ver outros carros passando alguns quarteirões à frente e um vulto sombrio desaparecer junto à entrada de uma taverna decrépita. Era a mesma sensação de acordar e perceber que todos aqueles que você ama estão mortos. Todos mortos, mas ainda assim o mundo continuava a girar, austero e impávido, o céu pontuado por gaivotas e estorninhos. Um dirigível pairava letargicamente em meio à névoa sobre o campo de beisebol como um velho balão descartado num lago turvo.

Mas Miles precisava pensar mais positivamente! Nem tudo precisava ser tão mórbido, como sempre dizia sua mãe.

Alugara um apartamento no Euclid Heights Bulevar, não muito longe da área universitária nem tampouco da rua onde ele e Hayden cresceram.

Mas não pensaria naquilo.

Seu apartamento ficava num prédio antigo chamado Hyde Arms. Terceiro andar, suíte de um quarto, piso de madeira e cozinha renovada, aquecimento e água incluídos, gatos bem-vindos.

Chegou a pensar em arranjar um gato, já que dessa vez estava ali para ficar. Um gatão preto e branco simpático, um caçador de ratos, imaginou, uma companhia. A ideia lhe agradava, até mesmo porque Hayden tinha horror a gatos e era bastante supersticioso em relação a seus "poderes".

Encontrou um de seus antigos colegas na lista telefônica, John Russell, chegando a ficar surpreso e até mesmo emocionado diante da felicidade do amigo ao falar com ele. Costumavam tocar clarineta na banda marcial e passar tempo juntos. John Russell perguntou:

— Por que não nos encontramos para um drinque? Adoraria saber o que você andou fazendo!

Aquilo era exatamente o que Miles esperava ao retornar a Cleveland. Uma noitada com um antigo camarada, amizades retomadas, lugares familiares, conversas despretensiosas, mas nem por isso menos sérias. Alguns dias mais tarde, os dois se encontraram no Parnell's Pub, um agradável bar de esquina próximo ao cinema, onde havia um verdadeiro barman irlandês.

— O que gostariam de beber, senhores? — perguntou em seu simpático sotaque. Duas televisões penduradas importunamente nas alcovas sobre as garrafas de álcool transmitiam uma partida de beisebol espiada esporadicamente pelas pessoas, enquanto a jukebox tocava uma música de rock que parecia vagamente universitária. Já a clientela era tranquila e reservada, não muito tempestuosa nem muito indiferente.

Este poderia ser o *meu* bar, pensou Miles, imaginando uma trama na qual ele e seus colegas se encontravam regularmente e suas vidas apresentavam o ritmo constante e as divertidas complicações de um programa de televisão bem-escrito. Ele seria o amigo engraçado e levemente neurótico, aquele que talvez viesse a se envolver com uma garota mais jovem, inteligente e irritada — possivelmente com tatuagens e piercings — que agitaria sua vida de maneira cômica e interessante.

— É fantástico revê-lo, Miles — disse John Russell, enquanto Miles se perdia em seus devaneios. — É sério. Não acredito que se passaram dez anos! Por Deus! Mais de dez anos! — e John Russell colocou as palmas das mãos nas bochechas, comicamente fingindo surpresa. Miles esquecera dos gestos estranhos e atabalhoados do amigo, como se tivesse aprendido sobre emoções com os desenhos animados japoneses e os video games que tanto adorava.

— Conte para mim, o que tem feito ultimamente? — perguntou John Russell, abrindo bem os olhos como se estivesse preparado para ouvir uma estória notável. "Homunculus!", costumava dizer quando eram adolescentes, o que para ele significava "Incrível!".

— Miles — disse —, por onde andou durante todos estes anos?

— Uma boa pergunta — respondeu Miles. — Às vezes, nem eu mesmo sei dizer.

Estava hesitante. Não queria dar início àquela ladainha sobre Hayden, a qual, supunha, soaria ridícula e exagerada. O que diria? *Eu basicamente gastei a última década da minha vida perseguindo meu irmão gêmeo maluco. Você se lembra de Hayden, não?*

Até mesmo mencionar o nome de Hayden poderia trazer azar.

— Não sei — disse a John Russell. — Vivi de um modo um tanto nômade. Eu me envolvi com uma série de coisas. Levei seis anos para terminar a faculdade. Tive... alguns problemas...

— Fiquei sabendo... — disse John Russell, fazendo o que Miles interpretou como uma expressão de comiseração. — Meus pêsames por seus pais...

— Obrigado — respondeu Miles. O que mais poderia dizer? Como reagir a demonstrações de solidariedade tanto tempo após o acontecido? — Estou melhor agora. — Aquela era uma boa resposta, pensou. — Foi difícil, mas... consegui me recompor, passado algum tempo e... e acho que agora quero sossegar por um tempo. Procurar um emprego, quem sabe.

— Com certeza! — disse John Russell, acenando com a cabeça como se a resposta de Miles tivesse sido bem-articulada. Que alívio! Desde que se conheceram, John Russell sempre fora um garoto que aceitava tudo alegremente. O amigo perfeito quando se tem um irmão louco, uma vida familiar conturbada e poucas habilidades sociais. Sua personalidade continuava basicamente inalterada, embora tivesse envelhecido radicalmente de outras maneiras: os cabelos se tornaram escassos e sua testa parecia mais comprida, seu queixo se tornara mais tênue e seus quadris e traseiro eram protuberantes, fazendo com que assumisse a forma de um pino de boliche. Trabalhava como procurador fiscal.

— Não estou necessariamente procurando nada específico a essa altura — dizia Miles. Ainda se sentia vagamente envergonhado e não conseguia evitar uma postura defensiva. — Algum emprego e... não sei, talvez voltar para a escola. Preciso estar mais focado em minha vida, acho. Desperdicei muito tempo.

Mas John Russell apenas balançava a cabeça solidariamente.

— Quem sabe? — disse. — Eu às vezes sinto o desejo de ter viajado mais e sossegado menos — prosseguiu, afagando a barriga rotunda ironicamente.

— Acho que a maioria das pessoas desperdiça sua vida de um modo ou de outro — disse John Russell. — Sabe, uma vez tentei calcular quanto tempo passei jogando video games ou assistindo à TV. Minha estimativa, por alto, é de noventa e uma mil horas.

Provavelmente é um pouco conservadora, mas isso é o mesmo que dez anos. O que, devo dizer, é um pouco assustador, embora não tenha feito com que eu parasse de assistir à televisão ou de jogar video games, mas... é um pouco triste, acho.

— Bem — disse Miles —, acho um pouco difícil calcular algo assim.

— Na verdade, fiz uma planilha — continuou John Russell. — Um dia posso mostrá-la a você.

Miles acenou com a cabeça.

— Sim, seria bacana — disse, sem conseguir evitar o pensamento de que a ideia da "planilha" de John Russell teria maravilhado Hayden.

— Aquele garoto é mais esquisito que nós, Miles — costumava dizer Hayden.

Miles então protestava.

— Não somos esquisitos — dizia. — Nem ele.

— Ah, faça-me o favor — respondia o irmão.

Lembrou que Hayden achava divertido o modo como John Russell se apresentava por nome e sobrenome.

— Que coisa mais ridícula — dissera. — Mas de certa forma até que gosto — e então fez uma imitação do jeito delicado de andar de John Russell, como se fosse um galo. Mesmo tentando evitar, Miles achou aquilo hilário e até hoje era difícil não pensar no amigo como uma figura cômica.

Mas ele não pensaria em Hayden.

— De qualquer forma... — disse John Russel.

Miles e John Russell pediram cerveja, e ambos levantaram a caneca até os lábios e tomaram um gole. Sorriram um para o outro. Miles sabia o quanto queria que retomassem a amizade, que fossem apenas amigos normais, mas em vez disso houve um silêncio constrangedor, que não conseguiu quebrar. John Russell pigarreou.

— De qualquer forma — disse John Russell —, as pessoas tomam caminhos diversos. Como Clayton Combe, por exemplo. Lembra dele, não?

— Claro — respondeu Miles, embora não tivesse pensado em Clayton Combe por anos.

Era um garoto na Escola Hawken que tanto ele quanto John Russell detestavam: um aluno inteligente, popular, adorado por quase todos, atlético, bonito, mas também, segundo eles, um tremendo babaca. Tinha o sorriso mais presunçoso que Miles já vira num ser humano.

— Você não vai acreditar — disse John Russell, confidencialmente. — Todos pensavam que ele se daria bem na vida. Acontece que ele se matou. Trabalhava como banqueiro no ING e envolveu-se num escândalo por causa de fraudes. Afirmou ser inocente, mas ainda assim o condenaram. Teria que cumprir pena de quinze anos, mas então...

John Russell levantou consideravelmente as sobrancelhas.

— Ele se *enforcou*.

— Que coisa horrível — disse Miles.

E era mesmo, embora não se sentisse necessariamente mal por aquilo. Lembrou o quanto Hayden o odiava, como costumava imitar o jeito de Clayton de jogar a cabeça para trás ao sorrir, como se estivesse sendo aplaudido. Hayden levantava a mão e acenava para uma plateia imaginária, como uma miss, e Miles e John Russell gargalhavam daquela paródia.

E então, sem conseguir evitar, a parte detetive de Miles acordou e cintilou.

O barco ING não era uma daquelas companhias das quais Hayden guardava rancor?

Não tinha mencionado aquilo em um de seus e-mails? Em um de seus inúmeros discursos?

Mas não podia se deixar levar naquela direção.

— Pobre Clayton — ouviu a si mesmo murmurar. — Isso é tão... estranho — disse.

Mas era mesmo? Aquilo era algo estranho?

Refletiu sobre o assunto durante a semana após o encontro com John Russell. Por que tudo tinha de girar ao redor de Hayden? Por que não podia somente se sentar com um amigo para uma conversa agradável? Por que aquela estória sobre Clayton Combe não poderia ser apenas fofoca? Recusou-se a pesquisar sobre aquilo. Não procuraria artigos de jornais sobre Clayton Combe; não deixaria que se tornasse uma fantasia paranoica.

Mas então, finalmente, acabou escrevendo em seu caderno mesmo assim:

Teria Hayden destruído a vida de Clayton Combe e o levado ao suicídio?
Não se sabe.

Sentia-se vulnerável àquela altura. Bastante vulnerável, inquieto e deprimido. Continuou a pensar no que John Russell dissera. *A maioria das pessoas desperdiça sua vida de um modo ou de outro.*

Tenho de mudar meu rumo, pensou Miles. Uma pessoa pode viver sabiamente, basta pensar bem. Fazer um plano e segui-lo!

Ainda assim, apesar das boas intenções, mais uma vez se veria vasculhando seus arquivos.

Novamente se encontraria com o olhar perdido diante da janela de seu apartamento, mirando na direção noroeste além das árvores.

A alguns quarteirões dali ficava a rua onde sua família vivera e podia sentir sua antiga casa enviando sinais indecifráveis, telegrafando sua ausência, já que, obviamente, não mais existia.

Pensou em ir até lá para dar uma olhada no local.

O que teria sobrado?, ele se perguntava. *Seria agora apenas um terreno com a grama alta? Haveria uma nova casa no lugar da outra? Existiria algo que pudesse reconhecer?*

Um incêndio queimou a casa durante o segundo ano de Miles na Universidade de Ohio. Na época, Hayden estava desaparecido havia mais de dois anos, e Miles nunca fora capaz de trazê-lo de volta. Por que motivo? Sua mãe, seu pai e até mesmo seu padrasto, o sr. Spady, estavam mortos. Não havia motivo para retornar àquele lugar, a não ser por uma curiosidade mórbida, à qual, no fim, resistiu. Não queria ver o que restara das estruturas, a madeira queimada e o teto que cedera, pedaços de móveis carbonizados; não queria imaginar as janelas pegando fogo e os vizinhos se reunindo no gramado enquanto o caminhão dos bombeiros e a ambulância chegavam.

Não queria vislumbrar a possibilidade de Hayden estar ali, escondido entre os lilases do quintal, talvez ainda com suas ferramentas de incendiário na mochila.

Não havia qualquer prova real disso — nada além de um retrato vívido em sua imaginação, uma imagem tão clara que às vezes nada podia fazer a não ser incluir a casa no rol dos crimes de Hayden. A casa, sua mãe e o sr. Spady.

E agora, pensava ele, havia o pobre Clayton Combe que se enforcara numa cela de prisão. Lembrou da imitação que Hayden fazia: queixo para cima, olhos para o alto e a boca esticada num ritual de amor-próprio.

Abaixo de sua janela, na altura do terceiro andar, era possível ver o teto do prédio ao lado; um jornal mumificado, ainda enrolado num elástico, mas lentamente se degradando; algumas folhas desceram pelo beco numa formação que lembrava pássaros ou jogadores de futebol americano; e então apareceu um helicóptero, planando imponentemente pouco acima da copa das árvores; suas hélices grossas cortavam o ar. Estava a caminho do hospital, certamente, embora Miles o observasse severamente. Por anos, Hayden acreditou que os helicópteros vigiavam seus passos.

Alguns dias depois, Miles encontrou um trabalho. Melhor dizendo (assim pensava ele), o trabalho o encontrou.

Tinha conseguido algumas entrevistas para cargos como suporte de programação e tecnologia da informação e uma vaga na biblioteca pública. Nada de espetacular, mas quem sabe o que poderia acontecer? Estava se readaptando, pensou, e tinha de ser persistente e otimista — embora não fosse fácil ter otimismo ao caminhar pela avenida Prospect. Tantas lojas vazias com suas pálidas placas de ESPAÇO DISPONÍVEL, tantos quarteirões silenciosos. Novamente pensou que provavelmente fora um equívoco retornar.

Era isso que tinha em mente quando viu a velha loja de truques, a Matalov Novelties, bem próximo à esquina com a rua 4th, aninhada entre as antigas joalherias e as casas de penhores.

Ficou impressionado por ainda encontrá-la ali. Aquele era o último estabelecimento que ele esperaria ter sobrevivido à crise econômica que se abatera sobre o comércio do centro da cidade. A Matalov Novelties não lhe viera à lembrança por anos — certamente, não desde que seu pai morreu, quando ele tinha 13 anos.

Quando eram crianças, seu pai costumava levá-los consigo quando ia à loja. Era uma festa ir com ele àquele estabelecimento particularmente precário. *A loja de mágicas*, assim a chamava.

Nunca tiveram autorização para ver seu pai se apresentar: nem como palhaço, nem como mágico e certamente não como hipnotizador. Em casa, ele era reservado e sério, o que fazia das visitas à Matalov Novelties algo ainda mais impressionante em suas cabecinhas. O pai segurava suas mãos e dizia:

— Não toquem em nada, meninos. Apenas vejam com os olhos. — O que era muito difícil, afinal se tratava de uma loja de mágicas: fileiras e mais fileiras de estantes que iam do chão ao teto, uma completa algazarra onde se encontravam antiguidades, estranhos aparatos, estatuetas de madeira como peças de xadrez no formato de gárgulas, ratoeiras de dedo, echarpes, cartolas e capas, um velho macaco *Rhesus* numa gaiola prateada...

... E então aparecia a velha senhora. A sra. Matalov. Envelhecida, mas não acabada, embora sua coluna se curvasse como um ponto de interrogação, formando uma corcunda sob a blusa brilhante de seda. Seus cabelos eram como a lanugem de dentes-de-leão, pintados num tom pêssego, e usava um batom reluzente vermelho como o das atrizes do cinema mudo.

— Larry — dizia, com sotaque russo —, que bom revê-lo! — E o pai dos meninos se curvava levemente.

Ao ver Miles e Hayden, a sra. Matalov fingia surpresa, soltando um suspiro por entre os dentes e abrindo bem os olhos.

— Oh, Larry! — dizia. — Que garotos adoráveis. Assim eles arrasam meu coração.

Ao relembrar aquela época, Miles sentia mais como se fosse a lembrança de algum livro de contos infantis do que algo que de fato ocorrera. Como uma mentira inventada por Hayden. Assim, não ficou surpreso ao encontrar a Matalov Novelties aparentemente fechada. Uma porta de metal dobrável fechava a entrada, e a vitrine estreita estava coberta por papel.

Ainda assim... além da grade, através da porta de vidro fosco, podia ver que o lugar não estava vazio. Conseguia enxergar as prateleiras e, ao se aproximar para bater no vidro, pensou ter visto algo se mover. Continuou ali, hesitante; logo, bastante tempo já havia passado, a ponto de ele se sentir ridículo por ainda estar esperando.

Então, abruptamente, a velha senhora abriu a porta e o examinou por entre as barras da grade.

— Não temos nada para vender — disse, estridente. — Nada dos Indians, nada dos Browns, nenhuma lembrancinha. Essa não é uma loja de varejo. — Seu sotaque era mais forte do que se recordava. Miles ficou ali, embasbacado, enquanto ela acenava para ele: *vá embora, vá embora.*

— Sra. Matalov? — disse.

Desnecessário observar, mas ela envelhecera nos dezessete anos em que não se viram. Mesmo quando Miles era criança, a sra. Matalov já era idosa; agora, era praticamente um esqueleto. Tinha encolhido, estava mais baixa. A curvatura de sua coluna era tão proeminente que as vértebras se sobressaltavam ao longo de sua corcunda, e a cabeça pendia para baixo, de modo que tinha de olhar para cima, como uma tartaruga, para poder enxergá-lo. Seus cabelos eram finos, apenas alguns tufos, embora ainda tingidos em tom pêssego. Era impossível que ainda estivesse viva, pensou Miles. Deve estar na casa dos 90.

— Sra. Matalov? — repetiu. Tentou falar alto e claro, abrindo um sorriso com o qual esperava ganhar seu coração. — Não sei se a senhora se lembra de mim. Sou Miles Cheshire, filho de Larry Cheshire. Estou em Cleveland e...

— Um minuto — disse ela, de mau humor. — Você está falando baixo, não consigo escutá-lo. Um minuto, por favor.

Levou mais de um minuto para que ela destrancasse a porta de metal, mas, uma vez aberta, parecia inclinada a deixá-lo entrar.

— Lamento muito incomodá-la — disse Miles, olhando ao redor. As prateleiras ainda eram como ele recordava, assim como o cheiro de cigarro, poeira, sândalo e papelão molhado. — Eu... — disse ele, acanhadamente — não queria perturbar. Há anos que não vinha a Cleveland e estava apenas de passagem. Um pouco de nostalgia, acho. Meu pai era um de seus clientes.

— Larry Cheshire, sim. Já ouvi — disse a sra. Matalov, rispidamente. — Sim, lembro. Eu mesma não sou uma pessoa nostálgica, mas entre, venha. Diga-me o que posso fazer por você. Também é mágico, assim como seu pai?

— Oh — disse Miles —, não, não. — Seus olhos ainda se ajustavam à escuridão, mas pôde perceber que a loja, afinal, não havia mudado desde sua infância.

Parecia mais uma velha garagem ou sótão, e as prateleiras se prolongavam até os fundos, onde os corredores escuros estavam entupidos de caixas parcialmente abertas. Diante das prateleiras era possível observar uma aglomeração de mesas e cadeiras, cada uma com os números de velhos computadores de gerações antiquadas; monitores, fios emaranhados e cabos de conexão. Numa das mesas estava uma garota de cabelos escuros — teria por volta de 21, 22 anos? — vestindo roupas pretas e usando batom preto e brincos prateados pontudos, como os dentes de algum carnívoro pré-histórico. Ela lançou um olhar sem expressão e irônico para Miles.

— Não, não — disse ele. — Definitivamente não sou mágico. Nunca busquei... — e se viu ruborizar, sem saber por quê. — Na verdade, não sou coisa alguma — continuou, observando enquanto a sra. Matalov percorria o labirinto de mesas, num passo oscilante mas inesperadamente veloz, como alguém correndo sobre gelo fino.

— Que pena — disse a sra. Matalov. Depois, se afundou numa cadeira de escritório, onde inúmeras almofadas ornamentais amorteciam o peso em suas costas. Fez um gesto para que Miles também se sentasse. — Gostava muito de seu pai. Uma alma boa e graciosa.

— Era mesmo — disse Miles. Ela estava certa: mas quanto tempo se passara desde que pensara em seu pai? Uma leve sensação de remorso despertou em seu peito.

— Pobre coitado! — disse ela. — Era um artista de talento, você sabe disso. Se tivesse vivido em outros tempos, talvez fizesse bastante dinheiro em vez de se apresentar em festas de crianças. — Estalou a língua nesse ponto, fazendo uma série de tênues pontos de exclamação, e Miles pensou que ela fosse reprimi-lo, um jovem rapaz desperdiçando sua vida. Mas a sra. Matalov apenas o olhou com perspicácia.

— E seu irmão? — perguntou. — Presumo que também não tenha se tornado mágico, certo?

— Não — respondeu Miles. — Ele...

Mas o que fazia Hayden? Talvez fosse mesmo uma espécie de mágico.

— Lembro de vocês dois — continuou a velha senhora. — Gêmeos. Lindos. Você era o tímido, acho — disse ela. — Miles, como o nome de um camundongo. Já seu irmão... — Aqui ela levantou o dedo e o balançou, de modo pouco específico. — Ele aprontava bastante. Um ladrãozinho! Muitas vezes eu o vi roubando meus produtos. Eu o teria agarrado pelo pescoço! Mas... — e deu de ombros. — Não queria constranger seu pai.

Miles acenou com a cabeça, incomodado, desviando o olhar para a jovem de cabelos escuros que o observava com um ar de divertimento quase imperceptível.

— Sim — respondeu Miles. — Às vezes ele era um pouco... arteiro.

— Humm — disse a sra. Matalov. — Arteiro? Não. Muito pior que isso. — E então olhou para Miles por um momento que pareceu uma eternidade. — Eu tinha pena de você. Tão tímido, com um irmão daqueles.

Miles nada disse. Não esperava se encontrar naquela situação: naquele local escuro, sem janelas e iluminado por lâmpadas fluorescentes, com a velha senhora e a garota de cabelos escuros a observá-lo atentamente. Não esperava que seu pai — ou ele mesmo — fossem lembrados tão vividamente. O que deveria dizer?

A sra. Matalov tirou um cigarro do bolso de seu cardigã fino e começou a brincar com ele, sem acendê-lo, enquanto Miles a observava.

— Eu tive uma irmã — disse a senhora. — Não éramos gêmeas, mas a diferença era pouca. Uma tremenda de uma exibida. Se ela não tivesse morrido, eu nunca teria saído de sua sombra. — Deu de ombros, levantando de leve as sobrancelhas finas. — Então... tive sorte.

Tateou novamente o bolso do casaco e sacou um isqueiro de plástico, que tentou acender, com a mão trêmula. Miles gesticulou, hesitante. Deveria ajudá-la?

Antes que pudesse decidir, a garota dos cabelos escuros interveio subitamente:

— Vovó! — disse, contundente. — Não fume! — E Miles se ajeitou na cadeira.

— Ah — disse a sra. Matalov. E olhou para Miles soturnamente. —Aquela ali — disse, em referência à garota, imaginou ele —, outra malcriada. Ela não aprova o cigarro, mas já as drogas... De drogas ela gosta. Gosta tanto que a polícia veio e colocou um monitor eletrônico em seu tornozelo. Um bracelete elétrico. O que acha disso?

E agora, coitadinha, é minha prisioneira. Tem de ficar aqui e ser menos abelhuda ou então cobrirei sua gaiola com um pano, assim como se faz com um papagaio.

Miles estava atônito. Muitas coisas, muitas revelações esquisitas giravam em sua mente, embora tenha chegado a trocar olhares com a garota. A cortina formada por seus cabelos e seus olhos complicados transmitiam uma série de mensagens indecifráveis.

Enquanto isso, a sra. Matalov finalmente conseguira acender o isqueiro e colocar o cigarro na boca, imprimindo a tatuagem de uma marca de batom no filtro.

— Então — disse ela, examinando-o —, Miles Cheshire. O que o traz a Cleveland? Se não é mágico, o que faz da vida?

Miles refletiu sobre aquela pergunta. O que fazia da vida? Olhou para a parede, coberta de quadros em preto e branco com fotografias de artistas dos anos 1930 e 1940 vestindo smokings e capas, turbantes e cavanhaques, fazendo expressões de intensidade teatral. Havia um retrato da própria sra. Matalov, talvez com seus 20 anos, não muito diferente da neta em sua beleza, vestindo um uniforme circense e um adereço de penas de pavão na cabeça. Uma assistente de mágico, apresentando-se no fabuloso Teatro Hippodrome, com capacidade para trinta e cinco mil pessoas, um belíssimo palco, agora não mais que um estacionamento na rua East 9th.

E ali estava também uma fotografia de seu pai. Alto e majestoso, vestindo uma capa, com um bigode fino maquiado sob o nariz, uma varinha que erguia com a mão direita e buquês de rosas e lilases a seus pés. Seus olhos eram dóceis e tristes — como se soubesse que, anos mais tarde, Miles veria aquela fotografia e sentiria sua falta.

— Sabe alguma coisa de computadores? — perguntou a sra. Matalov. — Temos uma presença maciça na Internet. Para falar a verdade, nem abro mais as portas da loja. Vinte anos se passaram e posso contar nos dedos o número de clientes que passaram pela rua e entraram aqui. Agora só quem aparece por estas bandas são sem-teto, larápios e turistas com suas crianças terríveis. — Sempre detestei crianças — continuou. Sua neta, Aviva, ergueu a sobrancelha e olhou para Miles.

— É verdade — disse Aviva.

Miles disse:

— Conheço computadores. Quer dizer, estou meio que procurando um emprego.

Posteriormente, encontrou dificuldades para explicar como aquele encontro parecera extraordinário sem soar melodramático, sem agir como se algo — o quê? — *sobrenatural?* tivesse acontecido.

— Aquilo meio que me deixou pirado — disse depois a John Russell. Estavam novamente no Parnell's, e Miles pensava em algumas das coisas que a sra. Matalov lhe dissera.

Eu tinha pena de você, ela disse. E: Se ela não tivesse morrido, nunca teria saído de sua sombra. E: Ele aprontava bastante! Um ladrãozinho! E: Ele ainda vai se dar mal, aquele seu irmão. Isso eu posso lhe garantir.

— Isso é ótimo — disse John Russell. — Então você está perpetuando a tradição da família. De certa forma, é algo bem bacana.

— Sim — respondeu Miles. — Acho que é.

Agora, sentado em outro bar a seis mil e quinhentos quilômetros ao Parnell's Pub, aqueles eram os tópicos que deslizavam pela superfície de sua consciência. Aquelas eram as imagens que lhe vieram à mente, naquele bar em Inuvik, com o celular colado ao ouvido: a casa em chamas. O helicóptero Os lençóis amarrados ao pescoço de Clayton Combe. John Russell levantando sua caneca de cerveja e a sra. Matalov colocando o cigarro entre seus lábios vermelhos.

Cada imagem distinta e encapsulada, como cartas de tarô dispostas uma a uma.

— Com certeza — disse à mulher americana. — Sim, absolutamente. Gostaria de encontrá-la, assim poderemos conversar sobre esse assunto com mais detalhes. Será que poderíamos...

Miles passou a maior parte do dia vagando por Inuvik. O dia ainda estava claro quando acordou. Ao sair, viu o céu de um azul profundo a distância transformando-se em branco. As nuvens se empilhavam sobre a linha do horizonte como montanhas. Ou talvez fossem montanhas que pareciam nuvens, não sabia ao certo. Alguns blocos de concreto foram colocados numa calçada entre a estrada e os estacionamentos dos conjuntos de edifícios, que aparentavam algo barato, construído às pressas, como um pequeno shopping center, com tapumes de papelão ondulado e antenas parabólicas que se inclinavam sobre os telhados. Carregava um maço de cartazes e parou para colar um deles num poste de telefone. O papel tremulava ao sabor do vento.

Cobriria toda a cidade, foi o que pensou Miles. Estava ali a folhear a lustrosa cópia do *Guia de atrações e serviços de Inuvik* que estava disponível de graça na recepção do hotel. Onde será que viram Hayden? Na Livraria Boreal? Na famosa igreja iglu, Nossa Senhora da Vitória? No campus da Aurora College? Examinou a lista de cursos e sentiu uma centelha de suspeita. Microsoft Excel: Nível I, com George Doolittle; Certificado de Reflexoterapia, com Allain St. Cyr; Curso avançado de primeiros socorros na selva, com Phoebe Punch. Será que algum daqueles nomes soava inventado?

Ou quem sabe na loja de bebidas alcoólicas de Inuvik? Os bares — O Mad Trapper Pub, talvez, ou então o Nanook Lounge? — Talvez Hayden tivesse alugado um carro na Arctic Chalet, ou passado um tempo na biblioteca, poderia ser até que tivesse contratado uma espécie de guia e partido rumo... a quê?

Por Deus! Aquilo sempre lhe acontecia. Começava num estado de determinação que beirava a urgência, mas, ao chegar a seu destino, sua confiança se dissipava.

Será mesmo que ainda conhecia Hayden? Passados dez anos, o irmão era pouco mais que uma conjectura — uma coletânea de postulações e projeções, cartas e e-mails cheios de paranoia e insinuações, telefonemas no meio da noite em que discursava sobre suas obsessões correntes. Havia deixado alguns de seus bens pessoais em diversos apartamentos pelo país, e um ou outro estranho vira ou conhecera uma versão de Hayden.

Em Los Angeles, por exemplo, Miles encontrou o apartamento abandonado de Hayden Nash, descrito pelos vizinhos como um "sujeito recluso" de cabelos escuros, "possivelmente latino", com quem aparentemente ninguém conversava e cujo apartamento imundo era uma bagunça, tomado por pilhas e pilhas de tabloides, rolos infindáveis de material impresso indecifrável e duas dúzias de computadores com seus discos rígidos corrompidos e irrecuperáveis. Em Rolla, Missouri, os professores descreveram Miles Spady como um brilhante jovem matemático, um rapaz inglês de cabelos loiros que afirmava ter estudado no Laboratório de Computadores da Universidade de Cambridge. Havia outros colegas ou conhecidos para quem Hayden contara toda sorte de mentiras, tudo devidamente registrado por Miles:

Seu pai era um mágico bastante conhecido na Inglaterra, disse um dos conhecidos de Hayden a Miles.

Seu pai era um arqueólogo que estudara as ruínas nativas americanas em Dakota do Norte, disse outro.

Seus pais morreram num incêndio em casa quando era pequeno, disse ainda um terceiro.

Era bastante excêntrico, contaram. Mas era divertido ouvi-lo falar.

— Tinha suas teorias sobre as linhas de ley. Geodésia, sabe? Costumávamos visitar a réplica de Stonehenge ao norte do campus, quando ele sacava o velho mapa-múndi cheio de desenhos e anotações...

— Acho que era um tanto louco. Era um bom matemático, mas...

— Ele me contou esta estória um tanto peculiar sobre quando foi hipnotizado e subitamente começou a lembrar de suas vidas passadas, algo ridículo sobre piratas, reis de antigamente e seu próprio mundo de sonhos...

— Contou que teve um colapso nervoso quando era adolescente e sua mãe o prendeu no sótão. Disse que ela costumava amarrá-lo à cama na hora de dormir e que acordava todas as noites achando que a casa estava pegando fogo e que podia sentir o cheiro de fumaça. Era difícil não sentir pena dele, um sujeito tão afável. Não sabia o que dizer quando ele contava aquelas estórias sobre seu passado...

— Ele tinha um irmão gêmeo que morreu quando patinava sobre o gelo quando tinham 12 anos. Percebi que ainda se culpava. Aquilo fez com que eu me sentisse mal pelo rapaz morto, sabe... Havia bastante... profundidade... sob a superfície...

• • •

Aparentemente, havia também uma namorada, uma colegial chamada Rachel, que se recusou a conversar com Miles e nem mesmo aceitou abrir a porta para ele quando o viu diante da varanda de seu alojamento estudantil caindo aos pedaços. Ela apenas o espiou pela fresta, e só se via um único olho azul e uma fatia de rosto.

— Por favor — disse ela. — Vá embora. Não quero ter de chamar a polícia.

— Desculpe — respondeu Miles. — Estou apenas tentando descobrir informações sobre... Hmm, Miles Spady. Disseram-me que você poderia ajudar.

— Sei quem você é — disse ela. Seu olho, enquadrado e desincorporado entre a fresta, piscou rapidamente. — Eu vou chamar a polícia.

Ele não tinha a ousadia — a agressividade, o poder de persuasão imponente — de um verdadeiro detetive. Partiu, como a garota o instruiu, e caminhou um bocado, sentindo sua determinação desvanecer, misturando-se à garoa do fim de outubro.

Havia de fato uma réplica de Stonehenge no campus. Um modelo com a metade do tamanho real, com pedras de granito esculpidas a jato d'água no laboratório da universidade. Miles ficou ali observando aqueles quatro arcos em forma de pi, cada um numa direção: norte, sul, leste, oeste.

Qual era o sentido, afinal, de ficar perseguindo a pobre garota? Por que estava fazendo aquilo? Deveria se preocupar em dar prosseguimento à sua própria vida!

Foi só algumas semanas mais tarde, muito tempo depois de partir de Rolla, que o pensamento lhe veio à mente: *talvez Hayden estivesse ali.*

E se o irmão de fato estivesse na casa de Rachel Barrie quando Miles a visitou naquele dia? Seria aquele o motivo pelo qual não queria que entrasse? Seria por isso que não abriu mais do que uma fresta da porta? Podia imaginar o vulto de Hayden em algum lugar da sala, escutando o que diziam, provavelmente a alguns metros de onde Miles se encontrava na varanda.

A ideia lhe veio tarde demais. Um arrepio. Uma sensação de enjoo.

— Alô? — disse a voz do outro lado da linha. — Alô? Ainda está aí?

Miles se endireitou. Estava de volta ao bar. De volta a Inuvik. Suas recordações passaram diante dele como um trem de hieróglifos e foi necessário respirar fundo uma ou duas vezes até se acomodar novamente em seu corpo material.

— Sim — disse ele. — Sim, absolutamente.

Estava tentando recuperar sua porção de detetive.

— Eu... — disse ele. — Nós... — continuou. — Estou ansioso para falar com você. Será que poderíamos combinar um horário para nos encontrarmos?

— Que tal agora? — perguntou a mulher. — Diga-me onde posso achá-lo.

14

A mensagem chegou ao computador na sua primeira noite em Las Vegas. Mais uma vez, Ryan se sentiu um tanto inquieto.

Aquela era a terceira ou quarta vez que um estranho surgia do nada lhe escrevendo em russo ou uma outra língua do Leste Europeu. Nesse caso, era alguém que se intitulava "**новый друг**" e a janela do Messenger de Ryan fez seu barulhinho.

новый друг: добро пожаловатъ в лас-вегасе

... e Ryan fechou imediatamente a janela, desligou o computador e sentiu como se algo rastejasse por seu braço e descesse pelas costas. Por que deixava que aquilo o afetasse?

— Merda — disse, colocando as mãos sobre o vidro da mesa em seu quarto de hotel e olhando magnetizado para a tela escura do laptop.

Vinha se saindo tão bem. Aprendera rapidamente todas as minúcias dos esquemas de Jay — ou, como disse seu pai, levou "o mesmo tempo que um pato para aprender a grasnar" — e logo começara a fazer malabarismos entre uma identidade e outra.

— Posso dizer que é mesmo meu filho — disse Jay. — Você tem talento.

E se divertia, a maior parte do tempo. Adorava viajar — dirigindo, voando ou no trem Amtrak — para uma cidade diferente a cada semana, cada vez sob uma identidade diversa, uma nova personalidade que poderia explorar, um novo papel, como se cada jornada fosse um filme estrelado por ele. Flutuando, era como se imaginava. Flutuando. Tinha uma grande sensação de liberdade ao encarnar um espadachim, um vigarista, toda aquela ideia de aventura e de quebrar as regras, além do perigo que o seduzia.

Ainda assim, houve ocasiões em que sua tranquilidade o abandonou, breves instantes — uma mensagem inexplicável, um atendente suspeito no departamento de trânsito, uma compra no cartão de crédito repentinamente recusada — e logo sentia o pânico a lhe subir pela nuca, uma sombra que o perseguira durante todo aquele tempo e, caso se virasse, sabia que a veria ali.

Nessas circunstâncias, ele se perguntava se tinha de fato a coragem necessária para aquele estilo de vida.

Talvez estivesse apenas sendo paranoico.

Não era a primeira vez que aquilo acontecia, aquelas mensagens inexplicáveis em cirílico, mas Jay não se mostrara preocupado.

— Não seja tão veadinho — disse o pai.

— Não parece... suspeito? — perguntou Ryan, mas Jay não demonstrou qualquer preocupação.

— É só spam — respondeu. Basta bloqueá-lo e mudar seu nome de usuário, cara. Existe todo tipo de merda aleatória na Internet.

Jay explicou que vinha usando servidores em Omsk e Nizhniy Novgorod para embaralhar seus endereços IP e por isso, afirmou, não era uma surpresa que recebessem esse tipo de mensagens. — Provavelmente se trata de anúncios de remédios baratos, métodos para aumentar o pênis ou adolescentes lésbicas.

— Certo — disse Ryan. — Ha.

— Não fique tenso, filho — disse Jay. Seu pai normalmente era bastante cauteloso, pensou Ryan. Se não estava preocupado, por que ele deveria estar?

Mesmo assim, não ligou novamente o computador.

Continuou ali, segurando o celular e esperando que Jay atendesse, olhando pela janela do trigésimo quarto andar do hotel Mandalay Bay.

E ali estava Las Vegas diante dele: a pirâmide do Luxor, as torres do Excalibur, o brilho azul do MGM Grand. O próprio Mandalay Bay era um grande tijolo reluzente como ouro. Do lado de fora, pelo menos, as janelas eram de um vidro dourado reflexivo, de modo que ninguém que ali passasse poderia vê-lo. Era uma paisagem urbana que parecia ter sido inventada, com formas arquitetônicas que se assemelhavam às ilustrações das capas dos livros que costumava ler no colégio, ou então imagens digitais de um filme de ficção científica campeão de bilheteria. Seria fácil acreditar que tinha aterrissado num outro planeta ou viajado para o futuro. Colocou a mão sobre o vidro, deixando que aquela sensação agradável de tranquilidade tomasse conta dele.

Uma das paredes do quarto de hotel era constituída por uma janela do chão ao teto. Com as cortinas abertas, podia chegar até à beira do prédio como se fosse um nadador sobre um trampolim.

— Alô? — disse Jay. Ryan fez uma pausa.

— Ei — respondeu Ryan.

— Ei — disse Jay, seguido por um silêncio de expectativa. Ryan só deveria ligar em caso de emergência, mas parecia que Jay estava muito sossegado — provavelmente chapado — para levar a sério as preocupações do filho. Às vezes era estranho pensar que Jay era seu pai de verdade, estranho pensar que tinha apenas 15 anos quando Ryan nasceu, e mesmo agora não parecia ser velho o bastante para ter um filho de 20 anos de idade. Não parecia ter muito mais que 30. Fazia mais sentido, pensou muitas vezes Ryan, vê-lo como um tio.

— Então... — disse Jay. — O que me conta?

— Estou ligando só para avisar que cheguei — respondeu Ryan. Mudou o telefone para o outro ouvido. — Ouça — continuou —, por acaso acabou de me enviar uma mensagem?

— Hum — respondeu Jay. — Acho que não.

— Oh — disse Ryan.

Podia ouvir o som de um narguilé borbulhando enquanto Jay aspirava a fumaça, seguido pela percussão arrítmica de seus dedos no teclado do computador.

— O que está achando de Las Vegas? — perguntou Jay após uma pausa.

— Legal — respondeu Ryan. — Até agora, tudo bem.

— É impressionante, não acha?

— Sim — disse Ryan, vislumbrando a cidade sob a luz do entardecer. Abaixo dele, uma fila de táxis lentamente se encaminhava como uma boiada rumo à entrada. O enorme telão de LED pendurado num dos lados do prédio exibia imagens de cantores e comediantes sobre o colar de faróis ao longo do Las Vegas Bulevar...

— É... — disse ele.

... e na outra direção se via o aeroporto, logo além de uma pousada abandonada do lado oposto da rua; havia também alguns terrenos baldios, shopping centers e casas que saíam da planície até atingir as montanhas.

— É fantástico.

— Consegue ver a Estátua da Liberdade? — perguntou Jay. — Consegue ver a torre do hotel Stratosphere?

— Sim — respondeu Ryan. E notou seu próprio reflexo além da janela, pairando sobre o ar.

— Eu amo Las Vegas — disse Jay, fazendo uma pausa, pensativo. Talvez estivesse relembrando as instruções que ele e Ryan tinham estudado, questionando se deveria repeti-las ao rapaz... Mas apenas pigarreou. — O principal — continuou — é que se divirta. Veja se consegue levar alguma garota para a cama, OK?

— OK — respondeu Ryan.

Na cama atrás dele estavam empilhados seus cartões de banco, presos com elásticos em grupos de dez.

— Estou falando sério — disse Jay. — Você precisa de um pouco de...

— Sim — interrompeu. — Já ouvi.

Era abril. Meses haviam se passado desde a morte de Ryan e ele estava lidando bem com aquilo. Tinha superado todos os estágios de Kübler-Ross, acreditava. Na verdade, não houve muita barganha ou negação, e a raiva que sentiu foi quase boa. Tinha prazer em roubar, uma excitação quando transferia dinheiro de uma conta falsa para outra ou quando mais um cartão de crédito chegava pelo correio.

No banheiro, aplicou fita adesiva em sua cabeça raspada e ajeitou sua peruca loura desgrenhada de Kasimir Czernewski. Fez a barba, secou o lábio superior e aplicou uma cola especial para fixar o bigode falso. Tinha de admitir que era divertido se disfarçar. Adorava o instante em que se olhava no espelho e um novo rosto o encarava.

Havia muito tempo que tentava escapar de si mesmo, pensou — por anos e anos, talvez, imaginou maneiras diversas de fazê-lo —, e agora finalmente estava conseguindo. Parecia até algo glamouroso, num banheiro como aquele: o espelho de uma parede à outra, as belas pias de porcelana, a jacuzzi, o chuveiro e a porta de vidro fosco, o vaso sanitário separado em seu próprio cubículo, com um telefone na parede sobre o rolo de papel higiênico. Era tudo muito sofisticado, pensou, ajeitando seus óculos pretos de Kasimir Czernewski e escovando os dentes.

Veja se consegue levar alguma garota para a cama, disse Jay.

E ele pensou: *Tudo bem. Talvez leve mesmo.*

A última vez que Ryan fizera sexo foi no início da escola média e aquela foi uma experiência problemática.

O nome da garota era Fada — era assim que a chamavam — e se mudara de Chicago para Council Bluffs com seu pai. Mesmo com seus 15 anos, dois a menos que Ryan, era uma verdadeira garota urbana, tinha muito mais conhecimento do mundo do que ele.

Ela tinha um piercing no lábio e outro na sobrancelha, cabelos tingidos de um louro quase branco, com algumas mechas rosas, e maquiava os olhos com lápis preto. Mal passava de um metro e meio de altura — daí "Fada", em vez de seu nome verdadeiro, Penelope — e seu corpo era como o de um querubim ou de um urso de pelúcia curvilíneo: a pele era macia, lisa e perfeita, os seios fartos e a boca encorpada. Antes mesmo do fim de sua primeira semana na escola, as pessoas já se referiam a ela como a *Hobbit Gótica*. E Ryan riu disso, como todos os outros.

Ele nunca soube exatamente o que ela via nele, sabia apenas que ela se sentava atrás dele na aula de música. Ele tocava trombone e ela, percussão. Se virasse a cabeça, conseguia enxergá-la com o canto dos olhos. A primeira coisa que notou na garota foi aquela expressão de concentração e alegria diante da partitura, o jeito como seus lábios se separavam, o modo como as baquetas moviam em suas mãos como se nem pensasse nelas, sua maneira relaxada de mover os pulsos e antebraços. E, sim, a leve vibração de seus seios quando acertava de jeito a superfície do instrumento.

Assim, não conseguia deixar de espiá-la discretamente vez ou outra. Certo dia, enquanto desmontava seu trombone e o lubrificava, ela ficou ali a observá-lo com a cabeça inclinada. Colocara as partes do instrumento nas cavidades de seu estojo cobertas por veludo e finalmente olhou para a garota.

— Posso ajudá-la? — perguntou. Ela levantou uma sobrancelha, aquela com o piercing.

— Acho difícil — respondeu. — Eu estava só tentando descobrir se tem algum motivo para você ficar me encarando o tempo todo, ou se você é só autista ou algo assim.

Ryan não era muito popular. As pessoas costumavam zombar dele, então apenas apertou os lábios e inseriu a escova que usava para limpar o instrumento no bocal do trombone. — Não sei do que está falando — disse.

Ela deu de ombros.

— Tudo bem então, Archie — disse ela.

Archie. Ele não sabia o que ela quis dizer com aquilo, mas não gostou nem um pouco.

— Meu nome é Ryan — disse.

— OK, Thurston — falou ela, examinando-o novamente, desconfiada. — Posso lhe fazer uma pergunta? — continuou. Enquanto ele ainda guardava o instrumento, ela sorriu e franziu os lábios de modo sarcástico e desafiador. — É sua mãe quem compra suas roupas ou você realmente gosta de se vestir assim?

Ryan ergueu os olhos do estojo e a encarou com um olhar que julgava ser particularmente frio.

— Posso ajudá-la? — perguntou.

Fada estudou a oferta, como se pudesse ser real.

—Talvez — disse ela. — Só queria dizer que, se fizesse algo para melhorar seu visual, talvez pudesse até se tornar alguém com quem as garotas desejariam trepar. — E então lhe deu novamente aquele sorriso de lado, como o de um gângster.

— Só achei que você ia gostar de saber.

Pensava naquilo ao descer de elevador, e então empurrou novamente aquela lembrança para o fundo de sua mente, de volta ao local quase subconsciente que Fada vinha habitando nos últimos anos.

No elevador, uma minúscula tela de LED exibia cenas de algum musical ao estilo da Broadway. A garota à sua frente mudava o peso do corpo de um pé para o outro enquanto assistia ao vídeo. Usava saia curta e tinhas pernas incrivelmente longas, bronzeadas e aveludadas, que pareciam ir até as costelas. Ryan as fitou em silêncio. A barra da saia ficava na altura da curvinha do bumbum e ele deixou seus olhos percorrerem as coxas da garota e descerem até as panturrilhas, os tornozelos, chegando finalmente aos pés, que calçavam sandálias. Observou-a sair do elevador e o homem ao seu lado fez um ruído com a garganta.

— Humm — disse ele. — Viu só aquilo? — Era um homem negro, talvez com seus 50 anos, vestindo uma camisa polo rosa e calça verde, carregando uma sacola de golfe. — Aquilo sim é uma bela visão.

— Sim — disse Ryan. O homem balançou a cabeça exageradamente, como se estivesse maravilhado.

— Droga! — disse o homem. — Você é solteiro?

— Sim — respondeu Ryan. — Acho que sim. — E o homem balançou a cabeça novamente.

— Que inveja tenho de você — continuou o homem. E então, antes que pudesse dizer algo mais, as portas se abriram e outras três lindas adolescentes entraram no recinto.

E se *de fato* conhecesse uma garota?, pensou. Era o que as pessoas faziam em Vegas, era justamente para isso que iam ali. Por toda a cidade, supunha Ryan, tinha gente se conhecendo, seduzindo o sexo oposto à procura de uma noite de prazer e nada mais, ou cedendo ao efeito da bebida e criando laços com estranhos. Ele próprio nunca tinha saído com uma menina que conhecera num bar ou num cassino, embora obviamente fosse possível. Passava na TV o tempo todo: um cara aborda uma mulher bonita; segue-se um pouco de flerte ou cantada; pouco depois, o casal está fazendo sexo. Deveria ser algo simples de se realizar. Se conseguia tirar notas altas na escola, deveria conseguir levar alguém para a cama em Las Vegas.

Mas, parado ali no saguão principal do cassino, a ideia de "encontrar alguém" parecia desoladoramente complexa. Como poderia começar a conversar com outra pessoa num lugar daqueles? Olhou para aquilo que parecia ser um enorme fliperama, fileiras e mais fileiras de jogos com painéis luminosos e caça-níqueis até onde a vista alcançava, centenas e mais centenas de pessoas alimentando as máquinas, que exibiam cartas de baralho, números a girar ou personagens de desenho animado. Lembrou-se das fotografias que vira de locais de trabalho exploratórios — fábricas escuras onde as colunas de empregados costuravam botões em blusas ou faziam orifícios em sapatos, uma colmeia onde cada trabalhador era sobrecarregado com uma tarefa solitária e monótona. Enquanto isso, ao seu redor, centenas de pessoas caminhavam pelos corredores e passagens, com a apatia peculiar dos turistas ao seguir estágios de entretenimento, uma jornada sem sentido entre shopping centers, monumentos nacionais e assim por diante.

Então, Ryan finalmente seguiu o fluxo de pessoas ao redor da circunferência da principal área de jogo. À sua frente, duas loiras em calças capri combinando conversavam em holandês, norueguês ou uma dessas línguas. Mais adiante, se formava um pequeno engarrafamento de pessoas que paravam para assistir a um idoso, com chapéu de caubói e camisa florida, fazer um truque com cartas. O homem mostrou o dez de espadas para a turba, que aplaudiu. O mágico se curvou de maneira graciosa para agradecer, e as loiras pararam e ergueram o pescoço para ver o que estava acontecendo.

Mas Ryan seguiu em frente, tateando novamente os bolsos em busca de seu bolo de cartões de banco, quase tão volumoso quanto um maço de cartas.

Precisava sacar uma grande quantidade de dinheiro antes que a noite terminasse.

. . .

Era irritante se ver novamente pensando em Fada.

Nos últimos anos, conseguiu mantê-la afastada de seus pensamentos e por isso o aborrecia vê-la voltando a sua consciência. El se lembrou do jeito que ela encostava o nariz e os lábios em seu pescoço, logo abaixo do queixo; o modo como passava sua mão sobre o braço dele, como se tentasse fazer com que a pele de Ryan grudasse em sua palma.

Não que tivesse se apaixonado por ela, foi o que sua mãe disse.

— É apenas desejo, mas na sua idade é difícil saber a diferença.

Provavelmente sua mãe estava certa. Fada não era bem o que tinha em mente quando pensara sobre "se apaixonar" — na verdade, nem conseguia lembrar se a palavra "amor" fora mencionada alguma vez. Não era o tipo de coisa que Fada diria.

"Trepar" — aquilo sim parecia mais alinhado ao vocabulário de Fada e era isso que estavam fazendo poucas semanas depois daquele primeiro contato na aula de música. Treparam pela primeira vez numa viagem da banda a Des Moines, depois na casa da menina ao voltarem da escola, enquanto o pai dela ainda estava no trabalho, e então no próprio colégio, numa sala de armazenagem próxima à caldeira, fodendo sobre caixas de toalhas de papel industrializadas.

— Sabe o que é mais engraçado? — perguntou Fada. — Meu pai pensa que sou uma virgem inocente. O coitado age como um zumbi desde que minha mãe morreu. Acho que ainda não percebeu que não tenho mais 12 anos.

— Céus — disse Ryan. — Sua mãe morreu? — Nunca conhecera alguém que tivesse passado por aquele tipo de tragédia, o que o fez se sentir mais embaraçado por estar ali pelado no quarto dela, debaixo dos lençóis cor-de-rosa e com a coleção de bonecas a admirá-los da estante.

— Ela tinha um problema nos pulmões — disse Fada, sacando um maço de Marlboro de um esconderijo atrás de um livro do

Harry Potter. — Chama-se bronquiolite obliterante. Não sabem como ela contraiu a doença. Disseram que talvez tivesse sido exposta a algum tipo de vapor tóxico ou então fosse algo provocado por um vírus. Mas ninguém sabia o que ela tinha. Os médicos pensaram que fosse asma ou coisa assim. — Fada olhou para Ryan enigmaticamente e acendeu um cigarro. Ela colocou o rosto próximo à janela aberta e soltou a fumaça.

— Que coisa terrível — disse Ryan, incerto. O que deveria dizer? — Lamento muito — continuou.

Ela apenas deu de ombros.

— Eu costumava pensar em me matar — disse ela, exalando uma corrente de fumaça azul-cinzenta na direção do quintal. Olhou para ele, sem muito interesse. — Mas decidi que não valia a pena. É um ato muito carregado de raiva e lamúria, acho. Ou talvez... — disse. — Talvez não me importe o suficiente para fazê-lo. Reclinou-se, amarrotando o lençol e o cobertor com os pés. Ryan olhava os dedos dos pés da menina que se movimentavam. Estava um pouco perplexo diante daquele assunto.

— Ouça — disse ele. — Não deveria pensar em se matar. Tem um monte de gente que... se importa com você, e...

— Cale a boca — disse ela, mas não de forma áspera. — Não seja nerd, Ryan.

E então não disse mais nada.

Em vez de voltarem à escola depois da hora do almoço, naquele dia os dois continuaram na casa dela e assistiram a alguns filmes pelos quais Fada era obcecada. Quarto tempo de aula: *Os assassinos*, com Lee Marvin e Angie Dickinson. Quinto tempo: *Totalmente selvagem*, com Jeff Daniels e Melanie Griffith. Sexto tempo: outra trepada.

Estou fazendo sexo, pensou ele. Estou mesmo, mesmo, mesmo fazendo sexo.

• • •

Os hotéis eram interligados. Atravessou a caverna de um cassino, entrou numa série de escadas e esteiras rolantes que passavam por corredores cheios de lojas de lembrancinhas até se ver dentro da réplica de uma tumba egípcia e depois em outro saguão de cassino do tamanho de um armazém. Encontrou outros caixas eletrônicos em que pôde sacar dinheiro, depois se viu no cassino Excalibur com seus temas de castelo medieval, onde pessoas faziam fila para jantar no bufê da Távola Redonda, e então ele fez mais um ou dois saques.

Depois, finalmente, após percorrer os corredores do Luxor e do Excalibur, Ryan conseguiu emergir ao ar livre, carregando dez mil em sua mochila. Aquele era o barato de Vegas: você podia sacar quinhentos, mil, três mil dólares de um caixa eletrônico e isso não era algo considerado incomum. Ainda assim, sabia que teria de aposentar Kasimir Czernewski após aquela viagem. O que, de certa forma, era triste. Passara bastante tempo construindo a vida de Kasimir em sua mente, tentando conceituar como era ser estrangeiro, um jovem começando do nada e buscando seus caminhos rumo ao sonho americano. Kasimir: essencialmente boa-praça, mas também astuto em certo ponto, determinado; frequentava a escola noturna e se esforçava para estabelecer seu pequeno escritório de detetive particular. Seria possível fazer uma série de televisão sobre Kasimir Czernewski, pensou Ryan, uma espécie de comédia dramática.

Lá fora, as pessoas caminhavam pelas calçadas em grupos de cinco, dez ou vinte, e o fluxo aumentara, parecendo o de uma cidade grande. De um lado, o trânsito se deslocava vagarosamente; do outro, ambulantes entregavam cartões aos transeuntes. Eram em sua maioria mexicanos e chamavam a atenção ao bater os papéis contra os cotovelos — *flap, flap, flap* — e depois estendê-los na direção de quem passava.

— Obrigado — disse Ryan, aceitando uns vinte cartões antes de começar a dizer "Não, obrigado", "Estou bem" ou "Lamento".

Os cartões traziam anúncios de inúmeros serviços de acompanhantes. Eram fotos alteradas de garotas nuas com estrelas coloridas sobre os mamilos. Às vezes, as letras que formavam seus nomes cobriam as partes íntimas. Fantasia, Roxana, Natasha. *Belas dançarinas exóticas na privacidade de seu quarto!*, dizia o cartão. *Apenas $39!* E ali estava o telefone para quem quisesse contratá-las.

Ele estava ali parado na rua, olhando para sua coleção de acompanhantes — imaginando como seria ligar para uma delas — quando ouviu os russos se aproximando.

Pelo menos pensava que eram russos. Ou então falavam em alguma outra língua do Leste Europeu. Lituano? Sérvio? Tcheco? De qualquer jeito, conversavam alto em sua própria língua — *Zatruxa* isso, isso e aquilo. *Baruxa! Ha, ha, ha* — e Ryan levantou o olhar, assustado, enquanto se aproximavam. Um deles era careca, outro tinha os cabelos loiros esculpidos com gel, parecendo um porco-espinho, e o terceiro usava uma boina xadrez de golfe. Todos vestiam camisas havaianas coloridas.

Os três carregavam copos enormes — lembrancinhas bastante populares em Vegas — que mais pareciam vasos ou bongos, com sua base em forma de bulbo e corpo alongado que se abria no final como uma tulipa. Presumiu que tais copos fossem projetados de modo a dificultar vazamentos, ao mesmo tempo que carregavam a maior quantidade de álcool permitida.

Os homens caminhavam na sua direção, zombando a todo volume em sabe lá que língua eslava que falavam. Ryan congelou, encarando-os.

• • •

Nos tempos de calouro na universidade Northwestern, seu colega de quarto, Walcott, costumava ralhar com ele.

— Por que sempre olha assim para as pessoas? — perguntou Walcott, certa noite, quando desciam a rua Rush em Chicago procurando por bares que aceitassem suas identidades falsas. — É, tipo, um lance que rola em Iowa? — criticou Walcott. — Porque, você sabe, em cidades grandes não é legal ficar encarando as pessoas.

Walcott, na verdade, viera de Cape Cod, Massachusetts, que não era uma cidade grande. No entanto, tinha passado bastante tempo em Boston e Nova York e, por isso, acreditava ser um especialista no assunto. Também tinha suas opiniões sobre como eram as pessoas de Iowa, embora nunca tivesse colocado os pés lá.

— Veja bem — disse Walcott —, vou lhe dar um conselho. Não olhe diretamente para o rosto de uma pessoa. Nunca, deixe-me reiterar, nunca, *nunca*, NUNCA olhe nos olhos de um sem-teto, de um bêbado ou de alguém que pareça ser um turista. É uma regra superfácil de ser lembrada: não olhe para eles.

— Humm — disse Ryan, e Walcott lhe deu tapinhas nas costas.

— O que faria sem mim? — perguntou o amigo.

— Não sei — respondeu Ryan. Olhou para os pés, que pisavam sobre as calçadas sujas como se guiados por controle remoto.

Nunca teria escolhido Walcott como seu amigo, mas o destino — e o escritório administrativo — os reuniu, e assim passaram uma quantidade enorme de tempo juntos naquele primeiro ano, de modo que a voz de Walcott ainda estava vívida em sua mente.

Mas agora era tarde demais. Estava ali parado, fazendo contato visual, os encarando, e o russo careca percebeu sua presença. Os olhos do homem brilharam, como se Ryan estivesse segurando uma placa com seu nome.

— E aí, mano? — disse o russo calvo, com sotaque carregado, mas surpreendente pela inclusão de gírias, como se tivesse aprendido a língua escutando rap. — Como é que você está?

Foi sobre aquilo que Walcott o advertira. Aquele era o problema com gente de Iowa: ele fora treinado, por anos e anos, para ser gentil e educado. Não era algo que pudesse evitar.

— Olá — disse Ryan, enquanto os três se aproximavam e se agrupavam ao seu redor. Estavam um pouco próximos *demais*, e ele se retesou, desconfortável, ainda que em seu rosto estampasse uma expressão de boas-vindas típica do Meio-Oeste.

O homem cujos cabelos pareciam espinhos abriu uma metralhadora de sílabas russas incompreensíveis e os outros riram.

— Nós... — disse o homem, empacando um pouco enquanto tentava pensar nas palavras. — Nós... três... alconautas! Nós... — disse ele. — Nós viemos com paz!

Todos acharam aquilo hilário, e Ryan sorriu, desconfiado. Mexeu os ombros, lembrando da mochila com seu laptop e cerca de dez mil dólares em dinheiro vivo escondido num dos bolsos. Fique frio. Ele estava na beira da calçada, e os turistas, alguns festeiros e outros transeuntes desviavam deles com expressões vidradas. Sem olhar nos olhos.

Ryan tentava estimar quão nervoso deveria estar. Estavam a céu aberto. Não poderiam fazer nada com ele ali no meio da rua...

No entanto, lembrou-se de um filme onde o assassino habilmente cortou a veia safena na coxa de uma vítima, que sangrou até a morte numa rua movimentada.

Os homens formaram um círculo ao seu redor, e ele sentia o trânsito do Las Vegas Bulevar às suas costas. Deu um passo, mas os homens se aproximaram ainda mais, como se seguissem um sinal dele.

— Gosta de jogar cartas? — perguntou o careca. — Gosta de cartas, mano?

Ryan teve certeza de que fora pego. Sua mão escorregou automaticamente para o bolso onde estava o bolo de cartões de banco. Colocou a palma sobre a coxa, pensando novamente na veia safena.

— Cartas? — disse Ryan com a voz baixa, tentando olhar por sobre o ombro. Se tentasse atravessar correndo as quatro faixas do Las Vegas Bulevar, quais seriam as chances de ser atropelado por um carro? Bastante altas, imaginou. Balançou a cabeça para o careca, como se não tivesse entendido. — Eu... não tenho cartas — disse. — Não sei do que está falando.

— Não sabe? — disse o homem, sorrindo, surpreso. — Cartas! — pronunciou pausadamente, gesticulando para as mãos de Ryan. — Cartas!

— Cartas! — repetiu o cara dos cabelos de espinhos, abrindo um sorriso que revelava os dentes da frente recobertos de ouro. Abriu um leque com uma dúzia de cartões do serviço de acompanhantes, como se fossem cartas de pôquer, um *full house* de Fantasia, Britt, Kamchana, Cheyenne, Natasha e Ebony.

Só então Ryan se deu conta do que estavam falando. Olhou para o maço de fotografias que ele mesmo havia juntado ao descer a avenida.

— Ah — disse ele. — Sim, quero dizer, eu...

— Sim, sim! — disse o careca, e todos gargalharam juntos. — Cartões! Garotas lindas, chefia!

— Trinta e nove dólares americano! Incrível! — disse o homem com a boina de golfe, que até então só observara. Em seguida, fez um comentário em russo, o que provocou mais risadas. O homem estendeu um dos cartões na direção de Ryan, como se lhe estivesse oferecendo.

— Você gosta da Natasha. Uma russinha peituda. Sensacional.

— Sim — disse Ryan, acenando com a cabeça. — Sim, sensacional — continuou, olhando para a avenida: Bally's, Flamingo, Imperial Palace, Harrah's, Casino Royale, Venetian, Palazzo; todos os lugares que planejara visitar, todos os caixas automáticos onde deveria sacar dinheiro antes de finalmente chegar ao Riviera, onde se hospedaria sob o nome Tom Knott, um jovem contador que estava ali para participar de uma convenção.

— Meu nome é Shurik — disse o russo calvo, estendendo a mão para cumprimentar Ryan.

— Vasya — disse o homem com os cabelos de porco-espinho.

— Pavel — completou aquele com a boina.

— Ryan — disse Ryan, sentindo o rosto incendiar quase imediatamente ao apertar as mãos dos três homens, um seguido do outro. Aquele era um dos erros mais primários: dizer o próprio nome, sem pensar, deixando-o ainda mais desorientado. *Que bom encontrar o senhor J*, pensou. Teria aquilo algum significado? Ou não?

— Ryan, chefia — disse Shurik. — Você vem com a gente, não vem? Juntos. Venha. A gente encontra as melhores garotas. Certo?

— Certo — respondeu Ryan. E então, enquanto os três se preparavam para escoltá-lo, seguindo atrás dele com suas tulipas gigantes, seus cartões e suas expressões amigáveis, Ryan fez um movimento abrupto, um zigue-zague, abrindo espaço entre a horda de turistas na calçada.

Em seguida, saiu correndo.

• • •

Foi uma decisão estúpida, disse a si mesmo posteriormente.

Enquanto esperava na fila para o check-in no Riviera Hotel, seu coração ainda batia acelerado.

Pobres coitados. Como devem ter ficado surpresos quando o viram bater em retirada. Não fizeram qualquer tentativa de persegui-lo. Lembrando-se de suas expressões de perplexidade ao vê-lo escapar, Ryan não conseguia acreditar que pudessem ser nada além de turistas inocentes. Um grupo de bêbados, procurando algum nativo com quem se enturmar.

Jay estava certo: ele precisava relaxar.

Mesmo assim, era difícil baixar a adrenalina depois que ela se manifestava, toda aquela tensão e inquietação. Ele entrou em seu quarto no Riviera — Tom Knott, 22 anos, de Topeka, Kansas — olhando mais uma vez para as fotografias das acompanhantes. *Natasha. Ebony.*

Aquilo era o que mais odiava em si próprio, em seu antigo eu — o nervosismo e a preocupação que o corroíam por dentro. No segundo ano na Northwestern passou tanto tempo aflito com os trabalhos que não estava fazendo que, no fim, de fato não sobrava tempo para realizá-los.

Para ele, aquele era o motivo por se pegar novamente pensando em Fada. Apesar de tudo o que acontecera e de tudo o que veio depois, as seis semanas que passou com Fada foram provavelmente as melhores de sua vida. Cabulavam aula constantemente, mas Ryan sempre chegava em casa a tempo de destruir as cartas que a escola enviava a respeito de suas ausências e atrasos, além de apagar as mensagens na secretária eletrônica, de modo que seus pais continuaram sem saber o que vinha acontecendo. Percebeu que era um ator e tanto. Um belo de um mentiroso. Àquela altura, havia tempo que não fazia as lições de casa e, pela primeira vez, não tinha a menor ideia do que responder num exame. Tratava-se de uma das provas de química; marcou as respostas a esmo na parte de múltipla escolha e inventou cálculos que não faziam qualquer sentido. Então, teve um pensamento magnífico.

Eu não me importo com nada.

Era como aqueles garotos fundamentalistas ao falarem sobre seu renascimento. "Jesus entrou em meu coração e me livrou de todos os pecados", lhe dissera certa vez uma garota chamada Lynette. De certa forma, aquilo foi o que lhe ocorrera. Todos os seus fardos foram aliviados, e ele se sentia leve e transparente, como se a luz do sol pudesse atravessar seu corpo.

Não me importo com nada, pensou. *Não me importo com o futuro, não me importo com o que vai me acontecer, não me importo com o que minha família pensa, não me importo e ponto final.* Cada vez que repetia isso para si mesmo, era como se um peso se soltasse e voasse como uma borboleta.

E então, ao chegar em casa um dia, encontrou sua mãe na cozinha à sua espera.

No fim das contas, não foi a secretária da escola ou um dos professores quem entrou em contato com Stacey; foi o pai de Fada. Aparentemente, ele interceptara alguns dos e-mails que os dois haviam trocado e encontrou o diário da filha. Depois — e era isso que Ryan não esperava ou não compreendia —, Fada confessou tudo ao pai.

Que ficou enfurecido. Ele queria matar Ryan.

— Tem alguma filha, sra. Schuyler? — perguntou o pai de Fada. A mãe de Ryan estava sentada em sua mesa de trabalho, no escritório da Morgan Stanley, em Omaha, onde atuava como contadora, quando o sr. Fada disse: — Se tivesse uma filha, saberia como estou me sentindo.

— Estou me sentindo violentado. Estou me sentindo corrompido pelo pervertido do seu filho — disse a Stacey. — E quero que saiba — continuou —, quero que saiba que, caso minha filha esteja grávida, irei até sua casa e quebrarei toda a porra dos dentes do seu filho.

Quando Ryan chegou em casa, Stacey já havia chamado a polícia, que autuou o pai de Fada por ameaça. Sua mãe conversava com um amigo advogado sobre a obtenção de uma ordem de restrição, mas nada lhe disse quando entrou na cozinha, abriu a geladeira e espiou seu conteúdo. Não deu muita atenção a ela. Geralmente estava de mau humor, foi o que pensou. Ficava na cozinha, na sala de TV ou em algum outro lugar onde todos pudessem vê-la em silêncio e então começava a emanar densas ondas radioativas de negatividade. Ryan sabia que era melhor nem olhar para ela naquelas ocasiões.

Assim, pegou o leite e se sentou à mesa da cozinha. Colocou cereal numa tigela e despejou o leite. Estava prestes a levar seu lanche para a sala quando Stacey olhou para ele.

— Quem é você? — perguntou ela.

Ryan levantou a cabeça, relutante. Aquele era o método dela: fazer perguntas incompreensíveis num tom de voz ameno.

— Hã — disse ele —, pode repetir?

— Perguntei: quem é você? — murmurou, com a voz triste. — Por que acho que o conheço, Ryan.

Ali sentiu uma primeira centelha de nervosismo. Sabia que sua mãe tinha descoberto: O quê? Quanto? Sentiu a expressão em seu rosto enrijecer e ficar pálida.

— Não sei do que está falando — respondeu.

— Pensei que fosse uma pessoa confiável — disse Stacey. — Pensei que fosse responsável, maduro e que tivesse seus planos para o futuro. Era o que eu achava. Agora não consigo imaginar o que se passa dentro de você. Não tenho a menor ideia.

Ryan segurava a tigela de cereal, que começava a fazer ruídos quase inaudíveis na medida em que os flocos absorviam o leite.

Não sabia o que dizer.

Não queria que sua aventura com Fada terminasse e imaginou que poderia levá-la um pouco mais adiante se não dissesse nada. Ainda poderia ser feliz, ainda poderia não ligar para coisa alguma, ainda poderia encontrar Fada pela manhã atrás da escola, vê-la fumar seu cigarro e mexer no piercing em seu lábio, girando-o no buraco.

— Quer estragar sua vida? — perguntava-lhe Stacey. — Quer acabar como seu tio Jay? Está indo no mesmo caminho. Ele fodeu com a vida dele quando estava com a sua idade e nunca conseguiu dar a volta por cima. Nunca. Virou um tremendo perdedor e parece que é isso o que você está buscando, Ryan.

Só anos mais tarde foi que ele entendeu do que ela estava falando.

Vai terminar igual ao seu pai, era o que queria dizer. Seu pai: Jay, que engravidou uma garota quando tinha 15 anos, fugiu de casa e passou a pular de um emprego suspeito para outro, sem nunca se estabelecer ou levar uma vida normal. Olhando para trás, conseguia entender por que sua mãe fora tão rígida com ele. Ela sabia que tipo de pessoa ele se tornaria antes mesmo que ele próprio soubesse.

E ela não permitiria que ele terminasse como Jay. Ryan foi mandado a um acampamento para jovens rebeldes por duas semanas, enquanto Stacey recolocava a vida do filho nos trilhos. Tratava-se de um daqueles campos isolados, onde os adolescentes montam a cavalo, aprendem a trabalhar em equipe e fazem terapia de grupo, recebendo ordens de conselheiros rígidos, com ares militares, que diagnosticavam suas enfermidades psicológicas. Estavam perdidos; nutriam concepções pouco sadias a respeito de si próprios; precisavam mudar, se desejassem se tornar membros produtivos da sociedade e quisessem rever seus amigos e suas famílias...

Mesmo depois do seu retorno, ficou sob o que era praticamente um regime de prisão domiciliar pelo restante do ano escolar. Sua mãe o privou de regalias como telefone celular e Internet e entrou em contato com todos os professores para que Ryan pudesse fazer as lições de casa que deixara para trás, além de marcar uma consulta semanal com o terapeuta e matriculá-lo no curso de preparação para o vestibular e num programa comunitário chamado Clube do Otimismo, que ele frequentava três vezes por semana para realizar tarefas como limpar parques, entregar brinquedos para crianças pobres, reciclar materiais e por aí em diante. Também o tirou da banda do colégio, que era a única aula em que encontrava Fada, embora não fizesse a menor diferença, uma vez que o pai da garota a transferira para o St. Albert High. Ele nunca mais a viu. O pai dela foi declarado culpado da acusação de ameaça e condenado sob condicional.

Já Owen, pai de Ryan, não se envolveu nesse período, mostrando-se taciturno e carrancudo como sempre diante da ferrenha mania de organização de Stacey. Owen conseguiu convencê-la a permitir que o filho tivesse aulas de violão, e aquilo foi uma das únicas coisas boas em seus últimos dezoito meses no colégio. Ele e Fada conversaram sobre formar uma banda, na qual ela seria a baterista e ele o cantor. Ryan gostava de criar fantasias em torno da ideia. Adorava ficar em seu quarto e criar canções no Takamine que Owen comprara para ele. Escreveu uma canção chamada "Oh, Fada". Muito triste. Escreveu outra chamada "Acusação de ameaça" e também "Logo vou partir", além de "Ecopraxia", que seria a música de trabalho caso viesse a gravar um disco.

Era patético, pensou ele, relembrar todas aquelas velhas canções.

Era deprimente ter passado toda a noite com Fada em sua mente, recordando os velhos tempos e se perguntando onde a garota poderia estar então. O que teria acontecido com ela? E ele não estava nem perto de levar alguém para a cama.

Até mesmo sua paranoia em relação aos russos era lastimável. Apesar do encontro no meio da rua, não houve qualquer tipo de cilada ou aventura com mafiosos, nada além das hordas de turistas e daqueles que procuravam tapeá-los com a indiferença impiedosa de um balconista de uma loja de conveniência no turno da noite.

Talvez ele fosse ser uma pessoa solitária por toda a vida, pensou, espalhando os cartões das acompanhantes na mesa e as vislumbrando. Fantasia. Roxana. Natasha.

Permaneceu ali, sentado diante da mesa, contemplando. Digitou seu nome e o número do quarto, esperando enquanto o ciberespaço fazia conexão.

Abriu a janela do MSN e...

Não, não encontrou nenhuma saudação em cirílico.

Apenas digitou uma mensagem para Jay. "Missão cumprida" escreveu, decidindo então ir dormir.

15

Podiam partir logo. Isso era uma coisa. A caminho de Nova York e depois para destinos internacionais.

E podiam ser ricos, também. Se tudo corresse conforme o planejado.

Se ela fosse o tipo de pessoa capaz de fazer esse tipo de coisa.

Os documentos estavam espalhados entre os dois na mesa da cozinha e George Orson ajustou e alinhou papéis à sua frente, como se linhas paralelas pudessem tornar sua conversa mais fácil. Ela o viu erguer o olhar, sub-repticiamente, e ficou quase envergonhada ao ver os olhos dele tão francos e culpados — como se fosse também um alívio vê-lo sem palavras. Não tentando tranquilizá-la, convencê-la ou lhe ensinar, mas à espera de sua decisão. Era a primeira vez que uma escolha dela importava, a primeira vez em meses que ela não se sentia como se estivesse caminhando num território de sonho, numa paisagem amnésica, tudo brilhando com uma aura de *déjà vu*...

Mas agora a coisa se solidificara. Seus esquemas. Suas evasões. O dinheiro. Ela ergueu uma única folha da pilha que ele havia colocado à sua frente. Aqui estava uma cópia da transferência por telegrama. BICICI, dizia no alto da página. *Banque Internationale pour le Commerce et l'Industrie de Cote d'Ivoire.* E ali havia uma data, um código, uma estampilha com várias assinaturas e um total. US$ 4.300.000,00. Aqui estava a carta confirmando o depósito. "Prezado sr. Kozelek, seu fundo foi depositado aqui em nosso banco pelo seu sócio, sr. Oliver Akubueze. Seu sócio instruiu-nos ainda a executar a transferência do fundo para a sua conta, completando o formulário de transferência, e ele também endossou outros documentos vitais para aquele efeito...."

— Sr. Kozelek — disse Lucy. — É você.

— Sim — disse George Orson. — Um pseudônimo.

— Entendo — disse Lucy. Olhou brevemente para ele e então para o papel: US$ 4.300.000,00.

— Entendo. — Ela suspirou. Tentava tornar sua voz fria, desinteressada e oficial. Pensou na assistente social que ela e Patricia tiveram de visitar depois que seus pais morreram, as duas observando enquanto a mulher folheava os papéis sobre sua mesa entulhada. *Tento imaginar que experiência vocês duas têm em cuidar de si mesmas* — dissera a assistente social.

Lucy segurou o papel entre os polegares e os indicadores como a assistente social havia feito. Ergueu o olhar para George Orson, que estava sentado do outro lado da mesa, segurando frouxamente sua xícara de café, como que aquecendo seus dedos, embora já devesse estar vinte e sete graus lá fora.

— Quem é Oliver Aku...? — perguntou ela, tropeçando na pronúncia, como costumava tatear desajeitadamente com as frases de francês na aula de madame Fournier. — Akubueze — tentou de novo e George Orson sorriu levemente.

— Não é ninguém — disse George Orson e então, depois de uma breve hesitação, inclinou a cabeça arrependido. Prometera responder qualquer pergunta que ela fizesse. — É apenas um intermediário. Um contato. Tive de pagar a ele, claro. Mas não houve problema.

Seus olhares se encontraram, e ela lembrou que George Orson certa vez lhe contara como costumava ter aulas de hipnose, aqueles olhos verdes claros perfeitos para aquilo, pensou ela. Olhou inquisitivamente para ela e seus olhos diziam: *Você precisa relaxar.* Seus olhos diziam: *É capaz de confiar em mim?* Seus olhos diziam: *Nós não nos amamos ainda?*

Talvez. Talvez ele realmente a amasse.

Talvez só estivesse tentando tomar conta dela, como dissera.

Mas era frustrante porque, mesmo com todos aqueles documentos à sua frente, ele ainda falava apenas vagamente sobre a verdade. Ele era um ladrão, aquilo pelo menos ela admitia, mas ainda não entendia de onde viera o dinheiro ou como ele conseguira adquiri-lo, ou quem, exatamente, estava por trás dele.

— Não roubei de uma *pessoa*, Lucy, você precisa entender isso. Não tirei dinheiro de uma simpática velhinha rica ou de um gângster ou de uma cooperativa de crédito em Pompey, Ohio. Tirei dinheiro, desviei, vamos dizer, de uma *entidade*. Uma entidade global muito grande. O que torna as coisas mais complicadas. Quer dizer — disse ele —, lembro que você parecia interessada em trabalhar um dia para uma firma de investimentos internacional. Como Goldman Sachs. Certo?

— E se, por exemplo, você descobrisse um jeito de arrancar dinheiro da conta do Goldman Sachs, você logo entenderia que eles fariam tudo o que fosse possível para encontrá-la e levá-la à justiça. Eles utilizariam as forças policiais, certamente, mas é provável que recorressem a outros meios. Detetives particulares. Caçadores de recompensas. Contratariam assassinos? Torturadores? Provavelmente não. Mas você entende o que estou dizendo.

— Não, na verdade, não — falou Lucy. — Você está dizendo que roubou dinheiro de Goldman Sachs?

— Não, não — disse George Orson. — Foi apenas um exemplo. Estava tentando... — E então ele suspirou, resignado. Um som que nada tinha a ver com George Orson, pensou ela, quase o oposto da risadinha conspiratória que no começo ela achou tão atraente e encantadora. — Ouça — disse ele. — Eu gostaria que as coisas não tivessem chegado a esse ponto. Eu pensava que podia resolver isso sozinho e você não teria sequer de saber... de nada disso. Eu pensei que podia resolver tudo sem que você fosse envolvida.

Ele ficou quieto então, pensando, batucando com a ponta da unha na xícara de café. *Tinc, tinc, tinc*. Ambos pareciam constrangidos e ansiosos. Era deprimente. Lucy pensou — e talvez, na verdade, fosse melhor quando ela nada sabia, quando acreditava que ele cuidaria das coisas, que estavam a caminho de algo maravilhoso, uma moça tímida, mas inteligente, e seu amante mais velho, mundano, talvez num navio de cruzeiros a caminho de Mônaco ou de Playa del Carmen.

Ela refletiu, deixando essa fantasia percorrê-la brevemente. Então, finalmente, abaixou a cabeça para examinar os outros documentos que George Orson lhe havia apresentado.

Lá estava o itinerário de viagem. De Denver a Nova York. De Nova York ao aeroporto Felix Houphouet Boigny em Abidjã, Costa do Marfim.

Lá estavam os cartões da previdência social e as certidões de nascimento que usariam; David Fremden, com 35 anos de idade, e sua filha, Brooke Fremden, com 15.

— Posso conseguir que os passaportes sejam expedidos, isso não é um grande problema. Mas precisamos agir imediatamente. Precisamos ir a um cartório ou a uma agência de correio para dar entrada ao requerimento amanhã...

Mas ele parou de falar quando ela o encarou. Ela não se deixaria apressar. Ia pensar escrupulosamente sobre isso, e ele precisava entender.

— Quem são eles? — disse ela. — David e Brooke?

George Orson franziu a testa com um semblante de reprovação. Ela continuava, mesmo agora, recalcitrante diante daquelas informações. Mas ele prometera responder.

— Não são ninguém em particular — disse com um ar de cansaço. — São apenas pessoas. — E passou a palma das mãos pelos cabelos. — Elas *morreram* — disse ele. — Um pai e uma filha, mortos no incêndio de um apartamento em Chicago cerca de uma semana atrás. É por isso que seus documentos são bastante úteis para nós, *nesse momento*. Existe uma janela de tempo, antes que as mortes sejam oficialmente processadas pelo sistema.

— Entendo — disse ela de novo.

Era tudo o que podia achar para dizer, então fechou os olhos brevemente. Não queria vê-los — David e Brooke, no seu edifício em chamas, inspirando a fumaça e o calor —, por isso olhou fixamente para baixo, para a certidão de nascimento, como se estudasse uma lista de questões para um teste.

Ali estava o nome de solteira de sua mãe: Robin Meredith Crowley, nascida no estado de Wisconsin, com 31 anos de idade na ocasião do nascimento de Brooke.

Certidão de Nascimento	112-89-0053
Brooke Catherine Fremden	15 de março de 1993
4:22 A Feminino	Swedish Covenant Hospital
Chicago	Cook County

— Então — disse Lucy, depois de examinar o documento em silêncio por um tempo. — E quanto à mãe? Robin. Não vão perguntar sobre ela?

— Na verdade, ela morreu faz alguns anos — disse George Orson, e fez um pequeno gesto de descarte. — Quando Brooke tinha 10 anos, acho. Morta num, hmmm... — E então ficou reticente, como que para poupar os sentimentos de Lucy... ou de Brooke. — De qualquer maneira — disse ele —, o atestado de óbito da mãe também está disponível em algum lugar, se você quiser...

Mas Lucy simplesmente sacudiu a cabeça.

Um acidente de carro. Era o que ela imaginava, mas talvez não quisesse saber.

— Essa garota só tem 15 anos — disse Lucy. — Não tenho cara de uma garota de 15 anos.

— Verdade — disse George Orson. — Espero que eu não tenha cara de 35 anos também, mas podemos dar um jeito nisso. Acredite na minha experiência, as pessoas não sabem julgar a idade dos outros direito.

— Hmmm — disse Lucy, ainda olhando para o documento. Ainda pensando sobre a mãe. Robin. Sobre David e Brooke. Teriam tentado escapar do incêndio? Teriam morrido dormindo?

Os infelizes Fremdens. A família inteira, sumida da face da terra.

Lá fora, no quintal, o sol do fim da manhã ardia luminoso sobre o jardim japonês. As ervas daninhas estavam crescidas e cerradas, e não havia sinal da pequena ponte ou da lanterna Kotoji. O cume da cerejeira-chorona erguia-se entre o capinzal como que lutando para respirar, os galhos caídos como cabelos compridos molhados.

Havia tantas, tantas coisas perturbadoras nessa situação, mas ela descobriu que o que mais a chateava era a ideia de fingir ser a filha de George Orson.

Por que não podiam ser apenas companheiros de viagem? Namorado e namorada? Marido e mulher? Até mesmo tio e sobrinha?

— Eu sei, eu sei — disse George Orson.

Era constrangedor porque ele havia se tornado uma versão tão inibida de George Orson, uma versão diminuída do George Orson que ela conhecia. Ele se mexeu na cadeira quando ela deixou de olhar para o quintal.

— É lamentável — disse ele. — Para ser sincero, isso também não me faz particularmente feliz. É mais do que apenas sinistro para mim também. Sem mencionar que nunca tive de me imaginar como alguém velho o bastante para ter uma filha adolescente! — E ele ensaiou uma risadinha, como se ela pudesse achar isso divertido, mas não achou. Ela não tinha certeza de como se sentia exatamente, mas não estava com ânimo para apreciar suas observações espertas. Ele estendeu a mão para tocar em sua perna e então parou para pensar, recolheu a mão, e ela viu seu sorriso encolher num tremor.

Não era o que ela queria também: o tenso desconforto que se criara entre os dois desde que ele começara a contar-lhe a verdade.

Ela adorava o jeito como brincavam com as coisas. *Réplica*, assim George Orson chamava aquilo, e seria terrível se acabasse, se as coisas tivessem mudado tanto entre eles, se sua velha relação se houvesse perdido, irrecuperavelmente. Ela amava serem Lucy e George Orson — "Lucy" e "George Orson" — e talvez fosse apenas uma encenação que faziam um para o outro, mas fora uma coisa descontraída, natural e divertida. Foi o seu verdadeiro "eu" que ela descobriu quando o conheceu.

— Acredite, Lucy — dizia ele então, muito solene e em nada se parecendo com George Orson. — Acredite em mim — continuou. — Essa não foi minha primeira escolha. Mas não tinha muitos recursos. Em nossa situação atual, não era particularmente fácil adquirir os documentos de que precisávamos. Não tive um grande leque de opções.

— OK — disse Lucy. — Entendi.

— É só fingir — falou ele. — É apenas um jogo entre nós.

— Eu entendi — disse ela de novo. — Entendo o que você está dizendo.

Embora aquilo não necessariamente melhorasse as coisas.

George Orson tinha "algumas coisas para resolver" durante a tarde.

O que era quase tranquilizador, de certa forma. Desde que tinham chegado àquele lugar, ele desaparecia às vezes durante horas — sumindo na sala de estudos e trancando a porta ou partindo sem uma palavra na velha picape em direção da cidade — e hoje não fora diferente. Depois de sua conversa, ele mostrara pressa para voltar ao seu computador, e ela ficara ali na entrada da sala de estudos, olhando para a grande escrivaninha e para a pintura antiga com o cofre atrás dela, como um acessório num filme policial barato.

Ele colocou a mão na maçaneta. Ela sentiu que ele queria fechar a porta — embora não na sua cara, é claro — e hesitou ali, seu sorriso primeiro tranquilizador, depois tenso.

— Você provavelmente precisa de um tempo para si mesma, enfim — disse George Orson.

— Sim — disse ela. Observou enquanto as pontas dos seus dedos se apertavam ao redor da maçaneta de vidro lapidado, e ele seguiu os olhos dela e olhou para sua mão impaciente, como se ela o houvesse desapontado.

— Você sabe que não é obrigada a fazer isso — disse. — Eu não a culparia se quisesse desistir. Tenho consciência de que é pedir muito para você.

Ela não sabia bem o que responder. Pensou:

Ela pensou:

E então ele fechou a porta.

Por um tempo, ela passeou pelo lado de fora da sala, depois sentou-se à mesa de jantar com um refrigerante diet — era uma tarde quente — e apertou a lata fria e úmida contra sua testa.

Fora deixada por sua própria conta havia semanas, vendo TV interminavelmente, ajustando o antigo prato do satélite que girava sua cabeça com um lento sussurro metálico, como o som de uma cadeira de rodas elétrica; baixando carta após carta de paciência com um velho baralho do pai que trouxera consigo por motivos sentimentais; passando os olhos pelas estantes da sala de estar, uma horrenda coleção de velhos tomos, daqueles que se encontraria numa caixa num bazar de quintal de uma velha senhora. *A morte do coração*, *A um passo da eternidade*, *Marjorie Morningstar*. Nada de que ninguém nunca tivesse ouvido falar.

• • •

Ela estava tentando pensar. Tentando imaginar o que fazer, que era exatamente o que vinha fazendo por quase um ano inteiro desde que seus pais morreram. Olhando para o futuro em sua mente, tentando traçar um mapa para si mesma, examinando uma grande área, como um piloto sobre um oceano procurando um local para pousar. E ainda nenhum plano claro emergira.

Mas pelo menos agora ela tinha mais informação.

Quatro milhões e trezentos mil dólares.

O que era um detalhe significativo e valioso, se de fato fosse verdade. Havia aspectos nessa história — nessa coisa toda — que pareciam exagerados, embelezados ou distorcidos. Algum aspecto da verdade estava escondido dentro do que ele contara a ela, como aqueles quebra-cabeças de quadros antigos em que simples figuras pictográficas — cinco conchas do mar ou oito chapéus de caubói ou treze pássaros — estavam ocultas.

Ela selecionou um velho livro de capa dura da estante e uma vez mais folheou rapidamente as páginas. Nas semanas anteriores, ela folheara cada livro da estante, achando que talvez uma nota poderia cair de suas páginas. Examinara cada armário da cozinha, cada cômoda em cada quarto; batucara nas paredes como se pudesse haver uma porta ou um compartimento secreto. Descera até o escritório em forma de farol da pousada, onde rebuscara na empoeirada estante de brochuras de pontos turísticos locais há muito tempo fechados, e abrira caixas nas quais encontrara velhos rolos amarelados de papel higiênico, ainda embrulhados em plástico, gabinetes cheios de toalhas mofadas; revistara até os quartos da pousada. Tirara as chaves dos ganchos atrás da balcão da recepção e abrira os quartos um por um — despidos, todos eles, sem camas, sem móveis, nada além de paredes nuas e assoalhos nus, nada além de uma camada impessoal de poeira.

Naquele tempo todo, a única pista que encontrara foi uma moeda de ouro solitária. Estava numa caixa de charuto em uma prateleira alta que ficava em um armário embutido de um dos quartos vazios do segundo andar da casa, e tinha algumas pedras de formas estranhas e um pequeno ímã em ferradura com algumas tachas e um dinossauro de plástico. A moeda era pesada e parecia ser um velho dobrão de ouro, muito gasto, embora parecesse mais com uma simples lembrancinha para crianças.

Ainda assim, ela a guardara e escondera em sua mala, e foi nessa moeda que ela pensou quando viu pela primeira vez o talão do depósito. *Quatro milhões e trezentos mil dólares*, e infantilmente teve uma breve imagem de baús cheios dessas moedas de ouro.

Claro que ela tinha noção de que a cobiça fizera parte de sua decisão. Sim, sabia disso. Mas ela também o amava, pensou. Amava estar com ele, aquela camaradagem relaxada e brincalhona, aquela sensação que ele lhe dava de que os dois, só os dois, tinham seu próprio país e sua própria língua, como se tivessem se conhecido numa outra vida, dizia ele — e ela achava que podia até suportar ser Brooke Fremden por um tempinho se ele fosse David....

E podia até ser divertido.

Podia ser uma daquelas aventuras confidenciais que compartilhavam. Um dos episódios que compunham uma história particular que só eles conheciam. Estariam em uma festa, jantando em um lugar como o Marrocos, e alguém perguntaria como tinham se conhecido e os dois trocariam aqueles olhares privados.

. . .

Eram quase três e meia da tarde quando ele finalmente emergiu da sala de estudos. Lucy estava sentada na sala de estar numa das poltronas de espaldar alto revestida de tecido impermeável, olhando de novo para a certidão de nascimento de Brooke Fremden.

Ali estavam as assinaturas rabiscadas embaixo:

Atesto que a informação pessoal apresentada nessa certidão é correta segundo o melhor do meu conhecimento e da minha crença. Esse era o pai.

Atesto que a criança acima nomeada nasceu viva no local, no tempo e na data mencionados acima. Esse era o médico — Albert Gerbie, doutor em medicina.

E, quando ela ergueu o olhar, George Orson estava de pé na entrada da sala. Tinha passado as mãos nos cabelos, e eles estavam eriçados em tufos, com o ar de alguém que andara lendo fórmulas científicas ou colunas de números por muito tempo, uma expressão tensa e vaga, como se ficasse surpreso por encontrá-la ali.

— Tenho de sair para comprar alguns suprimentos — disse. — Algumas coisinhas de que precisamos.

— OK — disse ela, e ele pareceu relaxar um pouco.

— Quero ver se compro algumas coisas para fazer você parecer mais jovem — disse. — Que tal algo cor-de-rosa? Algo com um ar de garotinha?

Ela olhou para ele com um ar cético.

— Talvez eu devesse ir com você — falou.

Mas ele sacudiu a cabeça enfaticamente.

— Não é uma boa ideia — disse. — Não devíamos ser vistos juntos na cidade. Especialmente agora.

— OK — disse ela, e ele olhou com um ar de gratidão enquanto colocava o gorro de beisebol que sempre usava quando fazia uma excursão. Ele ficou agradecido, imaginou Lucy, por ela não ter discutido com ele, e George Orson tocou na mão dela, correndo os dedos distraidamente ao longo das suas juntas. Ela lhe deu um sorriso hesitante.

Ele não havia trancado a porta da sala de estudos.

Lucy parou na porta da casa olhando a velha picape seguir até a estrada municipal que levava para longe da pousada. O céu estava encapelado por camadas de nuvens cumulus cinza pálido, e ela dobrou os braços junto ao peito enquanto a picape subia uma elevação e desaparecia.

Mesmo antes de voltar para a porta, ela sabia que iria diretamente para a sala de estudos e, na verdade, até apressou o passo. Aquele cômodo trancado havia sido um ponto de contenção entre eles desde que chegaram. Sua *privacidade* — embora aquilo fosse uma contradição a tudo o que ele dizia, a todo aquele papo sobre compartilharem um mundo secreto próprio, *sub rosa*, segundo ele.

Mas, quando ela levantou a questão, ele apenas deu de ombros.

— Todos nós precisamos de nossas cavernas pessoais — dissera a ela. — Mesmo pessoas tão chegadas como nós. Não acha?

Lucy revirou os olhos.

— Não vejo muito sentido nisso — falou. — Por acaso fica vendo pornô ali?

— Não seja ridícula — disse George Orson. — Isso apenas faz parte de viver uma relação adulta, Lucy. Dar às pessoas o seu espaço.

— Só quero checar meus e-mails. — Embora, na verdade, não houvesse ninguém que fosse mandar uma mensagem para ela e, naturalmente, ele sabia disso.

— Lucy, por favor — disse ele. — Só me dê mais alguns dias. Vou arranjar um computador só para você e vai poder mandar e-mails à vontade. Só tenha um pouco mais de paciência.

A sala de estudos estava muito mais bagunçada do que ela esperava. Nada a ver com George Orson, que era um dobrador de roupas, um fazedor de listas, um homem que detestava ver coisas amontoadas ou louça suja na pia.

Então esse era um lado de George Orson que ela nunca vira, e permaneceu, inquieta, no umbral da porta. Havia uma sensação febril, de caos e pânico. Em todo caso, não havia dúvida de que todas aquelas horas e horas que ele passara entocado naquela sala não foram ociosas. Ele vinha trabalhando, conforme alegara.

Havia um monte de máquinas na sala — vários laptops, uma impressora, um scanner, outras coisas que ela não reconhecia —, todas elas ligadas em um emaranhados de fios e plugadas numa fileira de tomadas elétricas. Os interstícios de suas estantes estavam cheios de latas de refrigerante vazias, bebidas energéticas, e havia uma quantidade de roupas descartadas no assoalho — um short, algumas camisetas, uma meia enrolada — ao lado de muitas, muitas embalagens de barras de chocolate, embora ela nunca tivesse visto George Orson comer doces. Alguns livros também estavam espalhados aqui e ali — com suas páginas dobradas e recheadas de marcadores. *O pentagrama sagrado de Sedona. Fibonacci e a revolução financeira. A coisa no degrau. Um guia prático do mentalismo.*

E havia papéis espalhados por toda parte — alguns em pilhas, alguns amarrotados em bolotas e descartados, alguns documentos presos por fita adesiva às paredes numa colagem acidental. As gavetas do arquivo de pastas — aqueles cuja chave ele dissera que não conseguia encontrar — tinham sido retiradas, e as pastas abarrotadas estavam empilhadas em várias torres por toda a sala.

Podia ser facilmente tomado pelo aposento de uma pessoa maluca, pensou ela, e uma sensação nervosa instalou-se no seu peito, uma pedra lisa e vibrante formando-se logo abaixo do seu esterno enquanto entrava na sala.

— Oh, George — suspirou, e não conseguia decidir se era assustador, triste ou tocante imaginá-lo emergindo dia após dia dessa sala como seu eu normal e alegre. Saindo desse tsunami com os cabelos penteados e um sorriso arrumado para fazer o jantar dela e tranquilizá-la, ver um filme com os braços lançados gentilmente sobre seu ombro, a atividade frenética do dia encerrada e trancada além da porta da sala de estudos.

Ela sabia muito bem que não devia mexer em nada. Não havia jeito de saber que princípio organizacional estava em ação aqui, embora parecesse não haver nenhum. Pisou com atenção, como se fosse um lago coberto de gelo recém-formado, ou a cena de um crime. Estava fazendo o certo, ela pensou. Ele prometera contar tudo e, se não tinha contado, era direito dela descobrir. Era mais do que justo, pensou, embora também estivesse constrangedoramente consciente daquelas histórias fantásticas que a amedrontavam quando era criança. *Barba Azul*. *O noivo ladrão*. Todos aqueles filmes de horror em que meninas entravam em quartos onde não deveriam entrar.

O que era paranoia, ela sabia. Não acreditava que George Orson pudesse machucá-la. Ele mentiria, sim, mas estava segura, positivamente, de que ele não era perigoso.

Ainda assim, ela se esgueirou como um invasor e podia sentir o pulso batendo rápido ao dar um passo surdo após outro, escolhendo um caminho lento através da confusão, caminhando com passos deliberados ao longo da borda do aposento.

Os papéis colados às paredes eram, em sua maioria, mapas. Ela viu — mapas de estradas, topografia, closes de grades de ruas e linhas costeiras intrincadamente detalhadas — locais que ela não saberia reconhecer. Espalhados ao longo desses mapas havia alguns itens de notícias que George Orson imprimira da Internet: "Promotores dos Estados Unidos indiciam 11 em caso de fraude de identidade maciça", "Nenhum progresso no caso do universitário desaparecido", "Tentativa de roubo de agente biológico frustrada". Ela olhou para as manchetes, mas não parou para ler os artigos. Eram tantos, cada parede da sala estava coberta por folhas. Talvez ele *tivesse* perdido a cabeça.

E então ela notou o cofre. O cofre da parede que ele havia mostrado a ela no primeiro dia que chegaram, quando aquela sala era apenas mais uma das curiosidades empoeiradas que ele mostrava a ela. Quando George Orson jovialmente lhe dissera que não tinha a combinação.

Mas agora o cofre estava aberto. A pintura que o escondia, o retrato dos avós dele, fora afastada, e a grossa porta de metal do cofre estava escancarada.

Num filme de terror, esse seria o momento em que George Orson apareceria na porta da sala atrás dela.

— O que acha que está fazendo? — sussurraria ele, e ela sentiu o pescoço arrepiar, embora não houvesse ninguém na porta atrás dela, e George Orson tivesse partido há muito tempo, a caminho da cidade.

Mas Lucy continuou caminhando até o cofre, porque estava cheio de dinheiro.

As notas estavam em maços, como a gente via nos filmes de gangster na TV, cada pilha com a espessura de meia polegada, envolta por um elástico e empilhada em colunas organizadas, e ela estendeu a mão para pegar um maço. Notas de cem dólares. Calculou que devia haver cerca de cinquenta notas em cada pacotinho preso por elástico e sopesou um deles na palma da mão. Era leve, não pesava mais do que um baralho, e ela passou os dedos pela pilha, sem respirar por um segundo. Havia trinta desses montinhos: cerca de cento e cinquenta mil dólares, ela calculou e fechou os olhos.

Estavam realmente ricos, pensou. Pelo menos havia aquilo. Apesar de suas dúvidas, apesar do caos dos papéis e do lixo, dos livros, dos mapas e das manchetes, pelo menos havia aquilo. E então Lucy se deu conta de que, até aquele momento, ela quase havia convencido a si própria de que teria de ir embora.

Sem pensar, encostou o dinheiro em seu rosto, como se fosse um buquê.

— Obrigada — sussurrou. — Obrigada, Deus.

16

Tinham combinado de se encontrar no saguão do Mackenzie Hotel, onde a mulher estava hospedada.

— Meu nome é Lydia Barrie — dissera a ele pelo telefone, e, quando ele lhe disse seu nome, houve um momento de hesitação.

— Miles Cheshire — repetiu ela, um tom cético na voz, como se ele lhe tivesse falado um nome artístico. Como se tivesse dito que seu nome era sr. Brisa.

— Alô? — disse ele. — Ainda está aí?

— Posso encontrá-lo em quinze minutos — disse ela de forma um pouco inflexível, pensou ele. — Tenho cabelos ruivos e estou usando um casaco preto. Não teremos dificuldades em nos encontrar.

— Oh — disse ele —, OK.

A voz dela era tão curiosamente corrida, tão estranha e abrupta que ele sentiu uma pontada de incerteza. Quando saiu distribuindo seus panfletos, havia imaginado que — na melhor das hipóteses — conseguiria poucas respostas de algumas adolescentes locais, talvez de um funcionário de uma loja de bebidas ou de uma garçonete, ou de uma aposentada curiosa e atenta, ou de algum desamparado interessado na recompensa. Era o tipo de interessado que geralmente encontrava.

Por isso a ânsia dessa mulher o deixava pouco à vontade.

Talvez devesse ter sido mais cauteloso, pensou. Talvez devesse ter deliberado mais antes de combinar um encontro, deveria ter preparado uma fachada mais convincente.

Tudo isso lhe veio à mente tarde demais. Tarde demais lembrou a carta que Hayden lhe mandara: *Pode haver alguém o vigiando e, odeio dizer isto, mas acho que você pode estar em perigo.* E agora ele pensava que não devia ter descartado tão rapidamente o aviso de Hayden.

Mas a mulher já tinha chegado ao saguão. Já estava olhando ao redor, e ele era a única pessoa parada ali. Ele olhou por cima do ombro, onde a garota da recepção falava avidamente ao telefone, totalmente desligada enquanto a mulher vinha na sua direção.

— Miles Cheshire? — disse ela, uma vez mais pronunciando o nome com um leve toque de ceticismo, e o que ele podia fazer? Assentiu com a cabeça e tentou sorrir de um modo que parecesse honesto e apaziguador.

— Sim — disse. Balançou o corpo, hesitante. — Obrigado por ter vindo.

Miles notou que ela era um pouco mais velha do que ele — algo entre 35 e 40, calculou —; uma mulher magra e admirável, com maçãs do rosto salientes, um nariz empinado e cabelos ruivos macios. Seus olhos eram grandes e cinzentos, intensos, não esbugalhados, mas salientes de um modo que ele achava enervante.

Também se deu conta de como estava mal-ajambrado, de jeans baratos e camisa esporte malpassada para fora da calça, mais do que desgrenhada, e provavelmente estava cheirando a cerveja e a peixe barato de botequim que havia comido no jantar. Lydia Barrie, por outro lado, vestia um sobretudo preto impermeável e brilhoso, e emitia um leve aroma de um perfume suavemente floral. Fixou o olhar nele, e suas sobrancelhas se arquearam ao examiná-lo de cima a baixo.

Tirou uma fina luva de tecido para apertar a mão dele, e a dela era macia e tratada a loção, muito fria. Mas foi ela quem tremeu quando os dedos de Miles tocaram a palma da sua mão. Ela encarava seu rosto diretamente com seus grandes olhos redondos e com desconfiada hostilidade.

— É impressionante — disse ela. — A pessoa no seu pôster também se chama Miles. — E ele observou-a fazer beicinho: uma lembrança desagradável. — O nome dele é Miles Spady.

Ele ficou ali, parado.

— Pois é — disse.

Obviamente, deveria estar preparado para isso. Havia encontrado esse pseudônimo anteriormente, lá no Missouri — era uma desagradável invenção da parte de Hayden, uma estocada secreta, poluindo o nome de Miles com o sobrenome do seu odiado padrasto —, e houve também aquela vez na Dakota do Norte em que Hayden se hospedara numa pousada usando o nome de Miles Cheshire.

Foi uma tolice sua dar a essa mulher seu nome verdadeiro, um erro estúpido, e ele tentou pensar. Deveria mostrar-lhe sua carteira de habilitação para provar sua própria honestidade?

— Pois é — disse ele de novo.

Por que não se preparara melhor? Por que não se vestira um pouco melhor, por que não memorizara uma explicação simples em vez de achar que podia improvisar?

— Na verdade, esse não é realmente o nome dele — disse Miles finalmente. Era a única coisa em que conseguia pensar e... ora, por que não? Por que não simplesmente contar a verdade? Por que continuava mantendo um jogo que há muito não estava ganhando? — Miles Spady — disse ele — é apenas um pseudônimo; ele faz isso o tempo todo. Usa o nome de pessoas que conhece com frequência. Miles é o meu nome, e Spady é o sobrenome de nosso padrasto. É uma piada, eu acho.

— Uma piada — disse ela. Seus olhos repousaram no rosto dele, e sua expressão vacilou enquanto seus pensamentos se recompunham.

—Você é parente dele — disse ela. — Posso ver a semelhança.

Pois é.

Aquilo o tocou. Era uma sensação peculiar, depois de tanto tempo.

Em todos os anos em que mostrara essa velha foto de Hayden, ninguém jamais fizera qualquer associação. Por um momento, ficou aturdido e então, finalmente, reduziu-se a outra pequena dúvida incômoda.

Eram gêmeos idênticos — obviamente existia uma semelhança —, então por que levou tantos anos para que alguém notasse aquilo? Miles achava que havia envelhecido de forma diferente de Hayden — seu rosto endureceu e ficou mais gordo —, mas, ainda assim, sempre se sentiu um pouco magoado de que ninguém se lembrasse de associar seu próprio rosto com aquele do rapaz no pôster.

Por isso, foi um alívio, até mesmo um consolo, ouvi-la dizer "semelhança". Era como se seu corpo se solidificasse pela primeira vez em... não podia lembrar quanto tempo.

Miles deu um suspirou.

— É meu irmão — disse finalmente, e foi uma grande libertação dizer aquilo, um grande alívio. — Há muito tempo que o estou procurando.

— Entendo — disse Lydia Barrie. Ela o encarou, e sua hostilidade esvaziou-se ligeiramente. Puxou uma mecha de cabelos para trás da orelha, e ele observou enquanto ela fechava os olhos, como se estivesse meditando.

— Então acho que temos algo em comum, Miles — disse ela. — Eu também estou procurando seu irmão há muito tempo.

Estava se sentindo sozinho: foi o que disse a si mesmo depois, quando começou a pensar que deveria ter sido mais cauteloso, mais circunspeto. Estava se sentindo sozinho, cansado, desorientado e farto de entrar em jogos, e que importância tinha aquilo? Que importava?

Sentaram-se no bar do Mackenzie Hotel. Ele tomou mais algumas cervejas, Lydia Barrie tomou gim-tônica, e ele lhe contou tudo.

Isto é... quase tudo.

Era desconcertante, verificou, assim que começou a colocar toda a história em palavras. Sua infância inacreditável — que, mesmo no resumo mais ameno, soava como uma história em quadrinhos. Seu pai mágico/palhaço/hipnotizador. O atlas. Os colapsos nervosos de Hayden, as vidas passadas e as cidades do espírito, as várias identidades que ele habitou, os e-mails, as cartas e as pistas que mapeavam uma caça ao tesouro que Miles vinha perseguindo havia anos. Talvez a coisa mais embaraçosa a admitir era que ele vinha seguindo esse rastro há mais de uma década e não fizera nenhuma aproximação.

Como explicar isso? Bastava dizer que eram irmãos — que Hayden era a última pessoa viva no mundo que compartilhava as mesmas memórias, a última pessoa capaz de lembrar como haviam sido felizes em determinada época, a última pessoa que sabia que as coisas poderiam ter sido diferentes? Bastava dizer que Hayden era um canal através do qual ele podia voltar no tempo, o último fio que o ligava ao que ele ainda encarava como sua vida "real"?

Bastava dizer que, mesmo agora, mesmo depois de tudo, ele ainda amava Hayden acima de qualquer coisa? Ele ainda ansiava pelo antigo Hayden de todo dia, o irmão que conhecera quando era criança, embora soubesse que aquilo poderia parecer loucura. Desesperada. Patológica.

— Eu honestamente não sei ao certo o que estou fazendo a essa altura — disse ele, dobrando as mãos sobre a superfície do bar. — Por que estou aqui? Na verdade, não sei.

Ao longo dos anos, imaginara-se contando a sua história para alguém — um terapeuta sábio, quem sabe; ou um amigo de que se tornara chegado —, quem sabe John Russell, dados o tempo e a proximidade; ou uma namorada, assim que se conhecessem bem e estivesse seguro de que ela não fugiria imediatamente. A garota da Matalov Novelties, Aviva, a neta da sra. Matalov, com seus cabelos tingidos de preto, brincos de esqueleto e olhos aguçados, simpáticos e perspicazes...

Mas ele nunca teria imaginado que a pessoa a quem finalmente se revelaria seria alguém como Lydia Barrie. Havia poucas pessoas tão improváveis como aquela mulher retesada, observadora, com um olhar de coruja, com suas luvas, sua capa de chuva e sua pele pálida e elegante, pensou ele.

Mesmo assim, foi fácil falar com ela. Lydia o ouviu atentamente, mas não pareceu duvidar do que ele lhe contava. Nada disso a surpreendia, disse ela finalmente a ele.

• • •

Lydia Barrie vinha procurando Hayden havia mais de três anos — ou, para ser exata, vinha procurando sua irmã mais nova, Rachel.

Hayden era noivo de Rachel. Ou tinha sido.

— Isso foi no Missouri — disse Lydia Barrie. — Minha irmã frequentava a Universidade do Missouri em Rolla, e seu irmão era professor dela. Chamava-se Miles Spady, era um estudante formado em matemática. Era supostamente britânico. Disse que frequentara Cambridge, seu pai era um professor de antropologia lá, e acho que ficamos um pouco deslumbradas quando ela veio para nossa casa com ele naquele dezembro.

"Éramos cinco mulheres. Rachel e eu, nossa irmã do meio, Emily, minha tia Charlotte e nossa mãe. Nosso pai morreu quando éramos jovens, então foi aquilo: era uma novidade ter um homem na casa.

"E, também, minha mãe estava muito doente. Tinha esclerose lateral amiotrófica e estava numa cadeira de rodas na época. Todos sabíamos que ia morrer logo e, por isso, sei lá, todo mundo queria que fosse um Natal maravilhoso, e tenho certeza de que ele percebeu aquilo. Ele foi muito encantador e gentil com nossa mãe. Ela não podia mais falar, mas ele se sentou ao lado dela e começou a conversar, contando sobre sua vida na Inglaterra, e...

"Acreditei nele. Foi bem convincente, pelo menos. Em retrospecto, percebo que seu sotaque me pareceu uma ligeira encenação, mas não pensei muito naquilo na época. Parecia muito esperto, muito agradável. Um pouco excêntrico, achei, um pouco *afetado*, mas nada que me deixasse especialmente desconfiada dele.

"Sem dúvida, não prestei muita atenção. Eu morava em Nova York, tinha voltado para casa apenas para alguns dias de férias e estava envolvida com minha própria vida, além de não ser muito chegada a Rachel. Tínhamos oito anos de diferença, e ela era... sempre uma garota muito quieta, fechada. Em todo caso, achei bobagem eles ficarem dizendo que estavam noivos, já que não pretendiam se casar antes que ela se formasse na universidade, e aquilo só aconteceria bem mais de um ano depois. Ela ainda estava no penúltimo ano na época.

"Então, em outubro do ano seguinte, cerca de cinco meses depois que minha mãe morreu, os dois desapareceram."

Lydia Barrie ficou reticente por um momento. Olhando para sua bebida. Miles ficou na dúvida se deveria contar a ela que Hayden era muito obcecado por órfãos. Como costumavam inventar jogos na infância em que os dois fingiam ser órfãos em perigo, órfãos em fuga, como adorava aquele livro infantil, O *jardim secreto*, sobre uma pequena órfã...

Mas talvez não fosse o melhor momento para mencionar isso.

— Fiquei tão zangada com ela — disse Lydia Barrie finalmente, baixinho. — A gente não vinha se falando. Eu fiquei preocupada porque ela não veio para o enterro da nossa mãe, tínhamos perdido o contato, e levou algum tempo até que eu soubesse que ela não estava mais estudando. E não havia meio de me comunicar com ela.

— Eles deixaram a cidade juntos, aparentemente, mas ninguém sabia para onde iam, e eles, na verdade... Bom, provavelmente você não vai achar ridículo se eu disser que eles sumiram.

Ela olhou para Miles com seus olhos grandes e proeminentes, e ele se deu conta de como sua pele era pálida, quase transparente, como um papel fino através do qual ele podia discernir suas veias delicadas. Observou enquanto ela erguia a mão e empurrava uma mecha de cabelos para trás da orelha.

— Minha família não viu mais Rachel desde então — disse Lydia Barrie.

Rachel, pensou ele. Lembrava-se daquele nome, o nome que lhe fora dado pelos amigos de Hayden do departamento de matemática.

Aquela garota, espiando para fora pela porta da casa em ruínas alugada, a porta de tela com a aba rasgada, o sofá empoeirado plantado debaixo dos janelões da frente.

Aquilo lhe veio como um choque. Sua própria aparição na história que Lydia Barrie vinha contando. Ele a acompanhava quase abstratamente, imaginando aquela cena de dezembro, Hayden na sala de estar com a mãe muda e trêmula, os dois olhando para a lareira, à sombra de uma árvore de Natal iluminada; Hayden à mesa do café da manhã com essas mulheres, passando manteiga na torrada e falando com seu sotaque britânico teatral que, lembrou Miles, era um de seus favoritos; Hayden colocando o braço sobre o ombro de Rachel Barrie enquanto pacotes embrulhados para presente eram distribuídos e um cântico de Natal tocava no som estereofônico.

Viu tudo isso em sua cabeça enquanto ouvia, como se estivesse assistindo a vídeos domésticos granulados e docemente tristes de estranhos. Então, abruptamente, o olho de Rachel Barrie apareceu na fresta da porta e o fitou.

Sei quem você é, disse ela. *Eu vou chamar a polícia.*

Os dois, Miles e Lydia, ficaram sentados no bar, mudos. Ela ergueu o copo e, embora houvesse outras pessoas em volta conversando e rindo, e música tocando, ele notou o leve som de xilofone do gelo chacoalhando no seu copo.

— Acho que vi sua irmã uma vez — disse ele. Vendo a expressão dela se iluminar, continuou rapidamente. — Em Rolla — disse. — Foi há uns cinco anos. Deve ter sido logo depois que eles...

— Entendo — disse ela.

Ele deu de ombros arrependido — sabia como essas centelhas de informação podiam acender e depois extinguir-se. As decepções repetidas, o desânimo.

— Lamento — disse ele.

— Não, não — disse ela. — Não quis parecer... desapontada. — E baixou o olhar para o copo, tocando a condensação ao longo da borda. — Faz séculos que não encontro alguém que a tenha visto realmente. Por isso me diga tudo o que lembra. É importante e útil, mesmo as menores coisas. Ela chegou a falar com você?

— Bem... — disse ele.

Parecia haver uma intimidade na maneira como ela o olhava, esperando, abatida e tristemente esperançosa. O que podia contar para ela? Tinha falado com outras pessoas, outros estudantes formados com os quais ela sem dúvida também falara; fora até aquela casa, onde Rachel morava, ela viera até a porta brevemente, mas não tinha dito muito, tinha? Apenas ameaçara chamar a polícia — o que o havia assustado, ele achava. Era um covarde em relação à autoridade, sempre achara que os tiras tomariam partido contra ele, como, afinal, seria possível explicar uma pessoa como Hayden, sem parecer maluco? *Sei quem você é*, dissera Rachel. *Eu vou chamar a polícia.*

E por que ele não fora mais persistente? Por que não forçou a entrada, não se sentou com a pobre garota e lhe disse exatamente quem ele era e quem Hayden era?

Podia tê-la ajudado, pensou. Podia tê-la salvado.

Olhou de novo para sua mão. Mesmo em gêmeos idênticos, as impressões digitais, as linhas da palma da mão, eram distintas e por um momento ele imaginou contar a Lydia esse fato avulso, não sabia por quê.

• • •

No começo, Lydia tinha tentado contatar as autoridades. Mas elas não se mostraram particularmente interessadas ou prestativas.

Depois, houve uma série de detetives particulares.

— Mas era muito caro — disse ela. — Não sou rica e, de qualquer modo, nunca consegui contratar alguém particularmente brilhante. Eles simplesmente seguiam por um beco sem saída atrás do outro, cobrando-me por hora, mais diárias o tempo todo, sem chegar a lugar algum. Nem com relação a seu irmão.

"Aqueles detetives gastavam, sei lá, centenas e milhares de dólares e voltavam para mim com pistas ridículas. Uma caixa postal em Sedona, Arizona. Uma companhia de pesquisas da Internet em Manada Gap, Pensilvânia. Uma pousada abandonada em Nebraska. E então um deles queria dinheiro para seguir algumas pistas internacionais, como as chamava. Equador. Rússia. África.

"Por algum tempo, acho que me convenci de que estava chegando a algum lugar. Que estava chegando perto, embora..."

Ela sorriu com um ar tenso e cansado, e Miles concordou com a cabeça.

— Sim — disse ele.

Ele conhecia a exaustão que uma pessoa começava a sentir depois de alguns anos. Tentar encontrar Hayden exigia uma resistência particular, uma paciência para pequenos detalhes que poderiam levar a lugar nenhum, a perseverança de um cartógrafo que mapeava uma linha costeira que serpenteava e se desdobrava no horizonte, e cujo fim você jamais alcançaria.

Às vezes pensava no outono depois da morte do seu pai. Foi quando Hayden ficou fascinado com números irracionais, com os números de Fibonacci e a relação dourada, fazendo desenhos de retângulos e de conchas de náutilos e enchendo meticulosamente páginas e páginas de um caderno de anotações com a extensão decimal infinita da relação.

Miles, por outro lado, achou seu primeiro semestre de álgebra quase insuportável. Olhava todas aquelas equações e não conseguia achar nelas qualquer *sentido*, nada a não ser uma teia de aranha por trás de sua testa, como se os números tivessem se transformado em insetos dentro de seu cérebro. Ficava sentado encarando os problemas — ou pior, começava a fazê-los, e suas soluções desviavam para um caminho inexplicavelmente errado, fazendo-o acreditar por um tempo que havia finalmente encontrado um método — só para descobrir que, na verdade, x não era igual a 41,7. Não, x era igual a -1, embora não tivesse ideia de como aquilo fosse possível. Sentar-se diante de uma folha cheia dessas equações, noite após noite, era a pior fadiga que já experimentara, até o ponto em que sua mente parecia carcomida e transformada numa renda fina de fios quase sem peso nenhum.

— Ora, *por favor* — dizia Hayden, depois pegava gentilmente o papel de Miles e mostrava a ele, mais uma vez, como era fácil. — Você não passa de um bebê grande, Miles — zombava. — Preste atenção. É simples se você fizer passo a passo.

Mas Miles estava frequentemente perto das lágrimas àquela altura.

— Não consigo — dizia. — Não consigo pensar direito!

Era aquela frustração, aquela sensação de inutilidade que depois lembraria quando começou a procurar por Hayden. Podia ver o mesmo sentimento na expressão de Lydia Barrie.

Lydia passou os dedos suavemente pelos cabelos e olhou criticamente para seu copo alto, que estava vazio, exceto por uma fatia de limão dobrada em posição fetal no fundo. Estava um pouco embriagada, pensou Miles, e parecia menos refinada e digna. Seus cabelos não tinham voltado à sua forma previamente esculpida, e algumas mechas estavam desalinhadas. Quando o evasivo barman de rabo de cavalo veio ver se ela queria outro drinque, ela assentiu com a cabeça. Miles ainda se ocupava com a sua cerveja.

O bar era escuro e sem janelas, e replicava a sensação agradável da noite, embora do lado de fora o sol ainda brilhasse.

— Engraçado — disse Lydia, e observou tristonha enquanto, primeiro um guardanapo, depois um novo copo cheio foram colocados no balcão à sua frente. — Sinceramente, acho que gastei trinta mil dólares naqueles detetives e depois de algum tempo acho que só continuei na luta porque não queria acreditar que a coisa toda era um desperdício.

"Não sei — disse ela, tomando fôlego. — Acho que posso entender por que Rachel partiu e nunca mais me procurou. Posso entender por que não queria falar comigo. Eu lhe disse algumas coisas pouco generosas quando ela não veio para o enterro da nossa mãe. Disse coisas de que me arrependo.

"Mas ela não procurou nossa irmã Emily também. Ou tia Charlotte. Entendo que se sentisse muito infeliz e talvez ficasse tão arrasada com a morte da nossa mãe que não era capaz de encarar os fatos.

"Mas quem simplesmente abandona sua família daquele jeito? Que tipo de pessoa decide que pode jogar tudo fora e... *reinventar-se?* Como se você simplesmente pudesse descartar as partes de sua vida que você não quer mais.

"Às vezes acho que, bem, é aí que nós estamos, como sociedade. Foi a isso que as pessoas chegaram nos dias de hoje. Nós não damos valor às relações."

Olhou para ele e a compostura que mostrara quando se encontraram dissipou-se. Havia uma aura precária no ar, um peso enervante.

— Já fiz coisas erradas — disse ela. — Dormi com algumas pessoas e nunca voltei a falar com elas depois. Deixei um emprego. Saí na sexta-feira e não telefonei nem avisei meu chefe que tinha saído, ou coisa parecida. Simplesmente nunca mais voltei. Uma vez contei a um homem com quem trabalhava, que eu tinha estudado em Wellesley... Acho que estava tentando impressioná-lo e, quando ele me perguntou sobre pessoas que tinham se formado em Wellesley, eu fingi que as conhecia. Porque eu queria que ele gostasse de mim... Mas eu nunca *desapareci* — continuou ela. Sua mão fechou-se ao redor de sua bebida, e as pontas dos seus dedos com unhas pintadas achataram-se e branquearam ao pressionar o copo. — Eu nunca sumi de modo que ninguém pudesse me encontrar. Isso é um tanto extremo, não acha? Isso não é normal, é?

— Não — disse Miles. — Não acho que seja normal.

— Obrigada — disse ela. Ajeitou a roupa, endireitou-se, passou a palma da mão sobre a frente da blusa. — Obrigada.

Talvez fosse louca como ele, Miles pensou, embora não estivesse seguro de que fosse um pensamento consolador. Talvez houvesse pessoas pelo mundo afora cujas vidas Hayden tinha arruinado, formavam um clube, uma matriz que traçava linhas cruzadas sobre o mapa. Quem podia saber quantas eram? A influência de Hayden expandindo-se para fora como os números de Fibonacci que ele costumava recitar — 1, 1, 2, 3, 5, 8, 13, 21, 34, 55, 89... e assim por diante. Enquanto isso, Lydia Barrie havia apertado a base da palma da mão contra a testa e fechado os olhos. Miles achou que talvez tivesse adormecido e pensou também em ir dormir. Estava tão cansado, tão cansado, tantas horas dirigindo, tantas horas com a luz do dia e pensando, pensando.

Mas Lydia ergueu a cabeça.

— Acha que ela ainda está viva? — sussurrou.

Levou algum tempo para Miles entender o que ela estava perguntando.

— Sim — disse ele. — Não sei no que está pensando.

— Pensei que ele pudesse ter matado ela — disse Lydia Barrie. — Foi o que quis dizer. Acho que ela pode estar enterrada em algum lugar, em qualquer um daqueles lugares onde os rastreei, ou algum lugar que eu desconheça. É por isso que...

Mas ela não terminou. Não queria necessariamente continuar com essa linha de pensamento, por isso simplesmente ficou ali, a palma da mão apertada contra o rosto.

— Claro que não — disse Miles. — Não acho que ele...

Embora, na verdade, ele *acreditasse*. Imaginava, uma vez mais, sua velha casa em chamas, podia ver sua mãe e o sr. Spady em sua cama no segundo andar, talvez acordando tarde demais, o quarto cheio de fumaça, ou talvez nem sequer chegando a acordar, talvez se debatendo por apenas alguns segundos, suas pálpebras abrindo e depois fechando de novo enquanto o oxigênio sumia e o papel de parede se acendia com filetes de chamas.

Seria muito exagero imaginar que Hayden tivesse feito algo a Rachel Barrie?

— Tenho alguns papéis comigo lá em cima no meu quarto — disse Lydia Barrie com a voz espessa. — Tenho alguns... documentos.

Ele a observou enquanto erguia o copo de gim-tônica. Enquanto tocava a borda do copo com seus lábios.

— Acho que são autênticos — disse ela e sorveu demoradamente seu drinque. — Acho que poderão interessar a você.

17

À̀s vezes Ryan imaginava que via pessoas do seu passado. Desde sua morte, isso se tornara uma ocorrência regular, essas pequenas alucinações e truques de percepção.

Aqui, por exemplo, estava sua mãe, parada numa esquina movimentada da avenida Hennepin, em Minneapolis, de costas para ele, abrindo um guarda-chuva ao caminhar apressadamente através de uma multidão.

Aqui estava Walcott, sentado à janela de um ônibus cheio de ruidosos cantores de uma fraternidade estudantil. Isso era em Filadélfia, não muito longe de Penn, e Ryan ficou parado olhando enquanto eles passavam, cantando desafinados com Bob Marley.

Seus olhares se cruzaram, o dele e o de Walcott, e por um segundo Ryan podia ter jurado que *era* realmente ele, embora o Walcott no ônibus simplesmente deitasse um olhar sobre ele, a boca se mexendo, eles cantavam "Every little thing gonna be all right", e Ryan tinha consciência do movimento que o perpassava, a sombra de um pássaro ou de uma nuvem.

Essa seria a sensação de ver um fantasma, pensou, embora fosse ele o morto.

Sabia que não eram de fato eles. Tinha consciência de que era apenas uma teia passageira do inconsciente, uma sinapse detonada erroneamente pela memória, um retalho não digerido do passado brincando com ele. Deixara sua mente se soltar demais, pensou; não passava disso. Precisava colocar-se em foco. Precisava meditar, como Jay sugeriu.

— Você precisa encontrar o silêncio dentro de si mesmo — aconselhou Jay, e num dia em que ele voltou de uma viagem particularmente estressante ouviram juntos um dos CDs de relaxamento de Jay. — Visualize um círculo de energia próxima à base de sua coluna — ordenava a eles o CD, sentados em cadeiras no quarto de dormir escurecido, os pés nus sobre o assoalho. — Inspirem... expirem... Façam sua respiração ficar profunda e ritmada...

E *era* relaxante, na verdade, embora não chegasse realmente a ajudar. Na semana seguinte, em Houston, ele pensou ter visto Fada — seus cabelos mais compridos e escuros, mas reconhecíveis —, a imagem familiar de Fada, na verdade, fumando um cigarro no meio-fio diante do hotel Marriott, parecendo entediada e pensativa enquanto brincava com o aro fino em sua sobrancelha.

Não.

Não era ela, percebeu, pôde ver assim que desceu do táxi que a mulher tinha provavelmente 30 ou até 40 anos. Por que chegara sequer a pensar que havia uma semelhança? Era como se ela fosse Fada apenas durante um segundo, aparecendo apenas em alguns fotogramas rápidos no canto do seu olho. Outra brincadeira safada do seu cérebro para cima dele.

Ainda assim.

Ainda assim, pensou, não era inteiramente impossível — mesmo num país com trezentos milhões de habitantes — não estava além do domínio do possível que ele pudesse encontrar alguém que havia conhecido.

Na verdade, estava bastante seguro de que tinha visto sua antiga professora de psicologia, a srta. Gill, num bar do aeroporto em Nashville. Seu voo de conexão estava atrasado, e ele fazia hora no terminal do Aeroporto Internacional de Nashville, puxando sua mala de rodinhas por bancas de revistas, quiosques de fast-food e lojas de suvenir, procurando algum modo de se distrair, até que, de repente, estava ela: sentada no Gibson Café debaixo de alguma memorabilia de guitarras. Ela o observara casualmente enquanto ele passava. Então seus olhos se encontraram, e ele viu sua expressão se crispar, um choque de atenção percorrendo seu rosto.

Parecia que ela o reconhecera de algum lugar; ele a viu intrigada. De cabeça raspada, ele usava óculos escuros de aviador e um uniforme de segurança com mangas curtas, de modo que era surpreendente que ela olhasse duas vezes. Mas ela o fez. Não era ele um de seus antigos estudantes? Não se parecia com aquele rapaz que morrera — que havia cometido suicídio —, aquele que vinha faltando a suas aulas, que viera ao seu escritório para ver se havia algum jeito de fazer um trabalho para conseguir créditos extras?

Não. Ela não teria feito aquela associação. Ele apenas lhe parecera vagamente familiar, e ela o examinara por um segundo, uma professora triste e solteirona com um penteado feio e o queixo para dentro, talvez ela mesma tenha cogitado cometer suicídio, talvez tenha pensado naquele garoto que se afogou no lago e começado a imaginar como seria, ela mesma sempre pensara que monóxido de carbono seria uma boa saída, monóxido de carbono e pílulas para dormir, nenhum conflito...

Ele passou, e a professora encostou a vodca e o suco de *cranberry* aos lábios, então ele pensou sobre os áudios de meditação de Jay.

— O nível de energia seguinte fica perto da sua testa — dizia a mulher do CD, narrando em sua voz tranquilizadora, sonhadora e monótona. — Aqui fica o chacra do tempo, o círculo da luz do dia e da luz da noite em suas eternas passagens, que os guiarão para a percepção de sua alma. Deixe sua mente se liberar e, ao aceitar o poder e a admiração de sua própria alma, você perceberá a alma dentro de todos e dentro de tudo.

Pensou nisso enquanto entrava na fila no balcão de check-in da empresa aérea, e colocou os dedos levemente sobre a testa.

— É aqui que fica a glândula pineal — dissera Jay. — É daqui que vem sua melatonina e ela regula o seu ciclo de sono. Legal, não?

— Sim — dissera Ryan. — Interessante!

Naquele momento, no entanto, ele se perguntava o que a srta. Gill teria a dizer sobre tudo aquilo. Ela era cética, como ele se lembrava, e não tinha a menor paciência para aquelas bobagens *new age*. Ele olhou por cima do ombro.

Apesar desse papo de meditação, relaxamento e assim por diante, Jay também vinha se sentindo ansioso nos últimos tempos.

— Que merda, Ryan — disse. — Suas neuras estão começando a passar para mim. Estou com a porra dos seus faniquitos também, cara.

Ryan estava sentado diante de um dos laptops, abrindo uma conta bancária para uma de suas novas aquisições — Max Wimberley, 23 anos de idade, de Corvallis, Oregon — e ergueu o olhar, ainda digitando, preenchendo os blocos de informação no formulário.

— O que é faniquito? — perguntou ele.

— Sei lá — disse Jay, que estava no seu próprio computador, digitando a tecla Esc com o dedo indicador, e sacudiu a cabeça para a tela, irritado. — É uma daquelas expressões antiquadas do Iowa que meu pai usava. Algo como quando um ganso passa por cima da sua sepultura. Conhece a frase?

— Não exatamente — disse Ryan, e Jay soltou uma rajada abrupta e particularmente pesada de xingamentos.

— Não posso acreditar nisso — disse Jay e bateu com a palma da mão no teclado. Com tanta força que duas letras saltaram e caíram no chão fazendo um pequeno ruído, como um par de dados. — Mas que porra! — disse Jay. — Estou com um vírus nesse computador! É a terceira vez só nessa semana!

Jay afastou os cabelos do rosto, enfiou-os atrás das orelhas, penteando os lados da cabeça nervosamente com os dedos.

— Alguma coisa está acontecendo aqui — disse. — Estou com uma sensação ruim, Ryan. Não gosto disso.

Ryan não sabia ao certo o que pensar, Jay podia ficar temperamental às vezes. Gostava de agir como se fosse do tipo filosófico suave e relaxado, mas tinha suas próprias superstições, seus próprios medos e reações irracionais.

Por exemplo, aquela discussão que tiveram sobre as carteiras de habilitação. Isso foi quando Ryan deixou a universidade e começou a trabalhar para Jay, quando ele ia aos Departamentos de Trânsito, viajando por vários estados.

Na época, Ryan não entendia bem o que ele fazia. Achava que era de certo modo ilegal, mas um monte de coisas era ilegal e não fazia necessariamente mal a ninguém. Sua mente ainda estava concentrada em tentar entender o que estava acontecendo com ele. Sua decisão de deixar a universidade. Seu fracasso em ligar para os pais, a "busca" por ele, da qual acabara perdendo o controle. Ainda tentava ajustar-se à ideia de que Jay era seu verdadeiro pai, de que Stacey e Owen haviam mentido para ele durante toda sua vida.

Participar de uma atividade meio obscura de certo modo combinava com a confusão geral dos seus processos de pensamento na ocasião.

Além do mais, não era como se estivesse roubando um banco. Não era como se estivesse surrando velhinhas ou enganando órfãos. Em vez disso, passava muito tempo esperando. De pé numa fila, sentado em cadeiras de plástico encostadas à parede diante do balcão do Departamento de Trânsito, lendo cartazes de Procurados que eram colados às paredes, várias campanhas do serviço público sobre dirigir embriagado, usar os cintos de segurança e assim por diante.

Observava as outras pessoas fazendo seus testes e preenchendo seus formulários, prestando atenção às perguntas que eram feitas, às dificuldades em que esbarravam — sem o cartão da previdência social, sem a certidão de nascimento, sem o comprovante de residência.

Depois de um tempo, passara a se interessar particularmente pela questão da doação de órgãos. Para os funcionários, era uma questão rotineira: "Gostaria de se tornar um doador de órgãos?", perguntavam os funcionários, monotonamente, recitando: "Participar do cadastro de doadores é uma maneira de dar legalmente o consentimento à doação de seus órgãos, tecidos e olhos depois de sua morte, para propósitos autorizados pela lei. Você poderia salvar até sete vidas através da doação de órgãos e melhorar a qualidade de vida de mais de cinquenta outras através da doação de tecidos e olhos. Posso aproveitar essa oportunidade para inscrevê-lo no cadastro?"

Ryan ficou surpreso ao ver quantas pessoas ficavam chocadas com essa pergunta. Em Knoxville, por exemplo, houve um velho hippie, de rabo de cavalo grisalho e short de jeans cortado, que riu bem alto. Olhou por cima do ombro para os demais, como se estivessem gozando dele. Ryan observou enquanto a risada do homem se apagou, como se pensasse brevemente em sua própria morte. Ser cortado e retalhado.

— Heh, heh — disse o homem, e então deu de ombros, fazendo um gesto expansivo com a mão. — Ora... claro que sim! — disse. — Sim, por Deus, por que não? — como se aquilo fosse um ato de bravura que impressionaria os demais.

Em Indianápolis havia a velha senhora com jaqueta e calças amarelo-limão que parou por muito tempo para pensar. Ela ficou muito séria, dobrando as mãos uma sobre a outra.

— Lamento — disse. — Não acreditamos nisso.

Em Baltimore, um sujeito com um ar durão de hip-hop, camiseta apertada sobre o peito musculoso e jeans arriado para mostrar sua cueca boxer afastou-se da funcionária com um horror genuíno, quase infantil.

— Não, minha senhora — disse. — Ora essa! — como se houvesse alguém à espera num quarto dos fundos com um serrote e um bisturi.

Quanto a Ryan, ele não tinha nenhum problema. Era um ato social básico, como doar sangue ou coisa parecida. Era a coisa certa a se fazer, pensou, até que voltou para casa naquele fim de semana com seu estoque de carteiras de identidade falsas.

— Que porra é essa? — disse Jay. Estava de bom humor até o momento em que começou a olhar a carteiras que Ryan lhe dera.

— Ryan, cara, você assinou todas essas carteiras de merda como doador de órgãos.

— Ahn... — disse Ryan. — Sim?

— Que merda! — disse Jay, e seu rosto ficou vermelho como Ryan nunca vira antes. Jay cultivava um ar desleixado, cabelos pretos e lisos caindo até os ombros, roupas vintage de lojas baratas. Mas sua expressão se tornou terrivelmente dura e ameaçadora. — Em que porra você estava pensando, cara? — disse Jay e rangeu os dentes abruptamente. — Perdeu a cabeça? Essas carteiras estão arruinadas!

— Mas... — disse Ryan. — Desculpe. Não entendo o que está dizendo.

— Meu Deus — disse Jay. — Ryan, o que acontece quando você acrescenta seu nome num cadastro estadual de doadores de órgãos? — E baixou a voz, ao falar lenta e retoricamente, enunciando. Cadastro. Doadores. Órgãos. Cada palavra era um balão que ele estourava com um alfinete.

— Não sei — disse Ryan. Estava atordoado e tentou falar com jeito, um cauteloso gesto de ombros como que se desculpando. Mas Jay não deixou de fuzilá-lo com os olhos.

— Percebe que você acabou de aceitar dar ao governo federal e estadual acesso a seu histórico particular médico e social? Qualquer confidência entre você e um médico agora não vale mais. Eles têm a permissão legal de examinar seus dados médicos atuais e antigos, testes de laboratório, doações de sangue...

— Não sabia disso — disse Ryan e olhou para Jay com insegurança. Será que ele estava brincando? — Tem certeza? Isso não parece...

— Não parece o quê? — disse Jay ferozmente.

— Não sei — disse Ryan de novo. Pensou: *Não parece verdade.* Mas não falou isso.

— Você não sabe — disse Jay. — Leu o contrato que assinou?

— Não assinei um contrato.

— Claro que você assinou a porra de um contrato — disse Jay, e agora sua voz estava tomada de asco. Desdém controlado. — Você simplesmente não leu, cara. Leu? Mandaram você assinar sobre a linha e você assinou, não foi assim? Não foi isso o que você fez?

— Jay — disse Ryan —, não era nem o meu próprio nome.

— Acha que isso tem importância? — disse Jay. — Os nomes naquelas carteiras são nossos. São como ouro para nós. E agora estão abertos à vigilância do governo. Totalmente inúteis! — Ele sacudiu uma das carteiras plastificadas entre o polegar e o indicador, enojado com ela, e então a jogou através da sala, onde ela bateu na parede com um tic. — Completamente. Arruinadas. Merda! Entendeu?

Havia coisas em Jay que ele ainda não tinha assimilado: as explosões de raiva imprevisíveis, as suas esquisitices filosóficas, os supostos fatos que pareciam fabricados, que Ryan achava terem sido pescados em sites de teoria conspiratória na Internet.

Jay acreditava realmente naquela história de chacras, por exemplo? Era sério quando consultava o tabuleiro Ouija na mesa de café, ou quando começava a dissertar sobre várias organizações tipo "governo das sombras" como a Agência Ômega e sociedades secretas como o Grupo Bilderberg e a Ordem da Caveira e dos Ossos em Yale e a rede de vigilância global Echelon...?

— Não temos ideia do que nosso governo está aprontando — dizia Jay, e Ryan concordava com a cabeça, inseguro. — É por isso que nunca me senti um criminoso — continuou. — As pessoas que controlam este país são os verdadeiros gangsters. Você sabe disso, não? E, se você obedecer suas regras, nada mais é do que escravo deles.

— Ã-hã — disse Ryan, tentando ler a expressão de Jay.

Estaria caçoando? Estaria meio maluco?

Houve ocasiões em que Ryan tinha a noção de que as escolhas que ele havia feito seriam vistas como incrivelmente temerárias para um observador de fora. Por que deixaria para trás pais estáveis, amorosos, e arriscaria a sorte com alguém como Jay? Por que abandonaria uma boa educação universitária para se tornar um bandidinho medíocre, um mentiroso profissional e ladrão? Por que ficou tão aliviado por não fazer mais parte de sua boa família, a ponto de nunca mais ir à aula, nunca mais preparar um currículo e fazer uma entrevista para um emprego, de nunca mais tentar casar e formar sua própria família, e participar das várias alegrias cíclicas da vida da classe média às quais Owen fora tão apegado?

A verdade é que ele era mais parecido com Jay do que com eles; foi isso que eles nunca chegaram a perceber.

A vida de Stacey e Owen, pensou ele, não era mais real do que as dezenas que ele havia criado no ano passado, as vidas virtuais de Matthew Blurton ou Kasimir Czernewski ou Max Wimberley. A maioria das pessoas tinha identidades tão rasas que você podia facilmente administrar uma centena delas simultaneamente, pensava ele. Sua existência mal roçava a superfície do mundo.

Claro, se você quisesse, podia habitar uma ou duas personalidades que acumulassem mais peso. Se você quisesse, disse Jay, podia ter esposas, famílias até. Ele disse que conhecia um sujeito que participava de um conselho municipal no Arizona e que podia também administrar um negócio imobiliário em Illinois, e que também era caixeiro viajante, com mulher e três filhos na Dakota do Norte.

E havia ainda pessoas que podiam ser, na verdade, um único indivíduo significativo. Você teria de começar a trabalhar em cada personagem desde o início, pensou Ryan, desde a infância, talvez. Você necessitaria de alguma confiança precisa e foco e todos os elementos abstratos de sorte e circunstância teriam de se arranjar ao seu redor. Como, por exemplo, tornar-se um astro de rock, construir sua fama e um nome para si mesmo, trabalhar com afinco para conquistar o olhar do público. Pensou muito naquilo, gostou da ideia de se tornar um respeitado cantor e compositor, mas sabia também que nunca seria bom o bastante. Podia sentir suas próprias limitações, podia intuir os bloqueios que estavam sempre no caminho daquela ambição particular e, sinceramente, se sabia que era provável que fracassasse, então que sentido tinha aquilo tudo? Por que se dar ao trabalho? Se você pudesse ter dezenas de vidas menores, isso não somaria uma grande vida?

Pensou nisso de novo ao procurar seu caminho no aeroporto em Portland, Oregon. O carro alugado seguramente abandonado, o celular pré-pago esmagado debaixo da sola do seu sapato e jogado numa lixeira, a carteira de habilitação novinha em folha no nome de Max Wimberley e a passagem de avião apresentada ao agente de segurança na frente da fila de passageiros, sua mochila, seu laptop, os sapatos, o cinto e uma carteira colocados em tubos plásticos e despachados através da máquina de raios-X ao longo da esteira, e então ele mesmo, Max Wimberley, adiantou-se e passou através do detector de metais em forma de porta. Tudo sem incidente. Tudo simples, sem problema, nada com que se preocupar. Max Wimberley podia andar pelo mundo com muito mais facilidade e graça do que Ryan Schuyler jamais conseguiria.

— OK — murmurou para si mesmo. — OK.

Sentou-se na área de embarque com um shake de chocolate e iogurte gelado e uma cópia da revista *Guitar*, a mochila no assento ao lado. Deu uma olhada rápida e sub-reptícia às outras pessoas nos assentos ao seu redor. Mulher de negócios jovem e retesada com um *palm pilot*. Casal idoso de mãos dadas. Cara asiático metido usando um boné do Red Sox etc.

Ninguém que parecesse familiar.

Não teve alucinações nessa viagem, e ele supôs que aquilo fosse um bom sinal. Os últimos vestígios de sua vida antiga estavam finalmente se apagando. A transformação era quase completa, pensou, e lembrou aqueles dias remotos em que andava de carro tentando compor uma carta para os pais na cabeça.

Queridos pai e mãe, pensou. *Não sou a pessoa que vocês acharam que eu fosse.*

Não sou aquela pessoa, ele pensou e lembrou aqueles estágios de Kübler-Ross de que Jay lhe falara. Era assim o sentimento de aceitação. Não só Ryan Schuyler estava morto; Ryan Schuyler nunca havia existido, em primeiro lugar. Ryan Schuyler era apenas uma concha que ele vinha usando, talvez ainda menos real do que Max Wimberley.

Olhou para seu cartão de embarque e podia quase sentir o resíduo de Ryan Schuyler exalando dele, um pequeno morcego espectral com um rosto humano, que se dissolveu num enxame de minúsculos mosquitos e se dispersou.

— OK — sussurrou, e fechou os olhos brevemente. — OK.

Era tarde e fazia calor quando ele chegou ao metrô de Detroit, à uma e quarenta e quatro da manhã, depois de uma conexão em Phoenix, e ele caminhou de forma determinada através do terminal adormecido até o estacionamento, onde a velha van Econoline de Jay estava à sua espera. Parou num posto de gasolina para comprar um energético e logo estava na rodovia interestadual, sentindo-se muito calmo, pensou, ouvindo música. Baixou as janelas e cantou por um tempo.

Ao norte de Saginaw, ele virou para oeste e pegou uma rodovia, depois uma estrada municipal de duas pistas, atravessou uns trilhos de ferrovia, as casas cada vez mais espaçadas, seus faróis iluminando os túneis de árvores, algumas delas começando a exibir folhas novas da primavera, outras mortas com esqueletos de galhos mumificados numa gaze de velhas teias de lagarta, somente com quadrados ocasionais de habitação humana talhados ao lado da estrada. Nos anos 1920, segundo Jay, a gangue Púrpura de Detroit tinha um dos seus esconderijos por aqui.

Finalmente, entrou numa estreita pista de asfalto que se transformaria numa estrada de terra que levava à cabana, bem no fundo da floresta. Eram quatro da manhã. Viu as luzes da varanda acesas e, ao encostar o carro, pôde ouvir que Jay estava com a música ligada, uma batida de um hip-hop da velha guarda, e notou que alguns dos computadores de Jay tinham sido jogados no cascalho da entrada de carros. Pareciam ter sido surrados com um taco de beisebol.

De fato, assim que Ryan desligou a ignição, Jay veio à varanda com um taco de alumínio em uma das mãos e um revólver Glock na outra.

— Que porra, Ryan — disse Jay, e enfiou o revólver na cintura da calça quando Ryan descia do carro. — Por que demorou tanto?

Em geral, Jay não costumava andar com armas, embora houvesse uma quantidade delas na cabana, e Ryan não sabia bem como reagir. Podia ver que Jay estava um tanto bêbado, um tanto chapado e de mau humor, por isso vigiou os passos ao atravessar o cascalho e aproximar-se da casa.

— Jay? — perguntou. — Qual é o problema?

Seguiu Jay pela varanda protegida por telas, passou pela estufa de ferro fundido e pela mobília barata de jardim, e entrou na sala de estar da cabana, onde Jay estava no processo de desmantelar outro computador. Estava desplugando vários fios e cabos USB do painel traseiro da máquina e, quando Ryan entrou, ele parou, correndo os dedos por entre os longos cabelos.

— Você não vai acreditar nisso — disse Jay. — Acho que um filho da puta roubou minha identidade!

— Está brincando — disse Ryan. Ficou de pé junto à porta, inseguro, e observou quando Jay ergueu o computador desconectado fora da mesa e o deixou cair pesadamente, como um bloco de cimento, no chão.

— Que quer dizer com "roubou" sua identidade? — disse Ryan. — Qual delas?

Jay ergueu o olhar vagamente segurando um cabo solto como se fosse uma cobra que tinha acabado de estrangular.

— Deus — disse ele —, não sei ao certo. Estou começando a me preocupar de que todas elas possam estar contaminadas.

— Contaminadas? — disse Ryan. Apesar do fato de que Jay portava um revólver e estava desmantelando computadores, ele ainda parecia relativamente calmo. Não estava tão intoxicado quanto Ryan pensara no início, o que tornava as coisas mais sérias. — O que você quer dizer com contaminadas? — perguntou.

— Perdi duas pessoas hoje — disse Jay, e abaixou-se, tirando um velho laptop de uma caixa de papelão que ele tinha empurrado para baixo de uma das mesas nos fundos da sala de estar. — Todos os meus cartões de crédito de Dave Deagle foram cancelados, portanto alguém deve ter entrado nele poucos dias atrás. Então comecei a ficar nervoso e comecei a repassar todo mundo, e aconteceu que alguém tinha limpado o dinheiro da conta de aplicações de Warren Dixon por uma duvidosa transferência eletrônica, e isso aconteceu, tipo, essa manhã!

— Está brincando — disse Ryan. Observou Jay ligar o laptop a vários plugues, viu a máquina começar a tremer ao iniciar o sistema.

— Gostaria de *estar* brincando — disse Jay, ao encarar duramente a tela enquanto ela cantava sua pequena melodia de inicialização.
— É melhor você sentar a bunda on-line e começar a checar suas pessoas. Acho que podemos estar sob ataque.

Sob ataque. Poderia soar tolo e melodramático, ali no meio do mato, naquela sala que parecia uma mistura de um alojamento de universidade com uma loja de consertos de computadores, o sofá da loja de departamentos cercado por mesas entulhadas com dezenas de computadores, latas de cerveja, embalagens de chocolates, impressoras, máquinas de fax, pratos sujos, cinzeiros. Mas Jay tinha enfiado o revolver na cintura do jeans e sua boca arreganhava-se para trás numa careta enquanto digitava, por isso Ryan não disse nada.

— Quer saber de uma coisa? — disse Jay. —Por que não compra passagens de avião para nós? Veja se consegue reservas para algum lugar fora do país. Qualquer lugar do terceiro mundo está ótimo. Paquistão. Equador. Tonga. Veja que promoções pode arranjar.

— Jay... — disse Ryan, mas sentou-se diante do computador como fora instruído.

— Não se preocupe — falou Jay. — Vai dar tudo certo para nós. Vamos ter de batalhar juntos, aqui, mas acho que vai dar tudo totalmente certo.

18

Lucy e George Orson estavam juntos na velha picape a caminho de uma agência dos correios em Crawford, Nebraska. Era o lugar perfeito para dar entrada em seus formulários para a obtenção de passaporte, segundo George Orson, embora Lucy não soubesse ao certo a razão de essa cidade ser melhor do que qualquer outra, de terem de viajar três horas quando havia seguramente uma porção de agências de correio esquecidas mais perto de casa. Mas não se deu ao trabalho de levar a questão adiante. Tinha muita coisa na cabeça naquele momento.

A sensação de alívio que experimentou ao descobrir as pilhas de dinheiro tinha começado a se dissipar, e naquele instante sentiu de novo uma palpitação no estômago. Lembrou aquela montanha-russa no parque de diversões de Cedar Point, em Ohio. Seu nome era Millenium Force, e tinha uma queda de quase cem metros, lembrou-se da espera, depois de ser presa aos cintos de segurança, o som pesado e metálico das engrenagens do trilho enquanto você era puxado lentamente ao longo da subida até o alto da montanha. Aquela antecipação terrível.

Mas ela tentava parecer calma. Estava sentada quieta no assento do passageiro da velha picape, observando George Orson trocar as marchas, vestindo a horrorosa camiseta cor-de-rosa que ele comprara para ela, com sua nuvem de borboletas sorridentes impressa no peito. Era a ideia que ele tinha do que uma menina de 15 anos deveria vestir...

— Faz você parecer mais nova — disse ele. — Essa é a ideia.

— Me faz parecer retardada — disse ela. — Talvez eu devesse agir como uma deficiente mental? — E mostrou a língua, dando um grunhido grave de garota das cavernas. — Não posso imaginar qualquer menina de 15 anos que usaria essa camiseta, a não ser que se encontrasse em algum tipo de situação familiar ou de educação especial.

— Ora, Lucy — disse George. — Você está ótima. Ficou bem no papel, é tudo o que interessa. Assim que estivermos fora do país, pode usar o que quiser.

E Lucy não discutiu mais. Simplesmente olhou malignamente para seu reflexo no espelho do quarto: uma estranha que ela detestara de imediato.

Estava particularmente incomodada com os seus cabelos. Não se dera conta de que era apegada à cor original deles — que eram castanho-avermelhados, com alguns destaques de ruivo — até ter visto como ficou depois de tingi-lo.

George Orson fora insistente em relação a isso — seus cabelos, disse, deveriam ser aproximadamente da mesma coloração, já que eram supostamente pai e filha — e ele voltou para casa dessa sua incursão à loja não só com a horrenda camiseta cor-de-rosa de borboletas, mas também com uma sacola cheia de tintura para cabelos.

— Comprei seis — disse ele. Colocou uma sacola de mercado sobre a mesa da cozinha e tirou uma caixa lustrosa com a imagem de uma modelo. — Não sabia decidir qual delas era a mais indicada.

A cor que ele acabou escolhendo chamava-se castanho-ferrugem, e Lucy tinha a impressão de que alguém tinha pintado seus cabelos com graxa de sapato.

— É só lavar algumas vezes — disse George Orson. — Está ótimo agora, mas parecerá completamente natural em dois dias de uso.

— Meu couro cabeludo dói — disse Lucy. — Em dois dias vou estar careca.

E George Orson colocou o braço ao redor do ombro dela.

— Não seja ridícula — murmurou ele. — Você está incrível.

— Humm — disse ela e se olhou no espelho.

Não estava *incrível*, com certeza. Mas talvez parecesse uma garota de 15 anos.

Brooke Catherine Fremden. Uma garota sem graça e sem amigos, talvez patologicamente tímida. Talvez um pouco parecida com sua irmã, Patricia.

Patricia tinha ataques de ansiedade. Era no que Lucy pensava, sentada na picape a caminho de Crawford, seu coração vibrando de modo esquisito no peito. Patricia exibia todo tipo de sintomas bizarros quando tinha um "ataque": sua testa e seus braços ficavam amortecidos, tinha a sensação de percevejos nos cabelos, achava que sua garganta estava fechando. Muito melodramática, Lucy pensava então, sem nenhuma simpatia. Ela se lembrava de ficar no umbral da porta do quarto, comendo um pedaço de torrada impacientemente, com sua mochila pendurada no ombro enquanto sua mãe insistia com Patricia para respirar num saco de papel. — Estou sufocando! — dizia Patricia ofegante, a voz abafada pelo papel pardo. — Por favor, não me obrigue a ir à escola!

Tudo parecia muito fingido para Lucy, embora ela soubesse que também não gostaria de ir para a escola se fosse Patricia. Isso foi durante um período em que um grupo de garotos particularmente malvados da sétima série haviam, por algum motivo, escolhido Patricia como alvo e criaram uma série de esquetes cômicos que a envolviam como personagem, "srta. Patty Fedorenta", que, segundo eles, era a apresentadora de um programa infantil com marionetes para os quais tinham uma série de vozes galhofeiras. Todo tipo de besteirol grosso de meninos que mostrava Patricia peidando, ou menstruando, ou com baratas rastejando em seus pelos pubianos. Lucy podia se lembrar dos três na hora do almoço, Josh, Aaron e Elliot — ainda lembrava seus nomes estúpidos, três meninos magrelos e perversos fazendo encenações na mesa da cantina, rindo e caçoando até que o leite que bebiam lhes saísse pelas ventas.

E a própria Lucy nada fizera. Simplesmente observara estoicamente, como se assistisse a algum programa de TV particularmente repulsivo sobre a vida selvagem em que chacais matavam um bebê hipopótamo.

Coitada da Patricia! Pensava agora, e colocou a mão na garganta, que estava um pouco apertada, e seu rosto estava um pouco dormente e formigando.

Mas não ia ter um ataque de ansiedade, disse a si mesma.

Tinha controle sobre seu corpo e se recusava a deixá-lo entrar em pânico. Colocou as mãos sobre as coxas e expirou o ar devagar, olhando fixamente para o porta-luvas.

Imaginou que todo aquele dinheiro do cofre estava ali dentro. E que não estavam numa picape, mas no Maserati, e não atravessando os morros arenosos do Nebraska, que, como podia ver, não eram sequer arenosos, mas um interminável lago de morros ondulados, cobertos por capim cinzento fino e pedras.

Estavam no Maserati e rolavam por uma estrada que dava para o oceano, um oceano mediterrâneo azul em que flutuavam alguns barcos a vela e iates. Fechou os olhos e lentamente começou a encher os pulmões de ar.

Quando os abriu, sentiu-se melhor, embora ainda estivesse numa picape e ainda no Nebraska, onde algumas formações rochosas esquisitas se amontoavam contra o horizonte. Chamavam-se platôs? Picos? Pareciam ser de Marte.

— George — disse ela, depois de ter se acalmado por um minuto ou mais. — Estava pensando no Maserati. O que vamos fazer com o Maserati?

Ele não disse nada. Ficara mudo por um período excepcionalmente longo, e ela achava que era aquilo que a deixara nervosa, a falta da conversa dele que, apesar de tudo, ainda poderia tê-la serenado. Desejava que ele botasse a mão na sua perna, como costumava fazer.

— George? — disse ela. — Ainda está vivo? Está recebendo transmissões? — E então ele se virou para encará-la.

— Você precisa perder o hábito de me chamar de George — disse George Orson finalmente, e sua voz não era suave como ela esperava. Era, na verdade, um tanto austera, o que foi decepcionante.

— Suponho que queira que eu o chame de "papai".

— Isso mesmo — disse George Orson. — Acho que poderia me chamar de "pai" se preferir.

— Péssimo — disse Lucy. — É ainda pior do que o chamar de "papai". Por que não posso simplesmente chamá-lo de David, ou sei lá.

George Orson olhou para ela com severidade — como se fosse realmente uma garota impertinente de 15 anos.

— *Porque* — disse ele —, porque você é minha filha. Não é respeitoso. As pessoas notam quando uma criança chama o pai pelo nome, especialmente num estado conservador como esse. E não queremos que as pessoas nos notem. Não queremos que se lembrem de nós quando formos embora. Isso faz sentido?

— Sim — disse ela. Manteve as mãos no colo e quando sentiu o coração palpitar exalou um suspiro. — Sim, papai — disse. — Isso faz sentido. Mas espero sinceramente, papai, que não vá me tratar nesse tom condescendente durante toda a viagem até a África.

Ele olhou para ela de novo e houve um lampejo de raiva em seus olhos, uma sugestão de fúria que a fez vacilar por dentro. Ela nunca o vira zangado de verdade antes e percebeu agora que não queria isso. Ele não seria um bom pai, ela percebeu. Nem sequer sabia o motivo, mas intuiu aquilo subitamente. Ele podia ser frio, exigente e impaciente com seus filhos, se chegasse a tê-los um dia.

Ela pensou isso, embora a expressão dele se abrandasse quase imediatamente.

— Ouça — disse ele. — Querida, estou só um pouco nervoso com isso. É negócio muito sério, agora. Você precisa se lembrar de reagir ao nome "Brooke" e tem de estar segura de que nunca, nunca mesmo, vai me chamar de George. É muito importante. Sei que é difícil se acostumar, mas é provisório.

— Entendo — disse ela e assentiu com a cabeça, olhando de novo para o porta-luvas. Pela janela podia ver uma formação rochosa que parecia um vulcão, ou um funil gigante.

— Está vendo aquilo ali? — disse George Orson/David Fremden. — Chama-se Chimney Rock. É um ponto histórico nacional.

— Sim — disse Brooke.

Era estranho ser filha de novo. Mesmo de mentirinha. Um longo tempo havia se passado desde que ela pensara sobre seu verdadeiro pai; durante meses e meses ela vinha represando essas lembranças, erguendo muros e paredes, rechaçando-as quando ameaçavam se materializar na sua consciência diária.

Mas, quando disse a palavra "papai", ficou mais difícil. Seu pai parecia insinuar-se em sua visão mental como que decantado, seu rosto redondo, suave e sincero; seus ombros grossos e a cabeça calva. Na vida, ele nunca parecera desapontado com ela e, embora Lucy não acreditasse em espíritos, em vida após a morte, também não acreditava, como Patricia, que seus pais pairavam sobre elas como anjos...

Ainda assim, ela sentiu um arrepio quando chamou George Orson de "papai". Uma pequena punhalada de culpa, como se seu pai pudesse saber que ela o havia traído. E, pela primeira vez desde sua morte, ele parecia se debruçar sobre ela, não zangado, mas apenas um pouco magoado, e ela lamentava.

Ela o havia amado de verdade, pensou.

Sabia disso, mas não era algo em que se permitisse pensar, por isso foi uma surpresa.

Ele havia sido uma presença retraída em sua casa, sem muita opinião sobre como educar meninas, embora Lucy acreditasse que ele tinha um temperamento mais parecido com o dela do que sua mãe. Ele era uma pessoa fechada, como Lucy, com o mesmo senso de humor cínico, e Lucy lembrava como costumavam escapar juntos para verem filmes de terror que sua mãe teria proibido — Patricia era o tipo de menina que tinha pesadelos por ver uma máscara de Halloween, ou até um cartaz de um filme, sem assistir ao filme em si.

Mas Lucy não tinha medo. Ela e o pai não assistiam a tais filmes pelas emoções. Assistir a filmes de terror era estranhamente relaxante, pois tanto para Lucy como para o pai eram uma espécie de música que confirmava a maneira como se sentiam em relação ao mundo. Um entendimento compartilhado e Lucy nunca se assustava, não para valer. Ocasionalmente, quando um monstro ou assassino saltava na tela, ela colocava a mão no braço do pai, aproximava-se mais dele, e trocavam um olhar. Um sorriso.

Entendiam um ao outro.

Tudo isso lhe veio à cabeça enquanto ela e George Orson rodavam sem dizer uma palavra, e ela pressionava a maçã do rosto contra o vidro da janela do passageiro, vendo uma nuvem de pássaros subir de um campo, formando um penacho ao sumir no céu. Os pensamentos não eram claramente articulados em sua mente, mas podia senti-los movendo-se rapidamente, juntando-se.

— No que está pensando? — perguntou George Orson, mas, quando ele falou, os pensamentos dela se dispersaram, romperam-se em fragmentos de memórias, assim como os pássaros se separavam de sua formação e voltavam a ser pássaros individuais. — Parece mergulhada em seus pensamentos — disse.

Papai falou.

Ela deu de ombros.

— Não sei — respondeu. — Acho que estou ansiosa.

— Ah — disse ele. E voltou os olhos para a estrada tocando o indicador de leve no centro de seus óculos escuros. — Isso é completamente natural.

Ele estendeu a mão e lhe deu um tapinha na coxa, e ela aceitou esse pequeno gesto, embora não estivesse segura se a mão pertencia a George Orson ou a David Fremden.

— É difícil no começo — disse ele. — Fazer a transição. Existe um obstáculo, e você tem de ultrapassar. A gente se acostuma a uma vida e a uma persona, e pode haver alguma dissonância cognitiva quando você faz a transferência. Sei exatamente do que está falando. — E correu a mão ao longo do volante, como se lhe estivesse dando forma, modelando-o a partir da argila.

— Ansiedade! — continuou ele. — Já senti isso, uma porção de vezes! E, você sabe, é particularmente duro da primeira vez, em especial porque você está tão investido daquela ideia do ego. Você cresceu com aquele conceito, acha que existe um *eu real* seu, e tem ligações de longa data, pessoas que conheceu, e começa a pensar nelas. Pessoas que você tem de deixar para trás...

Ele suspirou e ficou até levemente saudoso, talvez pensando em sua falecida mãe, ou no irmão que se afogara, muito tempo atrás, num passeio da família no pontão quando o lago ainda estava cheio de água.

Ou não.

Subitamente aquilo pareceu tão óbvio.

O que George Orson dissera a ela? *Já fui um monte de pessoas diferentes. Dezenas.*

Ela estava num universo alternativo havia muito tempo, pensou, e vinha flutuando atrás de George Orson como num transe. E então, abruptamente, enquanto rodavam na direção da distante agência de correio, ela se sentiu despertar. Houve uma vibração, uma elevação, e seus pensamentos se encaixaram no devido lugar.

Ele não tinha um irmão, pensou.

Ele não tinha realmente crescido no Nebraska. Nunca estudara em Yale; nada do que ele lhe dissera era verdade.

— Meu Deus — disse ela, e sacudiu a cabeça. — Eu sou tão burra.

Ele olhou para ela, seus olhos atentos e afetuosos.

— Não, não — disse. — Você não é burra, querida. Qual é o problema?

— Acabei de me dar conta de uma coisa — disse Lucy, e olhou para onde a mão dele repousava sobre sua perna. Aquela mão, ela a reconheceria em qualquer lugar, aquela mão que ela havia segurado, que colocara em seus lábios, uma palma pela qual a ponta dos seus dedos passearam.

— Seu nome não é realmente George Orson, é? — perguntou, e...

Ele ficou imóvel. Ainda dirigindo. Ainda usando aqueles óculos escuros que refletiam a estrada e o horizonte que rolava, ainda o mesmo homem que ela havia conhecido.

— George Orson — falou ela — não é o seu nome verdadeiro.

— Não — confirmou ele.

Ele falou aquilo gentilmente, como se estivesse dando más notícias, e ela pensou no modo como os policiais tinham vindo à sua porta no dia em que seus pais morreram, o modo como deram a notícia fazendo pausas cautelosas. *Tinha acontecido um acidente terrível. Seus pais foram gravemente feridos. Os paramédicos chegaram ao local do desastre. Não houve nada que os paramédicos pudessem fazer.*

Ela concordou com a cabeça e os dois se entreolharam. Houve um embaraço silencioso e terno. Isso não ficara entendido ontem, quando ele mostrou a conta bancária da Costa do Marfim, quando mostrou suas certidões de nascimento falsificadas? Não ficara óbvio?

Deveria ter ficado claro, imaginou ela, mas só agora começava a absorver a coisa toda.

Baixou o olhar para sua camiseta cor-de-rosa, seus seios comprimidos por um sutiã atlético.

— Aquela não é realmente a casa em que você cresceu, é? — disse ela, e sua voz também parecia comprimida. — O Farol. Toda aquela história que me contou. Aquela pintura. Aquela não era a sua avó.

— Humm — disse ele, e ergueu os dedos da coxa dela para gesticular vagamente num movimento de desculpas. — Isso é complicado — disse pesaroso. — Sempre acaba assim — disse ele. — Todo mundo se importa tanto com o que é real e o que não é real.

— Sim — disse Lucy. — As pessoas têm essa mania.

Mas George Orson apenas sacudiu a cabeça, como se não entendesse a ironia.

— Isso pode soar inacreditável para você — disse ele —, mas a verdade é que parte de mim realmente cresceu ali. Não existe apenas *uma* versão do passado, sabe? Talvez pareça loucura, mas com o tempo, depois que fizermos isso algumas vezes, acho que você vai entender. Podemos ser qualquer pessoa que quisermos. Você se dá conta disso?

"E no fundo tudo se resume a isso. Eu adorava ser George Orson. Coloquei muito raciocínio e energia nessa personalidade, e não era *fingido*. Eu não estava tentando enganar você. Fiz isso porque gostava. Porque me fazia feliz.

Lucy exalou um suspiro breve e entrecortado, pensando: caos de pensamentos.

— Por que escolheu ser um professor do ensino médio? — perguntou ela finalmente. Foi a única coisa que lhe veio claramente, o único pensamento que foi capaz de articular. — Não parece nada divertido.

— Não, não — disse George Orson, e sorriu esperançoso para ela, como se essa fosse exatamente a pergunta certa, como se estivessem de volta à sala de aula, discutindo a diferença entre existencialismo e niilismo, e ela tivesse erguido a mão e fosse sua estudante querida, e ele estivesse animado para explicar. — Foi uma das melhores coisas que já fiz — disse ele. — Aquele ano em Pompey. Sempre quis ser professor, desde criança. E foi ótimo. Foi uma experiência fantástica.

Sacudiu a cabeça, como se ainda estivesse em transe pela lembrança. Como se a escola secundária fosse uma espécie de terra exótica.

— E conheci você — disse ele. — Conheci você e nos apaixonamos, não foi? Não entende, querida? Você é a única pessoa no mundo com quem consegui conversar. Você é a única pessoa no mundo que me ama.

Eles se *amavam*? Ela imaginou que sim, embora naquele momento parecesse uma ideia estranha, uma vez que foi revelado que "George Orson" não era sequer uma pessoa real.

Pensar naquilo a deixava tonta e sensível. Se você tirasse todas as peças que compunham George Orson — sua infância na Pousada do Farol e sua educação nas melhores universidades, suas anedotas engraçadas, seu estilo sutilmente irônico de ensinar e o interesse terno e atencioso que mostrara por Lucy como sua estudante —, se tudo isso fosse uma invenção, o que sobrava então? Havia, presumivelmente, alguém dentro do disfarce de George Orson, uma personalidade, um par de olhos espiando: uma alma, ela supunha, que pudesse chamar assim, embora ainda não soubesse seu nome real.

A quem se dirigiam seus sentimentos: ao personagem George Orson ou à pessoa que o havia criado? Com qual deles ela vinha fazendo sexo?

Era um pouco como um daqueles jogos de palavras que George Orson gostava tanto de oferecer a sua classe — "Loopings estranhos", assim os chamava. *Moderação em todas as coisas, incluindo a moderação*, dizia. *A resposta a essa pergunta é não? Eu nunca digo a verdade.*

Ela podia lembrar o jeito como sorria quando dizia aquilo. Isso foi antes de ter qualquer ideia de que se tornaria sua namorada, muito tempo antes de imaginar que iria de carro a uma agência de correio em Nebraska com uma certidão de nascimento falsa e reservas para uma viagem à África. "Eu nunca digo a verdade," dizia ele à classe, era uma versão do famoso paradoxo de Epimênides, e então ele explicava o que era um paradoxo, e Lucy havia anotado, achando que podia cair num teste, talvez pudesse ganhar um crédito extra.

Estavam agora quase na periferia de Crawford e George Orson/David Fremden parou no acostamento para consultar o mapa que havia baixado da Internet.

Haviam parado na frente de um local histórico, e George Orson ficou sentado ali por um tempo, olhando para a tabuleta de metal com interesse.

Nomeada em homenagem ao capitão do Exército Emmet Crawford, um soldado de Fort Robinson, a cidade fica em White River Valley, no condado de Pine Ridge, e funciona como uma extensa área de ranchos de gado e fazendas. A trilha peleteira de Fort Laramie-Fort Pierre de 1840 e a trilha Sidney-Black Hills, ativas durante a corrida do ouro de Black Hills dos anos 1870, passavam por esta região. Crawford foi abrigo ou lar para personagens como o chefe Sioux Nuvem Vermelha; o antigo bandido David (Doc) Middleton; o poeta John Wallace Crawford; a desbravadora Calamity Jane; o batedor do Exército Baptiste (Little Bat) Garnier, morto a tiros num salão; o cirurgião militar Walter Reed, conquistador da febre amarela; e o presidente Theodore Roosevelt.

Era um triste capítulo da história, pensou ela.

Ou pelo menos achou triste, nessa conjuntura de sua vida. O que havia dito George Orson a sua classe certa vez? "As pessoas gostam de se contextualizar", falara. "Gostam de sentir que estão de certo modo conectadas com as forças maiores do mundo." E ela lembrou como ele havia inclinado a cabeça, como que dizendo: *Não é patético?*

"As pessoas gostam de pensar que o que elas fazem é realmente importante", dissera sonhador, pensativo, passando o olhar por sobre os rostos, e ela lembrou como seus olhos repousaram particularmente nela, o que a fez se mexer na cadeira, um pouco lisonjeada, um pouco perturbada. Ela devolveu o olhar para ele e acenou com a cabeça.

Pensando nisso, Lucy levou a mão à garganta, que continuava a ter aquela sensação de aperto, aquela sensação de um ataque de ansiedade.

As pessoas gostam de pensar que o que elas fazem é realmente importante.

Ocorrera a ela que, de fato, sua própria prova de identidade — a certidão de nascimento de Lucy Lattimore, o cartão da previdência social e assim por diante — estavam em Pompey, Ohio, ainda num saco plástico na gaveta de cima da escrivaninha de sua mãe, com as impressões dos pezinhos de Lucy quando bebê e seu histórico de imunização. Além de outros documentos que sua mãe julgava importantes.

Ela não se dera ao trabalho de levar consigo nada disso quando deixou a cidade com George Orson e percebia, então, que provavelmente tinha mais documentos de Brooke Fremden do que de sua verdadeira pessoa.

O que aconteceria com Lucy Lattimore agora?, ficou pensando. Se não entrasse mais no registro público, se nunca tivesse um emprego, ou tirasse uma carteira de habilitação, ou pagasse impostos, ou se casasse, ou tivesse filhos; se nunca morresse, existiria ainda daqui a duzentos anos, flutuando sem solução em algum computador em algum banco de dados de alguma repartição do governo? A certa altura não decidiriam expurgá-la da lista oficial?

E se ela pudesse ligar para alguém? E se pudesse falar com seus pais uma última vez e dizer a eles que estava sozinha, sem dinheiro e em vias de viajar para a África sob um nome falso? Que conselho poderiam lhe dar? O que ela perguntaria?

Mãe, estou pensando em não existir mais e estou ligando só para saber sua opinião.

O pensamento quase a fez rir, e David Fremden olhou para ela como se tivesse notado algum movimento. Com um ar atencioso de papai.

— Enfim — disse ele. — Acho que devemos seguir em frente.

19

Jay Kozelek estava parado no meio-fio diante do aeroporto Denver International quando um Lexus preto se aproximou dele e parou. Ele viu a janela opaca do motorista descer com um leve sibilo pneumático e um sujeito louro, magro e arrumadinho olhou para ele. Um cara jovem, cerca de 24 ou 25 anos. Mauricinho: era esse o termo correto?

— Sr. Kozelek, eu suponho? — disse aquela pessoa, e Jay ficou parado piscando os olhos.

Jay não sabia o que esperava, mas certamente não era aquilo — aquele almofadinha usando óculos de grife com aros de chifre, paletó esporte vistoso, gola rulê e com um sorriso de astro de cinema. Enquanto isso, lá estava Jay com sua velha mochila de andarilho e jaqueta militar de ponta de estoque, calça de moletom, cabelos puxados para trás e presos por elástico. Há algum tempo sem tomar banho.

— Hum — disse ele, e o cara abriu um sorriso largo, muito satisfeito, como se Jay tivesse contado uma boa piada. E aquilo era de fato uma piada, imaginou Jay, então tentou esboçar um sorriso encabulado, embora na verdade se sentisse vagamente nervoso. — Ei, Mike — disse Jay, muito jovial —, pra onde a gente vai? Para o seu iate?

Mike Hayden encarou-o. Nenhuma reação.

— Entre aí — disse Mike. Ouviu-se um clique e a porta de trás destravou, mas Jay hesitou só por um segundo antes de entrar e se sentar no banco traseiro, puxando sua mochila esfarrapada atrás de si.

Seria uma armadilha, talvez?

Era um carro novo em folha, com aquele doce cheiro químico de couro, impecável, e, enquanto Jay acomodava os joelhos, Mike Hayden virou-se e ofereceu sua mão.

— É um prazer — disse.

— Igualmente — respondeu Jay apertando a mão estendida de Mike, que estava fria e seca. Aparentemente não ia ser convidado para se sentar no banco da frente, que estava empilhado com papéis e com uma sacola amarrotada de fast-food, um laptop fechado e um monte de celulares — cinco deles, encaixados nos escombros como ovos em um ninho.

Seus olhos se encontraram e, embora ele não soubesse o significado do olhar demorado de Mike Hayden, havia uma expectativa nele, e Jay se recostou no assento traseiro como se tivesse recebido uma advertência.

— É maravilhoso enfim conhecê-lo pessoalmente, Jay — disse Mike Hayden. — Fico muito feliz que tenha decidido vir.

— Sim — disse Jay, e apoiou as costas no banco enquanto o carro acelerava, afastando-se suavemente da calçada e ganhando velocidade à medida que ziguezagueavam evitando o trânsito que se afunilava na saída do aeroporto e pegando a interestadual, enquanto nuvens de chuva avolumavam-se acima deles no vasto céu.

. . .

Jay e Mike Hayden tinham se encontrado pela primeira vez numa sala de chat on-line, um daqueles espaços ocultos e privados em que hackers e trolls tendiam a se encontrar, e se deram bem logo de cara.

Isso foi quando Jay morava numa casa em Atlanta com um bando de nerds de computador que se achavam revolucionários. The Association, era como chamavam a si mesmos, e Jay tentou alertar de que era o nome de uma banda horrível dos anos 1960.

— Sabem aquelas canções estúpidas? Como *Windy* ou como *Cherish*? E cantou um verso ou dois, mas eles simplesmente o encararam de forma cética.

Começava também a se dar conta de que era um pouco velho demais para morar com eles. Tinham algumas boas ideias de esquemas para ganhar dinheiro, mas eram apenas garotos, muito jovens, que passavam grande parte do tempo, sentados vendo filmes ruins de terror ou discutindo bobagens da cultura pop, como música, TV e histórias em quadrinhos, além de vários sites da Internet e memes que animavam brevemente seus companheiros de casa. Viviam chapados demais e eram muito preguiçosos para dar seguimento às coisas, mas para Jay era diferente. Ele tinha 30 anos de idade! Tinha um filho em algum lugar, embora a criança não soubesse que ele era seu pai. Um filho, com 15 anos. Ryan. Ele concluiu que já era tempo de entrar em negócios mais sérios.

— Sei o que quer dizer — comentou Mike Hayden, enquanto digitavam um para o outro na sala de chat. — Também estou interessado em negócios sérios.

Na época, Jay não sabia que o nome do outro era Mike Hayden. O cara era identificado pelo nome de usuário de "Breez" e era muito conhecido em certas comunidades da Internet. Todos os hackers na casa de Jay tinham grande respeito por ele. Falava-se que estivera envolvido num imenso apagão nacional, que conseguira fechar redes de força através de todo o Noroeste e Meio-Oeste; dizia-se que tinha roubado milhões de dólares de várias firmas bancárias importantes e que havia arquitetado a condenação de um professor da Universidade de Yale sob acusações de traficar fotos pedófilas.

— Eu não me meteria com aquele sujeito se fosse você — disse Dylan, um dos companheiros de casa de Jay, um garoto gorducho e barbado do Colorado que tinha 21 anos e o rosto em formato de batata doce. — Aquele cara é como o Destruidor, amigo — falou Dylan com sinceridade —, vai acabar com a sua vida só para se divertir.

— Hummm — disse Jay. Era estranho Dylan dizer aquilo, pensou, uma vez que ele e seus camaradas passavam boa parte do tempo fazendo brincadeiras maldosas e estúpidas na Internet, postando vídeos pornográficos bestiais no site do *bichon frisé* de uma velha senhora, o Maravilhoso Mundo Fofo, e carregando fotos grotescas de acidentes em murais de mensagem dirigidos a crianças; aterrorizando uma pobre garota que mantinha um site de tributo a um astro pop morto que todos eles detestavam, mandando centenas de pizzas para a casa dela e cortando a energia; invadindo o site da Fundação Nacional de Epilepsia com uma animação estroboscópica que, achavam eles, provocaria ataques nos epilépticos. Ficavam sentados fazendo imitações de convulsões e rindo maldosamente enquanto Jay os observava com uma reprovação inquieta. *Aquilo podia se tornar cansativo*, disse a Breez.

— "Cansativo" — disse Breez — é uma palavra educada para isso.

Eram cerca de três horas da manhã, e Jay e Breez estavam batendo papo on-line amigavelmente havia algumas horas. Era uma boa mudança de ritmo, pensou Jay, falar com alguém da sua própria idade, embora também o intimidasse. Breez escrevia frases complexas em parágrafos em vez de longos blocos de texto, e nunca errava a grafia das palavras nem usava abreviações ou jargão.

— Eu fico um pouco cansado desses pequenos trolls — disse Breez. — Todos os cacoetes e o senso de humor de ensino médio. Estou começando a achar que deveria existir um programa de eugenia para a Internet. Não acha?

Jay não sabia ao certo qual era o significado da palavra "eugenia", por isso esperou. Então escreveu: "Sim. Absolutamente."

— É legal conhecer alguém com algum bom senso — disse Breez. — A maioria das pessoas simplesmente não consegue aceitar a verdade. Sabe o que quero dizer. Será que eles acham que podemos continuar desse jeito, todo esse blá-blá-blá e baboseira, como se não estivéssemos à beira da ruína? Será que não conseguem ver? A calota ártica está derretendo. Temos zonas mortas nos oceanos que estão se expandindo astronomicamente. As abelhas estão morrendo, e as rãs. E o suprimento de água fresca está secando. A cadeia alimentar global está a caminho do colapso. Somos como os coelhos de Fibonacci, certo? Mais uma geração, daqui a dez, quinze anos ou mais, e teremos alcançado o fundo do poço. Matrizes de projeção básicas da população. Certo?

— Certo — disse Jay, e então observou a pequena palpitação do cursor.

— Vou contar-lhe um segredo, Jay — disse Breez. — Acredito no estilo de vida da ruína. A anarquia declarada não está muito distante. Muito em breve, teremos de começar a fazer algumas escolhas difíceis. Somos gente demais e receio que não vai demorar muito para a questão ser levantada: com que rapidez você pode eliminar três ou quatro dos seis bilhões de pessoas que habitam o mundo?

Você se livra deles da maneira mais justa e equitativa possível? Essa é a pergunta que a humanidade deveria começar a se fazer.

Jay ficou pensando. *O estilo de vida da ruína?*

— Existem certas porções da manada que merecem ser reduzidas, é o que estou dizendo — continuou Breez. — Ainda existe espaço na terra para pessoas como seus desprezíveis companheiros de casa catadores de meleca? O mundo não estaria melhor sem o tipo de pessoa que se torna banqueira de investimentos? Pode imaginar uma forma de vida mais baixa? Essas pessoas são tidas como inteligentes e talentosas. Frequentam Princeton, Harvard ou Yale, e depois se tornam "banqueiros de investimentos"? Pode imaginar um desperdício mais repulsivo?

E Jay não disse nada. O cara estava gozando? Seria um maluco?

Ainda assim, ficou impressionado com as coisas que Dylan lhe falou. "Aquele cara é o Destruidor", dissera Dylan. "Roubou provavelmente uma porrada de milhões de dólares..." E Jay podia sentir esses pensamentos vagarosamente se inclinando e fazendo rodar lentas rodas gigantes na sua cabeça. Ele estava muito drogado.

E, na verdade, ele tinha de se indagar: um sujeito como esse saberia coisas que Jay não sabia? Simplesmente prestava mais atenção, enquanto o resto do mundo apenas se deixava levar, sem tirar das coisas sua própria conclusão lógica?

O estilo de vida da ruína.

— Não sei ao certo o que dizer — respondeu Jay finalmente. — Existe uma porção de coisas sobre as quais não pensei tão profundamente ainda, para falar a verdade. — Fez uma pausa. — Parece que você é muito mais esperto do que eu — disse Jay.

Era um gesto de puxa-saquismo, sem dúvida, mas ele estava curioso. O que esse sujeito tinha além de conversa?

— Por que não liga para o meu celular? — digitou Breez. — Tenho uma insônia terrível. Pesadelos. Gosto do som de uma voz humana de vez em quando.

E foi assim que se tornaram amigos.

Foi assim que ficou sabendo que o famoso "Breez" era, na verdade, um sujeito chamado Mike Hayden, uma pessoa comum que crescera nos arredores de Cleveland e — seja lá o que mais conseguiu fazer, por mais rico e infame que fosse — ainda se sentia solitário. Estava à procura de alguém em quem pudesse confiar, dissera. *O que não é tão fácil de encontrar no nosso negócio*, disse.

— Sem dúvida — disse Jay, e riu para si mesmo melancolicamente. Ele e seus companheiros moravam num bangalô no bairro de Westview, sudoeste de Atlanta, e ele tinha de admitir, falou, que estava pensando em se mudar. Os rapazes se envolviam principalmente em bobagens de amador, disse ele. Ficavam sentados no estacionamento do lado de fora do BJ's Wholesale Club ou da Macy's ou do OfficeMax, procurando furos nas redes sem fio das lojas, colecionando números de cartões de crédito e de débito à medida que entravam nos registros. A coisa não parecia caminhar para lugar algum.

— Na verdade, não é uma má ideia — disse Mike Hayden. — Conheço um cara na Letônia que tem um computador onde você pode armazenar os dados, e ele conhece um cara na China que pode imprimir esses números em cartões virgens. As pessoas estão fazendo isso. Você pode conseguir uma colheita razoável, se for esperto e agressivo.

— É, bem — disse Jay —, esperto e agressivo não é a tônica por aqui. Não acho que nenhum desses garotos saiba o que está fazendo.

E Mike Hayden ficou pensativo.

— Humm — disse.

— Sim — disse Jay.

— E então, o que é que vai fazer em relação a isso? — disse Mike Hayden. — Vai ficar aí sentado esperando?

— Não sei — disse Jay.

— Se eu tivesse acesso a todos esses números que você coletou — disse Mike —, realmente poderia fazer alguma coisa com eles. É o que estou dizendo. Poderíamos trabalhar juntos.

— Humm — disse Jay. Estava escuro na casa, embora através de uma das portas Jay pudesse ver Dylan, seu rosto iluminado pela luz do computador, seus dedos percorrendo o teclado, e Jay baixou a voz, protegendo com a palma da mão em concha o bocal do celular em que falava.

— Preciso lhe falar a verdade — disse Jay. — Estou numa situação diferente da desses caras. Tenho de começar a pensar no futuro, se entende o que quero dizer. Estou com 30 anos tenho um filho por aí em algum lugar: um garoto de 15 anos, acredita nisso? Não estou mais na idade sonhadora da juventude, francamente.

Essa revelação levou Mike Hayden a uma pausa.

— Ora, Jay — disse ele finalmente. — Não sabia que você tinha um filho! Isso é tão assustador.

— Sim — disse Jay, e mudou de tom. — Um filho. Mas é complicado. Eu abri mão dele, tipo, para adoção, de certa forma. Para minha irmã. Ele não sabe que eu... que sou seu pai.

— Uau — disse Mike Hayden. — Deve ser uma coisa intensa.

— O nome dele é Ryan — disse Jay, e era legal, na verdade, contar isso a alguém, sentiu um brilho caloroso e paterno surgir subitamente. — É um adolescente. Acredita nisso? Parece inacreditável para mim.

— É tão legal — disse Mike Hayden. — Deve ser uma sensação maravilhosa... ter um filho de verdade!

— Acho que sim — disse Jay. — Ele não sabe de coisa nenhuma. É como um segredo terrível entre mim e minha irmã. A maior parte do tempo nem mesmo parece real para mim, sinceramente. Como se fosse um universo alternativo ou coisa parecida.

— Humm — disse Mike Hayden. — Sabe de uma coisa, Jay? Gosto do seu jeito de pensar. Gostaria de conhecê-lo. Quer que eu compre uma passagem de avião para você?

Jay não falou nada. Na sala de estar, podia ouvir seus companheiros de casa rindo de alguma brincadeira que tinham inventado recentemente, uma gozação com montagens de fotos de uma celebridade feminina. Não ganhavam dinheiro há semanas.

Enquanto isso, Mike Hayden ainda falava de Ryan.

— Pô, bem que eu queria ter um filho! — dizia. — Ficaria tão feliz. Tudo o que me resta é meu irmão gêmeo, e ele tem me decepcionado muito ultimamente.

— Que pena — disse Jay, encolhendo os ombros, embora percebesse que Mike Hayden não podia ver tal gesto pelo telefone. — Acho que você tem que trabalhar nesse tipo de relação, não é? Não pode esperar nada de mão beijada.

— É verdade — disse Mike Hayden. — É a grande verdade.

E agora aqui estava Jay. Uma semana depois, ele e Mike Hayden seguiam de carro para o leste a partir de Denver, ele e Breez, ele e o Destruidor viajando pelo Colorado, e Jay estava basicamente preparado para trair seus ex-companheiros de casa.

Não se sentia mal em relação àquilo. Eram realmente uns babacas, pensou, embora não pudesse deixar de se sentir nervoso, enquanto o céu escurecia sobre a rodovia Interestadual 76, e eles passavam por entre grossas colunas de vapor, que saíam da usina de açúcar de beterraba pouco depois de Fort Morgan, e por um bando de melros que se erguia do campo, uma longa formação flutuante. Era como se o mundo tivesse conspirado para parecer agourento.

Mudou de posição, pegou sua mochila e chegou-se um pouco para a direita. Era estranho estar no banco traseiro, como se Mike Hayden fosse um motorista de táxi ou um chofer, embora o próprio Mike estivesse perfeitamente relaxado com a situação.

— E como vai o seu filho? — perguntou Mike Hayden. E, quando Jay ergueu o olhar, ele pôde ver os olhos de Mike no retrovisor.

Deu de ombros.

— Ótimo — disse Jay —, imagino.

Foi esquisito. Embora ao mesmo tempo não houvesse ninguém no mundo com quem ele já tivesse falado sobre essa história.

— Não sei — disse finalmente. — Nós... Na verdade, para ser franco, Mike, nunca falei com o garoto. Sabe, depois que minha irmã o adotou... tive alguns problemas. Estive na cadeia por um pequeno período. E minha irmã, Stacey. Tivemos uma divergência, parte do problema tinha a ver com... ela não queria que ele soubesse. Não via sentido em confundi-lo, o que eu entendo, acredito, embora... é uma coisa difícil de encaixar na minha cabeça.

— Então... ele na verdade nunca conheceu você? — perguntou Mike Hayden.

— Não exatamente — disse Jay. — Minha irmã e eu não nos falamos desde que ele tinha um ano de idade. Duvido que tenha visto ao menos uma foto minha, exceto de quando eu era menino. Minha irmã tem sido realmente muito radical em relação a tudo isso. Quando ela corta alguém, ela corta mesmo, e ponto final. Tentei telefonar para ela uma vez. Sabe, eu estava curioso. Pensei que pudesse simplesmente dizer um "olá" para o menino, mas ela não quis saber. Até onde o garoto sabe, eu quase não existo.

— Uau — disse Mike Hayden, e de novo Jay viu o olhar, refletido no espelho retrovisor, fitando-o na traseira do carro. Um olhar surpreendentemente triste e compassivo, pensou Jay, embora também enervante. — Uau — repetiu. — É uma história incrível.

— Acho que sim — disse Jay, e deu de ombros. Para falar a verdade, ele não sabia como se sentir exatamente ali, no luxuoso e caro interior do Lexus; ali, com aquele inesperado Mike Hayden, com seu casaco esporte, suas unhas bem-tratadas e sua maneira formal, perguntando-lhe sobre esse monte de coisas tão pessoais.

Quando começaram a falar pelo telefone, tiveram algumas conversas muito longas e também sobre assuntos privados, não só sobre ideias de negócios, como sobre suas vidas. Soube da infância de Mike, do pai que era hipnoterapeuta, que havia cometido suicídio quando Mike tinha 13 anos; do padrasto abusivo; do irmão gêmeo, que era o favorito de todo mundo e que nunca errava, enquanto Mike era praticamente invisível.

— Eu era muito chegado a meu pai; depois que ele se foi, simplesmente me senti como um estranho em minha própria família — contou Mike a ele. — Tinha a impressão de que seriam mais felizes sem mim e, por isso, fui embora. Nunca mais os vi e acho que provavelmente nunca mais os verei.

— Sei o que quer dizer — falou Jay. — Era assim na minha família também. Stacey era dez anos mais velha e, tipo, era uma estudante estrela. Ficaram tão orgulhosos quando ela se formou em contabilidade. Uma merda de uma contadora! E eu tinha de ser, tipo, cheio de idolatria por ela. Uau! Que impressionante!

Mike Hayden achou aquilo hilário. "Cheio de idolatria. Uau! Que impressionante!" — repetiu, imitando o tom de voz de Jay. — Cara, você me mata.

Na opinião de Mike, Jay devia contatar seu filho. Ryan devia saber a verdade sobre sua adoção e todo o resto.

— Acho que ele merece saber a verdade — disse Mike Hayden. Não é uma situação legal com a sua irmã. Ela é muito controladora, não acha? E pense no pobre Ryan! Se as pessoas que você acha que o amam escondem algo muito importante de você, isso é uma traição. É uma daquelas coisas que fode com o carma do mundo inteiro.

— Não sei — disse Jay. — Ele provavelmente está melhor assim.

Mas, de certo modo, Jay levara o conselho a sério. Jay vinha, na verdade, pensando muito sobre essa situação desde que completara 30 anos, e a amizade e os conselhos de Mike Hayden foram importantes para ele.

Ao mesmo tempo, parecia esquisito estar falando sobre aquilo naquele momento, com aquele... estranho. Como jovem e irrequieto Mike Hayden. Era sempre esse o problema das relações virtuais, das amizades pela Internet, chamem-nas como quiserem. Havia sempre um choque, em que você percebia que a pessoa que você vinha construindo em sua mente — o simulacro, o avatar — não se parecia nem um pouco com a pessoa em carne e osso.

Indagava-se se fora uma ideia tão boa assim deixar Atlanta. Talvez, pensou, não devesse ser tão voluntarioso em relação aos esquemas em que a The Association estava envolvida; talvez não devesse ter mencionado o filho — e sentiu uma pontada de inquietação, imaginando o garoto, o filho, sentado pacificamente, na sua inocência, na casa de Stacey, "indo tão bem", escrevera sua irmã quando Jay foi para a cadeia pela primeira vez, quando Ryan era apenas um bebê. "Você fez uma coisa boa para ele, Jay, não se esqueça disso."

E agora Mike Hayden — Breez — sabia sobre ele. Lembrou de novo o que Dylan dissera sobre Breez: *Vai acabar com a sua vida só para se divertir.*

Enxugou as palmas das mãos molhadas nas pernas da calça, depois penteou os cabelos com os dedos enquanto passavam de Colorado para o oeste de Nebraska. Estavam ouvindo uma música clássica terrível, repetitiva, um negócio sinistro que parecia escalas tocadas ininterruptamente num piano.

A tarde caía quando encostaram na pousada. A Pousada do Farol, dizia o letreiro, mas o néon não estava aceso e o lugar parecia abandonado.

— Em casa afinal! — disse Mike Hayden, e manipulou a alavanca de câmbio com um floreio ao estacionar. Olhou por cima do ombro, sorrindo enquanto Jay erguia o olhar e emergia dos seus pensamentos no banco traseiro.

— Esta é a minha casa — disse Mike Hayden. — É a minha propriedade.

— Oh — disse Jay, e deu uma espiada. Era apenas uma velha pousada com um pátio e uma réplica de um farol na entrada, além de um cone de cimento pintado em faixas vermelhas e brancas como um poste de barbearia. — Humm — disse ele e tentou acenar a cabeça em apreciação. — Legal.

Jay e Mike seguiram o caminho que levava da pousada à velha casa na colina sem falar nada. Garoava, era final de outubro e o tempo não parecia saber se planejava chuva ou neve. O vento balançava o capinzal alto e seco de um lado para o outro.

A casa acima da pousada era um daqueles lugares que você via em ilustrações de Halloween, o tipo clássico de "casa mal-assombrada", pensou Jay, embora Mike agisse como se fosse uma maravilha arquitetônica.

— Não é de fundir a cuca? — perguntou. — O estilo é Queen Anne. Fachada assimétrica. Empenas com vigas em balanço. E a pequena torre! Não ama a torre?

— Claro — disse Jay, e Mike inclinou-se na direção dele.

— Consegui algumas coisas extremamente interessantes com essa propriedade — disse Mike. — A ex-proprietária morreu há três anos, mas seu número do seguro social ainda é válido. Então, para o registro oficial, ela ainda está viva.

— Ora, veja só — disse Jay. — Que legal.

— Espere, é ainda melhor — disse Mike —, porque ela tinha dois filhos. Ambos morreram jovens, mas acho que podem ser ressuscitados. A melhor coisa é que, se fossem vivos, teriam exatamente a nossa idade! George. E Brandon. Ambos se afogaram quando eram adolescentes. Foram nadar no lago e Brandon tentou salvar George. Acho que não deu certo.

Mike Hayden deu uma risada tensa, como se houvesse algo terrivelmente engraçado nesse fato que Jay não chegava bem a entender.

— Ouça — disse Mike. — O que acha de nos tornarmos irmãos?

— Hum — respondeu Jay. Olhou para o local onde repousava a mão de Mike, o alto do seu ombro, e não se retesou nem recuou. Era uma das vantagens que aprendera em seu ano de Vegas: uma expressão facial decente de pôquer.

Uma oportunidade lhe estava sendo oferecida. Estava sem saída em Atlanta, e aqui se apresentava uma chance de seguir em frente.

Importava que tivesse sido um pouco manipulado? Importava que, por um breve tempo, tivesse se aproximado de Mike Hayden — Breez — além do que a prudência recomendava? Importava que tivesse revelado informações pessoais? Importava que esse cara, não interessa o seu verdadeiro nome, agora conhecesse detalhes de sua vida íntima? De seu filho? Seus segredos?

Sim, claro que importava, seu imbecil. Tinha sido um tolo e Mike Hayden — ou seja quem fosse — sorria gentilmente. Como se Jay fosse um filhote de cãozinho na vitrine de uma loja de animais de estimação.

— Uma das coisas que posso lhe mostrar — disse Mike Hayden. — Existem algumas coisas fenomenais que a gente pode fazer com pessoas mortas. Tem alguma ideia de quantas propriedades não reclamadas existem neste país? É como War ou Banco Imobiliário ou algo parecido. Você pode parar em uma propriedade, e basicamente ela é sua, se você souber o que está fazendo.

Mike riu, e Jay riu um pouco também, embora não soubesse ao certo onde estava a graça. Tinham chegado à varanda da casa mal-assombrada, e Jay observou Mike tirar um chaveiro do bolso, um volumoso e tilintante molho de chaves. Quantas? Vinte? Quarenta?

Mas ele não teve dificuldade em achar a chave certa. Enfiou-a na fechadura pouco abaixo da maçaneta e, então, fez outro floreio com as mãos, como um mágico de palco: abracadabra.

— Espere até ver o interior — disse Mike Hayden. — Tem uma biblioteca. Com um cofre de verdade atrás de uma pintura! Não é de matar?

E então Mike Hayden se retesou... como se ficasse subitamente envergonhado com sua explosão de entusiasmo tolo, como se achasse que Jay pudesse caçoar daquilo.

— Fico tão feliz que vamos trabalhar juntos — disse. — Sempre senti falta de um irmão de verdade, sabe? Quando você nasce gêmeo, existe sempre uma parte de você que deseja aquela outra pessoa em sua vida. Aquele outro... irmão de alma. Isso faz algum sentido?

Ele abriu a porta e um cheiro estranho de mofado se fez sentir. Jay podia ver, logo além do saguão, além de uma extensão de tapete oriental desbotado, alguns móveis cobertos por lençóis e uma grande escadaria com um corrimão em espiral.

— Dei um jeito nos seus associados lá em Atlanta para você, a propósito — disse Mike Hayden. — Suspeito que os agentes federais já começaram a cercar os fedelhos, por isso... estamos livres daquela interferência, pelo menos.

Dito isso, ele e Jay entraram na casa.

PARTE TRÊS

Primeiro diga a si mesmo o que
você deveria ser e depois faça
o que tem de fazer.

— EPÍTETO

20

Na fotografia, o jovem e a garota estão sentados juntos num sofá. Ambos têm no colo pacotes embrulhados para presente e estão de mãos dadas. O jovem é louro, esguio e está agradavelmente à vontade. Olha para a garota e pode-se ver por sua expressão que está fazendo algum gracejo suavemente provocador que faz a garota começar a rir. Ela tem cabelos ruivos e olhos tristes, mas olha para ele com uma afeição aberta. É óbvio que estão apaixonados.

Miles ficou sentado ali, olhando para a foto, e não sabia ao certo o que dizer.

Era Hayden, com certeza.

Era o seu irmão, embora ninguém pudesse jamais acreditar que ele e Miles fossem gêmeos. Era como se esse Hayden tivesse sido criado desde o nascimento numa vida diferente, como se seu pai jamais tivesse morrido, como se sua mãe jamais tivesse ficado zangada, distante e desesperada com ele, como se Hayden nunca houvesse se entregado a seus discursos no quarto do sótão, suas mãos amarradas à cama com tiras de pano, berrando, sua voz rouca e histérica atravessando a porta, abafada, mas insistente: "Miles, me ajude! Miles, cubra meu pescoço. Por favor, por favor, alguém tem de cobrir meu pescoço!"

Como se aquele tempo todo um outro Hayden, normal, estivesse crescendo, indo para a universidade, apaixonando-se por Rachel Barrie. Ingressando no mundo da felicidade comum — a vida que deveria ter sido concedida a ambos, pensou Miles, bons meninos suburbanos de classe média que eram.

— Sim — disse Miles e engoliu em seco. — Sim. É o meu irmão.

Estavam sentados no quarto de Lydia Barrie no Mackenzie Hotel, em Inuvik, mas por um momento pareceu que não estavam em lugar algum. Aquele lugar, aquela cidade, os prédios delgados e encaixotados, com suas laterais de metal laminado, tão provisórios quanto um set de filmagem montado às pressas; esse quarto cercado de persistente e implausível luz solar insinuando-se por entre as frestas das cortinas da janela — tudo parecia tão menos real do que os jovens no retrato que não o teria surpreendido se viesse a saber que ele e Lydia é que não passavam de meras ficções.

Deixou a ponta do dedo repousar levemente sobre a superfície brilhante da foto, como se pudesse tocar no rosto do irmão, e então observou enquanto Lydia estendia o braço e gentilmente arrebatava a foto de suas mãos.

— Escute — disse ele. — Tem como eu conseguir uma cópia dessa foto? Gostaria muito de ter uma cópia.

Não havia maneira de explicar o sentimento de tristeza que ele experimentava, a sensação de que essa foto que ela estava guardando era quase uma imagem sobrenatural: uma foto do que poderia ter sido. Para si mesmo. Para Hayden. Para sua família.

Mas aquilo não faria sentido para Lydia Barrie, ele pensou. Para ela, Hayden era meramente um farsante, um artista da mentira, um impostor invadindo sua foto de família. Ela não se dava conta de que a pessoa que conhecera como Miles Spady era uma possibilidade real. Uma existência que poderia ter sido real.

— Imagino que você espera salvá-lo — disse Lydia Barrie, lançando a Miles um olhar demorado e inquisidor que ele não chegou a entender.

Ela tinha bebido muito naquela noite, mas não agia exatamente como uma bêbada. Não tropeçara nem coisa parecida, embora seus movimentos parecessem mais premeditados, como se tivesse de deliberar antes de executá-los. Mesmo assim, havia algo de muito preciso em sua maneira de se locomover. Era uma advogada, com certa graça de mulher da lei — um floreio no pulso ao colocar o envelope de volta ao seu lugar em sua pasta de couro, um clique rigorosamente coreografado ao abrir a maleta de executiva que combinava com a pasta, um elegante farfalhar de papel ao colocar seus documentos sobre a cama entre eles. Via-se que estava bêbada apenas quando se olhava em seus olhos, que tinham uma intensidade úmida desfocada.

—Você acha que só precisa conseguir localizá-lo para que possa de alguma forma convencê-lo a... o quê? — Fez uma pausa longa o bastante para que ambos pudessem notar o quanto o raciocínio dele era ilógico. — O que exatamente está pensando, Miles? — perguntou ela desanimada.—Acha que pode convencê-lo a entregar-se às autoridades? Ou talvez que possa convencê-lo a voltar aos Estados Unidos com você e fazer terapia ou alguma coisa assim? Acha possível que ele concorde voluntariamente em se deixar internar numa instituição?

— Não sei — respondeu Miles.

Era enervante ser tão transparente. Ele não sabia ao certo como ela articulara com tanta exatidão sua própria linha de pensamento, as ideias duvidosas que ele alimentara ao longo dos anos; mas, ao ouvi-las faladas em voz alta, tinha noção de como soavam frágeis e falhas.

Não tinha exatamente um plano, para dizer a verdade. Sempre pensara que, quando ou se finalmente encontrasse Hayden, teria de improvisar.

— Não sei — disse ele de novo, e Lydia Barrie fixou-o com seu olhar brilhante e fluido. Mesmo bêbada como estava, ele podia dizer que ela era uma promotora extraordinária; mortal, sem dúvida, durante o interrogatório.

Miles baixou o olhar com um sorriso envergonhado e arrependido. Ele também bebera bastante, e talvez por isso fosse tão fácil para ela ler seus pensamentos. Mas, pensou, na verdade ele também não era particularmente cauteloso. Aquele sempre fora o seu problema, até mesmo desde o ventre da mãe, deve ter sido lavado com algum químico amniótico, e fora escolhido desde o nascimento para ser o gêmeo crédulo, o dócil, facilmente manipulado.

— Ele não é quem você pensa que é, Miles — disse ela. — Você sabe disso, não sabe?

Ela já lhe havia exposto suas várias teorias sobre Hayden.

Com algumas delas, ele basicamente concordava.

Ele sabia, sem dúvidas, que Hayden era um ladrão, que havia fraudado numerosos indivíduos e corporações, que havia visado em particular várias firmas de investimentos bancários, das quais havia provavelmente roubado milhões de dólares.

Miles duvidava que uma soma tão grande estivesse de fato em jogo.

Quanto às outras acusações de Lydia Barrie, não tinha tanta certeza. Será que Hayden estaria mesmo envolvido em espalhar vários vírus, até aqueles que apagaram os computadores da Diebold Corporation por mais de quarenta e cinco minutos? Teria Hayden se apossado do telefone celular de uma herdeira do ramo hoteleiro por um breve tempo e convencido seu pai de que ela fora sequestrada? Seria seu irmão capaz de ter arruinado a carreira de um professor de ciência política da Universidade de Yale plantando fotografias pedófilas no seu computador? Seria ele apoiador e contribuinte financeiro de organizações terroristas, incluindo um grupo ambientalista que defendia a proliferação de armas biológicas como meio de retardar a superpopulação?

Será que Hayden orquestrara as suspeitas de desfalque que forçaram Lydia Barrie a deixar a firma jurídica de Oglesby e Rosenberg sob uma nuvem de acusações não verificadas que haviam prejudicado e talvez arruinado a carreira dela?

Era um exagero, pensou Miles, sugerir que Hayden estivesse envolvido em tudo isso. Coisas tão diferentes.

— Você o faz parecer uma espécie de supervilão — disse Miles e deu uma risadinha, para mostrar a ela como aquilo soava tolo. Mas Lydia Barrie simplesmente ergueu uma sobrancelha, em expectativa.

— Minha irmã está desaparecida há três anos — disse ela. — Não é o roteiro cômico de uma história de quadrinhos para mim. Eu levo isso tudo muito a sério.

E Miles se viu corar. Desconcertado.

— Certo — disse ele —, eu entendo. Não quis... fazer pouco da sua situação.

Baixou o olhar para suas mãos, para as pilhas meticulosas de papéis que ela havia arrumado para que ele examinasse, olhando para a manchete de um artigo de jornal que ela havia fotocopiado: "Promotores dos EUA indiciam 11 em caso maciço de fraude de identidade", leu ele. O que dizer?

— Não estou querendo inventar desculpas por ele — disse Miles. — Estou apenas dizendo que carece de credibilidade, sabe? Ele é uma pessoa só. E ele é, na verdade... Eu cresci com ele, não chega a ser um gênio. Quer dizer, se meu irmão fez tudo isso que você pensa que ele fez, não acha que alguém já teria conseguido apanhá-lo?

Lydia Barrie inclinou a cabeça e quando seus olhares se encontraram ela não rompeu o contato visual.

— Miles — disse —, você ainda não viu toda a informação que tenho aqui, não é verdade? Nós, você e eu, talvez sejamos os únicos capazes de levar seu irmão à justiça. Para tentar ajudá-lo, curá-lo, se quiser. Fazer com que responda por seus atos. Ele pode não ser um "supervilão", como você diz, mas acho que ambos concordamos que ele é um perigo para si mesmo. E para outras pessoas. Podemos concordar nisso, não podemos, Miles?

— Não acredito que ele seja maldoso — disse Miles. — Ele é.. perturbado, sabe? Sinceramente, acho que muito disso é só um jogo para ele. Costumávamos brincar com jogos desse tipo quando éramos crianças e, em muitos aspectos, ainda é a mesma coisa. Para ele é como interpretar um papel. Entende o que estou dizendo?

— Entendo — disse Lydia Barrie, e inclinou-se para a frente, sua expressão parecia quase triste, quase compassiva. — Você é uma pessoa muito sentimental — disse, e então sorriu, muito breve e suavemente, e pousou sua palma da mão fresca e macia sobre o pulso dele. — E muito leal. Admiro isso enormemente.

• • •

Ele tinha consciência de que havia uma possibilidade de que ela fosse beijá-lo.

Ele não tinha certeza do que pensava a respeito disso, mas podia sentir aquele movimento estranho e pesado no ar, como uma queda de pressão atmosférica antes do início de uma tempestade. Ela não entendeu o que tentava lhe dizer, ele pensou. Não era exatamente sua aliada, pensou, mas ainda assim sentiu seus olhos fechando enquanto ela se inclinava sobre ele. Aquela sinistra luz do dia ainda brilhava nas beiradas das cortinas quando a mão dela deslizou pelo antebraço dele e por seu bíceps e, então, sim, seus lábios se tocaram.

Quando Miles acordou de manhã, Lydia ainda estava dormindo, e ele ficou ali com os olhos abertos por um tempo, olhando para os números vermelhos no velho despertador digital ao lado da cama. Por fim, ele começou a apalpar discretamente debaixo das cobertas em busca de sua cueca e, quando a achou, cuidadosamente enfiou os pés nos buracos e puxou-a para cima das coxas. Lydia Barrie não se mexeu enquanto ele caminhava de mansinho pra o banheiro.

Bem. Isso foi inesperado.

E ele não podia deixar de se sentir um pouquinho satisfeito consigo mesmo. Um pouco... de moral elevado. Não estava acostumado a isso: ir para a cama com mulheres, ainda que muito bêbadas, não era uma ocorrência costumeira. Olhou para si mesmo criticamente no espelho do banheiro. Não tinha papada, mas estava perto disso, a não ser que mantivesse o maxilar erguido. E era avantajado no meio, a ponto de ter seios de homem e uma pança de bebê. Que coisa embaraçosa! Havia uma garrafinha miniatura de líquido bucal na pia, ele botou um dedo dela num copo e enxaguou a boca.

Ela era muito louca, imaginou. Provavelmente foi por isso que dormiu com ele. Examinou seu próprio rosto e passou a mão pelos próprios cabelos desalinhados, penteando com os dedos o emaranhado de sua barba crespa.

Ela era tão obcecada quanto ele, se não mais ainda — mais voltada para conspirações, mais focada em seus métodos, mais organizada, mais *profissional*. Era provável, pensou, que ela encontrasse Hayden antes dele.

Deixou escorrer um pouco de água na pia e salpicou suas bochechas.

E ela *era* muito atraente. Muito além da sua alçada sob muitos aspectos, refletiu Miles. Pensou de novo naquela foto que ela lhe mostrara, o retrato de Hayden e Rachel Barrie, aquela sensação de vazio na boca do estômago ao ver seus rostos felizes, uma velha mágoa emergindo da infância.

— *Por que não podia ter sido eu?* — ficou pensando. — *Por que uma garota bonita não podia se apaixonar por mim? Por que Hayden sempre consegue tudo?*

Quando ele saiu do banheiro, Lydia Barrie já estava de pé, parcialmente vestida, virou-se e olhou para ele, avidamente. Vestia um sutiã e uma calcinha e seus cabelos, antes bem-penteados, estavam soltos e embaraçados, como aquelas perucas de bruxas que vendiam na loja de mágicas de Cleveland. Sua maquiagem estava quase completamente apagada, e seus olhos, perturbados de ressaca. Podia-se afirmar com certeza que estava para entrar na casa dos 40, embora ele achasse que aquilo não deixava de ser atraente. Em seu estado amarfanhado e impolido, havia uma vulnerabilidade que lhe inspirava um sentimento de ternura.

— Ei — disse ele encabulado, e sorriu, enquanto ela colocava a mão timidamente nos cabelos.

Foi então que viu a arma.

Era um pequeno revólver que ela segurava frouxamente na mão esquerda enquanto alisava os cabelos com a direita, e ele a viu fazer uma tentativa de enfiar discretamente a arma em sua maleta executiva. Por um segundo, ela agiu como se esperasse que ele não tivesse notado.

— Puta merda — disse Miles.

E deu um passo para trás.

Na verdade, ele se deu conta de que nunca tinha visto uma arma na vida real, embora provavelmente tivesse visto centenas de pessoas com armas na televisão, no cinema e em video games. Vira muitas pessoas serem mortas; sabia como devia ser a coisa: pequeno buraco circular no peito ou na barriga, o sangue espalhando-se como um Teste de Rorschach pela camisa.

— Céus — disse ele. — Lydia.

A expressão dela vacilou. Primeiro, pareceu esperar que pudesse se fazer de inocente — escancarou os olhos como se preparando para dizer: O quê? Do que está falando? —, e então pareceu perceber que essa tática era infrutífera, e um olhar frio e desafiador tomou conta de seu rosto antes que, finalmente, encolhesse os ombros. Deu-lhe um sorriso magoado.

— O quê? — perguntou.

— Você tem uma arma — disse ele. — Por que tem uma arma?

Ele estava ali de pé e de cueca, ainda um pouco grogue, ainda um pouco ofuscado pelo fato de que fizera sexo pela primeira vez em dois anos, ainda circulando pelas conversas que tiveram na noite anterior, ofuscado pelo retrato de Hayden e Rachel e pela tristeza que sentira. Lydia Barrie levantou as sobrancelhas.

— Você não tem nenhuma ideia do que é ser mulher — disse ela. — Sei que não considera seu irmão perigoso, mas seja realista. Coloque-se no meu lugar. Preciso de alguma segurança, Miles.

— Oh — disse Miles. Ficaram ali, encarando um ao outro, então Lydia colocou a arma sobre a cama e ergueu as mãos, como se fosse Miles quem tivesse uma arma.

— É só uma arminha para matar camundongo — disse ela. — Uma pequena Beretta calibre .25. Eu a carrego comigo há anos. Não são particularmente letais, em matéria de armas... eu a chamaria mais de uma arma de intimidação do que outra coisa.

— Entendo — disse Miles, embora não estivesse certo de que entendia. Estava ali parado com a cueca boxer e sua ridícula estamparia de pimentas quentes, e cruzou as mãos inseguro sobre o peito. Um tremor percorreu suas pernas nuas, e ele se perguntou por instantes se deveria sair correndo em direção à porta.

— Você vai matar o meu irmão? — perguntou finalmente, e Lydia esbugalhou os olhos em perplexidade.

— Claro que não — respondeu, e ele ficou ali parado enquanto ela puxava a saia sobre suas coxas e fechava o zíper atrás, então lhe lançou um sorriso tenso. — Miles — disse ela —, coração, eu lhe perguntei na noite passada se tinha um plano e você me disse que esperava mais ou menos improvisar. Quando fui demitida da Oglesby e Rosenberg, uma das primeiras coisas que fiz em meu "tempo livre" foi adquirir licenças de investigadora particular e de agente de fianças do Estado de Nova York. O que foi de grande ajuda, pois eu estava à procura de... Hayden — E enfiou os braços decisivamente nas mangas de sua blusa. — E a primeira coisa que fiz quando cheguei ao Canadá foi contratar o sr. Joe Itigaituk, que é um investigador particular canadense licenciado, de modo que, quando deter seu irmão em custódia, não estarei interferindo com a soberania de uma potência estrangeira.

Miles observou enquanto Lydia fechava os botões de sua blusa, do pescoço até a barriga, seus dedos movendo-se numa destra linguagem de sinais enquanto falava.

Ele olhou para a porta que dava para o corredor e sua perna tremeu de novo.

— Não sou uma assassina, Miles — disse Lydia, e ficaram ali, olhando um para a cara do outro, e a expressão dela suavizou enquanto o examinava de alto a baixo.

— Por que não coloca suas roupas? — perguntou. — O sr. Itigaituk e eu vamos pegar um avião para a Ilha de Banks em duas horas, e pensei que você talvez gostaria de vir conosco. Assim, poderá ficar totalmente seguro de que ninguém o machucará. Se você estiver lá, talvez ele venha conosco pacificamente.

Lydia acreditava que Hayden atualmente ocupava uma estação meteorológica abandonada na extremidade norte da Ilha de Banks, não longe do limite do gelo permanente.

— Embora o limite do gelo permanente não seja tão estável quanto costumava ser — disse ela enquanto rodavam no táxi. — O aquecimento global e essas coisas.

Miles estava reticente. Encostou a cabeça na janela, espiando as ruas sem árvores, uma fileira de casinhas coloridas — turquesa, amarelo girassol, vermelho cardeal — reunidas como blocos de construção de crianças. A lama ao longo das estradas era da cor de carvão, o céu não tinha nuvens, e ele podia ver a tundra que derretia além da silhueta das casas e dos depósitos. Lá era verde e até salpicado de algumas flores selvagens, embora lhe parecesse que a paisagem só voltaria a ser autêntica quando estivesse novamente coberta de gelo.

Lydia não lhe dera os detalhes completos de como ela rastreara Hayden até esse ponto particular, assim como Miles não lhe explicara plenamente seus próprios métodos, menos racionais: a intuição ou o pressentimento ou a idiotia que o impelira a dirigir dia após dia seiscentos e quarenta quilômetros. Mas Lydia estava razoavelmente confiante.

— O fato de estarmos ambos aqui em Inuvik parece um bom sinal, não? Eu me sinto encorajada, na verdade. Você não?

— Acho que sim — respondeu Miles, embora agora que a perspectiva da captura de Hayden parecia crescer, ele se sentisse tomado por certa apreensão, que se enraizava nele. Pensava no modo como Hayden gritara quando foi manietado no hospital para doentes mentais. Era uma das coisas mais terríveis que Miles já ouvira: seu irmão, com 18 anos, homem feito, soltando aqueles berros sinistros que pareciam o grasnar de corvos; seus braços se agitando enquanto os enfermeiros caíam sobre ele. Foi poucos dias depois do Ano-Novo, e nevava em Cleveland. Miles e sua mãe olhavam, com seus casacos de inverno e com flocos de neve derretendo em seus cabelos, enquanto Hayden era empurrado de rosto para o chão, suas costas arqueando-se, as pernas se contraindo em espasmos enquanto tentava se desvencilhar, os olhos esbugalhados enquanto tentava morder. "Miles!", gritava. "Miles, não deixe que me levem. Estão me machucando, Miles, me salve, me salve..."

O que Miles não fez.

— Você está quieto — disse Lydia Barrie, estendendo a mão e tocando no antebraço dele, como se para afastar uma migalha ou uma partícula de poeira. — Preocupado?

— Um pouco — disse ele. — Estou pensando como ele vai reagir. Não sei, é que... não quero que saia ferido.

Lydia Barrie suspirou.

—Você é uma pessoa gentil — disse ela. —Tem um bom coração, e isso é uma qualidade maravilhosa. Mas sabe de uma coisa, Miles? Ele está com cada vez menos opções.

Miles concordou com um aceno de cabeça e baixou os olhos para as costas de sua mão, pouco abaixo do pulso, onde Lydia havia pressionado levemente com as pontas dos dedos.

— Ele se deixou encurralar — disse Lydia. — E eu me arriscaria a dizer que existem algumas pessoas extremamente perversas que estão fechando o cerco sobre ele. Pessoas muito mais perigosas do que eu.

Ele próprio suspeitara disso quando recebeu aquela carta de Hayden. *Tive de me esconder muito, muito bem, mas todos os dias me recordava de quanto sinto sua falta. Foi apenas o temor por sua própria segurança que me impediu de entrar em contato...*

— Sim — disse Miles. — Acho que você provavelmente está certa.

Não pôde deixar de pensar de novo naquela foto de Hayden e Rachel, juntos no sofá naquele Natal. Esperava que ainda estivessem juntos, que Rachel estivesse lá naquela estação meteorológica com ele. Podia imaginar o momento em que ele e Lydia abririam a porta e encontrariam Hayden e Rachel na sala com ar de choupana, perdidos e assustados, provavelmente magros. Afinal, o que vinham comendo naquele lugar abandonado? Peixes? Enlatados? Tinham conseguido tomar banho de chuveiro? Estariam de cabelos desgrenhados como eremitas?

Sem dúvida, inicialmente entrariam em pânico. Estavam à espera de um assassino brutamontes, rápido e eficiente...

E então, veriam que era apenas Miles. Eram apenas Miles e Lydia, um irmão e uma irmã. E, depois do primeiro tremor de reconhecimento, não ficariam gratos? Seria uma espécie de reencontro. Ele e Lydia tinham vindo para salvá-los, e eles entenderiam que não havia outro lugar para fugir e que tinham chegado ao fim.

E, que pelo menos, foram pessoas que os amavam quem os havia encontrado.

O táxi chegara ao campo de pouso onde o sr. Itigaituk os esperava. O táxi os deixou, Lydia pagou o chofer e virou-se para acenar enquanto o sr. Itigaituk se aproximava. Era um inuíte de meia idade, baixo e de bigode, vestindo jaqueta de veludo cotelê, jeans e botas de caubói. Para Miles, parecia mais um professor de matemática do ensino médio do que um detetive particular.

O homem franziu a testa ao vê-lo, mas nada falou. Miles observou enquanto ele e Lydia Barrie apertaram as mãos, e ficou a uma curta distância enquanto eles conversavam em voz baixa. O sr. Itigaituk olhava para Miles ceticamente e, então, acenava com a cabeça, seus olhos escuros repousando friamente no rosto de Miles.

O campo de pouso ficava fora da cidade, a quinze quilômetros, e ele se deu conta de novo da luz do sol interminável, da vastidão verde e achatada da tundra rolando desde onde estavam em todas as direções, o lampejo dos pantanais lamacentos e dos lagos derretidos à distância.

Pouco mais adiante, descansando na pista, estava o pequeno avião Cessna de seis lugares que os esperava para levá-los à Ilha de Banks, até Aulavik.

21

Ryan levantou o olhar e avistou um vulto junto à porta.

Estava quase dormindo, curvado diante do computador, com as mãos fixas e os dedos alinhados nas teclas *asdf jkl*; seu queixo fora ficando pesado, até que o pescoço tombara, os cotovelos se relaxaram e a cabeça começara uma descida lenta na direção da mesa.

Encontrava-se num estado particular de sonho. Depois de algumas cervejas e algumas baforadas no narguilé; depois de uma longa viagem, atravessando diferentes fusos horários — pacífico, montanhas, central e leste —; depois de tranquilizar seu pai bêbado e possivelmente intoxicado, a quem encontrara cambaleando e carregando uma arma; depois de colocá-lo na cama e sutilmente retirar a arma de sua mão, deixando-a fora de seu alcance; e, então, finalmente sentando-se diante da tela do computador com os olhos fechados.

Obedientemente, fez a reserva das passagens para que viajassem rumo a Quito, Equador, sob os nomes Max Wimberley e Darren

Loftus. A confirmação ainda estava na tela, flutuando na superfície do monitor como uma folha num lago, e Ryan pensou *Eu deveria ir dormir. Estou completamente exausto.* Passou a língua seca pelo interior da boca e ergueu as pálpebras.

Não era a primeira vez que tinha um sonho como aquele.

Via a silhueta de um homem atrás da rede que cobria a porta. Estava sob a luz da varanda, ao redor da qual mariposas voavam e então se chocavam, grogues, contra o teto. Luzes e sombras giravam num efeito de lanterna mágica sobre a cabeça do homem. Ryan fechou novamente os olhos.

Já vinha há algum tempo tendo aquelas pequenas alucinações, imaginando ter visto pessoas conhecidas, sensações passageiras que ele sabia se tratarem de nada mais do que o resultado do cansaço, do estresse e de um sentimento duradouro de culpa, além de bastante cerveja e maconha, muito tempo ao lado de Jay e ninguém mais para conversar; horas e horas diante da tela de um computador, cuja luz às vezes parecia pulsar em frações de milésimos de segundos, como aquelas mensagens publicitárias subliminares sobre as quais lera.

Aquilo o fez lembrar de um episódio na Northwestern. Depois de festejar ao lado de Walcott por todo o fim de semana, ele se encontrava sentado na janela de seu cômodo no quarto andar fumando um baseado. Seu braço estava estendido para fora a fim de evitar que o odor empestasse o quarto, e ele tentava fazer anéis de fumaça, soprando-os em meio à neblina daquela noite de primavera. Olhava para as calçadas vazias e os postes fabricados de modo a parecerem antigos lampiões a gás. Não era possível ver um só carro. De repente, alguém tocou seu pulso.

Podia sentir o toque muito bem. Era impossível, ele sabia. Seu braço estava estendido a quatro andares de altura, mas ainda assim alguém o segurara, mesmo que apenas por um segundo. Era como se estivesse com o braço para fora de um barco, em vez de uma janela no quarto andar, como se seus dedos estivessem roçando a superfície de um lago e a mão de alguém, que talvez estivesse se afogando, tivesse emergido da água para agarrar seu pulso.

Soltou um grito, e o baseado caiu de seus dedos. Viu a luz alaranjada do cigarro viajando pela escuridão enquanto ele rapidamente trazia seu braço para dentro do quarto.

— Puta merda! — disse, e Walcott desviou o olhar do computador para Ryan, ainda sonolento.

— Hã? — perguntou o amigo. Ryan permaneceu em silêncio, apenas segurando o pulso como se o tivesse queimado. O que poderia dizer? *Uma espécie de mão fantasma subiu quatro andares no ar e tentou me agarrar. Alguém tentou me puxar pela janela.*

— Algo me mordeu — respondeu finalmente, com a voz calma. — Deixei cair o bagulho.

Aquela história lhe veio à mente de maneira vívida — mais como uma viagem no tempo do que propriamente uma recordação —, e ele balançou a cabeça, num gesto típico daqueles que sonham acordados, como se pudesse chacoalhar o cérebro até que voltasse ao lugar.

Fechou bem os olhos, esperando que aquilo o ajudasse a limpar de vez o quadro negro. Porém, ao abri-los, o vulto diante da porta estava ainda mais nítido.

O homem se aproximara. Estava dentro do quarto, andando na direção de Ryan. Era um sujeito alto, vestindo um terno preto cintilante.

— O Jay está? — perguntou o homem. O corpo de Ryan tremeu, e ele recuperou total consciência. — Sou um amigo de Jay — disse o homem. De verdade. Não era um sonho.

Ele segurava um objeto preto de plástico, que de início parecia um barbeador elétrico. Talvez se tratasse de algo que pudesse ser conectado a um computador? Ou então algum aparelho para comunicação, como um celular ou um rádio, com duas antenas de metal no topo?

O homem acelerou o passo na direção de Ryan, estendendo o objeto como se o oferecesse a ele. Este, por sua vez, chegou a estender a mão por um segundo, logo antes que o homem pressionasse o aparelho contra seu pescoço.

Ryan então percebeu do que se tratava: um Taser.

Sentiu a eletricidade atravessar seu corpo. Seus músculos se contraíram de dor. Braços e pernas sofriam espasmos, e sua língua enrijecia como se nada fosse além de um pedaço grosso de carne gorgolejando em sua boca. Saliva escorria de seus lábios.

Começava a perder a consciência.

Não era uma alucinação. Nada enxergava além de grandes manchas negras que começavam a crescer em seu campo de visão. Como fungos se multiplicando numa placa de Petri. Como um rolo de filme a queimar.

E então: vozes.

Jay — seu pai — nervoso, hesitando.

Depois, uma resposta tranquila. Seria a voz de uma gravação de relaxamento?

Estou procurando por Jay. Você pode

me ajudar com isso?

Ai, disse Jay, de modo um pouco estridente.

                                           Eu não sei, eu não

O nome Jay Kozelek lhe é familiar?

        Eu...

Onde ele está?

                ...não sei.

Tudo de que preciso é um endereço. Podemos simplificar as coisas para você.

                          É sério

Qualquer coisa que puder me contar será de grande valor nesse momento.

                    Por Deus, eu juro

                                       Eu não

Ryan levantou a cabeça, mas seu pescoço era como uma haste flácida. Estava sentado numa cadeira, e sentia a pressão da fita isolante que o amarrava — os braços, o peito, a cintura, as panturrilhas e os tornozelos. Ao tentar se soltar, percebeu o quanto estava apertado. Entreabriu os olhos e pôde ver que Jay e ele estavam sentados à mesa da cozinha, um de frente para o outro. Um fio de sangue descia dos cabelos de Jay, passando pela têmpora, pelo olho esquerdo, se aproximando do nariz até chegar à boca. Jay emitiu um ruído como se estivesse fungando, resfriado, e algumas gotas de sangue caíram sobre a mesa.

— Veja bem — disse Jay ao homem, humildemente —, você sabe como é esse negócio. As pessoas são traiçoeiras. Nem conheço bem esse cara — continuou, bastante ansioso e prestativo, tentando recorrer a seu velho charme. — Você provavelmente sabe mais sobre ele do que eu.

O sujeito ao seu lado parou para refletir.

— Ah, é mesmo? — perguntou o cara, olhando para baixo na direção de Jay.

Era o mesmo homem que tinha usado o Taser contra Ryan, que conseguia vê-lo bem pela primeira vez. Tratava-se de um sujeito grande, perto de seus 30 anos, com ombros estreitos e quadris largos, mais de um metro e oitenta e cinco, vestindo um terno italiano como se fosse um mafioso, embora não se parecesse muito com um gângster. A cabeça era máscula, em forma de batata, coberta por cabelos loiros cor de palha, lembrando Ryan do aluno que atuava como assistente de professor na sua aula de ciência da computação nos tempos da Northwestern.

— Sabe de uma coisa? — perguntou o grandalhão. — Não acredito em você.

Ele ergueu o punho e acertou o rosto de Jay. Forte. Forte o bastante para que Jay reclinasse para trás e mais gotas de sangue voassem de sua boca, deixando escapar um ganido alto de surpresa.

— Isso é um equívoco! — disse Jay. — Ouça, você está falando com o cara errado, é só isso. Não sei o que quer que eu diga. Fale o que quer que eu diga!

Ryan tentava se manter o mais quieto e imperceptível possível. Ouvia movimentos — coisas caindo e se quebrando na sala ao lado — e pela porta podia ver homens vestindo calças e camisas pretas, dois homens, pensou, embora possivelmente houvesse mais, desplugando os discos rígidos das fileiras de computadores sobre as mesas e jogando no chão monitores, teclados e o que mais encontrassem. Às vezes acertavam os objetos com barras de metal e pés de cabra. Um deles pegou o tabuleiro Ouija de Jay e o examinou com curiosidade, frente e verso, como se fosse uma forma de tecnologia com a qual nunca deparara antes. Então fez uma pausa, talvez sentindo que alguém olhava para ele, e Ryan fechou rapidamente os olhos.

— Sabe, estou pensando em torturar você — disse finalmente o homem do Taser a Jay. Sua voz era tranquila, pausada, quase monótona, lembrando a de um DJ numa rádio universitária. — Ouça bem. Na verdade, essa é uma fantasia que me fez seguir em frente por todos esses anos. Pensar em torturar Jay Kozelek era uma das coisas que me deixava feliz enquanto estava preso, então não tente me foder. Segui a trilha dele até esse lugar. Sei que ele está por aqui. Se não me disser onde está Jay, terei de torturar você e seu camaradinha ali até que vomitem sangue. Entendeu?

Os lábios de Ryan se separaram, mas nada saiu deles. Nenhum som, nem mesmo um suspiro.

Nunca pensara naquele tipo de situação. Durante todo o tempo em que ele e Jay estavam envolvidos em atividades criminosas, mesmo quando recebeu as mensagens em russo ou quando topou com aqueles caras em Las Vegas, nunca se imaginara amarrado a uma cadeira numa cabana em meio a uma floresta de Michigan com um homem dizendo *estou pensando em torturar você*.

Ficou surpreso ao se dar conta do quanto sua mente era inútil. Sempre pensara que, numa situação de perigo, seu cérebro ficaria mais aguçado — seus pensamentos viriam mais rápido, o nível de adrenalina aumentaria, seu instinto de sobrevivência viria à tona —, porém, em vez disso, tinha uma sensação acachapante de incapacidade, uma pulsação entorpecida como a respiração acelerada de um roedor aprisionado. Pensou num coelho ou algum outro pequeno animal silvestre, que entrava num estado de imobilidade como se fingisse ser invisível. Lembrou-se dos CDs de meditação de Jay: *Visualize um círculo de energia próximo à base de sua coluna. Essa energia é intensa. Ela o conecta à terra...*

Sentado ali, era daquele jeito que se sentia: como um saco de terra.

Enquanto isso, a mão do homem segurava os longos cabelos de Jay. Na medida em que falava, ia enrolando um cacho em cada dedo, apertando bem, mesmo que sua voz se tornasse cada vez mais calma.

— Fiquei preso por três anos — dizia o homem. — *Cadeia*. Talvez você não entenda, cara, mas a cadeia geralmente deixa as pessoas mais perversas. E sabe do que mais? A cada dia de cada mês, a única coisa que me deixava feliz era imaginar maneiras diferente de agredir seu amigo Jay. Passei bastante tempo pensando nisso. Às vezes, apenas fechava os olhos e me perguntava: o que devo fazer com Jay? Imaginava o rosto dele, como ficaria quando estivesse amarrado a uma cadeira, e então questionava: O que seria pior? O que o faria sofrer mais?

O homem fez uma pausa, pensativo, ainda com os cabelos de Jay enrolados entre os dedos, bem-apertados.

— Então acho que pode entender — prosseguiu — que o fato de ainda não ter *encontrado* Jay esteja me deixando puto da vida.

A essa altura, Ryan estava achando toda aquela conversa surreal e incompreensível. No entanto, era difícil prestar atenção em algo que não a expressão no rosto de seu pai, os dentes trincados de Jay, seus olhos perdidos e vazios.

Como Ryan imaginava, o homem tentou arrancar os cabelos de Jay pela raiz, mas aquilo exigia mais força do que esperava. *Ai!* gritou Jay, mas os fios permaneceram insistentemente presos à cabeça. Após novas tentativas, o homem percebeu que seria necessário usar mais força do que pretendia — ou de que era capaz.

— Mas que merda — disse o homem, balançando com vigor a cabeça de Jay, do mesmo modo que faria um cão com um pedaço de pano entre os dentes. O rosto de Jay chacoalhou por alguns instantes antes que o homem desistisse e soltasse seus cabelos de modo teatral.

Embora não tivesse conseguido arrancá-los, machucara Jay o bastante para que este passasse a choramingar e se curvasse de dor.

— Não o vejo há anos — disse Jay. — Não tenho a menor ideia de onde ele possa estar, juro.

Jay estava chorando um pouco, fungando como uma criança e tremendo os ombros, o que fez com que o homem parasse por um instante: torturar alguém era mais trabalhoso do que imaginara.

— Na última vez que o vi, estava planejando ir à Letônia. Para Rēzekne — disse Jay, sério, tentando respirar. — Faz tempo que ele saiu de cena, muito tempo.

Mas não era aquilo que o homem queria ouvir, e Ryan não tinha ideia do que estavam falando. Havia outro Jay?

— Acho que você não me entendeu — disse o homem. — Acha que pode continuar contando mentiras, não acha? — perguntou, dando uma risada teatral. — Mas *nóiz temoz maneirras* de fazê-lo falar — continuou, simulando um sotaque alemão ou russo.

Ryan viu o homem tatear o bolso do casaco, como alguém atrás de sua moeda da sorte. Ao encontrar o objeto que procurava, seus olhos ganharam foco de novo, sua determinação voltou, e em sua expressão se via um sorrisinho de canto de boca.

Do bolso, sacou um rolo de arame fino e o olhou como se estivesse recordando de algum episódio agradável.

Jay nada disse. Apenas balançou a cabeça, e os cabelos lhe cobriram o rosto. Os ombros subiam e desciam à medida que respirava. Uma gota escorreu do nariz e caiu em sua camisa.

Mas o homem não percebeu. Mudara o foco de sua atenção de Jay para Ryan.

— Então — disse ele. — O que temos aqui?

Ryan podia sentir os olhos do homem sobre ele. A sensação fugaz de invisibilidade se esvaiu e pôde ver o sujeito desenrolar o arame, cujas extremidades eram de borracha. O homem inclinou a cabeça.

— Como se chama, cara? — indagou. Gesticulava casualmente, esticando o fio até ficar retesado e vibrar como a corda de uma guitarra.

— Ryan.

O homem acenou com a cabeça.

— Ótimo — disse. — Você sabe responder a uma pergunta.

Ryan não sabia o que dizer. Olhava para o outro lado da mesa, na esperança de que Jay levantasse a cabeça, olhasse pare ele, lhe desse um sinal, algum indício do que fazer.

Mas Jay não se mexeu, e o homem voltou sua atenção para Ryan.

— Você é Kasimir Czernewski, suponho? — disse ele.

Ryan olhava para a mesa, sobre a qual manchas de água formavam um mapa — um continente, cercado por pequenas ilhas.

Podia sentir sua pele se arrepiar — uma reação física involuntária à qual associava à sensação de estar molhado e sentir frio, mas que na verdade se tratava de medo. Assim era estar aterrorizado.

— Também estávamos de olho em você — disse o homem. — Acho que ficará surpreso ao ver quantas de suas contas bancárias de merda agora estão insolventes.

Ryan podia ouvir as palavras do homem, podia processá-las e sabia o que significavam, mas, ao mesmo tempo, não soavam como frases de verdade. Afundavam em sua mente como uma isca com peso dentro de uma lagoa, e sentia as ondulações se espalharem por seu corpo.

• • •

O que ele esperava de Jay? O que um filho espera de um pai numa situação como aquela?

Para começar, há uma fantasia de reação heroica. O pai que dá uma piscada confiante, um movimento de canto de boca e subitamente se livra de suas amarras, saca uma arma presa ao tornozelo e sai atirando na cabeça do torturador, que congela e cai de cara no chão. Depois, o pai dá um sorriso tímido para o filho e arranca a fita adesiva de suas pernas, partindo, com a arma em punho, em busca dos outros capangas...

Há também o pai com uma determinação de aço. O pai que lhe mostra os dentes trincados. *Fique firme! Vamos encarar isso juntos. Vamos ficar bem!*

Ou o pai arrependido, com os olhos brilhando de ternura e lamentação, como se dissessem: *Estou com você. Se sofrer, vou sofrer dez vezes mais. Gostaria de lhe transmitir todo meu afeto e minha força...*

E havia Jay. O sangue escorria dos cabelos para o rosto, as lágrimas trilhavam um caminho entre o sangue seco e, quando seus olhos encontraram os do filho, mal se reconheceram.

Pela primeira vez em muito tempo, Ryan lembrou de Owen. Seu outro pai. Seu ex-pai — o pai que conhecera por toda a sua vida, que o criara, que acreditava que ele estava morto. Naquele exato instante, Owen deveria estar acordando em Iowa para levar o cachorro para passear, aguardando no quintal enquanto o bicho farejava e andava em círculos, olhando para os postes que começavam a se apagar na medida em que o sol se levantava, e se abaixando para recolher o jornal da grama.

Por um momento, era como se Ryan estivesse lá. Poderia estar sentado como um pássaro sobre o velho carvalho em frente à casa, olhando para baixo com ternura e observando Owen abrir sua cópia do *The Daily Nonpareil* para ler as manchetes; podia imaginar Owen estalando os dedos e assoviando para chamar o cachorro; Owen olhando para cima, como se pudesse sentir Ryan em algum lugar sobre ele, passando como uma brisa sobre seus cabelos despenteados.

— Pai — disse Ryan. — Pai, por favor. Pai.

E então o viu estremecer. Jay não olhou para ele, não levantou a cabeça, mas um arrepio atravessou seu corpo e o homem de paletó demonstrou interesse.

— Oh, meu Deus — disse o homem. — Isso é algo inesperado.

Ryan abaixou a cabeça.

— Ryan — disse o homem. — Esse cara é seu pai?

— Não — sussurrou.

Voltou os olhos para a mancha de água em forma de nuvem sobre a mesa. Um continente, pensou outra vez. Uma ilha, como a Groenlândia, um país imaginário, e seus olhos percorreram o litoral, as baías e os arquipélagos. Quase conseguia ouvir a voz do CD de meditação.

Imagine um lugar, dizia a voz. Primeiro, olhe para a luz. Ela é intensa, natural ou opaca? Repare também na temperatura. É quente, morna ou fria? Perceba as cores ao seu redor. Permita-se simplesmente existir...

Um esconderijo, pensou, e, por um instante, recordou as cabanas que costumava construir quando era garotinho: as cadeiras da cozinha cobertas com uma colcha e, debaixo dela, o local escuro o qual entulhava com travesseiros e bichos de pelúcia, seu ninho, que imaginava estender para o lado de fora com a construção de corredores macios e sinuosos feitos de plumas e lençóis.

— Começarei com a mão esquerda — disse o homem. — Depois será a vez do pé esquerdo. Depois, a mão direita e assim por diante.

O homem esticou o braço e tocou de leve a pele arrepiada de Ryan na altura do antebraço.

— Vamos aplicar um torniquete aqui — murmurou. — Terá quer ser bem apertado. Desse jeito, porém, você não sangrará tão rápido quando eu decepar sua mão.

Por algum motivo, Ryan estava quase distraído. Pensava em Owen. Pensava na mão fantasmagórica que agarrara seu pulso quando ainda era um estudante universitário. Pensava em sua caverna debaixo da cama.

O homem perguntou:

— Acima do pulso? Ou abaixo do pulso?

Ryan mal entendera o que lhe fora perguntado até sentir o arame ser enrolado em seu antebraço, logo acima da mão, próximo à articulação do polegar. Tremia tanto que o próprio arame vibrava, enquanto o homem continuava a apertá-lo.

— Por favor, não — sussurrou Ryan, sem saber ao certo se algum som realmente saía de seus lábios.

— Agora, Ryan — disse o homem —, quero que peça a seu pai que seja sensato.

Jay vinha assistindo a tudo com uma expressão perdida e desolada. Seus olhos se arregalaram quando viu o homem enrolar o arame fino ao redor do pulso de Ryan.

— Eu sou Jay — gritou, com a voz rouca, soando como um corvo empoleirado no galho de uma árvore. — Eu sou Jay, eu sou Jay. Sou eu a pessoa que está procurando, meu nome é Jay Kozelek, sou eu quem você quer...

O homem soltou um ruído de desgosto.

— Você deve achar que sou idiota — falou. — Eu *conheço* Jay Kozelek. Ele era meu *colega de quarto*. Sei como ele é. Costumávamos conversar sobre filmes e outros tipos de merda. Pensei que fosse meu amigo. Isso é o pior. Eu o considerava um amigo próximo, então sei exatamente como ele é. Entendeu? Sei como é o rosto dele. Acredita mesmo que, depois de tanto tempo, poderia me enganar? Acha que sou babaca? Ou que estou brincando...?

Nada daquilo fazia sentido para Ryan, que, de qualquer jeito, não conseguia raciocinar claramente.

O homem começou a apertar o arame, e Ryan soltou um grito.

Na verdade, foi tudo bem rápido.

Assustadoramente rápido.

O arame era bastante afiado e foi cortando profundamente a carne até alcançar a junta radiocarpal. Parou ao chegar logo abaixo do rádio e do cúbito, escorregando pela borda do osso até encontrar a cartilagem. O homem apertou as mãos nas alças e aplicou ainda mais força, fazendo um movimento rápido de vai e vem como se estivesse serrando, e então a mão caiu abruptamente. Sem sujeira.

Uhh, disse o homem.

Então veio aquela lembrança,
        um fantasma que surgiu no ar para segurar seu pulso e

Não estava realmente consciente.

Não olhava para a mão, mas podia ouvir alguém falando alto — *Puta que pariu, o que você está fazendo?* — e Ryan abriu os olhos e viu o homem à sua frente, olhando para o chão e piscando. Ainda tinha o arame nas mãos, mas seu rosto estava pálido e coberto de suor. Sua expressão era de surpresa, como se tivesse bebido algo que deveria ter cuspido.

Agora havia outro homem ali — que Ryan pensara ser um dos "capangas" — que dizia *Oh meu Deus, Dylan, vocês está maluco, você disse que não faria isso...* Ryan estava tremendo e atordoado, vendo as duas figuras primeiro como silhuetas borradas e depois bastante nítidas, contrapostas à luz refletida na janela da cozinha. Um deles segurava uma toalha e se abaixara junto a Ryan

e a voz de Jay...

— Ele vai sangrar até morrer, caras, não é culpa dele, por favor não o deixem sangrar até morrer...

E então o homem, Dylan, encarou Ryan com os olhos arregalados, fazendo uma expressão de asco e horror. O paletó amarrotado de gangster que o cobria parecia uma fantasia com a qual alguém o vestira enquanto dormia, e ele permaneceu ali, abalado, incerto, como um sonâmbulo que acabara de acordar numa sala com a qual estava sonhando.

— Oh, Deus — sussurrou Dylan.

E então se abaixou para vomitar.

22

A viagem de Denver a Nova York pela JetBlue Airways levaria três horas e meia, tempo suficiente para mudar de humor inúmeras vezes, de pânico para aceitação e vice-versa. Lucy estava rígida em sua poltrona, num estado de suspensão oscilante e inquieta, descansando as mãos sobre as pernas.

Nunca viajara de avião anteriormente — embora não tivesse conseguido revelar aquele fato constrangedor a George Orson.

David Fremden. Pai.

Lucy vinha tentando enfiar na cabeça o fato de não existir alguém chamado George Orson.

Aquilo não se resumia ao fato de tudo sobre ele ter sido inventado, copiado ou exagerado — não se resumia apenas a ele ter mentido. Era algo muito maior, uma sensação incrível que vinha à sua mente sempre que tentava pensar de maneira calma e lógica sobre a situação.

Ele não existia mais.

Aquilo fez com que ela se lembrasse dos dias após a morte de seus pais, o cesto ainda cheio de roupas sujas, toda a comida na geladeira que sua mãe pretendia cozinhar naquele fim de semana, o telefone celular de seu pai recebendo mais e mais ligações de clientes que queriam saber por que ele não comparecera a seus compromissos. De início, eles deixariam alguns espaços abertos no mundo: clientes que dependiam do pai de Lucy; pacientes à espera de sua mãe no hospital; amigos, colegas e conhecidos que sentiriam falta deles por algum tempo; mas aqueles eram pequenos furos e rasgões no tecido geral das coisas, facilmente remendados, e o que mais a chocou foi quão rapidamente a ausência dos dois deixou de ser sentida. Mesmo após algumas semanas era possível ver como logo seus pais seriam esquecidos, como sua presença se tornava ausência e depois... o quê? Como chamar uma ausência que deixou de ser ausência, um buraco que fora preenchido?

Oh, ela continuou pensando. *Eles nunca mais voltarão.* Como se a ideia fosse sobrenatural, saída de uma história de ficção científica. Como acreditar que algo do gênero fosse possível?

Aquele foi o pensamento que tivera naquela noite, quando estavam deitados na cama, e ele lhe contou a verdade. Ela passou os dedos sobre o braço dele, que não era o braço de George Orson. *Nunca mais vou falar com George Orson,* pensou ela, recolhendo a mão.

Ele estava bem ali, o mesmo corpo físico que ela conhecia havia tanto tempo, mas não conseguia deixar de se sentir só.

Oh, *George,* pensou. *Sinto sua falta.*

• • •

E agora o pensamento retornara. Lucy estava ali, sentada ao lado de David Fremden no avião, tentando pôr a cabeça no lugar.

Sentia falta de George Orson. Nunca mais falaria com ele.

Nunca viajara de avião antes, mas tinha noção da distância terrível e imensurável que a separava do solo. Podia sentir o ar chacoalhando sob seus pés, um tremor, e evitou olhar pela janela. Não era tão ruim assim espiar lá fora e ver as formas macias das nuvens. O pior era quando o solo começava a aparecer através delas. A topografia. Era possível enxergar o alcance geométrico da ocupação humana, as linhas finas e tênues dos campos e das estradas, além dos cubos salpicados que formavam as cidades. Lucy encontrava dificuldades para não imaginar como seria cair, quanto tempo levaria a descida até chegar ao chão.

De qualquer jeito, nunca diria aquilo a George Orson. Detestaria se sentir tão pouco sofisticada, achando que ele a veria como uma garotinha boba, tomada por um pavor ignorante em relação a viagens aéreas, enfiando as unhas no estofamento da poltrona como se de alguma forma aquilo pudesse ancorá-la.

Enquanto isso, David Fremden parecia completamente sereno. Olhava para a tela em miniatura embutida na poltrona da frente: de início, fez uma pausa num programa sobre pirâmides que passava no History Channel; depois, deu uma olhada nas notícias e no tempo; em seguida, sorriu nostalgicamente diante do episódio de uma série de TV dos anos 1980. Não olhou para Lucy, mas repousou a mão sobre o seu antebraço.

— Você ainda me ama, não ama? — perguntou a ela, e a questão pulsava como se Lucy pudesse senti-la através das pontas dos dedos.

• • •

Mas Lucy também tinha outras coisas em mente. Tudo acontecia muito rapidamente. O mundo continuava a girar, e ela precisava tomar decisões, mesmo sem contar com informações confiáveis. Supostamente, havia quatro milhões e trezentos mil dólares num banco na Costa do Marfim, na África. Havia pelo menos outros cem mil dólares atualmente em posse dos dois.

Suas bagagens de mão estavam no compartimento sobre as poltronas, a poucos centímetros de suas cabeças, e até então estava tudo bem, embora aquele também fosse um motivo para inquietação.

Passaram a última noite na Pousada do Farol, lado a lado, na biblioteca, cada um com um rolo de durex e uma pilha de notas de cem dólares.

David Fremden tinha um enorme atlas antigo, de sessenta e três por cinquenta centímetros, e Lucy contava com um dicionário e um romance de Dickens. Os dois colavam as notas às páginas dos livros.

— Tem certeza de que vai funcionar? — perguntou Lucy. Ela folheava o exemplar de *A casa abandonada* e fragmentos de texto se destacavam enquanto anexava as notas às páginas. "— *O nevoeiro é de fato denso! — disse eu.*" E Lucy colou a imagem de Ben Franklin sobre a frase, avançando algumas folhas. "*— É vergonhosa — disse ela. Você sabe que é. A casa é verdadeiramente vergonhosa.*" E novamente a cobriu, embora mais uma vez outra parte do livro sobressaiu: "*Encontramos a srta. Jellyby tentando se aquecer junto ao fogo...*"

— Não será um problema — disse David Fremden. Trabalhava de modo mais veloz que ela, alinhando três notas de cem sobre o centro da Irlanda, esticando bem a fita adesiva sobre a borda das notas com o polegar. — Já fiz isso antes — disse ele.

— Tudo bem — respondeu ela.

"— O universo — observou ele — é mesmo um genitor indiferente, receio."

— Mas eles não têm um aparelho de raio X? — perguntou ela. — Será que não verão através das capas dos livros?

"*...é o retrato da atual Lady Dedlock. É considerado de uma semelhança perfeita e...*"

— Veja bem — disse David Fremden, soltando um suspiro. — Terá de confiar em mim. Sei como funcionam esses sistemas de segurança. Sei bem o que estou fazendo.

E até então, sim, ele tinha razão, ainda que ela estivesse completamente nervosa. Sentiu seu corpo ficar quase misticamente visível quando se aproximaram do controle de segurança, como se de sua pele emanasse uma aura de luz. Ficou surpresa que as pessoas não a estivessem encarando, mas ninguém parecia perceber. Colocou sua bolsa — que continha alguns produtos de higiene, uma camiseta e os livros — numa bandeja cinza de plástico e pensou nas páginas de *A casa abandonada* inchadas, recheadas de dinheiro, enquanto se abaixava para retirar os sapatos e a esteira carregava seus pertences rumo ao aparelho de raio X.

— Tudo bem — disse o agente de segurança, fazendo um gesto para que atravessasse o detector de metais. Era um sujeito robusto, de olhar vazio, parecendo um levantador de pesos, talvez não muito mais velho que ela. Não houve barulho de alarme ou qualquer sinal de hesitação enquanto sua bolsa atravessava a máquina, nenhum olhar mais atento na direção de seus cabelos pintados, nada.

David Fremden colocou a mão em seus ombros.

— Bom trabalho — sussurrou.

O avião agora estava na pista de Nova York. Estavam ainda sentados em suas poltronas, aguardando que o comandante desligasse o sinal de APERTEM OS CINTOS, embora alguns dos outros passageiros já começassem a se mexer impacientemente. Lucy ainda tentava se recompor da experiência da aterrissagem, envolvendo os ruídos metálicos das rodas, o solavanco quando a aeronave tocou o solo e o modo como a pressão bloqueou seus ouvidos. Tentou ser dura consigo mesma. *Que idiota que você é, Lucy. Está com medo do que, sua caipirona? Está com medo do quê?*

A verdade é que começou a sentir um tique na perna e um dos músculos se movia involuntariamente. Ao colocar a mão na coxa, ouviu outra voz dentro de si, um tremor pequeno e triste.

Não quero fazer parte disso. Acho que cometi um erro.

Era como se borboletas começassem a pousar sobre ela, centenas de borboletas, cada uma delas feita de chumbo. Não levou muito tempo para que estivesse coberta.

Um sinal soou no avião e, ao mesmo tempo, todos os passageiros começaram a se levantar e a suspirar, convergindo para os corredores, abrindo os compartimentos de bagagens e esperando próximo à pessoa da frente, não de maneira desordenada, mas quase como um grupo de peixes ou pássaros migratórios. Lucy levantou o olhar e viu David Fremden juntar-se a eles.

— Brooke — disse ele, segurando a mão de Lucy e a apertando. — Vamos, querida — sussurrou. — Não me decepcione agora.

Era fácil para Lucy se levantar. Era fácil percorrer o corredor estreito da aeronave, seguindo David... seu pai...

Ele entregou-lhe sua mochila com um daqueles sorrisos levemente provocantes que tanto a faziam lembrar de George Orson. O mesmo sorriso que a impressionara quando ainda era uma de suas alunas na aula de história, na época em que ele disse que ela era *sui generis*.

— Pessoas como você e eu se reinventam — dissera, embora não houvesse maneira de saber, então, que ele estava falando no sentido literal.

Ela sentia falta de George Orson.

Mas respirou fundo e juntou-se à fila de viajantes. Era fácil. Fácil abaixar a cabeça e se arrastar entre as poltronas. Fácil passar pela aeromoça que ficava diante da porta do avião, acenando com a cabeça para todos como um padre, que a paz esteja convosco, que a paz esteja convosco, conduzindo-os ao túnel sanfonado que levava ao terminal.

— Você parece pálida — disse David. — Está se sentindo bem?

— Estou bem — respondeu Lucy.

— Por que não tomamos um café? — perguntou. — Ou um refrigerante? Quer comer alguma coisa?

— Não, obrigado — disse Lucy. Chegaram à passagem que atravessava diversos portões: balcões e pódios cercados por poltronas fixas, células povoadas de gente que aguardava e, pelo que percebia, ninguém olhava para eles. Ninguém virou a cabeça na direção dos dois ou se perguntou se eram pai e filha, amantes ou um professor e sua aluna. Tanto fazia. Em Pompey, Ohio, talvez tivessem chamado a atenção, mas ali mal eram notados.

Lucy avistou um trio de mulheres vestindo burcas, figuras sem rostos, parecendo freiras, conversando amigavelmente em sua língua nativa. Um homem alto e calvo passou apressado por elas, xingando alto ao telefone. Depois foi a vez de uma senhora idosa numa cadeira de rodas, vestindo um casaco de pele, empurrada por um negro com um macacão cinza...

Lucy sentia o peso de sua mochila. Carregava *A casa abandonada*, o dicionário Webster e *Marjorie Morningstar*, entre as páginas dos quais talvez houvesse cinquenta mil dólares.

Ajustou a alça sobre o ombro e em seguida puxou a ridícula camiseta de borboletas para baixo, já que esta começava a subir e deixar sua barriga a mostra. Pensou em como teria detestado Brooke Fremden tempos atrás. Se Brooke Fremden aparecesse nos corredores da Escola Secundária de Pompey, com suas roupas fofinhas e sua mochila de motivos infantis, Lucy teria sentido repulsa.

Mas, quando David Fremden virou a cabeça para trás, seu olhar era meigo, paternal e distraído. Ela era apenas uma garota, apenas uma adolescente. Era aquilo que os dois pareciam; para ele nada importava, contanto que ela seguisse com a história.

Ele não sentia falta de Lucy, pensou ela.

— Você já fez isso antes — disse ela. — Não sou a primeira.

Aquilo foi na noite anterior à viagem. Ainda estavam na casa sobre a Pousada do Farol, sentados no sofá, na sala de TV, lado a lado, com as malas feitas e os cômodos largados como se prontos para ser abandonados.

Os livros estavam repletos de notas de dinheiro, e os dois já deveriam estar na cama, mas em vez disso assistiam ao monólogo de abertura de algum apresentador de programa de entrevistas. O rosto de David não transmitia qualquer expressão, e Lucy teve de se repetir.

— Você já foi outras pessoas — disse ela, e ele finalmente desviou o olhar da TV para sua direção.

— Essa é uma pergunta complicada... — disse ele.

— Não acha justo ser sincero comigo? — perguntou ela. — Afinal, estamos...

Juntos?

Ela pensou sobre aquilo.

Talvez fosse melhor ficar de boca fechada. Era estranho — todo o tempo que passara naquela sala de TV bolorenta, todas as horas que passara sozinha na companhia apenas de velhos filmes como *Rebecca, a mulher inesquecível, Rosa da esperança, Pacto de sangue, Como era verde o meu vale, Minha querida dama* e *Alma em suplício*. Bebericando refrigerante dietético, espiando o jardim japonês caindo aos pedaços e aguardando uma oportunidade para entrar novamente no Maserati e viajar rumo a algum lugar maravilhoso.

Ele fora "uma série de pessoas diferentes". Ao menos aquilo admitia.

Então, era apenas lógico pensar que houvera também outras garotas, outras Lucys, sentadas no mesmo sofá, assistindo aos mesmos filmes antigos, ouvindo o mesmo silêncio que rondava aquele pedaço poeirento de terra em meio ao leito vazio do lago, onde ficava a Pousada do Farol.

— Só quero saber... — disse ela. — Quero saber sobre as outras. Quantas já teve... em sua vida. Em tudo isso.

Ele ergueu o olhar. Não mais encarava a TV. Ao ver os olhos de Lucy, sua expressão era de hesitação.

— Nunca houve outras pessoas — disse ele. — É isso que você não entende. Eu vinha procurando... vinha procurando por muito tempo. Mas nunca encontrei alguém como você.

Então.

Não, ela não acreditou no que ouvira, embora talvez ele tivesse conseguido convencer a si próprio. Talvez acreditasse de verdade que não importava se ela fosse Lucy, Brooke ou qualquer nome que viesse a adotar. Talvez imaginasse que ela continuaria a ser a mesma pessoa por dentro, independente do nome ou do personagem que estivesse interpretando.

Mas não era verdade, pensou ela.

Cada vez mais se dava conta de que Lucy Lattimore deixara o planeta. Àquela altura já não restava muito dela: um documento ou outro, a certidão de nascimento e o cartão da previdência social na gaveta de sua mãe na antiga casa onde morara, seu boletim escolar em algum computador obsoleto, as memórias de sua irmã, Patricia, a lembrança vaga de colegas e professores, já esvaecendo.

A verdade era que ela mesma se matara meses antes. Agora era quase nada: uma forma física sem nome que podia ser alterada muitas vezes até que nada sobrasse além de moléculas.

O material de que são feitas as estrelas — foi o que disse George Orson certa vez durante uma de suas aulas de história. — *Hidrogênio, carbono e todas as partículas primordiais que existem desde o início dos tempos. É disso que vocês são feitos* — disse aos alunos.

Como se aquilo fosse um conforto.

Primeiro, voariam para Bruxelas. Sete horas e vinte e cinco minutos num Boeing 767. Dali, levariam outras seis horas e quarenta e cinco minutos até chegarem a Abidjã. Já tinham passado pela parte mais difícil, segundo David Fremden. O controle alfandegário na Bélgica e na Costa do Marfim era desprezível.

— Agora podemos relaxar e pensar no futuro.

Quatro milhões e trezentos mil dólares.

— Não quero ficar muito tempo na África — disse ele. — Quero apenas resolver a situação do dinheiro e depois podemos ir para onde quisermos. — Nunca estive em Roma — continuou. — Adoraria passar um tempo na Itália. Nápoles, Toscana, Florença. Acho que seria uma experiência incrível e enriquecedora para você. Na verdade, acho que seria empolgante. Como Henry James. Como

E. M. Forster. Lucy Honeychurch — disse, rindo como se aquilo fosse uma brincadeira da qual ela gostaria...

Mas Lucy não tinha a menor ideia do que ele estava falando.

Algum tempo atrás, quando ele era George Orson e ela, sua aluna, Lucy apreciava aquele tipo despótico de trivialidade, aqueles filetes de sabedoria da Ivy League que ele encaixava numa conversa. Ela costumava olhar para cima, fingindo estar exasperada diante de sua pretensão, e ele levantava a sobrancelha de modo levemente reprovador, como se ela tivesse acabado de demonstrar alguma falta de conhecimento que o surpreendera. "Quem é Spinoza?" ou "O que é tiopentato de sódio?", e ele então lhe dava uma resposta complicada e até mesmo interessante.

Mas aqueles não eram mais os dois. Não eram mais Lucy e George Orson, então ela continuou ali sentada, de cabeça baixa, olhando para o bilhete aéreo, Nova York para Bruxelas e

Quem é Lucy Honeychurch? Quem é E. M. Forster?

Não era importante, embora não conseguisse deixar de pensar novamente na pergunta que fizera a George Orson na noite anterior: O que aconteceu às outras, aquelas que vieram antes de mim?

Imaginou como seria a tal Lucy Honeychurch: uma loira, sem dúvida, que usava agasalhos de brechó e óculos *vintage*, uma garota que provavelmente se achava mais inteligente do que de fato era. Teria ele a levado à Pousada do Farol? Teriam caminhado juntos pelas ruínas da cidade subaquática? Teria ele vestido a jovem com as roupas de outra pessoa e a carregado às pressas para o aeroporto com um passaporte falso em sua bolsa, rumo a outra cidade, outro estado, outro país?

Onde ela estaria agora? Enquanto Lucy pensava naquilo, as pessoas começaram a se levantar diante do anúncio de que o embarque do voo rumo a Bruxelas estava prestes a ser iniciado.

Onde estaria a garota agora?, pensou Lucy. *O que teria acontecido a ela?*

23

Aqui estava a Ilha de Banks, o Parque Nacional de Aulavik. Um deserto polar, disse-lhes secamente o sr. Itigaituk, em sua voz cordial e indiferente. Enquanto voavam, ele apontava pontos turísticos como se estivessem numa excursão: havia um pingo, um morro na forma cônica de vulcão, cheio de gelo em vez de lava; ali estava a enseada de Sachs, um amontoado de casas numa praia nua e lamacenta; e lá estavam os lagos interligados dos vales secos, e — vejam só! — uma manada de bois almiscarados!

Mas naquele momento, enquanto caminhavam através da tundra para o local onde deveriam encontrar a velha estação de pesquisas, enquanto a pequena aeronave Cessna parada à sua espera ficava cada vez menor atrás deles, o sr. Itigaituk ficou taciturno. A cada vinte minutos, mais ou menos, parava para consultar a bússola, apertar os binóculos contra os olhos e examinar a amplidão cinzenta de seixos e pedras.

Miles tinha ganhado um par de botas de borracha e uma jaqueta, e lançou um olhar nervoso por cima do ombro enquanto caminhava pesadamente ao longo do cascalho úmido, das poças e do ar gélido ligeiramente enevoado.

Lydia Barrie, enquanto isso, caminhava a passos largos com notável desenvoltura, sobretudo para alguém que, seguramente, imaginou Miles, estaria com uma ressaca colossal. Mas isso não aparecia em seu rosto e, quando o sr. Itigaituk apontou para uma depressão em forma de tigela de pelo branco-acinzentada — o corpo de uma raposa, no qual um ganso fizera um ninho —, Lydia o encarou com um interesse desapaixonado.

— Sinistro — disse Miles, olhando para a cabeça da raposa, a pele esticada sobre o crânio, a cavidade dos olhos, os dentes nus salpicados de cocô de ganso. Dois ovos jaziam no côncavo arredondado de pelos apodrecidos.

— Com certeza — murmurou Lydia.

Tinham passado alguns quilômetros sem falar. Havia, naturalmente, certo clima de constrangimento, dado o que acontecera entre os dois na noite anterior, certa reticência pós-intimidade, que não era facilitada pelo ar de desassossego que havia tomado conta dele. Um zumbido no seu ouvido que não queria ir embora.

Isso era loucura, pensou ele.

Seria provável que Hayden tivesse vindo para esse lugar, seria provável que estivesse na verdade morando aqui nessa planície de tundra, a diminuta silhueta do Cessna ainda visível, muitos quilômetros atrás deles?

Talvez ele tivesse embarcado em buscas muito mais fúteis do que ela, talvez tivesse se tornado fatalista. Mas aquilo não parecia muito promissor.

— Quanto mais precisamos andar? — perguntou, olhando com tato para o sr. Itigaituk, que estava agora a cerca de dez metros à frente deles. — Tem certeza de que estamos na direção certa?

Lydia Barrie ajustou os dedos da sua luva, seus olhos ainda na raposa, os ossos e o pele que tinham dado a um ganso um local de repouso tão confortável.

— Estou me sentindo bem confiante — disse ela, e se entreolharam.

Miles acenou com a cabeça sem dizer nada.

Por algum tempo, conversou com ela sobre Cleveland.

Sobre Hayden, naturalmente, mas também sobre a infância deles, sobre seu pai e até sobre sua vida atual, o emprego na velha loja de mágicas, a sra. Matalov e sua neta...

— E, no entanto, cá está você — disse Lydia. — Parece que poderia ter sido feliz, Miles, e aqui está você, numa ilha do oceano Ártico. É uma pena.

— É possível — disse Miles. Encolheu os ombros, meio confuso. — Não sei. "Feliz" é uma palavra forte.

— "Feliz" é uma palavra forte? — repetiu ela suavemente, do jeito que uma terapeuta faria. Ergueu as sobrancelhas. — Que coisa estranha para se dizer.

E Miles deu de ombros de novo.

— Não sei — falou. — Só quis dizer... eu não era *tão* feliz em Cleveland.

— Entendo — disse ela.

— Apenas... neutro. Quero dizer, eu trabalhava numa companhia de vendas por catálogos, basicamente. Não era nada especial. Você sabe. Passava minhas noites num apartamento vazio a maior parte do tempo, vendo TV.

— Sim — disse ela, e endireitou o colarinho do seu casaco enquanto o vento os fustigava.

Não estava exatamente frio. Miles calculou que a temperatura estivesse em torno de dez graus Celsius, e a interminável luz do sol brilhava sobre eles. O céu tinha uma agudez vítrea e prateada, mais como o reflexo de um céu num par de óculos espelhados. Aquela lúgubre fosforescência azul que a Terra tem quando vista do espaço.

— Então — disse Lydia finalmente. — Se o encontrarmos, você acha que assim vai se sentir feliz?

— Não sei — disse Miles.

Era uma resposta vaga, sem dúvida, mas sinceramente ele não sabia ao certo como se sentiria. Ter as coisas resolvidas, finalmente, depois de todos aqueles anos? Não podia sequer imaginar.

E ela pareceu entender aquilo também. Inclinou a cabeça enquanto seus pés faziam sons arrastados no cascalho, que estavam empilhados em pequenas ondas como os seixos no leito de um riacho. Deixados daquele jeito, Miles supôs, pelo acúmulo da neve derretida.

— E se não o encontrarmos? — perguntou Lydia, depois que tinham caminhado em silêncio por um tempo. — Que vai fazer? Simplesmente entrar em seu carro e voltar para casa em Cleveland?

— Acho que sim.

Ele deu de ombros de novo e dessa vez ela riu, um som surpreendentemente leve e até afetuoso.

— Oh, Miles — disse ela. — Não posso acreditar que você *dirigiu* toda essa estrada até Inuvik. Isso simplesmente me deixa atônita. — E ela ergueu o olhar para o sr. Itigaituk, que estava a uns doze ou mais metros à frente deles, seguindo determinadamente adiante.

— Você é uma pessoa muito estranha, Miles Cheshire — falou ela e olhou para ele pensativamente. — Eu gostaria...

Mas não completou sua frase. Deixou-a no ar, e Miles imaginou que ela decidiu refletir melhor sobre o que ia dizer.

Ele estava tentando pensar no futuro.

Quanto mais caminhavam, mais claro se tornava para Miles que essa era mais uma daquelas brincadeiras elaboradas de Hayden, outro labirinto que ele havia criado e cujos meandros eles estavam percorrendo.

Ele *voltaria*, imaginou. Para Cleveland, para as Matalov Novelties, onde a velha senhora o esperava impacientemente de volta ao trabalho; e ele retornaria para seu canto na entulhada loja, sentado diante do seu computador, debaixo das fotos emolduradas em preto e branco das velhas figuras do vaudeville, às vezes contemplando a imagem de seu próprio pai, de capa e smoking, segurando um bastão com um floreio.

Quanto a Miles, ele não era um mágico, nem jamais seria, mas podia se imaginar tornando-se uma figura respeitada entre eles. O seu fornecedor. Já possuía um bom olho para o inventário e as despesas na Matalov, já havia organizado a bagunça das estantes e atualizado o site, a fim de tornar as compras mais atraentes para os clientes, fazendo algo útil finalmente, abrindo um pequeno caminho em sua vida que seu pai teria respeitado.

Não era o bastante? Não havia a possibilidade de que ele pudesse se acomodar, tornar-se feliz ou pelo menos contente? Não havia uma possibilidade de que, depois dessa última vez, a sombra de Hayden começasse a se afastar dos seus pensamentos e ele pudesse, finalmente, finalmente escapar?

Seria aquilo tão difícil? Tão improvável?

Então, ele levantou o olhar quando o sr. Itigaituk se virou e gritou para eles.

— Estou vendo — disse o homem. — É logo ali adiante!

Lydia ajeitou seus óculos escuros e esticou o pescoço, e Miles protegeu os olhos contra o céu luminoso e o vento, espiando o horizonte.

Ficaram todos parados ali, inseguros.

— E então — disse Miles finalmente. — O que fazemos agora?

O sr. Itigaituk e Lydia Barrie se entreolharam.

— Quer dizer — falou Miles —, vamos até a porta e batemos? O que fazemos?

E Lydia o encarou, com seus olhos escuros e um vazio insondável.

— Tem alguma outra sugestão? — perguntou.

A estação de pesquisa era como uma casa de praia. Uma casa plantada em estacas de frente para a praia, só que não havia água alguma, ou orla à vista, nenhuma sensação de que jamais houvesse algo líquido correndo por ali.

O prédio em si era pouco mais do que três residências móveis conjugadas, escoradas em pilastras, a cerca de dois metros do chão. Tinha as laterais de metal corrugado que ele se cansara de ver em Inuvik, e no telhado achatado havia um pequeno pomar de antenas de metal, discos de satélite e outros instrumentos de transmissão. Ao longo da lateral do edifício havia um grande tanque em forma de cápsula, como daqueles que armazenam gás natural, e alguns barris de metal, também apoiados sobre estacas, provavelmente para petróleo. Alguns fios corriam do edifício principal para um pequeno galpão de madeira, do tamanho de uma casinha.

— Está seguro de que isso é... — perguntou Miles, e o sr. Itigaituk virou-se para fuzilá-lo com um olhar intenso de caçador.

— Shhhhhhh — respondeu ele.

O lugar estava obviamente abandonado, pensou Miles. As janelas, quatro de cada lado, não davam visão para fora. Eram cobertas por uma película cinzenta opaca, provavelmente uma forma de isolamento. Um cata-vento de alumínio girava e rangia entre os postes de metal no telhado do prédio.

Quando o sr. Itigaituk avançou sorrateiramente, um corvo surgiu sobre o galpão decrépito e alçou voo.

— Ele não está aqui — sussurrou Miles, mais para si mesmo do que para Lydia.

Nunca acreditara em nenhuma das sandices paranormais de Hayden, embora ao longo dos anos tivesse compactuado com várias das suas obsessões: vidas passadas e geodésia, numerologia e tabuleiros de Ouija, telepatia e viagens extracorpóreas.

Mas ele acreditava em *algo*.

Acreditava que, quando finalmente encontrasse Hayden, quando finalmente chegasse a uma distância física palpável, ele seria capaz de sentir isso. Devia existir algum radar extrassensorial entre gêmeos, pensou. Um alarme seria desencadeado, e ele o sentiria em seu corpo. Seria acionado no seu peito como um telefone celular programado para vibrar. Se Hayden estivesse dentro desse prédio, Miles saberia.

— Esse não é o lugar — murmurou.

Mas Lydia só se virou para ele com uma expressão vaga. Estendeu sua mão enluvada e pousou-a no ombro de Miles.

Shhh.

Ela o observava com uma atenção ardente, quase trêmula. Ele pensou num apostador, naquele segundo de prece sem fôlego enquanto a roda da roleta desacelera e a bola de prata se encaixa no seu lugar finalmente.

Ela parecia tão certa e focada que ele não pôde deixar de duvidar de seus próprios instintos.

Talvez. Talvez fosse possível?

Ela parecia saber coisas que ele desconhecia, afinal ela havia feito sua pesquisa.

E se Hayden estivesse realmente ali? O que fariam?

Miles e Lydia ficaram a uma distância do prédio enquanto o sr. Itigaituk chegava às escadas de madeira que levavam à porta.

Viram o sr. Itigaituk agachar-se para subir cautelosamente cada degrau. Juntos, observaram; prenderam o fôlego enquanto ele colocava a mão na maçaneta da porta.

Não estava trancada.

Miles fechou os olhos. OK, pensou.

OK. Sim. É isso *aí*.

O lugar estava vazio.

A porta abriu-se de forma vacilante, e o sr. Itigaituk ficou parado pelo que pareceu um longo tempo, examinando o interior. Então se virou e olhou para eles.

— Desabitado — disse, e finalmente o encanto se rompeu. Miles e Lydia, ambos se deram conta de que estavam à distância, como que esperando que o sr. Itigaituk desativasse uma bomba.

— Nada — disse o sr. Itigaituk em tom crítico, e lançou-lhes um suave olhar de acusação. — Ninguém por aqui há muito tempo.

Um tempo *muito* longo, Miles se deu conta. Talvez um ano, talvez mais. Podia adivinhar pelo cheiro de fungo de porão no ar quando entraram.

A sala da frente, no tamanho e formato de um trailer, era acarpetada em cinza e despida de qualquer mobília. Havia pedaços de papel alfinetados na cortiça que forrava as paredes, e eles acionavam uma agitação de galinheiro quando o vento entrava.

— Olá? — gritou Lydia, mas sua voz saiu baixa e fraca. — Rachel? — disse, entrando em passos hesitantes pela porta aberta que levava aos quartos dos fundos. — Olá? Rachel?

Estava mais escuro nos quartos dos fundos.

Não escuro como breu, mas na penumbra, como um quarto de hotel com as cortinas fechadas, e o despachado sr. Itigaituk puxou uma lanterna do bolso e a acendeu.

— Que merda — disse Lydia Barrie, e Miles nada falou.

Ali, naquela outra sala, as paredes estavam cobertas de mesas dobráveis, dessas que se veem em cantinas de escolas. E havia um equipamento indefinível, uma coisa grande em forma de caixa, com dentes afiados de estacada; cata-ventos menores e bastões na forma de redemoinhos de papel; um arquivo sem as gavetas e pastas espalhadas pelo chão.

O cheiro mofado de roupas velhas era mais acentuado agora, e o sr. Itigaituk correu o facho de sua lanterna sobre uma saleta lateral que, Miles viu, era uma área de cozinha e despensa. Pratos sujos formavam uma pilha alta sobre a pia, e latas vazias e embalagens de barras de chocolate preenchiam o espaço do balcão, abaixo havia armários abertos e na maioria vazios.

Uma caixa de cereal, quase irreconhecível de tão desbotada, estava sobre a mesa, perto de uma tigela, de uma colher e de uma lata de leite condensado.

O sr. Itigaituk virou-se solenemente e olhou para Lydia, e sua expressão confirmava o que Miles vinha pensando. O local estava abandonado havia... anos, Miles supôs. Não haviam chegado nem perto.

— Porra — disse Lydia Barrie em voz baixa, e finalmente pegou um frasco na bolsa e tomou um gole. Seu rosto estava tenso, cansado, e sua mão tremia ao oferecer o frasco a Miles.

— Eu estava tão confiante — disse ela quando Miles o pegou. Ele pensou um pouco e não bebeu.

— Sim — disse Miles —, ele é bom nisso. Enganar as pessoas. Acho que se poderia dizer que é a obra de sua vida.

Ele estendeu o frasco para ela, que o apanhou, colocando nos lábios de novo.

— Lamento — disse Miles.

Vinha fazendo isso há tanto tempo que se tornara um sentimento familiar: a urgência e a antecipação, o frêmito de emoção. E então o desapontamento. Anticlímax que, à sua maneira peculiar, era como a contrição. Não era diferente de ter o coração partido, imaginou.

E então ambos ergueram o olhar quando o sr. Itigaituk clareou sua garganta. Estava a uma distância de poucos metros, perto da entrada escura dos quartos dos fundos.

— Srta. Barrie — disse —, talvez queira dar uma olhada nisso.

Era um quarto.

Eles estavam na porta, olhando para dentro, e era dali que o cheiro de terra velha e roupa mofada emanavam com mais intensidade. Era um quarto estreito que mal dava espaço para uma cama e algumas estantes, mas fora decorado com extravagância.

Decorado? Seria o termo correto?

Lembrava a ele o tipo de coisa que haviam comentado numa das aulas de arte na Universidade de Ohio. Arte Bruta, o professor a chamava. Arte Outsider: e ele pensou então nos dioramas e nas estátuas que Hayden costumava fazer quando eram garotos.

Essa "decoração" seguia aquelas linhas, embora fosse muito mais elaborada, enchendo todo o quarto. Havia móbiles pendurados por fios no teto, origamis de peixes, cisnes e pavões; conchas de náutilos e cata-ventos; nuvens feitas de lã, sinos de vento feitos de pequenas pedras e lâminas de microscópio. As prateleiras estavam cheias de balangandãs que Hayden fizera de pedras e ossos, unhas, lascas de madeira e latas de sopa, embalagens plásticas, retalhos de pano, algumas penas, pedaços de pele, peças de computador, todo tipo de bugiganga irreconhecível.

Algumas dessas criações haviam sido arranjadas num painel — e Miles trabalhara o suficiente numa loja de mágicas para reconhecer cenas das cartas de Tarô. Ali estava o Quatro de Espadas: uma figura feita de argila ou barro ou farinha repousava sobre uma cama de papelão, coberta por uma minúscula colcha cortada de um pedaço de veludo cotelê, e acima da cama havia três pregos apontando para baixo. Ali estava a torre: uma estrutura cônica feita de seixos, com duas pessoas de miniatura feitas de clipe de papel jogando-se da torre.

Além desses objetos, roupas haviam sido arranjadas sobre a cama. Lado a lado: uma blusa branca e uma camiseta branca, com as mangas esticadas. Duas calças jeans. Dois pares de meias. Como se estivessem dormindo ali, um do lado do outro, e então tivessem simplesmente evaporado, deixando apenas suas roupas vazias.

E, ao redor dessas figuras, havia várias flores: lírios feitos de penas de ganso, rosas feitas das páginas de livros e flores mosquitinho feitas de arame e fita isolante. Flocos de mica cintilavam enquanto o sr. Itigaituk passava sua lanterna sobre o...

Santuário, Miles imaginou que assim se poderia chamar.

Era como um daqueles memoriais que a gente vê ao longo dos acostamentos das estradas: um amontoado de cruzes, buquês de plástico, animais empalhados e cartazes feitos à mão que marcam o lugar onde alguém morreu num acidente de carro.

Acima das roupas vazias, algumas pedras grandes e achatadas tinham sido arranjadas num arco, e em cada pedra uma runa fora pintada.

Runas: era o velho jogo, o velho alfabeto que eles inventaram quando tinham 12 anos, "letras" que estavam entre os fenícios e Tolkien, que eles fingiam se tratar de uma língua antiga.

Podia ler aquelas letras muito bem. Ainda se lembrava delas.

R-A-C-H-E-L, dizia. H-A-Y-D-E-N.

E então, abaixo delas, em letras menores, estava escrito:

e-a-d-e-m m-u-t-a-t-a r-e-s-u-r-g-o

Imaginou que fosse uma espécie de sepultura.

Os três ficaram ali mudos e todos conseguiam entender o que essa exposição pretendia dizer, todos eram capazes de concluir que estavam na presença de um memorial ou de uma tumba. Devia soprar uma brisa da porta da frente, porque os móbiles tinham começado a se mexer levemente, lançando sombras na parede quando a lanterna do sr. Itigaituk os iluminou. Os sinos de vento fizeram um sussurro incerto e chacoalhante.

— Acho que aquelas roupas devem ser de Rachel — disse Lydia finalmente, rouca, e Miles encolheu os ombros.

— Não tenho certeza — disse ele.

— O que é isso? — perguntou Lydia. — É uma mensagem?

Miles sacudiu a cabeça. Estava pensando nas figuras de pedras e galhos irregularmente empilhadas que Hayden costumava fazer no quintal de sua velha casa, depois que seu pai morreu. Pensava na cópia esfarrapada de Frankenstein que recebeu pelo correio não muito depois de sua viagem à Dakota do Norte, a passagem do capítulo final que fora marcada:

Siga-me; vou em busca dos gelos eternos do norte, onde você sentirá a miséria do frio e da geada, à qual sou impassível... Venha, meu inimigo.

— Acho que quer dizer que os dois estão mortos — disse Miles finalmente, e fez uma pausa.

Pensava realmente aquilo? Ou ele simplesmente desejava que fosse verdade?

Lydia tremia um pouco, mas seu rosto permanecia imóvel. Ele não sabia o que ela sentia. Raiva? Desespero? Dor? Ou era meramente uma versão do vazio entorpecido, oco, sem palavras que tomara conta dele quando se lembrou da carta que Hayden lhe mandara: *Lembra-se da Grande Torre de Kallupilluk? Talvez aquele seja o local de meu descanso final, Miles. Talvez nunca volte a ouvir qualquer palavra minha.*

— Ele deixou isso para mim — disse Miles suavemente. — Acho que pensou que eu entenderia o significado.

Conhecendo Hayden, Miles pressupôs que cada objeto no quarto fosse uma mensagem, cada escultura e diorama deveria contar uma história. Conhecendo Hayden, cada objeto foi construído para receber a atenção que um arqueólogo daria a uma série de pergaminhos há muito tempo desaparecidos.

E Miles supôs que de fato entendia a essência da coisa. Ou, pelo menos, que era capaz de interpretar, à maneira dos adivinhos que encontravam uma história nas linhas aleatórias da palma da mão ou as varetas do I Ching; do modo como os místicos encontram comunicações secretas por toda parte, convertendo letras em números e números em letras, números mágicos aninhados nos versículos da Bíblia, palavras de encantamento a serem descobertas nos intermináveis rosários de dígitos que expressam o valor de pi.

Seria mentira dizer que havia uma narrativa a ser encontrada naquele amontoado de dioramas, estátuas e móbiles? Seria desonesto? Seria diferente de um terapeuta que recolhe o material de sonhos, as paisagens, os objetos e os acontecimentos fortuitos surreais, e tecem com eles um significado?

— É uma nota de suicídio — disse Miles finalmente, com muita suavidade, e apontou para as pilhas de pedras, com as pessoas de clipe de papel jogando-se do alto da torre.

— Essa é a Grande Torre de Kallupilluk — continuou. — É uma história que inventamos quando éramos crianças. É um farol na beira do mundo, e é para lá que os imortais vão quando estão prontos para deixar essa vida. Eles navegam da praia além do farol e sobem para o céu.

Miles olhou atentamente para os objetos que Hayden havia deixado para ele, como se cada um fosse um hieróglifo, cada um deles uma sequência de um daqueles ciclos de afrescos dos tempos antigos.

Sim, era possível afirmar que havia uma história ali.

Na versão da história imaginada por Miles, os dois tinham chegado àquele lugar no outono.

Hayden e Rachel. Estavam apaixonados, como naquela foto que Lydia lhe havia mostrado. Esse era um lugar onde achavam que podiam se esconder, por um breve tempo, até que Hayden conseguisse trazer as coisas de volta ao normal.

Não tinham planejado ficar tanto tempo, mas o inverno veio mais rápido do que esperavam e foram encurralados antes que o soubessem. E Rachel — era possível vê-la naquele móbile, ali, com as penas e os vidrilhos coloridos — ficou doente. Tinha saído para ver a aurora boreal. Era uma garota romântica, uma garota nada prática, uma fotógrafa amadora — via-se isso nos rolos de filme daquele diorama, talvez pudessem ser revelados, talvez contivessem as fotos que ela tirou em seus últimos dias...

Mas ela não se deu conta. Ela não entendeu que nessa região até mesmo poucos minutos de exposição aos elementos poderiam ser terrivelmente perigosos. Era possível vê-la ali, delirante em sua cama, debaixo daqueles pregos...

E àquela altura a comida começara a escassear, e Hayden não sabia quanto tempo o gerador ainda funcionaria. Então ele fez um trenó para Rachel e embrulhou-a em cobertores, casacos e peles, e seguiu em frente. Planejava tentar caminhar até a parte sul da ilha. Era sua única esperança.

— Não — disse o sr. Itigaituk e sacudiu a cabeça cinicamente. — É ridículo. Nunca teriam conseguido. Seria impossível.

— Ele sabia disso — falou Miles. — É o significado daquelas pedras ali. Ele sabia que não tinha a menor chance, mas queria tentar de qualquer maneira.

Miles olhou para Lydia, que ficara parada ali, ouvindo muda enquanto ele falava. Enquanto ele *interpretava*.

— Não — disse ela. — Isso não faz sentido. Como podiam estar mortos há tanto tempo? Como é possível... nós dois temos cartas dele, cartas recentes...

Cartas que poderiam ter sido deixadas com alguém, talvez. Por favor, envie essas cartas se eu não voltar dentro de um ano. Aqui estão cem dólares, duzentos dólares pelo seu incômodo.

—Talvez você tenha razão — disse Miles. —Talvez ainda estejam vivos em algum lugar.

Mas Lydia tinha mergulhado em seus próprios pensamentos. Não convencida, porém.

Ainda assim.

Aquilo provavelmente não era verdade, mas não seria agradável acreditar?

Seria um alívio tão grande, pensou Miles, um consolo pensar que eles tinham finalmente chegado ao fim da história. Não era aquele o presente que Hayden lhes dava com aquela cena? Não era essa uma versão da gentileza de Hayden?

Um presente para você, Miles. Um presente para você, também, Lydia. Vocês finalmente chegaram ao fim do mundo e agora sua jornada terminou. Um desfecho para vocês, se o quiserem.

Apenas se quiserem aceitá-lo.

24

Já fazia um ano que Ryan estava vivendo no Equador e começara a se acostumar com a ideia de nunca mais rever Jay.

Estava se acostumando com uma série de coisas.

Morava em Quito, na parte da Cidade Velha — o Centro Histórico —, num pequeno apartamento na Calle Espejo, uma avenida só para pedestres bastante movimentada, e se habituara aos sons da cidade ao amanhecer. Havia uma banca de jornais logo abaixo de sua janela, então não precisava de despertador. Antes de o dia ficar claro, podia ouvir o barulho dos metais enquanto o *señor* Gamboa Pulido ajeitava as estantes e arrumava os jornais. Pouco depois, vozes encontravam um caminho para invadir seu estado de semiconsciência. Por bastante tempo, o som da língua espanhola nada mais fora do que um emaranhado musical para ele, mas também aquilo começara a mudar. Antes que pudesse imaginar, as sílabas começaram a se solidificar em palavras, e logo já estava pensando em espanhol.

Ainda tinha seus limites, obviamente. Ainda era notável que se tratava de um americano, mas ele já conseguia se virar no mercado ou na rua, podia compreender o que diziam os locutores de rádio, assistir à televisão e entender as notícias, a trama e os diálogos das novelas. Era capaz de bater papo em bares ou cibercafés e sabia quando alguém estava falando dele, ou o observava com curiosidade quando se reclinava sobre o teclado, impressionados com sua rapidez ao digitar com apenas uma das mãos.

Também estava se acostumando àquilo.

Certa vezes, durante a manhã, sentia uma pontada ou outra. O espectro de sua mão doía, a palma coçava, os dedos pareciam abrir e fechar. No entanto, não mais se surpreendia ao abrir os olhos e ver que ela não estava ali. Deixara de acordar com a certeza de que sua mão estava de volta ao lugar, de que havia se materializado de alguma forma no meio da noite, como se houvesse brotado da extremidade de seu pulso.

A sensação vívida de perda havia esmaecido e ultimamente pensava cada vez menos sobre aquilo. Conseguia se vestir e amarrar os sapatos sem grandes dificuldades. Era capaz de fazer café e torradas, fritar um ovo, tudo com uma única mão, e em alguns dias nem se preocupava em vestir sua prótese.

"Ovos" era uma das palavras com as quais às vezes tinha problemas.

Huevos? Huecos? Huesos? Ovos, ocos, ossos.

No momento, usava um gancho mioelétrico que era encaixado como uma manopla em seu coto. Podia abrir e fechar as garras apenas flexionando os músculos em seu antebraço e, para falar a verdade, já estava bem-adaptado ao uso. Ainda assim, havia dias em que era mais fácil — ou em que chamava menos atenção — simplesmente abotoar a camisa na altura do pulso. Ryan não gostava do interesse que o gancho provocava nas pessoas, dos olhares surpresos e do medo que causava em mulheres e crianças. Já bastava ser um gringo, um ianque — não precisava de mais nada que o diferenciasse.

No início, quando costumava atravessar a Plaza de la Independencia, passando pelo passeio público que circunda a estátua alada da vitória, percebia que, apesar de seus esforços, ele chamava atenção. Lembrou-se do conselho de Walcott: *Nunca olhe diretamente nos olhos de alguém!* Ainda assim, os engraxates ambulantes o perseguiam, gritando incompreensivelmente, e as senhoras de idade, com suas tranças grisalhas e bonés, fechavam a cara quando o viam passar. Quito era uma cidade com um número surpreendente de palhaços e mímicos, que também se sentiam atraídos por Ryan. Tinha um esqueleto esfarrapado de nariz vermelho sobre pernas de pau; um zumbi de rosto branco vestido num paletó escuro empoeirado, caminhando como um brinquedo mecanizado numa faixa de pedestres; um idoso usando batom, sombra verde e um turbante rosa, segurando cartas de tarô e gritando para Ryan: *Fortuna! Fortuna!*

Às vezes era um jovem universitário, de mochila, sandálias e roupas militares:

— Ei, cara! Você é americano?

Agora isso acontecia com menos frequência. Conseguia atravessar a praça sem maiores incidentes. O velho cartomante apenas levantava a cabeça quando Ryan passava; a maquiagem de bordel borrada de suor e os olhos tristes que seguiam o jovem ao passar pelo Palácio do Governo, com suas colunas diante da fachada branca; as celas carcerárias do século XVIII, que antes se perfilavam ao sopé da construção, hoje abrigavam barbearias, lojas de roupas e lanchonetes.

Do alto das montanhas, uma cavalaria de antenas contemplava a cidade. Através dos espaços entre os prédios, Ryan ocasionalmente conseguia enxergar a grande estátua na Colina de El Panecillo: a Virgem do Apocalipse em sua pose de dança, pairando sobre o vale.

Financeiramente, não havia problemas. Apesar dos contratempos, ainda tinha algumas contas bancárias que não foram descobertas e, cautelosamente, passou a transferir o dinheiro de uma para outra — de gota em gota, mas ainda assim suficiente para mantê-lo numa posição confortável. Fizera alguns investimentos que vinham lhe rendendo crédito e, no meio-tempo, assumiu uma nova identidade. David Angel Verdugo Cubrero, um cidadão equatoriano, com passaporte e tudo. Quando as pessoas olhavam para ele de modo estranho, dava de ombros: "Minha mãe era americana" lhes dizia. Abriu uma conta poupança e conseguiu um ou dois cartões de crédito com o nome de David. Tudo aparentava correr bem. Parecia que conseguira fugir.

Imaginava que Jay não tivera a mesma sorte.

Os eventos daquela noite ainda não estavam claros em sua mente Ainda não sabia o que os homens estavam buscando, por que insistiram que Jay não era Jay, por que partiram em pânico, ou como Jay conseguiu se livrar da cadeira à qual estava amarrado. Não importa o quanto tentasse juntar os pedaços em sua cabeça, os acontecimentos permaneciam teimosamente ilógicos, aleatórios, fragmentados.

Ao chegarem ao hospital, Ryan havia perdido bastante sangue, e todas as cores lhe pareciam pálidas. Podia se lembrar — ou pensava se lembrar — das portas automáticas abrindo no momento em que entraram na sala de emergência. Lembrava-se da enfermeira surpresa e hesitante em seu jaleco em forma de balão, intrigada diante da caixa de isopor que Jay jogou para ela.

— É a mão dele — disse. — Dá para colocar de volta, não é? Dá para consertar, não dá?

Ele se lembrava de Jay beijando seu cabelo e sussurrando:

— Você não vai morrer. Eu te amo, filho. Você é a única pessoa que se preocupa comigo. Não vou deixar que nada de ruim aconteça. Você vai ficar bem...

— Sim — disse Ryan. — Tudo bem — acrescentou. Depois de fechar os olhos, ouviu Jay dizer a alguém:

— Ele caiu da escada. A mão ficou presa num fio de arame. Foi tudo tão rápido...

Por que ele está mentindo?, pensou Ryan, num estado de dormência.

E então sua memória seguinte era numa cama de hospital, vendo o coto em seu pulso enfaixado como uma múmia e o espectro de sua mão palpitando. O jovem médico, doutor Ali, tinha os cabelos negros amarrados num rabo de cavalo e olhos castanhos cansados. Ele disse a Ryan que infelizmente as notícias sobre sua mão não eram boas: os médicos não conseguiram reimplantá-la à extremidade do pulso, já que muito tempo se passara e, como estavam num hospital pequeno, não tinham os equipamentos...

— Onde está ela? — perguntou Ryan. Aquela foi a primeira coisa em que pensou. O que tinham feito com sua mão?

O médico deu uma olhada para a diminuta enfermeira loira a seu lado.

— Infelizmente — lamentou ele —, não pudemos fazer nada.

— Onde está meu pai? — perguntou. Ryan conseguia entender tudo, embora nada estivesse fazendo sentido para ele. Sentia seu cérebro liso, bidimensional, e olhou incerto para a porta do quarto. Podia ouvir o *clip, clip* das solas duras dos sapatos de alguém caminhando pelo corredor lá fora. — Onde está meu pai? — indagou, e novamente o doutor e a enfermeira trocaram olhares solenes.

— Sr. Wimberley — disse o médico —, sabe de algum telefone em que possamos encontrar seu pai? Gostaria que ligássemos para alguma outra pessoa?

Foi só quando Ryan finalmente olhou em sua carteira que ele encontrou o bilhete. Ali dentro, onde ainda se encontrava sua carteira de habilitação sob o nome de Max Wimberley, havia um bolo de dinheiro. Quinze notas de cem dólares, algumas de vinte, outras de um, além de um pedacinho de papel dobrado, com a caligrafia caprichada e minúscula de Jay:

> R. — *Deixe o país o mais rápido possível. Irei ao seu encontro em Quito, entrarei em contato assim que puder. Corra!*
>
> *Com todo amor, Jay.*

Ao chegar a Quito, esperava que Jay aparecesse a qualquer dia. Vasculhava entre os pedestres na praça e pelas calçadas de paralelepípedos, espiava dentro das lojas estreitas e bagunçadas, ia a diversos cibercafés e digitava o nome de Jay em páginas de busca — todos os nomes usados por Jay que conseguia lembrar. Checava todas as contas de e-mail que já tivera e depois as verificava novamente.

Não queria pensar que ele pudesse estar morto, embora talvez fosse menos doloroso do que imaginar que Jay simplesmente não viria.

Que Jay o havia abandonado.

Que Jay nem mesmo era Jay, mas apenas um — o quê? — outro avatar?

Naqueles primeiros meses, costumava ficar na sacada de seu apartamento no segundo andar, ouvindo as jovens ambulantes que ficavam em frente ao Teatro Bolívar, a um quarteirão dali. Lindas e tristes *otavaleñas*, talvez irmãs, gêmeas, com suas tranças negras, blusas rústicas brancas e xales vermelhos, segurando suas cestas de morangos, feijões-de-lima ou flores, gritando: "Um dólar, um dólar, um dólar, um dólar." De início, pensou que as garotas estivessem cantando. Suas vozes eram tão doces, musicais e intensas, se mesclando em contrapontos e, por vezes, harmonizando: "Um dólar, um dólar, um dólar, um dólar." Como se lhe houvessem partido os corações.

Quase um ano se passara e não pensava mais em Jay. Não com tanta frequência.

À tarde, caminhava pela Calle Flores até chegar a um cibercafé do qual gostava. Ficava logo depois dos muros de estuque cor de coral do Hotel Viena Internacional, onde estudantes americanos e europeus encontravam alojamento barato e empresários equatorianos podiam passar algumas horas na companhia de prostitutas. Descendo a ladeira, onde a rua estreita se alargava abruptamente numa visão panorâmica das montanhas orientais, as inúmeras fileiras de casas eram dispostas em círculos sob o tênue céu azul.

Lá estava. Apenas uma entrada sem porta com uma placa pintada à mão: INTERNET, e um lance de escadas íngreme e sinuoso. Uma sala de fundos pequena com fileiras de computadores velhos e sujos.

O dono era um velho americano, que se chamava Raines Davis. Teria 70 anos, talvez. Ficava atrás do balcão, enchendo lentamente um cinzeiro com guimbas de cigarro. Seus grossos cabelos brancos tinham um tom amarelado, como se manchados pela fumaça.

O lugar frequentemente ficava lotado de estudantes, todos inclinados sobre seus teclados, com os olhos fixos no monitor. Outras vezes, no fim da tarde, ficava mais ou menos vazio, e aquele era o horário preferido de Ryan: tudo muito tranquilo e privado, com a fumaça do cigarro pairando sob o teto. Sim, às vezes ele digitava "Ryan Schuyler", só para ver se algo de novo aparecia. Olhava as fotos de satélite de Council Bluffs, e as imagens eram tão sofisticadas que conseguia ver sua casa, o carro de Stacey na frente da garagem, saindo a caminho do trabalho, imaginou ele.

Chegou a pensar no que aconteceria se entrasse em contato com eles, se lhes dissesse que estava vivo. Não sabia dizer se tal atitude seria bondosa ou cruel. Será que realmente queriam um morto retornado a vida, após toda a energia de que precisaram para colocar seus mundos novamente nos trilhos? Não sabia ao certo — e não tinha ninguém para quem perguntar —, embora pensasse em levantar a questão um dia para o sr. Davis quando se conhecessem melhor.

O sr. Davis não era de falar muito, embora os dois conversassem de tempos em tempos. Era um velho militar. Um verdadeiro expatriado. Crescera em Idaho, mas já estava em Quito havia trinta anos e não esperava voltar à América um dia. Nem mesmo pensava naquilo, disse.

Ryan concordou com a cabeça.

Imaginou que deveria haver um ponto a partir do qual você deixava de ser um visitante. Depois que os turistas voassem de volta para casa, que os alunos de intercâmbio parassem de bancar os nativos, depois que a noção de "voltar para casa" começasse a soar como algo fictício.

Quão longe ele estava então da criança que fora aos olhos de Stacey e Owen Schuyler. Quão distante ele estava agora do namorado atrapalhado e impaciente que fora para Fada, do colega de quarto que fora para Walcott, do filho que fora para Jay.

Seria aquilo menos real do que as identidades passageiras e menores que descartara? Kasimir Czernewski, Matthew Blurton, Max Wimberley.

Chega-se a certo ponto em que deve ser possível soltar as amarras. Chega-se a certo ponto em que você percebe que foi libertado.

Você pode ser qualquer um, pensou.

Você pode ser qualquer um.

25

George Orson estava perdendo o controle emocional.

Acordava no meio da noite com um grito lancinante e então ficava sentado com os joelhos para cima, com a lâmpada da mesinha de cabeceira acesa e a televisão ligada.

— Estou tendo pesadelos de novo — disse ele, e Lucy sentava-se constrangida na cama ao lado dele, que emanava um silêncio longo e árido.

Era seu segundo dia na África, enfiados no quarto do décimo quinto andar do Hotel Ivoire, e George Orson saía e voltava, saía e voltava, e cada vez que voltava parecia mais ansioso e irritado.

Enquanto isso, Lucy ficava sentada no quarto, no alto da torre do hotel em forma de arranha-céu, entediada e também à beira da loucura, delicadamente retirando dinheiro das páginas de livros, olhando para o fluxo do trânsito na rodovia abaixo. Seis pistas de carros, percorrendo a circunferência da Laguna de Ebrié, que não era do azul cerúleo característico das brochuras turísticas como ela esperava, mas apenas uma água comum acinzentada, não muito diferente da do lago Erie. Pelo menos aqui havia palmeiras.

Ela o ouviu à porta, girando a maçaneta, resmungando para si mesmo e, quando finalmente entrou, jogou seu cartão-chave no tapete, os dentes à mostra.

— Filho da mãe — disse ele, e jogou a maleta em cima da cama. — Mas que merda — disse, e Lucy ficou parada, segurando uma nota de cem dólares, piscando para ele, alarmada. Nunca o ouvira dizer palavrões antes.

— Qual é o problema? — perguntou, enquanto o via marchar até o frigobar e escancarar sua porta.

Vazio.

— Que porra de hotel vagabundo — disse ele. — E quer se passar por um quatro estrelas?

— Qual é o problema? — perguntou ela de novo, mas ele apenas sacudiu a cabeça, irritadiço, passando os dedos pelo escalpo, os cabelos de pé em tufos secos e gramíneos.

— Vamos tirar novos passaportes — disse ele. — Precisamos nos livrar de David e Brooke o mais rápido possível.

— Por mim está ótimo — disse ela, e observou enquanto ele ia até o telefone na mesinha e erguia o fone com um floreio de fúria controlada.

— *Allô, allô?* — disse. Tomou fôlego e parecia estranho, ela pensou. Seu rosto na verdade parecia mudar ao adotar seu sotaque francês fundo e exagerado. Suas pálpebras caíam um pouco, sua boca se rebaixava e ele empinava o queixo.

— *Service des chambres?* — disse. — *S'il vous plaît, je voudrais une bouteille de whiskey. Oui, Jameson, s'il vous plaît.*

— George — disse ela, esquecendo-se de novo, esquecendo que ele era "papai". — Algum problema? — perguntou ela, mas ele apenas ergueu um dedo: *Ssshhh*.

— *Oui* — falou ele ao telefone. — *Chambre quinze quarante-et-un* — disse e, então, só depois de colocar o fone no aparelho, virou-se e olhou para ela.

— O que está acontecendo? — perguntou ela. — Algum problema?

— Preciso de um drinque; esse é o principal problema — respondeu ele, sentou-se na cama e tirou o sapato. — Mas, se quer saber a verdade, estou um pouquinho preocupado e gostaria de conseguir novos nomes para nós. Amanhã.

— OK — disse ela. Colocou um exemplar de *A casa abandonada* sobre a mesa de café e discretamente enfiou a nota de cem dólares no bolso da frente de seu jeans. — Mas isso não responde à minha pergunta. O que está acontecendo?

— Está tudo bem — disse ele, brevemente. — Estou apenas sendo paranoico — falou e deixou cair o outro sapato no chão. Um daqueles mocassins masculinos com borlas de couro no lugar dos cadarços.

— Quero que desça ao salão amanhã de manhã — disse ele. — Veja se conseguem deixá-la loura. E corte os cabelos — falou, e ela imaginou sentir um leve tom de desagrado em sua voz. — Algo sofisticado. Devem saber fazer isso.

Lucy colocou as mãos nos cabelos. Ainda não havia desfeito suas tranças de Brooke Frendem, embora as detestasse. Muito infantis, ela dissera. — Eu devo ter 16 anos? Ou 8? — perguntara ela, embora acabasse persuadida a entrar no jogo, quando George Orson insistiu.

Eu nunca quis esses cabelos para começo de conversa. Era o que ela queria lembrar a ele, mas provavelmente não importava. Ele tinha puxado do bolso do paletó o notebook do tamanho da palma da mão, escrevendo em suas meticulosas letrinhas maiúsculas.

— Então a primeira coisa que você vai fazer de manhã será cuidar dos cabelos — dizia ele. — Vamos tirar as fotos antes do meio-dia e podemos esperar que os novos passaportes fiquem prontos até quarta-feira de manhã. Mudamos para um novo hotel na quarta de tarde. Seria bom se pudéssemos sair do país o mais cedo possível. Gostaria de estar em Roma até sábado, no máximo.

Ela assentiu com a cabeça, olhando para baixo, para o tapete, salpicado com pequenas cicatrizes pretas de queimaduras de cigarros. Os restos de um velho pedaço de goma de mascar, achatados como uma moeda. Irremovível, aparentemente.

— OK — disse ela, embora também se sentisse nervosa. Não havia saído do quarto do hotel sem George Orson, e a ideia do salão de cabeleireiro era subitamente assustadora. *Estou apenas sendo paranoico*, dissera ele, mas ela estava segura de que havia um bom motivo para ele estar ansioso, ainda que não o admitisse.

Seria intimidante, pensou ela, sair pelas áreas públicas do hotel sozinha.

Todo mundo era negro, isso era um fato. Ela teria a consciência de ser uma garota branca, seria visível de um modo a que não estava acostumada, não haveria nenhuma multidão dentro da qual pudesse sumir, e ela pensava nas ocasiões em que tinha atravessado de carro com a família as áreas negras de Youngstown, como sentira que as pessoas na rua, as pessoas que esperavam nos pontos de ônibus, erguiam os olhares para espiar. Como se o seu carro de quatro portas estivesse emitindo uma aura caucasiana, como se iluminado e fosforescente. Lembrou como a mãe apertou os botões automáticos para travar as portas do carro, testando-os e retestando-os.

— Essa é uma vizinhança perigosa, meninas — dissera sua mãe, e Lucy revirara os olhos. *Como ela é racista*, pensara, e fez questão de abrir a trava de sua própria porta.

Isso, claro, era diferente. Era a África. Era um país do terceiro mundo. Um local onde se praticavam tentativas de golpe, levantes armados e onde havia crianças-soldados; e ela havia lido a advertência do Departamento de Estado: *Os americanos deveriam evitar multidões e manifestações, estar cientes das suas cercanias e usar o bom senso para evitar situações e locais que possam ser perigosos. Dado o forte sentimento antifrancês, pessoas de aparência não africana podem ser especificamente escolhidas como alvo de violências.*

Mas ela não queria ser covarde também, por isso simplesmente ficou ali, observando George Orson tirar as meias e massagear a base do dedão com o polegar.

— Eles falam inglês? — perguntou finalmente, hesitante. — No cabeleireiro? E se não falarem inglês?

E George Orson olhou para ela de forma severa.

— Estou certo de que terão alguém lá que fale inglês — disse ele. — Além disso, querida, você estudou três anos de francês no ensino médio, o que deveria ser o suficiente. Vai querer que eu escreva algumas frases para você?

— Não — disse Lucy, e encolheu os ombros. — Não... acho que eu... está tudo bem — disse ela.

Mas George Orson bufou, irritado.

— Ouça aqui — disse ele. — Lucy — falou, e ela podia ver que usava seu nome verdadeiro deliberadamente, para marcar uma posição —, você não é uma criança. Você é adulta. E é uma pessoa muito esperta. Sempre lhe disse isso. Vi isso em Lucy logo de cara; ela era uma jovem notável.

"E agora — continuou ele —, agora você precisa apenas ser mais positiva. Vai querer passar o resto da vida esperando que alguém lhe diga o que fazer a cada passo do caminho? Quer dizer, por Deus, Lucy! Desça ao saguão, fale inglês, ou se vire em francês nativo, ou se comunique por sinais, e aposto que terá seus cabelos feitos sem que alguém tenha de segurar sua mão durante o processo.

Ergueu os braços e caiu de costas novamente sobre a cama com um comentário só para si em voz baixa num suspiro de frustração, como se houvesse um público a assisti-los, como se houvesse outra pessoa com que ele se comiserava. *Acredita que eu tenha de aturar isso?*

Ela desejou que pudesse pensar em alguma réplica glacial e cortante.

Mas não conseguiu pensar em nada. Ficou sem fala: ser tratada assim, depois de todas as suas mentiras e evasões, depois de todo aquele tempo que passou na Pousada do Farol, esperando fiel e pacientemente, ouvir agora que ela não era "positiva"?

— Preciso de um drinque — murmurou George Orson mal-humorado, e Lucy simplesmente ficou ali, olhando para ele. Então, finalmente, voltou ao seu livro, *A casa abandonada*, sentando-se como quem tricota um suéter e lentamente descolando as notas, observando enquanto a fita adesiva transparente arrancava as letras das velhas páginas.

Muito bem, ela seria positiva, pensou.

Era uma viajante internacional, afinal. Na semana passada estivera em dois continentes — embora apenas por algumas horas na Europa, em Bruxelas —, mas em breve estaria morando em Roma. Ia ser *cosmopolita*, não foi isso que George Orson lhe dissera, nos últimos meses, enquanto se distanciavam de Pompey, Ohio, de carro? Não era com aquilo que tinha sonhado?

Aquele lugar não era Mônaco ou as Bahamas, ou algum dos balneários mexicanos da Riviera Maia com os quais costumava delirar pela Internet. Mas ele estava certo, pensou. Era uma oportunidade para ela ser adulta.

Por isso, quando ele saiu naquela manhã prometendo estar de volta antes do meio-dia, ela se retesou.

Vestiu uma camiseta preta e jeans, indumentária que, embora não exatamente madura, era pelo menos neutra. Escovou os cabelos e encontrou o tubo de batom que trouxera consigo quando atravessaram o país no Maserati. Lá estava ele, quase não usado, num compartimento com zíper de sua bolsa.

Colocou quinhentos dólares na bolsa também e embrulhou o resto do dinheiro numa camiseta suja no fundo da mochila barata e juvenil de Brooke Fremden que George comprara para ela em Nebraska.

OK, pensou. Estava mesmo fazendo aquilo.

Ela entrou no elevador, relaxada e confiante. Quando um homem embarcou no andar seguinte — um soldado, com uniforme de camuflagem, boina azul, dragonas vermelhas nos ombros —, ela manteve o rosto inteiramente sem expressão, como se não houvesse sequer notado, como se não tivesse consciência de que ele a olhava com firme reprovação e de que havia uma pistola num coldre em sua cintura. Desceu o resto do percurso em silêncio, sozinha com o homem, e, quando ele segurou a porta do elevador e fez um gesto cavalheiresco — *primeiro as damas* —, ela murmurou "*merci*" e entrou no saguão.

Estava realmente fazendo aquilo, pensou.

Levou um longo tempo para fazer os cabelos, mas, na verdade, foi muito mais fácil do que ela imaginara. Estava assustada ao entrar no salão, onde só havia duas funcionárias — uma mulher magra e altiva de aspecto mediterrâneo, que pareceu examinar a camiseta e o jeans de Lucy com repugnância; e uma africana que a encarou com mais suavidade.

— *Excusez-moi* — disse Lucy desajeitadamente. — *Parlez-vous anglais?*

Tinha noção do quão soava canhestra, embora houvesse enunciado a frase do melhor modo que podia. Lembrou como, na escola, madame Fournier fazia uma careta de piedade quando Lucy tentava embarcar numa conversação.

— Oh! — costumava dizer madame Fournier. — *Ça fait mal aux oreilles!*

Mas Lucy era capaz de dizer uma frase simples, não era? Não era tão difícil assim, era? Ela conseguia se fazer entender.

E funcionou. A africana acenou a cabeça para ela polidamente.

— Sim, mademoiselle — disse ela. — Eu falo inglês.

A mulher, na verdade, foi muito amistosa. Embora ela tivesse criticado a pintura dos cabelos de Lucy, "Que horrível!", murmurou; ainda assim acreditava que podia dar um jeito neles.

— Vou fazer o melhor ao meu alcance — disse a Lucy.

O nome da mulher era Stephanie, e ela vinha de Gana, contou, embora morasse na Costa do Marfim havia muitos anos.

— Gana é um país de língua inglesa. É o meu idioma nativo — disse Stephanie. — Por isso é agradável falar inglês às vezes. É uma característica dos marfinenses que não entendo. Eles sempre riem quando um estrangeiro comete um erro em francês e, mesmo quando sabem um pouco de inglês, se recusam a falar. Por quê? Porque acham que os anglófonos vão rir deles em revanche!

Ela baixou a voz e começou a trabalhar com seus dedos enluvados nos cabelos de Lucy.

— Esse é o problema de Zaina. Minha parceira. Ela tem um bom coração, mas é libanesa, e eles são muito orgulhosos. Ficam o tempo todo preocupados com sua dignidade.

— Sim — disse Lucy enquanto fechava os olhos. Quanto tempo fazia que não falava com outra pessoa a não ser George Orson! Tinham passado — o quê? — meses e meses, e ela quase não se dera conta de quão solitária se tornara. Nunca tivera muitos amigos, nem gostava particularmente da companhia de outras garotas na sua escola, mas agora, enquanto as unhas de Stephanie imprimiam linhas suaves sobre seu escalpo, via que aquilo tinha sido um erro. Comportara-se como Zaina — orgulhosa demais, preocupada demais com sua própria dignidade.

— Fico tão feliz em ver que os turistas estão voltando para Abidjã — dizia Stephanie para ela. — Depois da guerra, todos os franceses fugiram, os outros países diziam: "Não viajem para a Costa do Marfim, é muito perigoso", e aquilo me deixava triste. Houve um tempo em que Abidjã era conhecida como a Paris da África Ocidental. Sabia disso? Este hotel, se pudesse vê-lo quinze anos atrás, quando cheguei nesse país! Havia um cassino. Um ringue de patinação no gelo, o único na África Ocidental! O hotel era uma joia, e então começou a entrar em decadência. Reparou que havia uma piscina cercando todo o edifício? Era uma bela piscina, mas agora não tem água nela. Houve uma época em que eu vinha ao trabalho, e os hóspedes eram tão poucos que eu imaginava que estava num velho castelo vazio em algum país frio.

— Mas as coisas estão melhorando de novo — continuou Stephanie, e sua voz era suave e esperançosa. — Desde o acordo de paz, estamos voltando a nossas vidas anteriores, e isso me deixa feliz. Encontrar uma jovem como você nesse hotel é um bom sinal. Vou lhe contar um segredo. Eu adoro a arte do penteado. E é uma arte, eu acho. Sinto que é e, se você gostar do que eu fizer com seus cabelos, deve contar a suas amigas: "Vão a Abidjã, vão ao Hotel Ivoire, visitem Stephanie!"

Depois, quando tentou contar a George Orson a história de Stephanie, ela achou difícil de explicar.

— Você está incrível — disse George Orson. — É um corte de cabelos fantástico! — disse ele, e era mesmo. O louro tinha um tom surpreendentemente natural, não aquela cor fluorescente peróxida que ela receara; os cabelos caíam retos, cortados uniformemente acima dos ombros, com uma leve ondulação.

Mas era mais do que isso, embora Lucy não soubesse ao certo articular sua ideia. Aquele sentimento onírico de transformação; a intensa intimidade fraterna enquanto Stephanie se debruçava sobre ela, conversando serenamente, contando-lhe histórias. Era a sensação que se teria ao ser hipnotizada, pensou. Ou como ser batizada, talvez.

Não que ela pudesse dizer isso a George Orson. Seria rebuscado demais, extremo demais. Por isso, ela apenas encolheu os ombros e mostrou para ele as roupas que tinha comprado em uma butique no shopping do hotel.

Um vestido preto e simples com alças finas. Uma blusa de seda azul-escura, com um decote um pouco mais aberto do que compraria para si, calças brancas e um lenço de pescoço de estampado colorido africano.

— Gastei um montão de dinheiro — disse ela, mas George Orson apenas sorriu, aquele sorriso privado e conspiratório que lhe dava quando partiram de Ohio, que ela não via há muito tempo.

— Contanto que não seja mais do que três ou quatro milhões — disse ele, e foi um alívio tão grande ouvi-lo brincar de novo que ela riu, embora não fosse muito engraçado, e Lucy fez pose de flerte, colocando-se de pé, contra a parede branca e nua, enquanto ele tirava sua foto para o novo passaporte.

Ele achava que podia conseguir novos passaportes para ambos dentro de vinte e quatro horas.

Ele estava bebendo mais, e isso a deixava inquieta. Era mais do que provável que ele fosse um beberrão o tempo todo, alienado em sua sala de estudos na velha casa acima da Pousada do Farol, deixando-se cair pesadamente na cama ao lado dela no meio da noite, cheirando a antisséptico bucal, sabonete e água de colônia.

Mas isso era diferente. Agora que dividiam o mesmo quarto, Lucy tinha mais noção das coisas. Ela o observava sentado na estreita escrivaninha do quarto de hotel, examinando a tela do seu laptop, digitando e navegando, tomando goles do seu copo. A garrafa de uísque Jameson que pedira ao serviço de quarto estava quase vazia depois de apenas dois dias.

Enquanto isso, ela ficava deitada na cama vendo filmes americanos dublados em francês ou lendo *Marjorie Morningstar*, que havia sobrevivido à retirada das notas coladas melhor do que *A casa abandonada*.

Tinham experimentado um momento, quando ele a vira com o novo penteado e as novas roupas, um breve retorno à situação de casal que ela imaginava que eles fossem, mas aquilo só durou poucas horas. Agora ele estava distante de novo.

— George? — disse ela. E então, quando ele não respondeu:
— Papai...?

Isso o fez estremecer.

Bêbado.

— Pobre Ryan — disse ele enigmaticamente, e ergueu o copo aos lábios, sacudindo a cabeça. — Não vou cometer nenhum erro dessa vez, Lucy — falou. — Confie em mim. Sei o que estou fazendo.

Ela confiava nele?

Mesmo agora, depois de tudo o que tinham vivido, acreditava que ele sabia o que estava fazendo?

Ainda eram perguntas difíceis de responder, embora ajudasse saber que ela carregava uma mochila que continha quase cento e cinquenta mil dólares.

Ajudava que não estivessem mais em Nebraska, que ela não fosse mais uma prisioneira virtual da Pousada do Farol. Quando ele saiu na manhã seguinte para uma de suas tarefas, ela ficou livre para perambular se quisesse, podia descer de elevador até o saguão do hotel. Levava sua mochila, passeando pelos corredores e pelas butiques do shopping em suas roupas novas, tentando pensar. Tentando imaginar-se alguns dias à frente. Roma. Quatro milhões e trezentos mil dólares. Um novo nome, uma nova vida, talvez aquela que ela vinha esperando.

O hotel era um complexo maciço, mas surpreendentemente quieto. Lucy havia esperado que o lobby estivesse amontoado de gente, como as multidões que desfilavam ao longo dos terminais dos aeroportos de Denver, Nova York e Bruxelas, mas, em vez disso, parecia mais um museu.

Circulou como num sonho através de um longo saguão. Na parede havia uma máscara africana estilizada de rosto comprido

— uma gazela, imaginou — com os chifres curvados para baixo como os cabelos de uma mulher. Viu duas africanas, em batik laranja e verde vivo, passando pacificamente; e um empregado do hotel gentilmente empurrando um pouco de sujeira em sua pá de lixo de cabo comprido; e então Lucy passou para o lado de fora num passeio ao ar livre, com jardins tropicais de um lado, estátuas abstratas de graciosos contornos botânicos, e um colorido obelisco, decorado com formas e figuras quase como um poste totêmico; então o passeio se alargou, havia uma ponte de cimento que passava sobre piscinas turquesa e levava a uma ilhota verde, a partir da qual se podia avistar através da laguna os arranha-céus de Abidjã.

Maravilha. Ela estava parada num caminho ladeado de lâmpadas de rua em forma de globos, sob um céu sem nuvens, e isso era provavelmente a coisa mais surreal que já lhe acontecera.

Quem, lá em Ohio, teria acreditado que Lucy Lattimore estaria um dia com os pés em outro continente em um hotel tão bonito? Na África. Com um corte de cabelos elegante, sapatos caros e um vestido branco plissado e chique, com a barra ondulando ligeiramente à brisa.

Se ao menos sua mãe pudesse vê-la. Ou aquele horroroso e enxerido Toddzilla.

Se ao menos alguém aparecesse para tirar uma foto sua.

Finalmente ela se virou e caminhou de volta através dos jardins, de novo até o centro do hotel. Encontrou a butique que já conhecia e comprou outro vestido — verde-esmeralda, dessa vez, impresso em batik como as indumentárias das mulheres que vira no corredor — e então, com sua sacola de compras, seguiu até o restaurante.

Le Pavillion era uma sala comprida e simples que dava para um pátio, quase inteiramente vazia. Já passara da hora do almoço, supôs, embora ainda houvesse algumas pessoas comendo por ali e, enquanto o maître a conduzia ao seu lugar, um trio de homens brancos com camisas havaianas floridas olhou para ela.

— Garota bonita — disse um deles, careca, arqueando as sobrancelhas. — Ei, garota — disse ele. — Eu gosto de você. Quero ser seu amigo. — E então falou com seus camaradas em russo, ou outra língua parecida, e todos riram.

Ela os ignorou. Não ia deixar que arruinassem aquela tarde, embora continuassem a falar grosseiramente, apesar de Lucy usar seu cardápio como uma máscara.

— Sou um bom amante — disse um deles, de cabelos espigados tingidos de laranja. — Baby, você devia nos conhecer.

Babacas. Ela olhou para as palavras no cardápio, percebeu que estavam escritas inteiramente em francês.

Quando voltou ao quarto, George Orson estava à sua espera.

— Mas que porra, por onde andou? — disse ele assim que Lucy abriu a porta.

Furioso.

Ela ficou parada ali, com a mochila cheia de dinheiro e uma sacola de compras da butique, e ele jogou um projétil contra ela, um caderninho que ela desviou com a mão erguida. O objeto chocou-se contra a palma de sua mão e caiu inofensivamente no chão.

— Aí está seu novo passaporte — disse ele com amargor, e ela o encarou por um longo tempo antes de se abaixar para apanhá-lo.

— Por onde andou? — perguntou ele, enquanto Lucy estoicamente abria o passaporte e olhava dentro dele. Ali estava a foto que ela havia tirado ontem — com seu penteado novo em folha — e um novo nome: Kelli Gavin, idade 24, de Easthampton, Massachusetts.

Ela não falou nada.

— Pensei que tivesse sido... sequestrada ou coisa assim — disse George Orson. — Fiquei sentado aqui pensando: *O que vou fazer agora?* Por Deus, Lucy, pensei que tivesse me abandonado aqui.

— Eu estava almoçando — disse Lucy. — Só desci por alguns minutos. Você não se queixou de que eu não era uma pessoa positiva? Eu estava só...

Ele limpou a garganta e, por um segundo, ela pensou que George Orson fosse chorar. Suas mãos tremiam e o rosto tinha um ar soturno.

— Céus! — disse ele. — Por que sempre faço isso comigo mesmo? Tudo o que sempre quis foi ter uma pessoa, apenas uma pessoa, e nunca dá certo. Nunca dá certo.

Lucy ficou parada olhando para ele, seu coração acelerado, observando com incerteza enquanto ele afundava numa cadeira.

— Do que está falando? — disse ela, e imaginou que deveria falar com ele suavemente, em tom de desculpa, de forma consoladora. Imaginou que deveria chegar mais perto dele e abraçá-lo, ou beijar sua testa e acariciar seus cabelos. Em vez disso, simplesmente o observou ali, encolhido como um garotinho temperamental de 13 anos. E guardou seu passaporte novo na bolsa.

Ela é quem deveria estar assustada, afinal. Ela é quem precisava de consolo e confiança. Fora ela quem caíra no golpe de se apaixonar por uma pessoa que nem sequer era real.

— Do que está falando? — perguntou ela de novo. — Você pegou o dinheiro?

Ele baixou os olhos para as próprias mãos, que ainda tremiam, em espasmos contra os joelhos. Sacudiu a cabeça.

— Estamos tendo problemas de negociação — disse George Orson, e sua voz era mais fina, o sussurro indistinto e agitado que emitia quando acordava dos seus pesadelos.

Não parecia de modo algum George Orson.

— Talvez a gente precise abrir mão de uma cota maior do que eu esperava — disse ele. — Muito maior. Esse é o problema, é tudo corrupção, em qualquer lugar no mundo, essa é a pior parte da história...

Ele ergueu a cabeça e quase não havia um traço sequer do professor bonito e encantador que ela havia conhecido.

— Eu só quero uma pessoa em quem eu possa confiar — disse ele, e seus olhos pousaram nela de forma acusatória, como se de alguma forma *ela* o tivesse *traído*. Como se *ela* fosse a mentirosa.

— Faça suas malas — ordenou friamente. — Precisamos nos mudar para outro hotel imediatamente e estou aqui plantado pela porra de uma hora à sua espera. Sorte a sua que eu não me mandei.

Enquanto esperava no saguão, Lucy não sabia se ficava zangada ou magoada. Ou amedrontada.

Pelo menos tinha a mochila cheia de dinheiro. Ele não a abandonaria sem levar aquilo, mas, ainda assim... o modo como falara, o modo como havia se transformado nos últimos dias. Será que ela o conhecia de verdade? Tinha alguma ideia do que realmente ele pensava?

Além do mais, não podia deixar de pensar no que ele dissera sobre o dinheiro. *Problemas de negociação,* falara. *Talvez a gente precise abrir mão de uma cota maior do que eu esperava.* Aquilo a abalou. Ela contava com aquele dinheiro, talvez ainda mais do que contara com George Orson, e se viu apalpando as protuberâncias na sua mochila, sentindo através da lona as pilhas de notas que havia enfiado debaixo de algumas camisetas de Brooke Fremden.

Era o fim da tarde, e as pessoas chegavam ao Hotel Ivoire em quantidade maior do que no dia anterior. Havia um número de africanos, alguns de terno, outros em roupa mais tradicionais. Poucos soldados, um par de árabes em roupas típicas bordadas, uma francesa de óculos escuros e chapelão de abas largas, discutindo num celular. Funcionários do hotel uniformizados seguiam na cola dos vários hóspedes.

Ela não devia ter descido sozinha ao saguão, embora na ocasião aquilo parecesse um ato de dignidade desafiadora. Havia feito as malas raivosamente enquanto George Orson falava ao telefone num francês rápido e incompreensível e, quando terminou de arrumar a mala, ficou ali, tentando entender o que ele dizia — até que ele ergueu o olhar aguçadamente, cobrindo o fone com a palma da mão.

— Desça direto para o saguão — disse ele. — Preciso terminar esse telefonema e desço em cinco minutos, não fique passeando por aí.

Mas já fazia quinze minutos e ele ainda não tinha aparecido.

Seria possível que ele quisesse se livrar dela?

Apalpou a mochila de novo, como se de algum modo o dinheiro pudesse ter evaporado, como se não fosse inteiramente sólido, e ficou tentada a abrir o zíper da mochila e verificar de novo, para ter certeza.

Passeou mais uma vez pelo vasto saguão, viu os tetos de catedral, o candelabro e os longos canteiros decorativos cheios de plantas tropicais. A francesa tinha acendido um cigarro e batucava gentilmente a ponta do seu sapato de salto alto. Lucy observou enquanto a mulher consultava o relógio e, depois de alguma hesitação, Lucy se aproximou.

— Excusez-moi — disse ela, e fez uma tentativa para imitar o sotaque que, havia muito tempo, madame Fournier tentara inculcar em seus estudantes. — *Quelle* — disse Lucy. — *Quelle... heure est-il?*

A outra olhou para ela com uma benevolência surpresa. Seus olhos se cruzaram, e a mulher afastou o celular do ouvido enquanto examinava Lucy, de cima a baixo, com um ar suave e materno. Com pena, pensou Lucy.

— São três horas, querida — respondeu a mulher, em inglês, e deu a Lucy um sorriso de interrogação.

— Você está bem? — perguntou a mulher, e Lucy assentiu com a cabeça.

— *Merci* — disse Lucy desajeitadamente.

Estava à espera dele há quase meia hora, virou-se e caminhou para o elevador, sua mala de rodinha arrastando-se tortuosamente atrás dela, as belas sandálias abertas que comprara batucando no brilhante piso de mármore, as pessoas parecendo abrir caminho para ela, os rostos africanos, orientais e europeus encarando-a com a mesma preocupação cautelosa que a francesa demonstrara, do modo como as pessoas olham para uma jovem que foi uma tola, uma garota que sabe finalmente que foi jogada fora. *Sorte a sua que eu não me mandei*, pensou ela e, quando as portas do elevador se abriram com um profundo toque de carrilhão, Lucy sentiu uma onda de pânico dentro de si. A dormência nos dedos, a sensação de insetos se arrastando por seus cabelos, um aperto na garganta.

Não. Ele não a abandonaria, não depois de tudo aquilo, de toda a distância que tinham percorrido juntos.

Percebeu que o elevador começava a subir, e era como se a gravidade se alçasse para fora do seu corpo como um espírito, era como se ela pudesse se abrir como uma vagem de uma planta leitosa e uma centena de sementes flutuantes se derramavam pelo seu corpo indo embora, irrecuperáveis.

Lucy pensou naquele momento em que os policiais apareceram na sua varanda, quando abriu a porta para aqueles rostos pétreos deles. Pensou no momento em que compareceu ao escritório de admissões em Harvard, aquela sensação de ruptura, aquela sensação de ver seu futuro eu e as moléculas de sua vida imaginada rompendo-se, desfazendo-se em pedaços cada vez menores, espalhando-se para fora e para fora e para fora como o próprio universo.

Por um segundo, quando o elevador chegou finalmente no décimo quinto andar, ela pensou que as portas não iam se abrir, e apertou o botão com o símbolo de "abrir a porta". Apertou o botão de novo e correu a mão pela linha divisória onde as portas do elevador estavam seladas, seus dedos tremendo.

— Oh — disse. — Oh — repetiu, até que as portas se afastaram abruptamente, abriram-se, e ela quase caiu no corredor.

Depois, ela ficou contente de não ter gritado o nome dele.

Sua voz a abandonara, e ela parou do lado de fora do elevador, apenas respirando, sentindo o ar encher seus pulmões em sopros leves e irregulares, e suas mãos apalparam a lona da mochila em busca das pilhas sólidas de dinheiro, assim como uma pessoa num avião em queda busca sua máscara de oxigênio e, quando ela não teve dúvidas de que sentia aquelas pilhas de notas, mexeu em sua bolsa nova e encontrou seu passaporte, o passaporte de Kelli Gavin. Ele ainda estava seguro ali também, e havia o número de confirmação do seu voo para Roma, e ela... ela...

A velocidade de sua queda pareceu diminuir.

Sim, era assim que a pessoa se sentia ao se desapegar de si mesma. De novo. Desapegando-se de seu futuro, deixando-o subir e subir até que finalmente não mais seja possível vê-lo e sabendo que era necessário começar de novo.

• • •

Depois ela se deu conta de que teve sorte.

Teve sorte, imaginou, por tentar não aparecer, por tentar se controlar, teve sorte porque havia parado do lado de fora do elevador para verificar sua mochila de novo, sorte porque aquela calma fria havia feito com que ficasse paralisada no corredor.

Sorte porque não chamou atenção para si mesma, porque, quando virou a esquina do corredor, havia um homem diante da porta do seu quarto de hotel.

Parado ali, na porta do 1.541, na torre do Hotel Ivoire.

Esperando por ela? Ou apenas bloqueando a fuga de George Orson?

Era um daqueles russos que ela havia visto no restaurante, o de cabelos laranja espigados, aquele que lhe dissera: *Sou um bom amante*.

Ele estava de pé, de costas para a porta, com os braços cruzados; e ela congelou ali na beira do corredor. Podia ver a arma, o revólver que ele segurava frouxamente, de forma quase sonolenta, em sua mão esquerda.

Não parecia exatamente perigoso, embora ela soubesse que ele era. O homem provavelmente a mataria se a visse e estabelecesse a conexão, mas ele não olhou na sua direção. Era como se Lucy fosse invisível, e ele sorria para si mesmo, como se estivesse diante de uma memória agradável, olhando para o teto, para o ponto de luz, em torno do qual girava uma mariposa. Enfeitiçado.

Os outros dois homens, presumiu ele, já estavam dentro do quarto, dentro do quarto com George Orson.

26

– Estamos a caminho do hospital — disse ele a Ryan. — Ouça, filho: Você não vai sangrar até morrer. — Continuou repetindo aquilo sem parar, mesmo depois de Ryan ficar novamente inconsciente. Apenas balbuciava as palavras para si mesmo, do mesmo modo como costumava contar histórias para si próprio naquele sótão, em seus tempos de menino. Ele se lembrava da sensação, balançando-se para a frente e para trás, repetindo sempre as mesmas frases até finalmente conseguir dormir.

— Prometo que você vai ficar bem — disse ele, enquanto os faróis iluminavam o emaranhado de galhos que se curvavam sobre as longas estradas secundárias. — Prometo que você vai ficar bem. Estamos a caminho do hospital. Prometo que você vai ficar bem.

Obviamente, dissera o mesmo a Rachel quando estavam em Inuvik fingindo ser cientistas, e aquela história não acabou bem.

. . .

Dessa vez, porém, conseguiu manter sua palavra.

Ryan estava na sala de emergência e, embora certamente tivesse de passar por horas e horas de cirurgias, transfusões de sangue e assim por diante, era quase certo que tudo terminaria bem.

Eram quase seis horas de uma manhã de quinta-feira, no início de maio, ainda antes de o sol nascer, e ele se sentou numa cadeira de plástico na sala de espera iluminada pelas lâmpadas fluorescentes, próximo às máquinas automáticas de doces e refrigerantes. Ainda tinha nas mãos o agasalho ensanguentado e a carteira de Ryan, com sua habilitação mais recente. Max Wimberley. Sacou o bolo de notas do bolso do casaco e colocou algumas centenas de dólares na carteira de Ryan.

Meu Deus, pensou, escondendo o rosto com as palmas das mãos — sem chorar, sem chorar — até que finalmente encontrou um pedaço de papel e começou a escrever um bilhete.

Provavelmente seria melhor assim.

Estava no estacionamento, dentro de um antigo Chrysler que encontrara destrancado. Chorava um pouco, distraidamente, enquanto removia o tampo da ignição sob a barra de direção.

Fora um bom pai, disse a si mesmo. Ele e Ryan levaram uma boa vida juntos, enquanto tudo durou; tinham se aproximado de uma maneira que era importante, estabeleceram uma ligação profunda e, embora tivesse terminado antes — e de modo mais trágico — do que esperava, fora um pai melhor do que o verdadeiro Jay teria sido.

Pensando em Jay, sentiu uma pontada de... quê? Não era bem remorso. Durante todo aquele tempo que passaram juntos, antes dele voltar a Missouri, durante todo aquele tempo, não fizera outra coisa que não encorajar Jay a procurar seu filho. — É importante — insistia. — A família é importante; ele precisa saber quem é seu verdadeiro pai; caso contrário, estará vivendo uma mentira. Então Jay lhe lançava seu olhar irônico e chapado, como se dissesse: *Está falando sério?*

Mas o fato é que Jay nunca poderia fazer aquilo porque era preguiçoso demais. Porque não queria despender a energia emocional necessária, não queria assumir a responsabilidade de realmente se importar com outra pessoa, e aquele era também o motivo pelo qual não era um bom vigarista. Hayden fizera o possível para ensiná-lo, mas, no fim, Jay não era competente o bastante. Cometia tantos erros, mas tantos erros que... por Deus! Ryan era muito mais adequado àquele estilo de vida que seu pai jamais seria...

Mas com Jay era sempre erro atrás de erro, mesmo com um avatar perfeito como Brandon Orson, mesmo com todos os detalhes arranjados na Letônia, na China e na Costa do Marfim. Então, quando não retornou daquela viagem a Rēzekne, Hayden não se surpreendeu.

Embora lamentasse que o coitado do filho de Jay nunca viria saber a verdade, sentira-se — como? — curioso em relação ao garoto, mesmo durante o período em que viveu como Miles Spady na Universidade de Missouri, mesmo quando ele e Rachel ficaram presos naquela estação de pesquisa abandonada, brigando e ficando deprimidos, mesmo naquela época se via pensando no filho perdido de Jay Kozelek. Quando as coisas com Rachel saíram dos trilhos e ele finalmente retornou aos Estados Unidos, estava sentado em seu quarto em uma pousada na Dakota do Norte e pensou...

E se eu entrasse em contato com o filho de Jay no lugar dele? E se fizesse por Jay o que ele não conseguira fazer por si próprio? Aquilo não seria um favor, um tributo à sua memória?

Bem.

Bem, como diria Miles.

Estava ali sentado no estacionamento da emergência, no Chrysler destrancado, pensando naquilo, até que finalmente se inclinou para examinar os fios que percorriam o cilindro do volante, olhando um por um até encontrar o vermelho. Geralmente era o fio vermelho que fornecia energia, enquanto o marrom era responsável pela partida. Debruçou-se no banco da frente, tentando se concentrar. Passou novamente o dorso da mão sobre os olhos e enxugou o suor na camisa.

De qualquer jeito, aquilo teria de terminar um dia. Era incrível ter conseguido convencer Ryan da história, e com o passar do tempo certamente surgiriam suspeitas e questões às quais não conseguiria responder. Provavelmente Ryan acabaria sentindo vontade de seguir em frente com sua vida, talvez até entrar novamente em contato com seus pais, o que era certo, era apenas natural que o fizesse. Não se pode esperar que esse tipo de relacionamento dure para sempre.

Sim. Sacou seu canivete de bolso e cuidadosamente removeu o plástico que cobria os fios. Um procedimento bastante delicado. Qualquer descuido e poderia receber um choque; um pequeno erro e poderia tocar a corrente elétrica.

Franziu as sobrancelhas, focando sua atenção, e uma pequena faísca voou no momento em que o carro despertou. Uma nova vida.

— Alguma coisa poderia ser mais milagrosa que um autêntico fantasma?

Dirigia rumo ao sul pela rodovia I-75 e tinha apenas acabado de passar por Flint quando a questão lhe veio à mente.

Uma citação.

Topara com ela pela primeira vez havia muito tempo, durante o terrível semestre que passara em Yale. Tratava-se de Thomas Carlyle, ensaísta escocês do século XIX, destemido, grosseiro e barbudo, que nem mesmo era alguém que ele admirava em particular, mas ainda assim memorizara a citação porque soava bela e verdadeira, muito além do que os outros alunos na sala de aula poderiam compreender.

Por toda sua vida, o inglês Johnson desejara ver um fantasma, escreveu Carlyle. "Mas não conseguia, embora tivesse ido a Cock Lane e, consequentemente, às criptas, e batesse nas madeiras dos caixões. Como era tolo o Doutor! Nunca, com os olhos da mente e também com os do corpo, olhara ao seu redor para aquela enxurrada de Vida humana que tanto adorava? Nunca olhara para Si Mesmo? O bom Doutor era um Fantasma, tão verdadeiro e legítimo quanto aspirava seu coração; bem perto de um milhão de Fantasmas que viajavam pelas ruas a seu lado. Mais uma vez, digo: deixa de lado a ilusão do Tempo; comprima sessenta anos em três minutos; o que mais era ele, o que mais éramos nós? Não somos todos Espíritos, moldados num corpo, numa Aparência, que no fim desaparece novamente em pleno ar e se torna Invisível?"

Recitava essa passagem em voz alta, passando sob uma ponte, e não estava chorando de fato, embora seus olhos estivessem um pouco úmidos. A luz dos faróis atrás dele, os círculos brilhantes da sinalização de advertência à beira da estrada e uma placa verde interestadual que dizia

PARA COLUMBUS SIGA

"Não somos todos Espíritos?"

Tentou imaginar o que Miles teria a dizer sobre aquilo.

Fazia tempo que não falava com ele, desde que a história com Rachel terminara mal e desde aquela viagem infeliz a Dakota do

Norte, e ficou pensando. Talvez pudesse escrever uma carta para Miles, talvez pudesse enviá-lo ao memorial final que fizera para si mesmo na Ilha de Banks. *Eadem mutata resurgo*: "Embora mudado, ressurgirei da mesma forma." Talvez Miles pudesse entender. Talvez Miles pudesse seguir em frente, transformar a si próprio também. Viver sua vida.

Obviamente, teria que fazer com que Miles fosse ao Canadá, o que não seria difícil. Pobre Miles: tão obcecado e determinado. Recentemente, vinha lendo sobre algo chamado "síndrome do gêmeo que desaparece", o que certamente interessaria a Miles. Segundo um dos artigos que lera, uma em cada oito pessoas é gerada como gêmeo, mas apenas uma em setenta realmente nasce como gêmeo. Na maioria dos casos, o outro gêmeo aborta espontaneamente ou é absorvido pelo irmão, pela placenta ou pela própria mãe.

No caminho de Michigan para Ohio, começou a chorar novamente ao pensar em Ryan, supunha, embora soubesse que não devia fazê-lo.

Ele produzira uma colheita incomum e enorme de vidas, foi o que lhe disseram — e passou de morte em morte, ao longo dos séculos, passando por Cleveland, Los Angeles, Houston; de Rolla, Missouri, à Ilha de Banks, nos Territórios do Noroeste; de Dakota do Norte a Michigan; e cada vez fora uma pessoa diferente.

Suas mãos tremiam. Teve de parar no acostamento e se aninhar no banco de trás, sem cobertor ou travesseiro, apenas com as palmas apoiando a cabeça. Do lado de fora, a chuva se transformara em granizo, chocando-se com força na superfície do carro roubado.

E se ele apenas se estabelecesse em uma nova vida e não a terminasse? Talvez aquela fosse a resposta. Fracassara como pai, mas ainda tinha a alma de professor, pensou, e a ideia o atraiu, o tranquilizou. Sabia que ainda poderia tocar a vida de um jovem de alguma maneira.

E se escolhesse algo mais comum? Talvez um simples professor do ensino médio, pensou, de quem todos os alunos gostariam; exerceria sua influência sobre eles, que por sua vez o sucederiam. Ele continuaria a viver através deles. Talvez aquela ideia fosse piegas e estúpida, mas não parecia ser um plano ruim naquele momento. Ele se ajeitou no estofamento frio e fechou bem os olhos.

Nunca mais voltaria a pensar em Ryan, prometeu a si mesmo.

Nunca mais voltaria a pensar em Jay ou Rachel.

Nunca mais pensaria em Miles.

Não somos todos Espíritos?, sussurrou uma voz.

Mas também nunca mais voltaria a pensar naquilo.

Agradecimentos

Minha mulher, a escritora Sheila Schwartz, morreu depois de uma longa batalha contra um câncer de ovário pouco depois que completei o livro. Fomos casados por vinte anos. Sheila foi minha professora quando eu era estudante universitário, nós nos apaixonamos e, nos anos em que estivemos juntos, ela foi minha mentora, minha melhor crítica, minha amiga mais querida, minha alma gêmea. Passei as últimas semanas da edição do livro consultando as notas que ela escrevera no manuscrito, e é impossível expressar como sou agradecido por seus sábios conselhos e quão terrivelmente vou sentir sua falta.

Tive a sorte de herdar uma editora paciente, zelosa e brilhante, Anita Streitfeld, que me acompanhou ao longo do livro, da concepção à compleição, e que foi uma presença maravilhosa, encorajadora e sábia durante todo o tempo. Também apreciei profundamente a ajuda e o entusiasmo dos funcionários da Ballantine durante minha longa permanência lá, eles sempre cuidaram muito bem dos meus livros. Sou grato a Libby McGuire e a Gina Centrello por sua infindavel paciência e boa vontade.

Outras pessoas que me são caras e contribuíram significativamente durante o processo da escrita: meu maravilhoso agente, Noah Lukeman, que sempre foi um grande apoio e amigo; meus melhores amigos, Tom Barbash e John Martin; meus filhos, Philip e Paul Chaon; minha irmã e meu irmão, Sheri e Jed, que passaram longo tempo lendo fragmentos do texto e me ofereceram conselhos; meu grupo de escritores, Eric Anderson, Erin Gadd, Steven Hayward, Cynthia Larson, Jason Mullin e Lisa Srisuco; e todos os meus estudantes em Oberlin College que têm sido, ao longo dos anos, uma inspiração para mim.

Este livro presta homenagem e deve muito a diversos escritores melhores e fantásticos que me inspiraram, tanto na infância como depois dela, incluindo Robert Arthur, Robert Bloch, Ray Bradbury, Daphne du Maurier, John Fowles, Patricia Highsmith, Shirley Jackson, Stephen King, Ira Levin, C.S. Lewis, H.P. Lovecraft, Vladimir Nabokov, Joyce Carol Oates, Mary Shelley, Robert Louis Stevenson, Peter Straub, J.R.R. Tolkien, Thomas Tryon e uma quantidade de outros. Uma das coisas divertidas de escrever este livro foi fazer acenos e piscadas de olho para estes escritores que sempre adorei, e espero que eles — os vivos e os mortos — perdoem minhas incursões.

O apoio durante o trabalho de escrever este livro veio na forma de bolsas dos Ohio Arts Council e do Oberlin College Research Grant Program. Sou profundamente agradecido por sua ajuda.

Impresso no Brasil pelo
Sistema Cameron da Divisão Gráfica da
DISTRIBUIDORA RECORD DE SERVIÇOS DE IMPRENSA S.A.
Rua Argentina 171 – Rio de Janeiro, RJ – 20921-380 – Tel.: 2585-2000